—————— 阅读之前 没有真相

午夜文库

伊恩·兰金
雷布思警探系列

伊恩·兰金 Ian Rankin（1960— ）

伊恩·兰金，被誉为苏格兰黑色之王，当代最优秀的侦探小说家之一。

兰金一九六〇年四月二十八日出生在苏格兰的法夫郡，从爱丁堡大学毕业后，曾经当过葡萄园工人、养猪工、税务员、酒类研究者和音响器材记者，并以主唱身份加入过一支名叫"舞蹈之猪"的朋克乐团（这个乐团及其录制的专辑也曾在他的小说里出现过）。兰金从小就对流行音乐有特殊的喜好，这使得他对歌曲填词产生了很大兴趣，并在求学期间陆续发表了多篇诗词作品，而后转向了小说创作。兰金在攻读博士学位期间完成了三部小说，最后一部就是让他蜚声文坛的约翰·雷布思系列首部曲《不可忘却的游戏》（Knots and Crosses），当年他只有二十七岁。

让人惊奇的不只是他踏入文坛的年龄，更特别的是，兰金在如此年轻的时候，却塑造了一位四十一岁、离婚、酗酒而且烟瘾极大的雷布思警探，并把故事背景设定在复杂的警察世界之中，如果没有足够的文字功力，肯定无法在竞争激烈的英国大众文坛脱颖而出。这本兼具惊悚与悬疑气氛的警探小说深入描写了人类心理层次的黑暗面，加上鲜活的人物个性与深入贴近社会的叙事角度，引起了读者的巨大反响，也鼓舞兰金继续写下去，一写就是二十几个年头。迄今为止，他的十七本系列作品被翻译成三十一国文字出版，兰金也早已成为英国当代最重要的作家之一。

兰金在英国文坛的成就极高，曾获得声望卓著的钱德勒－富布赖特推理文学奖。他曾经四度获选英国犯罪小说作家协会匕首奖，其中《黑与蓝》(*Black and Blue*)荣获一九九七年英国犯罪小说作家协会金匕首奖，同时获得美国推理小说作家协会爱伦坡奖提名。一九九九年，《死魂灵》(*Dead Souls*)再获金匕首奖提名；二〇〇四年，《掘墓盗尸人》(*Resurrection Men*)夺得爱伦坡奖最佳小说奖；二〇〇五年、二〇〇七年两度赢得英国国家图书奖年度犯罪惊悚小说奖。

二〇〇二年，兰金因其文学贡献获得大英帝国勋章；二〇〇五年获得英国犯罪小说作家协会颁发的代表终身成就的钻石匕首奖，成为史上最年轻的钻石匕首奖得主；同年，兰金再获法国推理小说大奖、德国犯罪电影奖与苏格兰杰出人物奖，并于一九九九年至二〇〇五年间获得四所大学的荣誉博士学位。

兰金目前与妻子和两个儿子住在爱丁堡，与著名作家J.K.罗琳比邻而居。据传，他曾指导罗琳尝试侦探小说的创作。

伊恩·兰金 作品年表

1986	The Flood
1987	Knots and Crosses
1988	Watchman
1991	Hide and Seek
1992	Tooth and Nail
	Strip Jack
	A Good Hanging and Other Stories
1993	Witch Hunt
	The Black Book
1994	Bleeding Hearts
	Mortal Causes
1995	Blood Hunt
	Let it Bleed
1997	Black and Blue
1998	The Hanging Garden
1999	Dead Souls
2000	Set in Darkness
2001	The Falls
2002	Resurrection Men
	Beggars Banquet
2003	A Question of Blood
2004	Fleshmarket Close
2005	Rebus's Scotland : A Personal Journey
2006	The Naming of the Dead
2007	Exit Music
2008	Doors Open
2009	A Cool Head
	The Complaints
	Dark Entries

血疑
A Question of Blood

（英）伊恩·兰金 著
段丽华 译

新星出版社 NEW STAR PRESS

纪念圣伦纳德警察局

像这样，一些事情照亮了另一些事情[1]。
——无名氏

结局是无法预计的。
——詹姆斯·哈顿[2]，一七八五

---

[1] 原文为拉丁语 Ita res accendent lumina rebus，拉丁语的"事情"（rebus）和小说主人公雷布思（Rebus）的拼写相同。
[2] 詹姆斯·哈顿（James Hutton, 1726—1797），苏格兰地质学家、医生、博物学家、化学家、实验农场主，被称为现代地质学之父。

前　　言

　　书写一个真实存在的现代城市会产生一个问题，那就是你必须将城市本身的变迁考虑在内。对我来说，不去写新苏格兰议会是不可能的，这也就是《在黑暗之中》这本书的由来。与此相仿，刚刚将《血疑》这本书的大纲初稿写完一半时，我收到了一个警察朋友发来的短信，只有一句话："圣伦纳德不再有重案组了，哈哈哈！"他知道，这样一来我必须让雷布思离开圣伦纳德，因为我有少数读者是非常熟悉爱丁堡的，不这样做的话，他们会认为我不和现实接轨。这就解释了我为什么会在《血疑》这本书的开头写上"纪念圣伦纳德警察局"——这将是我以圣伦纳德为背景的最后一本书。

　　《血疑》的最初想法，来自我和一位书迷在问答环节中的一次互动。她问我，为什么我从来没有写过爱丁堡的私立教育系统。这座城市约有四分之一的高中生在需要付费的教学机构读书，这一比例比苏格兰的任何城市都高——可能比全英国的其他城市都高。那天晚上我给出的答案很圆滑：我对这样的学校不够了解，所以写起来会很困难。但是她的这个问题让我陷入了思考。雷布思系列的小说永远在表现爱丁堡的两面性，表现这个城市"杰基尔与海德"①的特质。私立教育系统是这个城市网络的一部分,同时也是一个有争议的话题。我当时已经决定了在下一本书里讨论"局外人"这一主题。当然,雷布思是个永恒的局外人,无法成为一个有凝聚力的团体的一员。我常常去库克本街的唱片店购买音乐,那时我会和穿着哥特式服装的年轻人擦肩而过。他们提醒着我,曾经我也希望被这个社会视为局外人。他们是哥特青年,而我曾是个朋克族。

既然我为雷布思设定了和军队有关的背景,便时常留意与军队相关的新闻,包括一架直升机在苏格兰海岸坠毁之类,并收集了关于战争如何影响士兵心理的材料,放进一个文件夹。当军人离开部队之后,他们中的许多人发现自己难以融入社会。一些人变得急躁易怒,开始酗酒,最终无家可归。我想,如果能找到一个合适的故事来将这些线头都拧在一起,将会很有趣,而一场发生在私立高中的枪击案件似乎是个不错的主意。我把案发地点从爱丁堡移到了南昆斯费里,部分原因是我不希望任何一所实际存在的高中认为自己是故事里"埃德加港学院"的原型;另一部分原因,是我更希望探讨这样一桩案件在一个更小、更紧密的社区里产生的冲击。我们知道,雷布思曾在洛克比空难事故②后被派往现场,对那个"安静、富有尊严"的小镇印象深刻;我当然也想到了邓布兰事件③,但我不会写一本像邓布兰事件那样的书,我更希望寻找文明社会里产生此类偶发暴行的原因。

在我开始筹划这本书的时候,我正在为第四频道拍摄一个分三部分的纪录片,主题是"邪恶"。我对这部纪录片的思考也影响了我对《血疑》这本书的想法。我采访了神经医生和心理医生、学者和律师、犯罪学家和杀人犯……甚至一个友好的招魂师。这部纪录片试图回答

---

① 苏格兰作家罗伯特·路易斯·史蒂文森(Robert Louis Stevenson, 1850—1894)的小说《化身博士》(*Strange Case of Dr Jekyll and Mr Hyde*)中,善良的杰基尔医生喝了一种药剂,一到夜晚就会化身为邪恶的海德。
② 一九八八年十二月二十一日,泛美航空一架班机受到恐怖袭击,在位于苏格兰边境的小镇洛克比上空爆炸,二百七十人罹难。
③ 一九九六年,苏格兰的邓布兰镇发生恶性枪杀案。凶手托马斯·汉密尔顿进入一处校园健身房,杀害了十六名五六岁的儿童和一名教师,随后自杀。这导致此后一年修订的相关法律更趋严格,禁止私人持有任何型号的手枪。

三个最基本的问题：什么是邪恶？邪恶是从哪里来的？我们应该怎样对待它？在旅行和采访途中，我得到了各种各样的答案，它们构成了这本小说的道德脊梁。我在笔记本上记下的东西，从奥古斯丁修道院到奥斯威辛集中营，画出了这本小说大概的行进路线。从一开始，我要表达的就是标题的第二重含义：血不仅仅是生命体中流动的血液，它同时也是一个家族的维系。

上面这些听起来都有些阴暗和正式，但实际上不是。《血疑》是一本写起来非常有趣的书，而我认为它读起来应该也非常有趣。在最近几本书里，我经常将书中角色的"命名权"加以拍卖，用来支持慈善事业，而《血疑》中卖掉的几个是我最喜欢的。比方说，里面有一只猫叫做波伊提乌①，这不过是因为它的主人付了钱（并且寄给我它的许多照片和详细简历，以确保我把它描写得完全正确）。同时，还有一位爱丁堡的警官赢得了出现在书里的权利——我认为这不成问题，直到我听说他是个澳大利亚人，拥有天文学或是类似学科的博士学位。他名叫布伦丹·英尼斯；他出现在了书里，但我没有提到他的国籍或者学历②——就像我跟他解释的那样：小说必须合乎逻辑，现实生活倒不必！

书里还有一个叫做孔雀约翰逊的人，他也花钱赢得了命名权。我被告知去他的个人网页获取资料，在那里我见到了一个穿夏威夷衬衫，有点像猫王，看起来颇为阴郁的人。他在博客里明确地表示自己生活在法律的边缘。于是我给他写了一封电子邮件，告诉他说，我认为他在书里担任一个枪贩子相当合适。他说没问题，并问我是否可以顺便提到他的同伴，"邪恶的小鲍勃"。我同意了。我在创作约翰逊先生的小说版人格的过程中相当愉快，当书完成之后，我写了封邮件通知他。

邮件被退回来了。

我去了他的个人网页。

---

① 波伊提乌（Boethius，约480—525），古罗马哲学家、执政官。
② 实际上在小说中还是提到了英尼斯是澳大利亚人，并说"不知道他是如何辗转定居苏格兰的"。

网页不存在。

于是我不得不化身私人侦探进行了一番调查。结果我发现，贝拉和塞巴斯蒂安乐队[1]也参与了命名权的拍卖会。让我很好奇的是，他们使用的电子邮箱和孔雀先生的非常相似。他们的贝司手斯图亚特·戴维一向是个恶作剧高手。他在里面开了个大玩笑。我一直以为孔雀先生真实存在，结果这件事从一开始就是虚构的。更要命的是，斯图亚特自己也写了一本小说，你们猜那本小说的主人公是谁？

孔雀约翰逊。

看起来，即使是虚构人物，也可以有多面的人生啊。

伊恩·兰金

二〇〇五年五月

---

[1] 贝拉和塞巴斯蒂安（Belle & Sebastian），独立流行乐团，成立于一九九六年，是苏格兰最知名的乐团之一，二十世纪九十年代曾享誉世界。

目录

1	第一天	星期二
65	第二天	星期三
149	第三天	星期四
227	第四天	星期五
297	第五天	星期一
335	第六天	星期二
391	第七天	星期三
434	尾声	

第一天　星期二

1

"没什么神秘的，"希欧涵·克拉克警长说道，"赫德曼失去理智了，就是这样。"

她正坐在爱丁堡新开业的皇家医院的病榻前。这个建筑群位于城南一个叫做小法兰西①的地方，是一个待开发区，建筑费用不菲，但是早就有人在抱怨缺乏室内使用面积和室外停车区域。希欧涵终于找到一个停车位，却发现人家要向她加收特殊费用。

她一走到约翰·雷布思警督的床边，就把这些都告诉了他。雷布思两只手上的绷带一直缠到了手腕上。她给他倒了杯温开水，他把无柄塑料杯捧到了自己的嘴边，小心翼翼地喝着，她在旁边注视着他。

"看到了吧？"随后他嗔怪地说，"一滴水都没有洒出来。"

但是紧接着，牛皮就吹破了。他想把它放回床头柜上，结果杯子从他的手上滑了出去。杯底的边沿撞到了地板，它刚一弹起，希欧涵

---

① 小法兰西（Little France）位于爱丁堡市郊，历史上苏格兰的玛丽女王身边的一些法国随从曾居住于此地。

就把它抓到了手里。

"接得好。"雷布思不情愿地承认。

"不要紧,反正是空的。"

然后他们开始随意地聊天。她很想问一些问题,可是话到嘴边又咽了回去。她开始向他介绍在南昆斯费里发生的一起杀人案。

三人死亡,一人受伤。城正南方向的一座安静的海滨小镇。一所私立学校,招收五到十八岁的男女学生。六百人的名单上,现在少掉了两名。

第三具尸体是持枪的杀手,他把手中的武器对准了自己。就像希欧涵所说的,没什么神秘的。

除了一个"为什么"。

"他就像你一样,"她说道,"我是说,从军中退役。他们推测那就是他干出这种事情的原因:对社会抱有成见。"

雷布思注意到她的双手现在紧紧地插在夹克衫的口袋里。他猜想她的拳头肯定攥得很紧,而她却对此浑然不觉。

"报纸上说他在做生意。"他说道。

"他有一艘汽艇,过去带人们做水橇划水。"

"但是他有积怨?"

她耸了耸肩。雷布思知道她正巴不得在现场有一席之地。不管做什么,只要能让她的大脑从另一个案子的内部调查中解脱出来就行。她是那个案子的核心人物。

她盯着他头顶上方的墙壁,仿佛除了墙上的油漆和一个氧气出口以外,那里还有什么东西让她产生了兴趣。

"你还没有问我有什么感想。"他说道。

她看了看他。"你有什么感想?"

"我快要精神失常了,谢谢你的询问。"

"你住进来才一个晚上。"

"感觉要长一些。"

"医生怎么说?"

"还没有人来看我,今天不行。不管他们怎么说,今天下午我一定要出院。"

"那么接下来呢?"

"你是说……"

"你不能回去工作。"她最终还是开始仔细端详他的手,"你准备怎么开车或打报告?打电话呢?"

"我能应付的。"他朝自己周围看了看,转身的时候尽量避免和别人的目光接触。身边都是和他年龄相仿的男人,全都脸色苍白,暗淡无光。毫无疑问,苏格兰饮食对人们的身体造成了危害。一个家伙正在咳嗽,想要一支香烟;另外一个人看上去有呼吸问题。本地人中的相当一部分有超重和肝脏肿大的现象。雷布思抬起一只手,这样他就能用前臂来蹭他的左脸,感觉到了未刮的胡楂。他知道,胡子楂的颜色肯定像他病房的墙壁一样,仿佛镀了一层银。

"我能应付的。"他又重复了一遍,然后是沉默。他把胳膊放下来,希望自己刚才没有把它抬高过。当血液在手掌里怦怦搏动的时候,他的手指开始隐隐作痛。"他们和你谈过话了吗?"他问道。

"关于什么?"

"别逗了,希欧涵。"

她目不转睛地看着他。她在椅子上前倾,两只手从它们藏身的地方露了出来。

"我今天下午还要出席另外一场会议。"

"和谁?"

"上司。"指的是吉尔·坦普勒总警司。好在没有惊动更高级别的人,雷布思点了点头,脸上露出满意的神情。

"你准备怎么跟她讲?"他问道。

"无可奉告。我和费尔斯通的死没有任何关系。"她停顿了一下。她没有提问,但是他们之间又有另外一个问题浮现:你呢?她似乎在等雷布思开口,但是他保持缄默。"她想了解关于你的情况,"希欧涵继续说道,"你怎么会到这里来的?"

"我把自己烫伤了。"雷布思说道,"很傻,但是事情已经发生了。"

"我就知道你会这么说……"

"不,希欧涵,事情确实是这样的。如果你不相信我的话,可以问医生。"他又朝四周看了看,"本来以为你随手就能抓到一个呢。"

"或许他们还忙着在停车场里找车位。"

这玩笑相当无趣,可是雷布思还是笑了。她想让他知道,她不会再给他施加压力,而他的笑声就代表感谢。

"南昆斯费里由谁负责?"他向她问道,示意转换话题。

"我想霍根警督在那边。"

"鲍比人不错。他会尽快把那件事办好的。"

"据说有一大群媒体记者。格兰特·胡德已经被抽调出来负责联络。"

"把圣伦纳德的人手都用光了?"雷布思在深思熟虑,"这么一来我更要快点回去了。"

"尤其是如果我被暂令停职……"

"你不会的,希欧涵,你自己说过的——你和费尔斯通没有任何关系。在我看来,这只是一场意外。可以这么说,既然出现了更大的案子,或许这件事情会自然而然地收场。"

"一场意外。"她重复着他的话。

他慢慢地点了点头。"所以不用把这件事情放在心上。当然了,除非那家伙确实是你杀的。"

"约翰……"她的语调里带有警告意味。雷布思又笑了,使劲眨了眨眼。

"只是开玩笑而已,"他说道,"我完全清楚吉尔想在费尔斯通的案子里抓住谁。"

"约翰,他是在一场大火中送命的。"

"难道那就意味着他是被我杀死的吗?"雷布思举起双手,来回活动,"希欧涵,是烫伤。就是烫伤,仅此而已。"

她从椅子上坐起来。"如果你这样说的话,约翰。"她站在他的面前。他把手放下,强忍住一阵突如其来的剧痛。一名护士走过来,说要给他换伤口上的敷料。

"我要走了。"希欧涵跟她打了声招呼,然后又对雷布思说道,"我实在很不愿意想到你干出这样的蠢事,还觉得是为了我。"

他开始慢慢地摇头,她转身走了。"希欧涵,保持你的信仰!"他在她后面喊道。

"那是你的女儿吗?"护士想找个话题。

"只是一个朋友,在一块儿工作。"

"你和教会有关系吗?"

她开始掀起他手上的一条绷带,雷布思疼得龇牙咧嘴。"此话怎讲?"

"你说到了信仰。"

"干我们这行的需要比常人更多的信仰。"他停顿了一下,"但是,或许你也一样。"

"我?"她微微一笑,眼睛还盯在她手里的活计上。她个子不高,姿色平平,但很干练。"不能光等着信仰为你解决问题。这个是怎么回事?"她指的是他手上的一圈水泡。

"我把手伸进了热水里。"他解释道,额头上直冒冷汗。他在心里默念:我不怕疼。但这只是自欺欺人。"你能换成比绷带更薄一点的东西吗?"

"你急着要走吗?"

"急着想把杯子握紧,不要掉出去。"或者一部电话,他想道,"再说别处还有人比我更需要床位。"

"真是大公无私,不错。我们得看大夫怎么说。"

"是哪位大夫?"

"稍微有点耐心,好吗?"

耐心?他哪里有耐心的时间。

"或许你还会有几位访客。"护士接着说道。

他对此表示怀疑。除了希欧涵以外,还没有人知道他在这里。他让一位同事给她打了个电话，所以她才能替他告诉坦普勒他要请一天病假，或许最多不超过两天。是那个电话把希欧涵一路小跑带到了这里。也许他预先知道会是这个样子；也许这就是为什么他宁愿给她挂电话，而不是警察局。

事情要追溯到昨天下午。昨天早晨，他经过一番激烈的思想斗争，终于走进了全科医生的诊室。代班医生看了一眼，告诉他应该上医院瞧瞧。雷布思打了一辆出租车到急诊处，当司机不得不自己伸手从他裤兜里掏出钱来付出租车费时，他感到十分尴尬。

"听新闻了吗？"出租汽车司机问道，"学校里发生了一起枪击案。"

"或许是气枪吧。"

可是他身边的这个男人连连摇头。"比那糟糕，收音机里说……"

雷布思在急诊处等着轮到自己。最终，他的两只手都被敷好药裹起来了。伤势不太严重，不值得再去利文斯顿的烧伤科。但是他的体温偏高，所以他们决定让他住院观察。一辆救护车把他从急诊处转到了小法兰西。他猜想他们或许在密切注视着他，以防万一他休克过去，或出现什么意外；要么就是他们担心他的伤是自残所致。还没有人过来跟他谈这件事情。或许那就是他们为什么要抓住他不放：他们在等待一位精神科医生抽空过来。

他想着简·伯奇尔，她是有可能注意到雷布思从家里突然失踪的人之一。但是他们之间的关系已经不再那么密切了。他们每隔十来天会一起共度夜晚；在电话上谈心的频率更高一些，有时候到了下午还一起喝杯咖啡。但他们的关系已经走入了例行程序。他回忆起自己很久以前曾和一位护士有过一段短暂的约会。他不知道她是否还在当地工作。虽然他可以去打听，但他不记得她的名字了。这可是个问题：有时候他记不住人的名字，也会忘掉零星的几次约会。其实也没什么大不了的，只不过是走向衰老的过程中必然出现的事。但是在法庭上提供证据的时候，他发现自己开始越来越多地查阅笔记。十年前，他都不需要讲稿或任何提示，办起事情来更胸有成竹，这一点总是让陪审团印象深刻——律师是这样告诉他的。

"现在弄好了。"他的护士正在收拾东西。她已经把新鲜的药膏涂在他的手上,在上面缠上新纱布,又在纱布上裹上旧绷带。"感觉舒服点儿了吗?"

他点了点头。皮肤感觉凉爽一些了,但是他知道持续不了多久。

"你还要再吃点止痛药吗?"她查看了一下他床头的记录表。早些时候上过一趟厕所后,他自己也看过一遍。上面除了他的体温和使用的药物外没有其他内容。没有深奥的密码,也没有把他接受检查的时候讲的故事记录下来。

我放水准备洗个热水澡……脚下一滑,栽进去了。

医生清了清嗓子,意思是说尽管他不相信这一点,但他还是愿意采纳。工作过度、睡眠不足——医生不是侦探,刺探可不属于他的工作范围。

"我可以给你几片扑热息痛。"护士建议道。

"能不能用啤酒来送服?"

她又露出那种职业化的微笑。她在英国的国民保健系统工作了这么多年头,可能还没有听过太多有创意的话。

"我试试看我能做些什么。"

"你真是个天使。"雷布思说道,连自己都感到惊奇。这是一个病人的台词,那种让人感觉舒服的陈词滥调。她已经离开了,他也不敢肯定她听到了没有。也许这是由医院的性质决定的。即使你感觉自己没有病,他们也会潜移默化,让你行动迟缓,让你变得百依百顺,学会什么叫制度化。这可能和装潢的颜色方案和背景的嘈杂声有关;也许这个地方的取暖设备也是同谋。在圣伦纳德,他们有一间专门针对"精神病患者"的单人牢房,房间四面都刷着亮粉色,目的就是让他们镇定下来。难道类似的心理学就不能运用到这里吗?他们最不希望看到的就是一个性情暴躁的病人,大喊大叫,每隔五分钟就从床上跳下去。因此床上的毛毯盖了一层又一层,多得令人窒息,而且都掖得紧紧的,生怕病人会四处活动。只是静静地躺着……用枕头支撑住身体……沐浴在光和热中……不要发牢骚。他感觉到再这样下去,他就会开始忘记自己的名字。外面的世界会停滞下来。没有工作等着他。没有费尔斯通。没有疯子在教室里扫射。

雷布思侧过身子,用腿把床单蹬开。这是一场双向战斗,就像穿着紧身衣的哈里·胡迪尼①。在下一张床上躺着的男人已经睁开眼睛,注视着身边发生的一切。雷布思一边朝他眨了眨眼,一边把脚伸进新鲜的空气中。

"你继续留在隧道里吧,"他告诉这个男人,"我要出去走一走,把裤腿里的泥巴抖掉。"

他的狱友似乎对这番话充耳不闻……

希欧涵又回到了圣伦纳德,在饮水机旁边徘徊。两个穿制服的人在小餐厅的桌子边上就座,嘴里嚼着三明治和炸薯片。饮水机放在紧挨着的门厅里,放眼望去,外面就是停车场。如果她吸烟的话,她就有理由走到外面,这样吉尔·坦普勒发现她的机会还会少一些。但是她不吸烟。她知道她可以试着躲进走廊更远处通风不畅的健身房,或者到单人牢房溜达一圈。但是没有什么能阻止坦普勒动用警察局的公共广播系统搜寻她。反正她身在警察局的这件事很快就会传开了。圣伦纳德就是这个样子:没有一点藏身之处。她使劲拉可乐罐的拉环,听到桌子旁边穿制服的人正在讨论每个人都在讨论的那个话题。

在学校的交火中死了三个人。

她已经把每一份晨报都浏览了一遍。两位少年受害者的照片赫然在目,带着胶片的颗粒感。男孩,十七岁。记者们用"悲剧"、"无能"、"震惊"和"大屠杀"等字眼大肆渲染。在新闻报道的旁边,还有一篇接一篇的跟踪报道:大不列颠蓬勃发展的手枪文化……学校保安不足……自杀性袭击的历史……她已经研究过暗杀者的照片。显然到目前为止,媒体的手里只有三张不同的快照。实际上,其中一张照

---

① 哈里·胡迪尼(Harry Houdini, 1874—1926),二十世纪初期的传奇魔术大师,擅长脱逃术表演。

片很模糊，仿佛抓拍的是一个鬼影，而不是一具血肉之躯。另一张照片展示了一个穿宽大罩衫的男人，正拽住一根绳子，将一条小船停靠在岸边。他在微笑，脑袋转向照相机。希欧涵觉得这是一张为了宣传他的划水生意所照的宣传照片。

第三张是这个男人从戎期间的半身像。他名叫赫德曼，李·赫德曼，三十六岁，住在南昆斯费里，拥有一艘快艇。报纸上还有他的营业场所的照片。据一家报纸洋洋洒洒的报道，那里"离枪杀现场还不到半英里地"。

他是从部队退役的，或许对他来说，搞到一把枪易如反掌。他把车开进学校，停在全体教职员工的车位旁边，靠近司机座位的车门也没有关，显然很仓促。有目击者看到他闯入学校。他的第一站——也是唯一的一站——是公共休息室。里面有三个人，现在两人死亡，一人受伤。然后他朝着自己的太阳穴开了一枪。事情就是这样的。各种批评早已如潮水般涌来——这怎么可能呢？继邓布兰之后，看在基督的分上，让一个人大摇大摆地走进学校？赫德曼曾表现出感情崩溃的迹象吗？医生或社会工作者们应该受到谴责吗？政府呢？谴责某个人或者所有人；一定有人应该承担责任，一味谴责赫德曼也没有用，他已经死了。这里面肯定得有一只替罪羊。希欧涵猜想，到明天他们就会把一般性的疑点通通捋一遍：现代文化宣扬的暴力……影视……生活压力……然后一切又都恢复平静。她已经注意到一项统计——自从邓布兰大屠杀之后关于枪支所有权的法律吃紧以来，英国的持枪犯罪实际上有增无减。她知道那些反对枪支的团体会怎样评论这件事情。

有一项可能的谋杀起因，圣伦纳德的每个人都在议论它：幸存者的父亲是苏格兰议会成员——而且不是普通的苏格兰议员。杰克·贝尔六个月前惹上了麻烦，在利斯的红灯区被警方逮捕。居民举行了示威活动，要求警方就这一问题采取行动。警察在一天夜里突击，在众目睽睽之下一举抓获了这位苏格兰议员。

但是贝尔证实了自己的清白，说他在这一地域出现是为了进行实地调查。他妻子和他的大多数党派成员都给他撑腰，结果警察局总部决定让这件事情不了了之。但是不久前媒体还在取笑贝尔的花销，惹得这位苏格兰议员控告警方与迎合低级趣味的报纸沆瀣一气，揪住他的身份穷追不舍。

贝尔越想越生气，干脆在议会里发表了几篇演讲，多次提出警察的效率低下，需要变革。如果像他所说的一样，所有这一切都会导致问题的产生。

而南昆斯费里正好是他的选区。

就好像这还不足以让人们饶舌似的，其中一位谋杀受害者碰巧是一位法官的儿子。

所有这一切，构成了圣伦纳德的人都在议论纷纷的第二个原因：他们感到被撂在一边了。这是利斯而不是圣伦纳德的案子，所以他们只有坐在那里干瞪眼，一心指望着可能会从这里征调一些警官。但是希欧涵对此表示怀疑。案子死气沉沉，枪手的尸体躺在太平间里，他的两位受害者躺在附近的某个地方。这还不足以让吉尔·坦普勒转移目标……

"克拉克警长，请到总警司的办公室来一下！"她头顶上方天花板上的扬声器里传来一声刺耳的号令。餐厅里穿制服的人都扭过头看着她。她啜饮着手里的可乐，尽量使自己看上去冷静一些。她的心底突然感到一丝寒意——和冰镇饮料无关。

"克拉克警长，请到总警司的办公室来一下！"

玻璃门就在她的前面。在它外面，她的小车温顺地停靠在车位上。雷布思会怎么办？是逃跑还是躲起来？一想到问题的答案，她情不自禁地笑了。这两件事情他都不会沾边。他或许已经大步流星，迈向上司的办公室，心里知道自己是对的，而上司是错的，无论她对他讲什么。

希欧涵丢掉可乐罐，朝楼梯走去。

"你知道我为什么叫你过来吗？"吉尔·坦普勒总警司问道。她坐在她办公室的办公桌后面，案头堆满了当天的文件。身为总警司，坦普勒负责B部门的上上下下，城南的三个警察局都在其管辖之内，圣伦纳德是总部。工作任务倒不是很重，但是当苏格兰议会终于搬进圣鲁德路脚下精心建造的大楼以后，情况就发生变化了。坦普勒本来就已经把大部分精力耗费在了层出不穷的会议上，这些会议的焦点往往是议会的需求。希欧涵知道她憎恨这一切。没有哪一位警官加入警察队伍是出于对案头工作的喜爱，可是预算和财务之类的东西越来越多地成为每日的话题。那些能在预算内办好案子或经营警察局的警官都成了嘉奖的楷模；而能从预算中省下钱来的人更是绝无仅有。

希欧涵看到这些已经在吉尔·坦普勒的身上产生了恶果。她总是带着一副不堪重负的表情；她的头发里夹杂着丝丝白发，要不是没有注意到，就是这些日子没有时间去弄头发。时间是她的敌人。希欧涵思索着，自己要付出多高的代价才能在事业的阶梯上更进一步——假设过了今天那座阶梯还在的话。

坦普勒似乎一门心思在她办公桌的抽屉里搜寻。最后她终于放弃了，关上抽屉，把注意力集中到了希欧涵身上。当她这样做的时候，她低下了自己的下巴，这使她凝视的目光更加犀利。但与此同时，希欧涵无意中注意到了她喉头和嘴周围的皮肤褶皱更加明显了。当坦普勒在她的椅子上活动时，她的上装自胸部以下拱起了皱痕，表明她吃胖了。要么是吃了太多的快餐，要么就是和要人参加了太多的晚宴。而希欧涵今天早上六点钟还在健身房锻炼身体。她在自己的椅子上坐得更笔直一些，稍微把头抬得更高一些。

"我想是关于马丁·费尔斯通。"她抢在坦普勒前面说。坦普勒没有说话，于是她继续说道："这件事情和我无关……"

"约翰在哪里？"坦普勒厉声打断了她的话。

希欧涵尽量克制自己。

"他不在自己的公寓。"坦普勒继续说道，"我派人到那边去检查过了。可是根据你的描述，他请了几天的病假。希欧涵，他在哪里？"

"我……"

"事情是这样的，两天前有人在酒吧里看到了马丁·费尔斯通。这不足为奇，只是他的同伴和约翰·雷布思警督看起来惊人地相似。几个小时以后，费尔斯通就在自家半独立式住宅的厨房里被活煎了。"她停顿了一下，"人们认为当大火开始的时候他还活着。"

"夫人，我真的不……"

"约翰喜欢照顾你，不是吗，希欧涵？这本身没有错。约翰喜欢英雄救美，不是吗？总在不停地找人干仗。"

"夫人，这件事情跟雷布思警督无关。"

"那他到底在躲什么？"

"我根本不知道他在躲避。"

"但是你见过他了？"这是一个问题，但问出口后就有了答案。坦普勒露出了胜利的笑容。"我敢打赌你见过。"

"他真的有些不舒服，来不了。"希欧涵回避着，但心里面清楚她的重磅出击正在失去以前的威力。

"如果他过不来的话，我倒是很想让你带我去他那里。"

希欧涵感到自己的肩膀在下沉。"我要先跟他说一下。"

坦普勒在摇头。"希欧涵，这件事情你没得商量。根据你的描述，费尔斯通在跟踪你。你那个黑眼圈就是被他打的。"希欧涵下意识地朝左颧骨扬了扬手。乌青退下去了；她知道现在它们更像一团阴影，通过化妆可以掩盖起来，或者用疲惫搪塞过去。但是当她照镜子的时候，她还能看到它们。

"现在他死了。"坦普勒继续说道，"在住宅里的一场火灾中。可能值得怀疑。所以你明白，我必须跟当天晚上和他碰过面的每个人谈话。"又是一阵停顿，"希欧涵，你最后一次见到他是在什么时候。"

"哪一位——费尔斯通还是雷布思警督？"

"兼而有之，如果你愿意透露的话。"

希欧涵默不作声了。她的两只手只想紧紧握住椅子的金属扶手，但是她意识到那里没有扶手。这是一把新椅子，没有原来那把椅子舒服。接着，她看到坦普勒的椅子也是新的，而且比以前抬高了一两英寸。这是一个小把戏，让她比任何一位来访者都高人一等……这说明总警司感到需要这样的道具。

"夫人，我想我不准备回答这个问题。"希欧涵停顿了一下，"是出于敬意。"她站起身来,心里想如果坦普勒叫她再坐下来,她是否会唯命是从。

"克拉克警长,这真叫人失望。"坦普勒冷冰冰地说道,"你会告诉约翰我们谈过话了?"

"如果你想让我这么做的话。"

"我希望你在接受问询前把事情说清楚。"

希欧涵点了点头,表示认同了这个威胁。现在只要总警司递交申请,投诉部很快就会出面,随身携带的还有载满问题和怀疑态度的公文包。投诉部:全称是投诉和行动部。

"夫人,谢谢。"希欧涵只说了这么一句。她打开门,又在身后关上了。沿着大厅有一个厕所隔间,她过去坐了一会儿,从她的口袋里掏出一个小纸袋,朝里面吹气。她第一次犯恐慌症的时候,她感到像是得了心脏病:心脏怦怦直跳,肺叶停止运行,整个身体就像在过电。她的医生说她应该请一段时间的假。当时她走进他的诊室,本来以为他会要她到医院做检查,但是没想到他告诉她买一本和她的身体状况有关的书。她在药店里找到了一本。第一章分项列出了她的所有症状,并且提了几项建议:减少咖啡因和酒精的摄入;少吃盐,少吃油腻食品;如果恐慌症眼看就要发作了,就向一个纸袋里吹气。

医生说她的血压有点偏高,建议她多锻炼。所以她已经开始提前一个小时上班,把这段时间耗费在健身房里。沿着马路一直走下去就是联邦游泳池,她向自己许诺,她要开始到那边去游泳。

"我吃得很健康。"她告诉医生。

"尽量把一周的日程拉一个清单出来。"他说道。到目前为止,她从没把这句话放在心上,而且她还总是忘记带上她的游泳衣。

这都怪马丁·费尔斯通。

费尔斯通被法院以两项罪名指控——入室行窃和侵犯他人身体罪。当他正要离开他刚刚打劫过的公寓时,一个邻居向他盘问。费尔斯通在一面墙上使劲撞这个女人的头,用力跺她的脸,以至于一只运动鞋的鞋底在上面留下了压痕。希欧涵不遗余力地出示了证据。佀是他们没有找到这只鞋,而且在费尔斯通的家里也没有找到从公寓里打劫的赃物。那位邻居对袭击她的人做了一番描述,然后挑出了费尔斯通的脸部照片,后来在多人身份认证中也再次选中了他。

地方检察官办公室很快就发现这里面有点问题。现场没有证据。除了他的身份,还有他是一名入室抢劫惯犯,并被多次指控犯有侵犯人身罪的事实以外,无论如何都不能把费尔斯通和这次的指控联系在一起。

"要是那只鞋子在就好了。"地方副检察官摸着自己的胡须,问他们有没有可能撤销其中任意一项指控,就当是达成一项协议。

"然后让他拍拍裤腿直接回家?"希欧涵争辩道。

在法庭上,辩护律师向希欧涵指出,邻居对其袭击者的原始描述和被告席上的那个人基本上没有相似之处。受害者本人也不太争气,说话时闪烁其词,让辩护律师抓住了把柄,正好借题发挥。当轮到希欧涵出示自己的证据时,她竭尽全力暗示,让大家知道被告人有一段前科。最后,法官无法对被告律师的抗议置之不理了。

"克拉克警长,对你提出最后一次警告。"他说道,"除非你有一定的理由,希望本案出现在刑事法庭的机会成为泡影,我建议从现在起,你在选择自己的答辩时多加小心。"

费尔斯通正对她虎视眈眈,把她的心思摸得一清二楚。随后,法院宣读了无罪的裁决,他蹦蹦跳跳地走出了法院大楼,就好像他那双全新的运动鞋的后跟里面装上了弹簧。他抓住了希欧涵的肩膀,不让她走开。

"我会告你侵犯人身罪。"她告诉他,尽量掩饰自己内心的暴怒和沮丧。

"谢谢你帮我免受处罚。"他说道,"也许有一天我会报答你的恩情。我要找个小酒店庆祝一番。你最喜欢喝什么酒?"

"请你跳进最近的臭水沟里,好吗?"

"我想我爱上你了。"他细长的脸上堆满了笑容。有人在叫他,是他的女朋友。染出来的金发,黑色运动服;一只手里拿了一包香烟,手机贴在她的耳朵上。她为他提供了袭击时不在犯罪现场的证据,这么做的还有他的两位朋友。

"看样子她急着找你。"

"希瓦①，你才是我想要的。"

"你想要我？"她一直等到他点头为止，"那么下次你准备把一个陌生人打扁的时候也叫上我。"

"把你的电话号码给我。"

"我在电话簿里——'警察局'一栏下面。"

"马丁！"他女朋友的咆哮声传来。

"希瓦，再见。"他脸上还堆着笑，向后倒退了几步，然后转身走了。希欧涵径直返回圣伦纳德，重新熟悉他的档案。一个小时以后，交换机里传来了电话的铃声。是他，从一家酒吧里打过来的。她放下了听筒。过了十分钟，他又打过来了……过后又打来了十个电话。

第二天也是如此。

接下来的整整一个星期都是如此。

她起初还拿不准怎样玩这场游戏，不知道她的沉默起不起作用。它似乎只是让他乐不可支，让他更起劲。她暗自祈祷他会疲倦，另外找个人占据他的身心。然后他在圣伦纳德露面了，企图跟踪她回家。那次她一眼就认出了他，一边和他兜圈子，一边用手机打电话求助。一辆巡逻车把他带走了。第二天他又出现了，就在圣伦纳德后面的停车场外面。她把他晾在那里，没有从前门出去，而是乘一辆公交车回家了。

他还不肯放弃，而她意识到自己一开始以为是个玩笑的事情演变成了一场更严肃的游戏。所以她决定让更有力量的人介入这个游戏。反正雷布思早已经注意到了：她不肯接电话；她在办公室的窗户边上徘徊；当他们出去打电话的时候，她总是左顾右盼。所以最后她向他摊牌了，他们双双前往格雷斯蒙特，拜访了费尔斯通的社区半独立式住宅。

---

① 希欧涵的昵称。

可惜出师不利，希欧涵很快就意识到"更有力量的人"出面其实正中对方下怀。一场打斗；咖啡桌的腿咔嚓一声折断，松木饰面压进密度板里。袭向希欧涵的事后空虚感比以往更糟糕——因为她把雷布思也拖了进来，而不是自己一个人应付；她不由自主地开始战栗，因为在脑海深处，她一开始就知道会发生什么事情，而且想让它发生。她既是怂恿者，又是胆小鬼。

他们在回城的路上停下来喝了点东西。

"你认为他会不择手段？"希欧涵问道。

"是他先开始的。"雷布思告诉她，"如果他还对你纠缠不休，他现在知道了会有什么下场。"

"你是说躲起来？"

"希欧涵，我所做的只是自卫。你就坐在那里，你看到了的。"他紧紧盯着她，直到她点头为止。他是对的。费尔斯通首先向他袭击，雷布思把他按倒在咖啡桌上，使劲地按住。然后咖啡桌的腿断了，两个人双双滑到地板上，滚做一团，扭打起来。这一切只是几秒钟的事。费尔斯通告诉他们滚出去，他的声音里面带着愤怒的颤音。雷布思伸出一只手指警告，重复命令他"离克拉克警长远一点儿"。

"你们两个都给我滚！"

她用手碰了碰雷布思的胳膊。"都结束了，我们走吧。"

"你认为结束了？"费尔斯通从嘴角啐出一口唾沫。

雷布思甩下了最后几句话："小子，好自为之，除非你诚心想尝一尝烟火的滋味。"

她本来想问问他说的是什么意思，但是话到嘴边又咽了下去，走开去买了最后一轮饮料。那天晚上，她在床上翻来覆去睡不着，盯着昏暗的天花板，好容易打了个盹儿，一阵恐惧突然袭来。她跳了起来，肾上腺素充满全身。她只能手脚并用地从卧室爬着出来，觉得自己只要一站起来就会死去。最后这阵恐慌过了，她双手扶着门厅的墙壁，从地板上站起来，慢慢走回床边，侧身躺下，缩成一团。

医生还是会说，事情没你想得那么严重。那是在恐慌症第二次发作之后。

期间,马丁·费尔斯通投诉她干涉人身自由,最后又撤销了投诉。他还不断打电话过来骚扰。她尽量瞒着雷布思,不想知道他说的"烟火"是什么意思。

刑事侦缉探员办公室死气沉沉的。人们不是应召出去了,就是在法院里忙得焦头烂额。你似乎要把半生的光阴耗费在等待出示证据上面,而结果却是案子垮台,或被告改变起诉的理由。有时候陪审员擅离职守,或者某个关键人物生病了。时光就这样飞逝,到最后陪审团的裁决全都是无罪。即使判定有罪,可能也不过是罚款或缓刑的问题。监狱里人满为患,像是最后的避难所。希欧涵倒不认为自己变得越来越愤世嫉俗,只是比以前更现实了。最近有人批评说爱丁堡的交警比警察还多。现在又冒出了像南昆斯费里那样的事件,气氛更为紧张了。节假日、病假、文案工作,还有法院……没有哪一天的时间是够用的。希欧涵很清楚,自己的办公桌上面有一大堆积压的工作。由于费尔斯通,她的工作已经受到了影响。她仍然能够感觉到他的存在。如果有人打电话进来,她的动作会凝固,而且有好几次她发现自己情不自禁地径直朝窗户走去,检查他的车子在不在外面。她知道她这个样子不太理智,但是自己也没有办法。她也知道这种事情不能向别人倾诉……不能表现出自己软弱的一面。

电话现在响个不停。不在她自己的办公桌上,而是在雷布思的办公桌上。如果没有人接电话,总机可能会转到另外一部分机上。她在地板上踱来踱去,希望这个声音会终止。声音最后还是终止了,因为她拿起了听筒。

"喂?"

"请问是哪位?"一个男人的声音,自信、干练而务实。

"克拉克警长。"

"希瓦,你好。我是鲍比·霍根。"鲍比·霍根警督说。她以前叫他不要喊她希瓦。很多人都在这样叫。希欧涵，再简略一些就是希瓦。当人们写她的名字的时候往往错误百出。她记得有好几次费尔斯通故意和她套近乎，管她叫希瓦，她恨得咬牙切齿。虽然知道自己应该纠正霍根，但她没有这样做。

"一直很忙吗？"她转而问道。

"你不知道我正在经手埃德加港的案子吗？"他停顿了一下，"你当然知道了，明知故问。"

"鲍比，你很上镜。"

"希瓦，我对拍马屁向来都来者不拒。答案是'否'。"

她忍不住笑了。"我还没到忙得不可开交的地步。"她谎称道，眼睛扫了一下她桌子上的文件夹。

"如果我需要人手的话，我会告诉你的。约翰在吗？"

"大众情人先生吗？他请了病假。你找他有什么事情吗？"

"他在家里吗？"

"或许我可以给他捎个信。"她现在来劲了。霍根的声音里面有些焦急。

"你知道他在哪儿吗？"

"是的。"

"在哪儿？"

"你还没有回答我的问题：你找他有什么事情？"

霍根长长叹了口气。"因为我需要人手。"他告诉她。

"非他不可吗？"

"就我所知是这样。"

"我算是服了。"

他对她的口气置若罔闻。"你什么时候能让他知道？"

"他有些不舒服，恐怕帮不上你的忙。"

"如果他还不到装铁肺①的地步，我就会去找他。"

---

① 指人工呼吸器。

她靠在雷布思的办公桌上。"发生了什么事情？"

"让他给我打电话，好吗？"

"你在那个学校里吗？"

"最好让他打我的手机。再见，希瓦。"

"稍微等一下！"希欧涵朝门口张望。

"什么事？"霍根按捺不住心中的怒火。

"他就在这里。我让他来听电话。"她把听筒递给雷布思，后者身上的衣服穿得乱七八糟。起先她还以为他喝醉了，但是紧接着她就意识到是怎么回事了：他是勉勉强强才穿上衣服的。衬衫胡乱塞进了裤腰里，领带在脖子上松松垮垮地绕了一圈。他没有从她的手中接过电话，而是上前把耳朵贴在了上面。

"是鲍比·霍根。"她解释道。

"鲍比，你好。"

"约翰吗？信号听起来不太好……"

雷布思看着希欧涵。"再靠近一点。"他轻声说道。她转动着话筒，让它贴在他的下巴上。她注意到他的头发需要清洗了，前面的头发紧贴着头皮，后面的头发都竖起来了。

"鲍比，清楚一些了吗？"

"是的，清楚多了。约翰，我需要你帮忙。"

电话稍微滑下去了一点，雷布思抬起头看了看希欧涵。她的目光又一次指向了门口。他转身瞟了一眼，看到吉尔·坦普勒站在那里。

"到我办公室来一下。"她气冲冲地说道，"现在！"

雷布思用舌尖舔了舔嘴唇。"鲍比，一会儿我给你打过去。上司要我过去问话。"

他挺直腰板，听到霍根的声音变得细弱，像是机器发出的电子音。坦普勒招手示意他跟在后面。他朝希欧涵轻轻耸了耸肩，再次抬脚离开了房间。

"他走了。"她对着话筒说道。

"真是的，让他回来。"

"我想那不大可能。喂,听我说……如果你能给我一点头绪的话,也许我能帮你……"

"如果您不介意的话,我想把门敞开。"雷布思说道。

"如果你想让全警察局都听见的话,那随你的便。"

雷布思一屁股跌坐到给来访者准备的椅子上。"事情是这样的,我抓门把手还有点费力。"他抬起自己的双手让坦普勒瞧。她的语气马上转变了。

"天哪,约翰,到底发生了什么事情?"

"我烫着了。看起来伤得不轻。"

"烫着了?"她斜靠回去,手指压在办公桌的边沿上。

他点点头。"事情就是这样的。"

"不管我怎么想?"

"不管您怎么想。我给厨房里的洗菜池放满了水,想洗洗碗碟什么的,还没想起加冷水,就把两只手都伸了进去。"

"确切地说放了多久?"

"显然足够长,足以把它们烫伤。"他从嘴角挤出一丝笑容,心想碗碟的故事要比浴缸更可信,尽管坦普勒看起来疑心重重。她拿起了听筒,又把它放下去,切断了通话。

"运气不好的人不止你一个。马丁·费尔斯通在一场火灾中送命了。"

"希欧涵告诉我了。"

"还有呢?"

"是炸薯条的炸锅引起的火灾。"他耸耸肩,"这样的事情屡见不鲜。"

"星期天晚上你和他在一起。"

"我吗?"

"目击者在酒吧里看到你们在一起。"

雷布思耸耸肩。"我的确碰巧和他打了个照面。"

"然后和他一起去了酒吧？"

"没有。"

"回到了他的住所？"

"你说谁？"

"约翰……"

他的声音抬高了八度。"谁说那不是一场火灾？"

"火警调查员还在调查。"

"祝他们好运。"雷布思本想将双臂交叉在胸前，意识到这样做的后果之后，又把两条胳膊垂到身体两侧。

"一定很疼吧。"坦普勒发话了。

"还可以忍受。"

"是在星期天晚上发生的吧。"

他点点头。

"约翰，听我说……"她身体前倾，用胳膊肘撑在桌面上，"你知道人们会怎样议论。希欧涵口口声声说费尔斯通一直在骚扰她。他否认了这一点，接着就反驳说你威胁了他。"

"那项指控他决定撤销了。"

"但是现在我听希欧涵说费尔斯通袭击了她。这你知道吗？"

他摇摇头。"火灾只是一场愚蠢的巧合。"

她垂下眼睛。"看上去不那么漂亮，是不是啊？"

雷布思上下打量着自己。"我从什么时候开始在乎自己是不是长得漂亮了？"

她忍俊不禁，几乎笑出声来。"我只是想知道我们在这件事情上是清白的。"

"吉尔，相信我。"

"那么你不会介意把这件事情办得正式一些吧？把它写成书面报告？"她的电话又开始响个不停。

"要是我的话，这次就该接起来。"一个声音说道。希欧涵站在门口，双臂交叉在胸前。坦普勒看了看她，然后拿起了听筒。

"坦普勒总警司。"

希欧涵捕捉到雷布思的眼神，向他眨了眨眼。吉尔·坦普勒在聚精会神地听电话另一端的人讲话。

"我明白了……是的……我想那将会……能告诉我为什么点名要他吗？"

雷布思忽然明白了。是鲍比·霍根。也许电话那头不是他——霍根可以越过坦普勒，找副局长替他打电话。他需要雷布思帮个忙。霍根现在可以说耀武扬威，这种权力是他最新接手的案子赋予他的。雷布思想知道他打算让他帮什么忙。

坦普勒放下了电话。"你要到南昆斯费里报到。好像是霍根警督需要你帮忙。"她的眼睛死死盯着桌面。

"夫人，谢谢您。"雷布思说道。

"约翰，记住，费尔斯通不会到处乱跑。等霍根那边的事情忙完了，你就得再回到我这边。"

"明白。"

坦普勒从他的头顶望过去，希欧涵还站在那里。"与此同时，或许克拉克警长可以帮帮忙……"

雷布思清了清嗓子。"夫人，我这边可能会有点问题。"

"什么问题？"

雷布思又抬起他的胳膊，慢慢转动他的手腕。"我给鲍比·霍根帮忙也许不成问题，但是做别的事情我还需要一点帮助。"他在椅子上转过半个身子，"所以如果我可以借用克拉克警长一段时间的话……"

"我可以给你安排一名司机。"坦普勒不耐烦地说道。

"但是做笔记、打电话、接电话……都需要刑事侦缉探员。而且从我在办公室看到的情况来看，我的选择范围在缩小。"他停顿了一下，"在您允许的情况下。"

"那么你们两个都去吧。"坦普勒伸手去够一份文件，"等火警调查员一有结论，我就通知你。"

"老板，您真好。"雷布思说道，站起身来。

回到警督的办公室以后，他让希欧涵把手插进他的夹克衫的口袋里，从里面掏出一个小塑料药瓶。"那帮浑蛋开药的时候把它们看得比金子还贵重。"他抱怨道，"你能给我倒点水吗？"

她从她的办公桌上取来一只瓶子，帮助他灌下两片药。当他还要第三片药时，她察看了一下标签。

"上面说每四小时吃两片。"

"多吃一片也无妨。"

"像这样吃下去很快就吃完了。"

"在我的另一个口袋里有一张处方。等我们上路之后，我们需要在药店停一下。"

她把瓶盖拧紧。"谢谢你把我也一并带上。"

"没问题。"他停顿了一下，"想说说费尔斯通的事吗？"

"不太想说。"

"好吧。"

"我想我们两个都没有责任。"她的眼睛向他那边望去。

"没错。"他说道，"也就是说，我们可以一心一意帮助鲍比·霍根。但是在我们出发之前，还有最后一件事情没有办妥。"

"什么事情？"

"你可以帮我把领带系好吗？护士对此一窍不通。"

她微微一笑。"我正巴不得把手在你的喉咙上绕一圈呢。"

"你要是有一点越轨的话，我就会把你扔回老板那里去。"

但是他没有，即使当她证明对他发出的系领带指示无能为力时也做不到。最后，趁着他们等药剂师填写药方的空当，药店的女士帮他系好了领带。

"我以前总是给我丈夫打领带。"她说道，"愿他的灵魂安息。"

在外面的人行道上，雷布思上上下下打量着街道。"我需要香烟。"他说道。

"别指望我给你点烟。"希欧涵双臂交叉在胸前。他盯着她看。"我是认真的。"她接着说道,"这是你戒烟的最佳时机。"

他把眼睛眯成一条缝。"你很享受这一切,是不是啊?"

"才刚刚开始。"她承认了,挥舞着胳膊为他打开了车门。

2

到南昆斯费里没有近路。他们径直穿过市中心，沿昆斯费里路走下去，只有到达 A90 的时候才能加快速度。他们正在靠近的小城似乎在横跨福斯湾的公路桥和铁路桥之间半隐半现。

"很多年没有来过这里了。"希欧涵说道，只是为了打破车里的沉默。雷布思也懒得回答。在他看来，整个世界仿佛都被裹得严严实实的。他猜想都是那些药片惹的祸。几个月以前，在一个周末，他曾经带着简去过南昆斯费里。他们在一家酒吧吃过午餐，沿着海滨大道散步。他们观看了救生艇下水——不是什么紧急情况，或许只是一场演习。然后他们驱车前往霍普顿宫①，在别人的带领下，游览了这栋庄严宫殿装饰华丽的内景。他从新闻得知，埃德加港学院就在霍普顿宫附近。他记得自己曾经从它的大门口驶过，从马路上看不到建筑物。他给希欧涵指路，到头来却发现他们钻进了一条死胡同。她啐了一个

---

① 霍普顿宫：位于南昆斯费里西部三英里处，福斯湾旁边，是苏格兰最杰出的豪华古宅之一。

六十度转弯,在不需要雷布思进一步帮助的情况下,找到了霍普顿路。

当他们快到学校大门口的时候,不得不从新闻车和记者车的边上挤过去。

"你可以多撞他们几辆车。"雷布思咕哝道。一个穿制服的人检查了他们的身份证,打开了锻铁铸的大门。希欧涵把车子开了进去。

"我还以为会在水边呢,"她说道,"既然名字叫埃德加港。"

"有一个小船坞叫做埃德加港。不会太远。"当汽车爬上一条曲折的坡道,雷布思回头望了一下。他能看到水面,桅杆像道钉一样穿出来。但是紧接着,它就消失在树木的后面了,再转个弯,学校就映入了眼帘。建筑属于苏格兰式的豪华风格:幽暗的石板建筑,上方是山墙和塔楼。圣安德鲁十字旗①降了半旗。停车场挤满了官方车辆,一大群人在一间移动房外面徘徊。城里只有一个孤零零的小警察局,还是一个分支机构,或许不足以应付这一切。当雷布思他们的车嘎吱嘎吱碾过石子路,目光都转向了他们。雷布思认出了其中几张面孔,那几张面孔也都认识他。没有人朝他们笑一笑,或是挥挥手。当汽车停下来的时候,雷布思努力去拉门把手,但还是得等希欧涵出来,走到副驾驶那边,替他打开了车门。

"谢谢。"他说道,从容地走出来。一位穿制服的警察走上前,雷布思在利斯就认识他,他的名字叫做布伦丹·英尼斯,是澳大利亚人。雷布思一直没机会问他如何辗转定居到苏格兰的。

"是雷布思警督吧?"英尼斯说道,"霍根警督在学校里面,他让我跟你打声招呼。"

雷布思点点头。"你身上带烟了吗?"

"我不抽烟。"

雷布思环顾四周,物色一个可能的候选人。

"他说让你直接过去。"英尼斯强调了一下。从移动房里面传来一阵嘈杂声,两个男人同时回头看了一眼。门一下子开了,一个男人快

---

① 圣安德鲁十字是呈"X"状的十字符号,相传耶稣门徒安德鲁就是在此十字架上殉教。苏格兰国旗即采用此图案,为蓝底白圣安德鲁十字。

速走下外面的三级台阶。他的穿戴好像是要去参加一场葬礼：暗色调西服、白衬衫、黑领带。雷布思认出了那款发型：一头银发朝后抿得油光铮亮。是苏格兰议员——杰克·贝尔。贝尔四十多岁，四方脸，皮肤晒得黝黑，不可能再恢复。他个子高高的，身材魁梧，总是一副怨天尤人的模样。

"我享有每一项权利！"他在大喊大叫，"这个世界上的每一项权利！但是我早就应该知道，除了他妈的彻头彻尾的阻挠，就别指望从你们这群乌合之众的身上得到什么！"

格兰特·胡德——这个案子的媒体联络官——已经走到了门口。

"先生，我们一直是欢迎您发表意见的。"他提出了抗议。

"这不是意见，这是一个绝对的、不可辩驳的事实！六个月前，别人往我的脸上糊满了鸡蛋，这样的事情你永远不会忘记或原谅吧，是不是？"

雷布思走上前去。"对不起，先生……"

贝尔猛地回过身来，面对着他。"什么事？"

"我刚刚在想，您可能更希望把声音放低一些……出于尊敬。"

贝尔用一根食指戳向雷布思。"你竟敢跟我耍花招！我要让你知道，我的儿子可能已经死在那个疯子的手上了。"

"先生，这一点我非常清楚。"

"但是我在这里代表我的选民，所以我才要求让我进去……"贝尔停顿了一下，让自己喘口气，"你是谁？"

"雷布思警督。"

"那你跟我毫不相干。我想见的是霍根。"

"可惜霍根警督现在正忙得不可开交。你想看看教室，对不对？"贝尔点点头，环顾四周，好像在搜寻在他看来比雷布思更有用的人。"先生，我能问一下其中的原因吗？"

"不关你的事。"

雷布思耸耸肩。"我正要过去和霍根警督打声招呼……"他转身走了，"想必我能替你插句话。"

"等等。"贝尔说道,他的声音立刻不再咄咄逼人,"或许你能带我去看……"

但是雷布思在摇头。"先生,你最好在这里等一等。我会让你知道霍根警督怎么说。"

贝尔点点头,但只是暂时被安抚了。"你也知道的,这真是天理难容。人们怎么可能带着枪走进学校?"

"先生,这正是我们要努力查明的。"雷布思上下打量这位苏格兰议员,"您身上带烟了吗?"

"什么?"

"烟。"

贝尔摇了摇头,雷布思开始向学校径直走去。

"警督,我会等着。我不会离开半步。"

"那就好,先生。我敢说这个地方对您再好不过了。"

学校前面有一块草皮,是一道坡,旁边有运动场。穿制服的官员们在运动场上忙碌着,不时把从围墙上爬进来的非法入侵者拒之门外。那些人可能是媒体,但更有可能仅仅是对凶杀持浓厚兴趣的人。在每一个谋杀现场都会碰到这类人。雷布思一眼瞥见校区原址后面的一栋现代派建筑。一架直升机从头顶上飞过,他看不出上面装了摄像设备。

"真有意思。"希欧涵一边说着,一边赶上了他。

"能碰到一位政客总是件令人愉快的事。"雷布思同意她的说法,"尤其是对我们的职业如此尊崇的人。"

学校的主门是一道雕花双开门,上面镶嵌了好几块方玻璃。里面是待客区,推拉窗一直通进一间办公室,可能是学校的秘书处。秘书现在正躲在一块白色的大方手帕后面发号施令,那块手帕可能就属于坐在她对面的警官。雷布思对那张面孔有点印象,只是叫不出他的名字。另外几扇门通往学校的主体结构。门都用门档抵着,上面的标牌写道:来客一律到办公室报道。一个箭头回头指向推拉窗。

希欧涵向天花板的一个角落示意,上面装了一部微型摄像机。雷布思点点头，穿过一道道敞开的门，走进一条长长的走廊。走廊一边是楼梯，最里面是一扇巨大的彩色玻璃窗。抛光木地板在他的脚下咯吱作响。墙上挂着画像：以往的教师们穿着袍服，有的在他们的书桌前，有的伸手去书架上拿书。再往里走是名人录——学校最优秀的学生、校长，以及那些为国捐躯的烈士。

"难怪他这么容易就进来了。"希欧涵小声说道。她的声音在寂静的大厅里回荡，从走廊中间的一扇门里露出一颗脑袋。

"你们花了这么久才到。"鲍比·霍根警督用低沉有力的声音说道，"过来看一下。"

他已经退回有六年历史的公共休息室。房间大约十六乘十二英尺见方，靠外面的那堵墙上有几扇很高的窗户。大约有十二把椅子；一个书桌上面放了一台电脑；一架老式立体声高保真音响立在一个角落里，碟片和磁带散落得到处都是。一些椅子上面放了几本杂志：《男人帮》、《热度》、《M8》①。不远处面朝下放着一本打开的小说。旅行包和夹克衫挂在窗户下面的挂钩上。

"你们可以进来了。"霍根告诉他们，"犯罪现场负责人已经把这里从头到尾搜索了一遍。"

他们慢慢走进房间。没错，犯罪现场负责人必然来过这里，因为这就是案发现场。一面墙上溅满了暗红色的斑斑血迹。地板上的血点更大，看上去就像有人踩在血泊里，在地板上拖出了一道道痕迹。凡是收集过证据的地方都用白色的粉笔和黄色的胶带做了记号。

"他从一扇侧门进来。"霍根解释道，"正赶上休息时间，门都没锁。他从走廊直奔这里。天气不错，阳光明媚，大多数孩子都在外面。他只找到三个……"霍根朝受害者待过的地方点点头，"一边听音乐，一边浏览杂志。"他似乎在自言自语，希望他多说几遍，他们就能开始回答他的问题。

"为什么会是这里？"希欧涵问道。霍根抬起头，仿佛第一次见

---

① 一本介绍舞曲和俱乐部文化的娱乐杂志，面向十八到二十五岁的年轻人，一九八八年于苏格兰创刊。

到她。"希瓦,你好。"他带着一丝笑容说道,"你是因为好奇才来这里的吗?"

"她在帮助我。"雷布思抬起手说道。

"天哪,约翰,发生了什么事情?"

"一言难尽,鲍比。希欧涵提的问题不错。"

"你是说,为什么偏偏是这所学校?"

"还不止这些。"希欧涵说道,"你自己也说过的,大多数孩子都在外面,他为什么不对他们下手?"

霍根耸耸肩,算是回答。"我正希望我们能查明真相。"

"那么鲍比,我们能帮你做些什么呢?"雷布思问道。他刚迈进门槛,还没有走到房间里面,而希欧涵正在一旁浏览墙上的海报。埃米纳姆[①]似乎在朝整个世界竖起中指,而他旁边的那群人,穿着连衫裤工作服,戴着橡胶面具,看起来就像一部廉价恐怖片里的群众演员。

"约翰,他是从部队退役的。"霍根说道,"这还不算,他是从空军特勤队退役的。我记得你有一次告诉过我,你曾经努力想进入空军特勤队。"

"鲍比,那是三十几年前的事情了。"

霍根心不在焉。"他好像喜欢独来独往。"

"喜欢独来独往,而且有些积怨?"希欧涵问道。

"谁知道。"

"但是你想让我打听一下?"雷布思猜测道。

霍根看着他。"他的朋友可能都像他那样——都是被部队扔出来的老兵。他们可能会向同一条道上的人敞开心扉。"

"那是三十多年前的事情了,"雷布思重复道,"另外,谢谢你把我归类在'被扔出来的老兵'里面。"

"你知道我的意思……只要一两天,约翰,我就求你这么一件事情。"

雷布思又迈回走廊,环顾四周。它是这样安宁,这样平静。但是只要几分钟,一切就都改变了。这座城镇和这所学校永远都不会恢复

---

① 埃米纳姆(Eminem,1972—),美国著名说唱歌手。

32

从前的样子了。牵扯到的每一个人，他们的生活都将陷入永久的混乱；学校秘书可能永远都不会从那块借来的手帕后面露面；几个家庭会埋葬他们的儿子，满脑子都是他们在生命的最后一刻所承受的恐惧。"约翰，怎么样？"霍根问道，"你能帮这个忙吗？"

暖洋洋、毛茸茸的脱脂棉……它能保护你，让你有个缓冲。

没什么神秘的……希欧涵说过……他失去理智了，就是这样。

"鲍比，只有一个问题。"

鲍比·霍根看上去有些疲倦，还稍微有些迷茫。利斯意味着毒品、持刀伤人事件和卖淫嫖娼。这些鲍比都能应付。雷布思有一种感觉，他被召集到这里是因为鲍比·霍根的身边需要一位朋友。

"问吧。"霍根说道。

"你身上带烟了吗？"雷布思问道。

移动房里面人山人海。霍根在希欧涵的两条胳膊上架满了文件，都和本案有关，刚从学校办公室的复印机里面拷贝出来，摸上去还热乎乎的。外面，一群银鸥聚集在草坪上，看上去一副好奇的样子。雷布思用他的烟头砸它们，它们朝它冲上去。

"我可以告你虐待。"希欧涵告诉他。

"彼此彼此。"他说道，上下打量着文件的数量。格兰特·胡德刚刚打完电话，正要把手机塞回他的口袋里。"我们的朋友上哪儿去了？"雷布思问他。

"您是说肮脏的麦克·杰克吗？"雷布思对这个绰号微微一笑，贝尔早上刚刚被捕，这个绰号就在一张通俗小报的首页上出现了，可谓锦上添花。

"我说的就是他。"

胡德朝山坡下点点头。"记者团有个人把他叫去了，要在学校大门口给他拍电视节目。杰克一溜烟就跑过去了。"

"还说不会离开半步呢。那些记者不会出格吧？"

"你说呢?"

雷布思只撇了撇嘴角作为回应。胡德的电话又响了,他扭过身去接。雷布思注视着希欧涵熟练地把汽车的后备箱打开。一些文件滑到了地面上,她又把它们捡了起来。

"完事了?"雷布思问她。

"现在总算完事了。"她砰的一声关上了后备箱,"我们要把它们带到哪里去?"

雷布思审视着天空。浓云飞逝。风太大了,可能不会下雨。他觉得自己能听到远处索具在帆船桅杆上铿锵作响的声音。"我们可以到一家小酒馆找张桌子。在铁道桥的下面有一个叫'摆渡者'的地方……"她紧紧盯着他。"这是爱丁堡的传统。"他耸耸肩,解释道,"过去,内行都利用当地的小酒馆来工作。"

"我可不想染上这种习气。"

"我总是喜欢用传统的办法。"

她对此一言不发,走到司机的那边,打开车门。她已经关上车门,把钥匙插进点火开关,才忽然想起自己忘了什么。她咒骂着自己,把身子探过去给雷布思打开车门。

"你真好。"他说道,进来的时候面带笑容。他对南昆斯费里知之甚少,但他对小酒吧倒是了如指掌。他在河口湾的另一端长大,对北昆斯费里的景色记忆犹新:当你向南眺望的时候,大桥仿佛分成了两段。同一位穿制服的警官打开大门,让他们出去。杰克·贝尔正站在马路中央,对着摄像头滔滔不绝。

"长长地摁一声喇叭。"雷布思命令道。希欧涵乐于效劳。记者放下麦克风,回过头虎视眈眈地盯着他们。摄影师把耳机取下来,绕在脖子上。雷布思朝苏格兰议员挥挥手,向他微微一笑,略表歉意。看热闹的人把半条单向行车道都堵满了,目不转睛地盯着汽车。

"我感到像是被展出的展品。"希欧涵嘀咕道。一队车辆慢慢越过他们,想看一眼学校。不是专业人士,都是些平名百姓,还有他们的家人和随身携带的摄像机。当希欧涵费了九牛二虎之力才驶过小得可怜的警察局时,雷布思说他要下车走一走。

"咱们小酒馆见。"

"你要去哪儿?"

"我只想感受一下环境。"他停顿了一下,"如果你先到那里的话,给我要一品脱 IPA①。"

他注视着她把车开走,消失在一长队缓缓行进的游客车辆中。雷布思停下来,扭头仰望福斯公路桥,听到小汽车和卡车在它上面疾驰而过时发出的声音,几乎像潮水一般。那边有一些很小的人影,站在人行道上向下张望。他知道对面单向行车道上的人更多,因为从那边可以更好地看到学校的运动场。他一边摇头,一边迈步向前。

南昆斯费里的商业集中在一条单行大道上,从高街一直延伸到霍斯酒店。但是这种格局很快就要转变了。最近路过城里去公路桥的路上,他注意到了一家新开的超市和商业园。一个标牌在诱惑那长蛇阵:通勤跑累了吧?您可以来这里工作。这条信息告诉他们,爱丁堡人满为患,交通正逐年减慢,而南昆斯费里想成为远离城市的一分子。不过从高街上你看不到这些。那里都是当地人开的小商店、狭窄的人行道、旅游者资讯站。雷布思知道那里的几个故事:VAT69②酿酒厂发生一起火灾,滚烫的威士忌酒顺着街道往下流,人们一顿畅饮,结果住进了医院;一只宠物猴子被人们惹得心烦意乱,结果抓破了一位洗涤碗碟女佣的喉咙;还有莫布雷猎犬③与毛刺人④这样的幽灵⋯⋯

每年都有一次纪念毛刺人的庆祝活动,挂彩旗,升国旗,游行队伍在城里排成一条长龙。现在离庆祝活动还有几个月的时间,但是雷布思在心里面嘀咕今年到底还会不会安排。

---

① 即印度淡啤酒（India Pale Ale）,曾经在殖民地印度的英国军队中相当流行。它的酒精和酒花含量都很高,以经得起当时从英国运往印度所需的较长海运过程。
② VAT 69是在一八八二年由调师威廉·桑德森制作的。当时他总共制作了一百桶调试作品,请当时知名的品酒专家来票选,其中第六十九桶的配方最好喝,因此得名VAT 69。
③ 莫布雷猎犬（Mowbray Hound）是盛行于南昆斯费里的传说,猎犬名叫格雷姆,是一个魔鬼般的幽灵。
④ 南昆斯费里每年八月份的第二个星期五举办的毛刺人游行的中心人物。游行当天,当地一名男子全身披满毛刺植物在镇上游行,当地的居民相信他会给全镇带来好运气。

雷布思走过一座钟塔，阵亡将士纪念日的花圈还别在上面，没有被无故破坏公物者染指。道路越来越窄了，来往车辆不得不动用临时让车处。他不时瞥见左边建筑物后面的河口湾。穿过马路，一排底商的屋顶上面盖了一层露天平台，前面是一排排的房屋。两位老妇人站在一扇敞开的前门边上，双臂交叉在胸前，分享最新出台的流言飞语，眼睛掠向雷布思，把他当陌生人看待。她们用不悦的神色打发他，就像打发一个盗墓食尸鬼一样。

他继续向前，路过一家报社。几个人聚在里面，分享从刚印出来的晚报中获悉的信息。马路对面，新闻摄制组从他身边经过——和学校大门外面的新闻摄制组不是同一伙人。摄像师一手拿摄像机，另外一边肩膀上挎着三脚架。音响师身体一侧背着设备，脖子上绕着耳机，手里握着吊杆，就像握了一把来复枪。他们正在一位金发女郎的带领下选景，她在小巷里一刻不停地端详，以便搜寻最佳镜头。雷布思觉得自己在电视上见过她，猜测这队人马是从格拉斯哥过来的。她的报道开始了："恐惧光顾一度平静的安全场所，遭受重创的社区今天正在努力适应……人们在提问，但是答案似乎遥遥无期……"诸如此类的话。雷布思知道他自己也能写这种讲稿。没有警察提供线索，媒体只会骚扰本地人，到处搜罗消息，要是有哪块岩石或石头能出产新闻，都巴不得从石头缝里把它们挤出来。

这种场面他在洛克比就已经见识过了；毋庸置疑，邓布兰也如出一辙。现在又轮到南昆斯费里了。他来到马路上的一个拐弯处，外面是一片空地。他停了一会儿，回头仔细端详小城，但是大部分都隐藏着。藏在树木的后面，藏在其他建筑物的后面，藏在他刚刚经过的拐角的外面。这里有一道防波堤，他决定就在这个绝佳的场所点燃鲍比·霍根送给他的抽剩下的香烟。香烟别在他的右耳后面，他用手去抓，但是有点够不着，结果把它掉到了地上。一阵狂风刮过，香烟在地上乱滚。雷布思弯下腰，眼睛盯在地面上，差点碰到了一双腿。香烟停在了一只齐脚踝高的乌黑的细高跟女鞋的脚尖处。鞋子上面的两条腿包裹在漆黑的渔网连裤袜里。雷布思站起身来。女孩可能是十三岁也可能是十九岁，染黑的头发像稻草一样贴在她的头皮上，是苏克西①式的发型。她的脸像死人一样苍白，眼睛和嘴唇都涂成了黑色。她穿一件黑色皮夹克，里面裹着几层黑色薄纱。

"你割了自己的手腕吗？"她问道，眼睛盯着他手上的绷带。

"如果你把那支香烟踩碎的话，或许我会这样做。"

她弯下腰捡起香烟，身子向前把它递到他的两片嘴唇中间。"我兜里有打火机。"他说道。她取出打火机，帮他点烟，熟练地用手拢住火焰，目不转睛地看着他，仿佛要看穿他对她的亲昵有何反应。

"对不起。"他抱歉地说道，"这是我的最后一支香烟了。"嘴里叼着烟说话有些费劲。她似乎意识到了这一点，他吸了几口烟后，她把烟从他的嘴里拔出来，放进了自己的嘴里。透过她的黑色蕾丝手套，可以看到她的指甲也染成了黑色。

"我不是时尚专家。"雷布思说道，"但是我感觉你不仅仅是在哀悼。"

她笑了，露出一排洁白的牙齿。"我根本就没有在哀悼。"

"但是你在埃德加港学院上学？"她看着他，心里面纳闷他怎么会知道。"要不然你可能还在上课。"他解释道，"只有埃德加港的孩子们现在放假了。"

"你是记者？"她把烟放回他的嘴里，上面沾了她的口红。

"我是警察。"他告诉她，"警督。"看来她不感兴趣。"你不认识那几个死了的孩子吗？"

"我认识。"她听起来有些受到伤害，不想让自己排除在外。

"但是你不想念他们。"

她领会了他的意思，一边点头，一边回想她自己说过的话：我根本就没有在哀悼。"如果说我对他们还有任何感情，那只剩下嫉妒了。"她再一次目不转睛地看着他。他不禁在心里面嘀咕，她卸了妆会是什么模样呢？漂亮，或许吧；大概还带着几分憔悴。她化过妆的脸是一张面具，她可以躲在后面。

---

① 苏克西（Siouxsie Sioux, 1957—　）英国歌手，创作人，风格为后朋克、哥特摇滚等。

37

"嫉妒?"

"他们死了,不是吗?"她看着他点头,然后自己也耸了耸肩。雷布思低头看香烟,她把它从他的嘴里取出来,又放进了自己的嘴里。

"你想死?"

"我有点好奇,仅此而已。我想知道死亡是什么滋味。"她把嘴唇圈成O形,吐了一个烟圈,"你一定见过死人。"

"太多了。"

"究竟有多少?见过有人在你面前死去吗?"

他不准备回答。"我要走了。"她要把剩下的一小段香烟头给他,但是他摇了摇头。"顺便问一下,你叫什么名字?"

"特丽。"

"特丽?"

她给他一个字母一个字母拼写出来。"但是你可以称呼我特丽小姐。"

雷布思微微一笑。"我会假设那是一个假名。特丽小姐,也许我以后还会见到你。"

"警督先生,你什么时候见我都行。"她转身朝城里走去,那双足足有一英寸半高的鞋子让她感觉很自信。她用手往回捋了捋头发,又让它垂下来,然后挥了挥戴蕾丝手套的手。

她知道他在注视着她,而她喜欢扮演这种角色;雷布思认为她可以算作一个称职的"哥特人"。他在城里见过他们,常常在音像店外面闲荡。有一段时间,凡是符合这一描述的人都不许进入王子大街的花园——那是地方议会出台的一项法令,跟一座被践踏的花坛和一个被撞倒的垃圾桶有关。每当雷布思读到那篇文章的时候,都忍俊不禁。文章从朋客摇滚乐追溯到泰迪男孩[①],讲述了青少年成长的必经之路。他本人在参军前也很野。当时他还太年轻,没有赶上第一批泰迪男孩的潮流,却成长为身穿二手皮夹克,口袋里装着锋利钢梳的那批人。夹克衫不太合身——不是骑摩托车的人穿的行头,只有四分之三的长

[①] 泰迪男孩(Teddy boy)是英国的一种亚文化,二十世纪五十年代开始流行。年轻男人身穿爱德华时代花花公子式的服装,热衷于摇滚乐。"泰迪"是爱德华的简称。

度。他用一把厨房剪刀把它裁短了，线头掉出来，露出了里面的内衬。

有点叛逆者的味道。

特丽小姐在拐弯处消失了。雷布思径直向"摆渡者"走去。希欧涵刚要了饮料，正在那里恭候。

"我还以为我要连你的饮料一起喝掉呢。"她嗔怪地说道。

"对不起。"他把杯子握在手中，举起来。

希欧涵给他们找了一张摆在角落里的桌子，周围没有人。她的面前摆了两堆文件，旁边是她的酸橙汁，还有一包打开的花生。

"你的手怎么样了？"她问道。

"恐怕我再也不能弹钢琴了。"

"流行乐坛的一大悲剧性损失。"

"希欧涵，你听重金属吗？"

"没听过。"她停顿了一下，"也许在聚会开始前会放一两首摩托头[①]。"

"我在考虑新一点的曲子。"

她摇了摇头。"你真的以为我们在这里合适吗？"

他环顾四周。"本地人似乎不感兴趣。再说我们又不准备亮出验尸照片。"

"但里面还有犯罪现场的照片。"

"现在把它们卷起来。"雷布思又灌了一口啤酒。

"你确信你吃了那些药，还能再喝酒？"

他对她的话充耳不闻，而是朝着其中一堆文件点头。

"所以说，"他说道，"我们都查到了些什么，还有我们这次外出执行任务还能延长多久？"

她微微一笑。"对再次和上司见面不怎么热心了吧？"

"不要告诉我你正盼着和上司见面。"

她似乎考虑了一下，然后耸了耸肩。

---

① 摩托头（Motörhead），英国著名重金属乐队，组建于一九七五年。

"费尔斯通死了,你开心吗?"雷布思问道。

她狠狠瞪了他一眼。

"只是出于好奇。"他说道,又想起了特丽小姐。他想把最上面一层桌布拉到他这边,希欧涵看出了他的心思,替他拉了拉。然后两个人就肩并肩坐着,没有注意到外面的光线越来越暗,时间已经从下午推移到了晚上。

希欧涵又去吧台点了几瓶饮料。酒吧男招待试探着向她打听那些文件,但她转移了谈话的内容。最后他们谈起了作家。她居然不知道"摆渡者"与沃尔特·斯科特①以及罗伯特·路易斯·史蒂文森②的关系。

"你们不光是在一家小酒店喝饮料,"酒吧男招待解释道,"你们是在畅饮历史。"这句话他已经说过一百遍了。这让她感到自己像一名游客。这里离市中心不过十英里,但是处处都感觉不一样。这和谋杀没有多大关系——她忽然意识到,酒吧男招待只字未提这个话题。市区居民倾向于把偏远定居点归并在一起——波托贝洛、马瑟尔堡、柯里、南昆斯费里……在大家的眼中,它们只不过是爱丁堡的"一部分"。就连利斯,靠利斯大道这条丑陋的脐带与市中心相连,也要非常努力才能保持独立。她觉得其他任何地方也都没有什么不同。

李·赫德曼来到这里一定有什么原因。他在威肖出生,十七岁参军,在北爱尔兰以及国外更远的地方服役,然后在空军特勤队受训。他在军团一待就是八年,复员后,他或许可以像其他老百姓一样舒舒服服地过日子,但他抛弃了自己的妻子,把她和两个孩子丢在了赫里福德——空军特勤队的大本营,自己一个人北上。背景情况七零八落,没有提到他的妻子和孩子们的情况,还有他为什么和他们分道扬镳。六年前,他搬到了南昆斯费里。如今他已经在这里长眠,享年三十六岁。

---

① 沃尔特·斯科特(Walter Scott, 1771—1832),苏格兰历史小说家、剧作家、诗人。
② 罗伯特·路易斯·史蒂文森(Robert Louis Stevenson, 1850—1894),苏格兰作家、诗人。

希欧涵一眼望过去，雷布思正在研究另外一份文件。他曾经在部队服役，她经常听到一些谣传，说他曾经为加入空军特勤队而受训。她对空军特勤队了解多少？仅仅是她在报告中读到的一点东西。空军特勤队，基地设在赫里福德，座右铭为"勇者必胜"。成员是从全军可以召集到的最好的候选人中选拔出来的。军团在二战期间成立，本来是一个远程侦查单位，却在一九八〇年的伊朗大使馆之围和一九八二年的福克兰战役中名声大噪。有一页文件上的铅笔注脚声明已经与赫德曼生前的雇主取得联系，要求他们提供所有掌握的情况。她向雷布思提到了这一点，他却嗤之以鼻，表明他不认为他们会心甘情愿地提供信息。

赫德曼来南昆斯费里不久就创办了自己的快艇业，带人们做水橇划水，以及诸如此类的事情。希欧涵不知道买一艘快艇要多少钱。她就这一点做了一条笔记，同时在桌子上的便笺本上列出的不下十几条。

"你一点都不着急。"酒吧男招待说道。她没有注意到他回来了。

"什么？"

他的眼睛往下瞅，目光指向她面前的饮料。

"哦，是的。"她说道，从嘴角挤出一丝笑容。

"别担心。有时候一场寐是最快乐的。"

她点了点头，知道"寐"指的就是梦[①]。她很少使用苏格兰单词，它们和她的英格兰口音相冲突。她从来没有尝试改变自己的口音，这被证明是有用的。它可以戏弄人，在某些侦讯中非常有用。如果人们偶尔把她当成游客，那么他们有时候也会放松警惕。

"我已经猜出你是谁了。"酒吧男招待现在开口了。她审视着他。二十几岁，高个子，宽肩，留一头黑短发，脸上的颧骨轮廓分明。尽管吃饭、喝酒、抽烟样样不缺，可那张脸还能维持几年。

"有意思。"她说道，身子斜倚在吧台上。

"最初我把你们当成了一对记者，可你们没有一个劲儿地问问题。"

[①] 这里原文是苏格兰语单词dwam，与英语的梦（dream）同义。

"这么说这里还是来过几位记者喽？"

他转了转眼珠子，算是回答。"从你们仔细查阅那批文件的样子来看，"他说道，朝桌子点点头，"我想是警察。"

"聪明的男孩。"

"他来过这里了。我是说李。"

"你认识他？"

"啊，是的，我们聊过天……只是些一般性的话题，足球之类的。"

"乘他的快艇出去过吗？"

酒吧男招待点点头。"棒极了。在两座大桥底下遨游，伸长脖子往上看……"他扭着头给她演示，"他是个追求速度的男孩。"他突然打住了，"我不是说毒品。他只是喜欢加快速度。"

"招待先生，您怎么称呼？"

"罗德·麦卡利斯特。"他伸出一只手，她和他握了握。他刚洗过杯子，手上还潮乎乎的。

"罗德，见到你很高兴。"她抽回自己的手，插进她的口袋里，翻出一张名片，"如果你认为有什么对我们有用的话……"

他接过名片。"好的。"他说道，"你叫希布……"

"应该读作希欧涵。"

"天哪，是这样拼写吗？"

"但是你可以称呼我克拉克警长。"

他点点头，把名片塞进衬衣的胸兜里，用新的眼光看着她。"你还要在城里待多久？"

"需要待多久就待多久。有什么不妥吗？"

他耸耸肩。"午饭我们供应便宜的哈吉斯①、芜菁配土豆。"

"我会记在心里的。"她拿起杯子，"罗德，干杯。"

"干杯。"

回到餐桌后，她把雷布思的啤酒杯放到打开的笔记本的旁边。

---

① 哈吉斯（haggis）是一种苏格兰特有的食品，用绞碎的羊内脏加上洋葱、燕麦、动物油、香料，放在动物的胃里炖煮而成，类似香肠，但风味非常独特。

"给。对不起,让你久等了。我发现那个酒吧男招待认识赫德曼,或许他有……"说话的时候她已经坐下了。雷布思毫不理会,对她的话充耳不闻。他正目不转睛地盯着他面前的那页纸。

"是什么?"她问道,扫了一眼,看到正是她早就读过的那一页,是其中一名受害者的家庭详细情况。"约翰?"她提醒道。他的眼睛慢慢抬起来,和她对视。

"我想我认识他们。"他静静地说道。

"谁?"她把那页纸从他的面前拿开,"你是说……家长?"

他点点头。

"你怎么会认识他们?"

雷布思把双手覆盖在脸上。"他们是家人。"他看到她还没有领会,"我的家人,希欧涵,他们是我的家人。"

3

  房子坐落在一片现代化的住宅区，位于一条死胡同的尽头，是一栋半连体住宅。从南昆斯费里的这一地段完全看不到大桥的踪影，仅仅四分之一英里之遥的古街的痕迹也荡然无存。汽车停在车行道上——都是中层管理人员的车型：罗孚、宝马和奥迪。住宅与住宅之间没有用栅栏隔开，只有草坪、小径和更多的草坪。希欧涵已经把车停在了路旁。雷布思使劲摁门铃，希欧涵站在他身后几英尺远的地方。一个不知所措的女孩出来开了门。她的头发需要清洗和整理，眼睛里布满血丝。
  "你的爸爸妈妈在吗？"
  "他们不见客。"她说道，正准备把门关上。
  "我们不是记者。"雷布思在身上乱摸着找他的警官证，"我是雷布思警督。"
  她看了看警官证，然后死死盯着他。
  "雷布思？"她问道。
  他点点头。"你知道这个名字？"

"我想是的……"忽然有一个男人出现在她的身后,他向雷布思伸出一只手来。

"约翰,好久不见。"

雷布思朝艾伦·伦肖点点头。"艾伦,可能有三十个年头了。"

两个男人互相打量着,努力把面前的这张脸和他们的记忆对号入座。"你带我去看过一场足球。"伦肖说道。

"拉夫流浪者①,对不对?想不起他们和谁踢的了。"

"嗯,你最好进来说话。"

"艾伦,你也明白,我来这里是执行公务。"

"我听说你在警察局工作。世事难料啊。"雷布思跟随他的表弟走进大厅,希欧涵趁机向这位年轻女子作自我介绍,女孩也礼尚往来,说她叫凯特,是"德里克的姐姐"。

希欧涵记得档案里有这个名字。"凯特,你在上大学?"

"圣安德鲁斯。我在学英语。"

希欧涵想不出来还能说什么,任何话听起来都像老生常谈,非常牵强。所以她只是默默地走过狭长的门厅,经过一张桌子,上面散落着没拆封的信笺,然后走进客厅。

房间里到处都是照片,不仅装在相框里装点墙壁,沿着搁板摆成一排,而且七零八落地散落在咖啡桌和地板上的鞋盒子上。

"也许你能帮忙。"艾伦·伦肖告诉雷布思,"其中有些脸和名字我对不上号。"他拿起一沓黑白照片。沙发上还有一本本打开的相册,展示着两个孩子——凯特与德里克的成长轨迹。从看起来像是洗礼的照片开始,一直翻到暑假、圣诞早晨、假日和特别聚会。希欧涵知道凯特十九岁,比她弟弟大两岁。她还知道他们的父亲在爱丁堡锡菲尔德路从事汽车销售。雷布思曾解释过他与这个家庭的关系,先是在小酒店里,在开车来这里的路上又解释过一次。他的母亲有一个妹妹,这个妹妹嫁给了一位叫伦肖的男子,艾伦·伦肖正是他们的儿子。

---

① 拉夫流浪者足球队是来自苏格兰法夫地区的一支球队,成绩很差。

"你们从来没有保持联系吗?"她曾经问道。

"我们家不时兴那一套。"他回答。

"我为德里克感到难过。"雷布思现在开口了。他找不到坐的地方,所以站在壁炉旁边。伦肖坐在沙发扶手的边沿上。他点点头,然后看到他的女儿正要从混乱中清理出一片空地,好让他们的来宾入座。

"我们还没有整理好呢!"他不耐烦地说道。

"我只是想……"凯特的眼睛里噙满了泪水。

"要不要来点儿茶?"希欧涵赶紧说道,"也许我们几个可以在厨房里坐下来。"

桌子刚好够他们四个人坐,希欧涵挤过去料理茶壶和杯子。凯特要过去帮忙,希欧涵却说服她乖乖坐下。从洗菜池上面的窗户望出去是一座巴掌大小的花园,四周用尖板条栅栏封了起来。孤零零的一块洗碗布挂在旋转木马上,两条草坪修剪过,剪草机现在躺在那里纹丝不动,任由周围的荒草疯长。

突然,猫洞的门啪嗒一响,一只黑白相间的大花猫出现在大家的面前。它一下子蹿到凯特的大腿上,朝着这些不速之客虎视眈眈。

"这是波伊提乌。"凯特说道。

"古代的英国女王?"雷布思猜测。

"你说的是布狄卡①。"希欧涵纠正他。

"波伊提乌,"凯特解释道,"是一位中世纪的哲学家。"她抚摸着猫咪的头。雷布思情不自禁地想道,它的毛色看上去就像戴了一副蝙蝠侠的面具。

"他是你心目中的英雄?"希欧涵猜测道。

"他因为自己的信仰而历经磨难。"凯特继续说道,"后来,他写了一篇专题论文,解释为什么好人要受苦受难……"她停顿了一下,向她父亲瞟了一眼,但是他好像充耳不闻。

"而坏人却飞黄腾达。"希欧涵猜测。凯特点点头。

---

① 布狄卡(Boudicca,?—60或61),英格兰东英吉利亚地区古代爱西尼部落的王后和女王,领导了不列颠诸部落反抗罗马帝国占领军统治的起义。

"有意思。"雷布思评论道。

希欧涵给大家倒上了茶，然后坐下来。雷布思对他面前的茶杯视而不见，或许不想让大家把注意力集中到他手上裹的绷带上。艾伦·伦肖紧紧握住手里的茶杯把儿，却又似乎不急着把它举到自己的嘴边。

"我接到了爱丽丝的电话。"伦肖说道，"你还记得爱丽丝吗？"

雷布思摇了摇头。

"她是……表妹还是堂妹呢？天哪，到底是谁那边的呢？"

"爸爸，不要紧的。"凯特温柔地说道。

"不，凯特，很要紧的。"他辩驳道，"在这种时刻，家人就是我们的一切。"

"艾伦，你不是还有个妹妹吗？"雷布思问道。

"埃尔斯佩思姨妈？"凯特回答道，"她在新西兰。"

"有谁告诉过她了吗？"

凯特点点头。

"你母亲怎么样？"

"她早些时候在这里。"伦肖打断了话题，目不转睛地盯着桌子。

"一年前她撇下我们远走高飞了。"凯特解释道，"她和……"她话到嘴边又咽了下去，"她又回法夫生活去了。"

雷布思点点头，知道她本来想说什么：她和一个男人一起生活。

"约翰，你带我去的那所公园叫什么来着？"伦肖问道，"那时我才七八岁。爸爸妈妈带我去了鲍希尔，你说你想跟我散散步。想起来了吗？"

雷布思想起来了。当时他刚刚从部队请假回家，正巴不得活动活动筋骨。二十出头的年纪，空军特勤队训练还在前方等着他。房子感觉太小了，他的父亲又太刻板，所以雷布思就带上小艾伦去逛商店。他们买了一瓶果汁和一个廉价足球，然后去公园踢足球。他看了看现在的艾伦。他也有四十岁了，两鬓正变得斑白，头顶上露出一块很明显的秃斑；他的脸部松弛，没有刮胡子。孩提时的他瘦骨嶙峋，但现在却很魁梧,大多数赘肉集中在腰部。雷布思努力从记忆中搜寻那个和他踢足球的小孩子的踪影,那个曾经被他带到柯卡尔迪观看流浪者队打比赛的孩子。至于流浪者的对手是谁,他们早就忘得一干二净了。他面前的这个男人老得真快。妻子跑了,现在儿子又被谋杀了;日见沧桑,只能挣扎着应付。

"有人来拜访过吗?"雷布思问凯特。他是指朋友们和左邻右舍。她点点头,他又转向伦肖。

"艾伦,我知道这对你来说无疑是一场打击。你觉得还能打起精神回答几个问题吗?"

"约翰,当警察是什么滋味?你每天都得做这种事情吗?"

"不,不是每天。"

"我可干不了。卖车已经够折磨人了。看着顾客满脸堆笑,把完美无瑕的机器开走,然后你又眼睁睁看着他们回来维修保养或购买其他服务,汽车正失去它曾经拥有的光泽……他们的脸上也不再有一丝笑容了。"

雷布思朝凯特瞟了一眼,她只是耸耸肩。他猜想她父亲的这番话她早就听腻了。

"至于朝德里克开枪的那个人。"雷布思静静地说道,"我们正在调查他为什么会做出这种事情。"

"他是个疯子。"

"但是为什么选择了学校?为什么偏偏在那一天?你明白我在说什么。"

"你在说你不会对这件事情置之不理,而我们想要的只是静静地待着。"

"艾伦,我们需要知道。"

"为什么?"伦肖的嗓音抬高了八度,"难道事情会改变吗?你能让德里克死而复生吗?我想不会吧。那个干出这种勾当的杂种已经死了……我看不出这里面还有什么其他问题。"

"爸爸,喝口茶。"凯特说道,一只手搭到她父亲的胳膊上。他把它握在自己的手里,抬起来吻了一下。

伦肖的目光又转向雷布思,眼泪夺眶欲出。接着,他站起身来,从房间里走了出去。他们坐了一会儿,听到他在爬楼梯。

"我们让他一个人待一会儿。"凯特说道。从她的话语里面听得出来,她对自己所扮演的角色很有把握,而且感到十分坦然。她在自己的座位上挺直腰板,双手合十。"我想德里克不认识那个人。我是说,南昆斯费里是一个小地方,他总有机会见过他的脸,甚至还有可能知道他是谁,但是仅此而已。"

雷布思点点头,却一言不发,希望她感到有必要打破沉默。这是一场游戏,连希欧涵也知道如何玩这种游戏。

"他们并不是被选中的,是不是?"凯特继续说道,又回头去抚摸波伊提乌,"我是说,这只是在一个错误的时间和错误的地点发生的事情。"

"我们还不知道。"雷布思回答道,"那是他进去的第一个房间,但是他穿过了其他几道门才到达那个房间。"

她看着他。"爸爸告诉我另外一个男孩是一位法官的儿子。"

"你不认识他吗?"

她摇了摇头。"不是很熟。"

"你不是埃德加港的学生吗?"

"没错,但是德里克比我小两岁。"

"我想凯特的意思是说,"希欧涵解释道,"他那个年龄段的男孩子们都比她小两岁,所以她才不会对他们产生兴趣。"

"对极了。"凯特表示赞同。

"李·赫德曼呢?你认识他吗?"

她和雷布思对视了一下,然后慢慢点点头。"我和他出去过一次。"她停顿了一下,"我是说,我乘他的快艇出去过。当时有一大帮人。我们原本以为滑水很刺激,可是太困难了,而且他把我们吓坏了。"

"怎么说?"

"如果你站在滑水板上,他会把快艇箭一样开向桥墩或因什加维岛,让你胆战心惊。你知道那座岛屿吗?"

"看起来像城堡的那座?"希欧涵猜测道。

"我想在战争期间,他们一定在那里藏了枪支、大炮或阻止别人向福斯湾进军的东西。"

"所以赫德曼想吓唬你?"雷布思问道,让他们的谈话回到正轨。

"我想是一种考验,看看你的神经能不能承受得了。我们都以为他是个疯子。"听到自己说出的话,她突然打住了,原本就很苍白的脸上变得没有一点血色,"我是说,我从来没有想到他……"

"凯特,谁都没想到。"希欧涵安慰她。

这个年轻女孩用了几秒钟的时间才镇定下来。"人们说他曾在部队里服役,甚至可能是一位间谍。"雷布思不知道她从哪里听到的这些消息,只是一个劲儿地点头。她低头看了看猫,它正闭着眼睛躺在那里,大声打呼噜。"这听起来有些荒诞……"

雷布思身体向前倾了一下。"凯特,说下去。"

"嗯,当我听到这个消息时,我的脑海中首先闪过的一个念头是……"

"什么?"

她的目光从雷布思的身上转移到希欧涵的身上,然后又回到雷布思那里。"不,简直太愚蠢了。"

"那么我就是你要找的人。"雷布思说道,朝她微微一笑。她很勉强地回以笑容,然后深深地吸了一口气。

"德里克一年前出过一场车祸。他没事,只是另外一个孩子,开车的那个……"

"他死了?"希欧涵猜测道。凯特点点头。

"他们两个都没有驾照,而且他们两个都喝了酒。这件事情让德里克内心有一种罪恶感,倒不是因为打官司或其他什么事情……"

"那么这和枪杀案有什么关系?"雷布思问道。

她耸耸肩。"没有一点关系。只是当我听到……当爸爸给我打电话的时候……我突然想起在车祸发生后的几个月,德里克告诉我的一些事情。他说那个死去的男孩的家人恨他。这就是为什么我会这么想。我一想起这件事情,脑海中就闪过一个念头……报复。"她从椅子上站起来，紧紧抓住波伊提乌，把猫放在腾空的座位上，"我想我该去看看爸爸怎么样了。我去去就回。"

希欧涵也站起身来。"凯特。"她说道，"你还好吗？"

"我很好，不用为我担心。"

"我为你母亲的事情感到难过。"

"不用难过。她和爸爸成天打架。至少我们再不用担心那些乌七八糟的事情了……"凯特又勉强挤出一丝笑容，离开了厨房。雷布思看着希欧涵，微微上扬的眉毛显示出在过去的十分钟里他听到了感兴趣的东西。他随希欧涵走进客厅。现在外面天已经黑了，他打开了其中的一盏灯。

"我要不要把窗帘拉上？"希欧涵问道。

"你觉得明天早上会有人再把它打开？"

"可能不会。"

"那就让它开着吧。"雷布思打开了另一盏灯，"这个地方需要打开所有的灯。"他仔细端详其中一些照片。脸部模糊不清，但他认出了背景。希欧涵在研究房间里的一排排家庭照。

"母亲已经从历史中抹去了。"她评论道。

"还有呢？"雷布思随口说道。她看着他。

"什么？"

他朝书架挥了挥胳膊。"这可能是我的想象，但似乎德里克的照片比凯特的多。"

希欧涵心照不宣。"怎么讲？"

"我不知道。"

"可能凯特的一些照片里还有她母亲。"

"那么再次应验了这句话：人们有时候说最小的孩子才是父母的掌上明珠。"

"你在说自己的经验之谈吧？"

"我有一个弟弟，如果你是想问这个的话。"

希欧涵想了一下。"你认为你应该告诉他吗？"

"谁？"

"你弟弟。"

"告诉他他总是我爸爸的掌上明珠？"

"不，告诉他这里发生的一切。"

"那我需要先找到他。"

"你居然不知道自己的弟弟在哪儿？"

雷布思耸耸肩。"希欧涵，事情就是这样的。"

他们听到楼梯上的脚步声。凯特回到了房间。

"他睡了。"她说道，"他最近总是睡觉。"

"我敢肯定这样最好不过了。"希欧涵说道，当这些陈词滥调从自己嘴里冒出来的时候，她几乎都要皱眉头了。

"凯特，"雷布思打断了她们的谈话，"现在我们要走了。如果你不介意的话，我还有最后一个问题。"

"我只有听到这个问题才能知道是否介意。"

"问题是这样的：你能不能准确地告诉我们德里克的车祸是在什么时间、什么地点发生的？"

D部门是一栋让人肃然起敬的旧楼，地处利斯中心地带。从南昆斯费里开车过来倒没花多长时间——毕竟夜间的车流出城的多，进城的少。重案组办公室里鸦雀无声。雷布思猜想大家都被派出去调查学校的枪杀案了。他找到了一个管行政的人，问她档案放在哪里。希欧涵已经把键盘敲得噼啪作响，没准能找到点儿东西。最后，在一个存放资料的壁橱里搜寻到了他们要的档案，它正夹杂在成百上千份档案中间发霉腐烂。雷布思向行政文员致谢。

"很高兴帮得上忙。"她说道，"这个地方今天真的不亚于一座垃圾场。"

"只要罪犯们不知道这一点就行了。"雷布思眨了一下眼睛说道。

她哼了一声。"在好日子里也很糟糕。"她的意思是人手不够。

"我欠你一杯饮料。"当她转身要走的时候,雷布思告诉她。希欧涵看着她摆了摆手,没有回头。

"你甚至还不知道她的名字。"她说道。

"我也不会给她买什么饮料。"雷布思把档案放在办公桌上,坐下来,腾出地方,让希欧涵把椅子滑过来和他坐在一起。

"你和简还在约会吗?"当他打开档案的时候,她问道。接着她做了个怪相。在一沓纸的正上方放了一张事故现场的亮光纸彩照。死亡的少年从驾驶座位上被猛甩出来,他的上半身摊开,耷拉在汽车的引擎盖上。下面还有更多照片:验尸照片。雷布思把它们塞进档案,开始阅读里面的文字。

两个朋友:德里克·伦肖,十六岁;斯图尔特·科特,十七岁。他们决定借用斯图尔特爸爸的小汽车——一辆小巧灵便的奥迪 TT。父亲因公出差,准备在当天晚上晚些时候回来,先乘飞机到机场,然后打一辆出租车回家。男孩子们的时间很充裕,决定开车去爱丁堡。他们在利斯的一家海滨酒吧喝了酒,然后朝萨拉曼德大街驶去。原来的计划是先开到 A1 公路,考验一下车的实力,然后驱车回家。但是萨拉曼德大街在他们的眼中就像一条笔直的赛车道。根据计算,当斯图尔特·科特失去控制的时候,他们的时速很有可能达到了七十英里。信号灯变色时,小车曾尝试过刹车,在路上飞快地打转,越过马路,冲上人行横道,迎头撞到了一堵砖墙上。德里克系着安全带,幸免于难。斯图尔特尽管有安全气囊的保护,也没有死里逃生。

"你记得有这么回事吗?"雷布思问希欧涵。她摇了摇头。他也记不起来了。或许他不在局里,或许他当时有自己的案子要办。如果他碰到过这份报告……嗯,这种事情他见得多了。年轻人分不清刺激和愚昧,成熟和风险。他可能会认出伦肖这个名字,可是这一带有很多伦肖。他查找了负责这个案子的警官,是卡勒姆·麦克劳德警长。雷布思对他有一点印象:一名好警察。这就意味着报告可能会一丝不苟。

"我想知道一件事。"希欧涵说道。

"什么?"

"我们是在严肃地考虑这是一起仇杀吗？"

"没有。"

"我的意思是说，为什么要等上整整一年？甚至至今为止还不止一年……是十三个月。为什么要等这么长时间？"

"压根儿没有理由。"

"所以我们不要以为……"

"希欧涵，这是一个动机。此时此刻，我想这就是鲍比·霍根想让我们去找的东西。他想光明正大地宣布李·赫德曼只是发疯了，决定杀死几名在校生。他不想让媒体抓住某个别的动机，或让我们看上去调查得不够完备。"雷布思叹了口气，"报复是最古老的动机。如果我们清查一下斯图尔特·科特的家庭，就不用这么担心了。"

希欧涵点点头。"斯图尔特的父亲是一位商人，开一辆奥迪TT。他也许有钱雇用像赫德曼这样的人。"

"很好，但是如果真是这样的话，为什么要杀死法官的儿子？还有那个受伤的孩子？为什么自杀？这可不是一名职业杀手的所作所为。"

希欧涵耸耸肩。"这个你知道得比我多。"她又匆匆浏览了几页，"没有说科特先生从事什么行业……啊，在这里：企业家。嗯，那可是个藏污纳垢之所。"

"威廉·科特。"她一边念叨着，一边记下来，再加上地址，"他们家住在达尔梅尼。那是在哪里呢？"

"和南昆斯费里仅一墙之隔。"

"听起来像是上流社会。达尔梅尼，朗里布宫。没有街道名，什么都没有。"

"企业界最近形势一定不错。"雷布思研究着那个地名，"我甚至都不敢肯定我能把它拼写出来。"他接着读了一小段文字，"合伙人的名字是夏洛特，在城里开了两家日晒沙龙。"

"我一直想到其中的一家试试。"希欧涵说道。

"现在你的机会来了。"雷布思几乎快把这一页读完了，"一个女儿——特丽，车祸发生的时候十四岁。她现在有十五岁了。"他紧锁眉头,仔细研究其他档案。

"你在找什么?"

"这个家庭的照片……"他很幸运,麦克劳德警长确实一丝不苟,把关于本案的新闻报道也夹在了上面。一家小报抓拍到了一张全家福,爸爸妈妈坐在沙发上,儿子女儿站在后面,只能看到他们的脸。雷布思非常肯定自己认出了这个女孩。特丽,特丽小姐。她对他说什么来着?

你什么时候见我都行。

她这句话到底是什么意思?

希欧涵看出了他脸上的神情。"里面有你认识的人?"

"我在去摆渡者的路上碰到了她,尽管她发生了一点变化。"他端详着那张没有化过妆的光彩夺目的脸。头发看起来是暗灰褐色,而不是乌黑发亮的。"她染了头发,脸搽得很白,一双大大的黑眼睛,黑嘴唇……衣服也是黑色的。"

"你是说她是个哥特少年?那就是你问我重金属的原因?"

他点点头。

"这和她哥哥的死有什么关系吗?"

"可能有关系。当然,这里面还有其他因素。"

"什么?"

"她说过的话……她并不为他们的死感到难过……"

他们从考斯韦街雷布思最喜欢的咖喱餐馆买了外卖食品。在填订单的时候,顺便又从街边的一家外卖酒店买了六瓶冰镇啤酒。

"真是饮食有度。"希欧涵说道,从柜台上拿起购物袋。

"难道你真的认为我会分给你吗?"

"我敢打保票,我能扭断你的胳膊。"

他们把食品带到雷布思坐落于马奇蒙特的公寓,把车停在最后一个车位上。公寓要上两段楼梯。雷布思笨手笨脚地把钥匙插进锁孔里。

"我来吧。"希欧涵说道。

公寓里面有一股霉味。把闷热污浊的空气装起来，就是一瓶典型的单身汉香水。到处都是变质的食品、酒精和汗的味道。CD散落在客厅的地毯上，在音响设备和雷布思最心爱的椅子中间标示出一条道路。希欧涵把食品放在餐桌上，进厨房找盘子和餐具。看样子最近没有人下过厨。洗菜池里有两个杯子，滴水板上放着一盒打开的人造黄油，里面布满了霉斑。购物单以便利贴的形式贴在冰箱门上：面包、牛奶、人造黄油、熏肉、豆子酱、洗涤液、电灯泡。黄色的贴纸开始打卷了，她不禁纳闷它在那里待了多久。

当她回到客厅的时候，雷布思已经笨手笨脚地播放了一张CD。那是她送给他的一个小礼物：紫罗兰印第安纳[①]。

"你喜欢它？"她问道。

他耸耸肩。"我认为你会喜欢。"也就是说，他直到现在才拆开这张碟片。

"比你在车上放的那张恐龙碟片好。"

"别忘了，你正在对一只恐龙讲话。"

她笑了，开始从袋子里面掏出餐盒。她朝音响设备瞟了一眼，看到雷布思正在咬绷带。

"你不至于饿成这样吧？"

"把这些东西弄下去才好吃饭。"他开始解纱布条，先是一只手，然后是另一只。她注意到当他快解到头的时候速度慢了下来。最后，两只手都露了出来，红红的，上面布满了水泡，看上去火辣辣的。他试着活动了一下手指。

"该吃药了吧？"希欧涵提议道。

他点点头，走到桌子跟前坐下来。她打开几瓶啤酒，他们开始吃饭。雷布思的手握不紧叉子，但是他坚持不懈，结果把几滴酱滴到了桌子上，但幸好没有溅到他的衬衫上。他们默不作声地吃饭，并没有

[①] Violet Indiana，苏格兰乐手罗宾·格思里（Robin Guthrie, 1962— ）于二〇〇一年创立的乐队。

对食物发表评论。当他们吃完以后,希欧涵清理了桌子,把它抹干净。

"最好在你的购物单上加上百洁布。"她说道。

"什么购物单?"雷布思在自己的椅子上坐下来,又取了一瓶啤酒放在自己的大腿上,"你能看看还有奶油吗?"

"我们要吃甜点吗?"

"我说的是卫生间——杀菌乳膏①。"

她顺从地检查了一下卫生间,注意到浴缸里的水满了,看上去水是冷的。她回来了,手里握了一支蓝色的软管。"用于防止刺痛和感染。"她念道。

"那很奏效。"他从她手里接过了软管,在两只手上抹了一层厚厚的白色膏体。她已经打开了她的第二瓶啤酒,靠在沙发的扶手上。

"要我把水放掉吗?"她问道。

"什么水?"

"浴缸里的水。你忘了拔塞子。我想这就是你说的掉进了……"

雷布思看着她。"谁跟你说的?"

"医院的医生。他听起来持怀疑态度。"

"还说为病人保密呢。"雷布思嘀咕道,"好了,至少他告诉了你真的是烫伤,而不是烧伤?"希欧涵皱了一下鼻子。"谢谢你追查我的故事。"

"我只是知道你不大可能洗碗,至于浴缸里的水……"

"我过后再处理吧。"他坐回去,就着瓶子喝了一大口。"另外,马丁·费尔斯通的事情怎么办?"

她耸耸肩,规规矩矩地滑到沙发上。"我们该怎么办?显然,他不是被我们当中的任何一个杀死的。"

"找消防员谈谈。他们会异口同声地说:如果你想干掉某个人,然后销尸灭迹,那就把他们灌得酩酊大醉,然后给炸薯条的炸锅通上电。"

"然后呢?"

"这是警察圈里众所周知的事情。"

"也不能说这一定不是一起事故吧?"

---

① 英文中奶油和乳膏都是cream。

"希欧涵，我们是警察；在被证明无辜之前就是有罪的。你脸上那块乌青是什么时候被费尔斯通打的？"

"你怎么知道是他？"雷布思脸上的神情告诉她，这个问题使雷布思感到受了侮辱。她叹了口气。"他死之前的星期四。"

"发生了什么事情？"

"他一定在跟踪我。我正从车上取出食品袋，把它们逐个提到楼梯井。我一扭身，他正在啃一个苹果。他已经从我放在马路边的袋子里面取出了一个苹果。他满脸堆笑。我朝他径直走去……我怒不可遏。现在他知道我的住址了。我给了他一记耳光……"这段回忆让她不禁微微一笑，"苹果飞到了马路中央。"

"他一定会告你侵犯人身罪。"

"嗯，他没有。他闪电般地出了一招右拳，正好打在我的眼睛下面。我一个踉跄，倒退了几步，绊倒在台阶上，一屁股坐在地上。他拍拍屁股走了，当他过马路的时候，又捡起了那个苹果。"

"你没有向警方报告吗？"

"没有。"

"跟别人讲起过这件事吗？"

她摇了摇头。她记得雷布思问过她，当时她也摇了摇头，但是心里面知道……知道她不想让他太在意。"只有当我发现他死了以后，"她说道，"我才去了老板那里，把这件事情告诉了她。"

他们之间保持着沉默；瓶子举到了嘴边，目光对视。希欧涵喝了一口啤酒，舔了舔嘴唇。

"我没有杀他。"雷布思静静地说道。

"他投诉过你。"

"但马上撤销了。"

"那么就是一场事故。"

他一时无言以对，然后重复道："在被证明无辜之前是有罪的。"

希欧涵举起手中的饮料。"为罪恶干杯。"

雷布思差点笑出声来。"那是你最后一次看到他吗？"他问。

她点点头。"你呢？"

"他回来你不害怕吗？"他看到了她的眼神，"好的，不是'害怕'……但是你一定很困扰吧？"

"我采取了防范措施。"

"什么防范措施？"

"一般性的：注意自己的背后……天一黑就尽量不出门，除非身边有其他人跟着。"

雷布思把头靠在椅子的靠背上。音乐结束了。"想听点其他音乐吗？"他问道。

"我希望听到你说你最后一次见到费尔斯通是在你们干仗的时候。"

"那我得说谎才行。"

"那么你是在什么时候见到他的？"

雷布思歪着头看她。"他死的那个晚上。"他停顿了一下，"但是你早就知道了，不是吗？"

她点点头。"坦普勒告诉我了。"

"我出去喝了一杯，仅此而已。在一家小酒馆里碰到了他，他就在我旁边。我们闲聊了几句。"

"关于我吗？"

"关于黑眼圈。他说那纯属自卫。"他停顿了一下，"照你说的，可能事实的确如此。"

"是哪家酒馆？"

雷布思耸耸肩。"在格雷斯蒙特附近。"

"你从什么时候开始到离牛津酒吧那么远的地方去喝酒了？"

他看着她。"或许因为我想找他谈谈。"

"你去找他了？"

"听听，原告小姐就这么说话！"雷布思的脸红了。

"毫无疑问，半个酒吧的人都认出了你是警督。"她说，"坦普勒就是这样发现的。"

"这叫做'误导证人'吧？"

"约翰，这场仗我自己能打。"

"他每次都让你现眼。这个浑蛋很会算计人。你看过他的记录。"

"但是这并不表示你有权利……"

"我们不是在这里讲权利。"雷布思突然从椅子上站起来，朝餐桌走去，笨手笨脚地又取了一瓶啤酒，"你来一瓶吗？"

"不用了，我还得开车。"

"随你的便。"

"这就对了，约翰。随我的便，而不是你的。"

"希欧涵，我没有杀他。我只是……"雷布思话到嘴边又咽了下去。

"什么？"她在沙发上扭了扭身子，好面朝他。"什么？"她重复道。

"我返回了他的住所。"她瞠目结舌。"他邀请我上他家去。"

"他邀请你？"

雷布思点点头。开瓶器在他的手上颤抖。他把这项工作委托给希欧涵，她把打开的瓶子递给他。"希欧涵，那个杂种很会耍花招。他说我们应该不计前嫌，回去喝一杯。"

"不计前嫌？"

"他的原话。"

"那就是他的所作所为吗？"

"他想谈一谈……不是关于你，关于其他一些事情。他度过的时光、牢狱生涯、他的成长历程。通常那种伤心的故事。爸爸使劲打他，妈妈漠不关心。"

"你就坐在那里倾听？"

"我坐在那里想狠狠抽他的耳光。"

"但是你没有。"

雷布思摇摇头。"当我离开的时候，他已经喝得昏昏沉沉的。"

"不在厨房？"

"在客厅。"

"你进厨房看了吗？"

雷布思又摇了摇头。

"你把这件事情告诉坦普勒了吗？"

他使劲蹭额头，然后又想起那样会很痛。"希欧涵，回家吧。"

"我花了好大力气才把你们两个分开，接下来你就回他家一块儿喝酒聊天？你以为我会相信？"

"我没有叫你相信什么，只是叫你回家。"

她站起来。"我会……"

"我知道，你会照顾你自己。"雷布思的声音突然变得异常疲惫。

"我刚才想说，如果你不介意的话，我可以帮你洗碗。"

"好的。明天我自己洗。我们都去休息吧，好吗？"他穿过房间，走到大凸肚窗前，凝视着下面寂静的街道。

"我几点钟来接你？"

"八点钟。"

"八点钟。"她停顿了一下，"像费尔斯通那号人一定有死对头。"

"那是肯定的。"

"或许有人看到你和他在一起，一直等到你离开……"

"希欧涵，明天见。"

"约翰，他是个杂种。我一直希望从你的嘴里听到这样的话。"她压低声音说道，"没有他，世界会更美好。"

"我不记得说过这样的话。"

"不久前你还说过。"她朝门口走去，"明天见。"

他等了一下，希望听到门锁咔嗒一声合上。但相反，他听到有水汩汩流淌。他喝了一口啤酒，从窗户望去。她没有出现在大街上。他打开客厅的房门，听到了浴缸注水的声音。

"你还要为我擦背吗？"

"愿效犬马之劳。"她看着他，"但是换衣服总不是个坏主意吧。我可以给你帮帮忙。"

他摇了摇头。"真的，我能行。"

"我会等到你洗完澡……只是为了确保你能再次出来。"

"我没事的。"

"不管怎么说,我还是要等。"说话间,她已经向他走去,从他的手里毫不费力地夺过啤酒瓶,举到了自己的嘴边。

"最好把水调得温一点。"他警告她。

她点点头,喝了一口酒。"有一件事情让我感到很好奇。"

"什么事?"

"你上厕所的时候怎么办?"

他眯起眼睛。"我做一个男人该做的事情。"

"我想这已经告诉了我我想知道的一切。"她把啤酒瓶还给他,"我去检查一下现在水会不会太烫。"

随后,他裹了一件毛巾浴袍,目送她出现在街上,在人行横道左顾右盼,然后才朝她的汽车走去。在人行道上左顾右盼正是她所说的"注意自己的背后",即使那个妖怪般的男人已经消失了。

雷布思知道还有更多的妖怪等在那里。许多像马丁·费尔斯通一样的人。在学校里被人取笑,变成了"小不点儿",混在小团体里,尽管别人都会嘲笑他;渐渐地在逆境中变得更坚强,渐渐地崇尚暴力,开始小偷小摸——这就是他所了解的生活。他讲了自己的故事,而雷布思充当了耐心的听众。

"或许我需要看脑科医生,给自己做一次彻底的检查,就像是,嗯,你脑子里面装的东西往往和你的言行不一致。这样的话听起来是否会让人嗤之以鼻?或许这是因为我本人就让人嗤之以鼻。你还想喝的话,那儿有更多的威士忌。只是随口说说,我还不习惯招待别人,明白我在说什么吗?去拿就行了,不要放在心上。"

还有许多诸如此类的话。雷布思一边倾听,一边小口啜饮着威士忌,感觉到了酒精的力量。他在追踪到费尔斯通的下落前已经去过四家小酒馆。当这段内心独白终于结束时,雷布思朝前倾了倾身子。他们坐在柔软的椅子上，咖啡桌摆在他们中间，下面垫了一只橱柜，代替失踪的桌腿。两只杯子，一瓶酒，还有一只满得溢出来的烟灰缸，现在，经过将近半个小时的沉默，雷布思身子前倾，开口了。

"马丁，让我们把克拉克警长的狗屁事情通通抛在脑后，好不好？事实是，我根本不在乎。但是有一个问题我一定要问清楚……"

"什么问题？"费尔斯通在他的椅子上耷拉着眼皮，拇指和食指中间夹着香烟。

"我听说你认识孔雀约翰逊。你能跟我讲讲他的事情吗？"

雷布思站在窗口，考虑着瓶子里还有几颗止痛片；考虑着是否可以出去痛饮一场。他从窗口折回来，朝卧室走去，打开最上面的抽屉，拉出领带和袜子，最后找到了他一直在找的东西。

冬天戴的手套。黑色皮革，尼龙衬里。到现在还没有戴过。

第二天　星期三

4

有几次，雷布思敢肯定他在冰冷的枕头上闻到了妻子的香水味。但这是不可能的：分居已经二十多年了；这甚至不是她曾经睡过的那个枕头。也有其他香水——其他女人。他知道这些都是幻觉，知道他并没有真正闻到什么香水味，只是闻到了她们的缺席。

"你在想什么呢？"希欧涵一边说，一边心不在焉地切换车道，努力在清晨的车流中加快他们的进程。

"我在想枕头。"雷布思说。她为他们两个都带了咖啡，他正双手握着自己的那一杯。

"顺便说一下，手套很漂亮。"她又说了一次，"正赶上季节。"

"我可以换个司机，你知道的。"

"但是他们能提供早餐吗？"当前面的黄色交通灯变红时，她踩下了油门。雷布思努力防止他的咖啡溅到外面。

"是什么音乐？"他盯着车上的 CD 机问道。

"流线胖小子①。本来想用它把你吵醒。"

"他为什么告诉吉米·博伊尔②不要离开美国？"

希欧涵微微一笑。"你一定是听错了歌词。我会放点更悠闲的……'时光'③怎么样？"

"'时光飞逝'，为什么不呢？"雷布思说道。

李·赫德曼生前住在南昆斯费里中心街道一家酒吧楼上的一个一居室公寓。入口经过一条带拱形石屋顶的狭窄通道，里面暗无天日。一名警察站在大门口执勤，照着夹在他的写字夹板上的居民清单检查过往行人的名字。是布伦丹·英尼斯。

"他们让你怎么倒班？"雷布思问道。

英尼斯察看了一下他的手表。"再过一小时，我就不在这里了。"

"发生了什么事情吗？"

"人们都赶着上班。"

"这里除了赫德曼的公寓，还有几套公寓？"

"就两套。学校教师和他的女朋友住一套，汽车机械师住另一套。"

"学校教师？"希欧涵问。

英尼斯摇摇头。"和埃德加港无关。他在当地的小学教书，女朋友在一家商店工作。"

雷布思知道左邻右舍一定接受了问讯。肯定有一些记录。

"你和他们说过话吗？"他问道。

"只是在他们进进出出的时候。"

"他们怎么说？"

英尼斯耸耸肩。"都是些家常话：他还算安静，看上去挺不错

---

① 流线胖小子（Fatboy Slim），原名诺曼·昆汀·库克（Norman Quentin Cook，1963— ），英国音乐人，作品主要为电子乐。
② 吉米·博伊尔（Jimmy Boyle, 1944— ）苏格兰雕塑家、小说家、艺术家，曾因谋杀入狱，在狱中对艺术产生兴趣，出版了一本自传，出狱后成为著名艺术家。
③ 指Yes乐队的歌曲《时光飞逝》（*Tempus Fugit*）。

的……"

"还算安静,而不是很安静?"

英尼斯点点头。"看样子赫德曼先生留宿过一些深夜不归的朋友。"

"足以惹恼邻居们?"

英尼斯又耸耸肩。雷布思转向希欧涵。"我们拿到他的熟人名单了吗?"

她点点头。"或许还不全……"

"你会用得上的。"英尼斯说着举起一把耶鲁锁的钥匙。希欧涵从他手里接过来。

"这里一定很乱吧?"雷布思问道。

"搜索队知道他不会回来了。"英尼斯一边笑着回答,一边低下头把他们的名字加到清单上。

楼下的大厅很狭窄。没有这几天的邮件。他们爬上了两段石头台阶。在第一个楼梯平台上有好几扇门,在第二个楼梯平台上只有一扇门。没有什么标志出居住人的身份——没有铭牌,也没有门牌号码。希欧涵转动钥匙,他们走了进去。

"有很多锁。"雷布思评论道。内侧还有两道门闩。"赫德曼喜欢安全。"

很难讲在霍根的队伍搜查前这个地方到底有多乱。雷布思小心翼翼地穿过满是衣服、报纸、书籍和小装饰品的地板。这个房间正处在楼房的屋檐下,有一种引发幽闭恐惧症的感觉。雷布思的头离天花板只有两英尺。窗户都很小,没有清洗过。只有一间卧室,里面是双人床、衣橱和五斗橱。便携式黑白电视放在光秃秃的地板上,旁边放了半瓶金铃威士忌[①]。厨房的地板上铺着米黄色的油地毡,折叠式桌子只给人留下转身的空当。狭窄的卫生间散发出一股霉味。两只碗橱看上去已经被霍根的人马翻箱倒柜地搜寻过。只剩下客厅了。雷布思又回到客厅里。

"你是不是想说很朴素?"希欧涵评论道。

[①] 英国最受欢迎的威士忌品牌之一,由创立于一八二五年的贝尔公司生产。

"用房屋中介的术语来说，是的。"雷布思捡起几张碟片：林肯公园①和坟墓乐队②。"这个人喜欢金属乐。"他说道，又把它们扔回去。

"还喜欢空军特勤队。"希欧涵补充道，举起几本书给雷布思看。里面讲的是兵团的历史、造成它分裂的矛盾，还有以前的成员死里逃生的故事。她朝身边的书桌点点头，雷布思看到了她指的东西——一本新闻剪贴簿，里面也都是关于军旅生活的文章。有一篇文章通篇都在讨论一个趋势：美国部队里的英雄退役后谋杀妻子；还有关于自杀和失踪的剪报，甚至有一篇标题为"空军特勤队的墓地已经不够用了"。雷布思对这篇报道格外留意。在他认识的人当中，就有几位安葬在圣马丁墓地，离兵团原来的总部不远。现在，有人提议在克雷登希尔，也就是目前的总部附近修建一块新的墓地。在同一篇文章中，还提到了两名空军特勤队战士的死亡。他们在一次"阿曼的训练"中丧生，这既可以理解成隐蔽军事行动中的失误，也可以理解成暗杀。

希欧涵正在窥视一个超市购物袋里的内容。雷布思听到了空瓶子丁零当啷的声音。

"他这个东道主当得不错。"她说道。

"葡萄酒还是烈酒？"

"龙舌兰酒和红葡萄酒。"

"从卧室里的空瓶子判断，赫德曼喜欢喝威士忌。"

"正像我说的，这个东道主当得不错。"希欧涵从口袋里掏出一张纸，把它展开。"法医取走了剩下的大麻烟卷，还有一些看起来像是可卡因的东西；带走了他的电脑；他们还从衣橱里面扯下了不少照片。"

"什么照片？"

"枪。如果你问我的话，我只能说有点物品崇拜。我的意思是说……他把它们挂在了衣橱的门上。"

"什么牌子的枪？"

---

① 林肯公园（Linkin Park），美国加州摇滚乐队，起初以新金属音乐成名，后转向主流。
② 坟墓（Sepultura），巴西金属乐队，成立于一九八四年，风格主要为死亡金属、敲击金属等，后转向新金属。

"没说。"

"他用过什么类型的枪?"

她查看了一下。"布罗科克,是一把气枪。更确切一些,是ME38马格南。"

"像连发左轮手枪?"

希欧涵点点头。"你只要花上一百英镑多一点,就能从市面上买到。动力来源于气缸。"

"但是赫德曼的枪稍微做过调整吧?"

"枪膛里有钢制套管。也就是说,可以使用真枪实弹,点二二口径。或者把枪口钻成点三八口径。"

"他用了点二二的子弹?"她又点点头。"那就是说有人帮他改装了?"

"他可能是自己改的。没准他有这方面的专业知识。"

"首先,我们知道他是怎样搞到枪的吗?"

"作为一名退伍军人,我猜想他和战友们还有一些联系。"

"很有可能。"雷布思的思绪飞回了二十世纪六七十年代,武器和炸药从军事基地流通到全国各地,大多数是出于北爱尔兰问题产生时双方的命令……许多士兵都有一个藏匿起来的"纪念品";一些人不用问别人就知道在哪里可以买卖枪支……

"顺便说一下。"希欧涵说道,"不止一把枪。"

"他带了不止一把枪?"

她摇了摇头。"在搜查他的船库的时候发现了一把。"她又参考了一下笔记。"Mac-10[①]。"

"这把枪可非同小可。"

"你了解它?"

"英格拉姆Mac-10……美国货。每分钟一千发。不是你随随便便

[①] Military Armament Corporation Model 10,意为军事装备公司十型,正式称呼为M-10,是一支轻型冲锋枪,开放式枪机,反冲作用操作,发射点四五或九乘十九毫米手枪子弹。

走进商店里就能买到的。"

"好像实验室认为它经过了报废处理，已经失效。也就是说，他有可能从商店买到它。"

"他也把它稍微做了调整吗？"

"或者买的时候就调整过了。"

"谢天谢地，他没有把那把枪带到学校去，否则又是一场大屠杀。"

当他们想到这一层时，房间变得鸦雀无声。他们继续搜查。

"这个蛮有意思。"她说道，朝他挥舞着一本书，"一个士兵崩溃了，想杀死他的女朋友的故事。"她研究了一下封皮，"从飞机上跳下去自杀……一看就是写实的。"书页中掉下了一个东西，是一张快照。希欧涵把它捡起来，翻过来让雷布思看。"告诉我不会还是她。"

但的确是她。是特丽·科特的近照。她在户外，其他人的身影在照片里若隐若现。是一幅街景，或许在爱丁堡。她坐在人行道上，身上的装束和她帮助雷布思吸烟时的穿着大同小异。她正在朝摄影师吐出用饰钉装饰过的舌头。

"她看上去兴高采烈。"希欧涵评论道。

雷布思正在研究照片。他把它翻过来，但是背面空空如也。"她说她认识死去的男孩子们，我却从来没有想过问她认不认识杀害他们的凶手。"

"从凯特·伦肖的理论来看，赫德曼和科特一家有关系。"

雷布思耸耸肩。"赫德曼的银行账户值得一查，看看里面有没有买凶的血腥钱。"他听到楼下有关门的声音，"听起来像是有一个邻居回家了。我们是不是……"

希欧涵点点头，他们离开公寓，确定走的时候锁好了门。在下面的楼梯平台上，雷布思先把耳朵贴在一扇门上，然后又贴在另一扇门上，最后朝第二扇门点点头。希欧涵用拳头敲门。当门打开的时候，她亮出了自己的警官证。

门上的铭牌上有两个名字：教师和他的女朋友。是女朋友来开的门。她个子不高，金发碧眼，要不是下巴有点向外突出，倒也算得上漂亮。希欧涵猜测，这一特征给了她半永久性的满面愁容。

"我是克拉克警长，这位是雷布思警督。"希欧涵说道，"问你几个问题，不介意吧？"

年轻女子的目光从一个人身上转移到了另一个人身上。"我们早就把我们所知道的一切告诉了另一拨人。"

"小姐，我们很感激这一切。"雷布思说，看到对方的目光落到了他的手套上，"但是你确实住在这里，对不对？"

"是的。"

"我们听说你们和赫德曼先生相处融洽，即使他有时候有点吵。"

"只是在他开聚会的时候。这不成问题——我们自己也时不时吵翻了天。"

"你们也和他一样喜欢重金属吗？"

她耸起鼻子。"我自己更喜欢罗比。"

"她是说罗比·威廉斯[①]。"希欧涵告诉雷布思。

"我自己能猜出来的。"雷布思嗤之以鼻。

"有一点是好的：他只有在聚会的时候才放那种音乐。"

"你收到过这类聚会的请柬吗？"

她摇了摇头。

"给……这位小姐看一下……"雷布思对希欧涵说，但是中途打断了，朝这位邻居微微一笑，"对不起，我还不知道你的名字。"

"哈泽尔·辛克莱。"

他在微笑的基础上又点了点头。"克拉克警长，你能给辛克莱小姐看一下……"

但是希欧涵早就把照片拿出来了。她把照片递给哈泽尔·辛克莱。

"是特丽小姐。"年轻女子说。

"那你看到过她了？"

---

① 罗比·威廉斯（Robbie Williams, 1974— ），英国创作歌手，音乐类型以摇滚为主。

"当然。她看起来就像从《亚当斯一家》^①走出来一样。我经常在高街看到她。"

"但是你在这里见过她吗？"

"这里？"辛克莱想了想，这个动作让她的下巴的轮廓更加扭曲了。接着她摇了摇头。"我一直以为他是同性恋。"

"他有孩子。"希欧涵说道，取回了照片。

"这说明不了问题，不是吗？很多同性恋都结婚。而且他一直在部队里，那里说不定有一大群同性恋。"

希欧涵忍俊不禁。雷布思来回换着脚。

"另外，"哈泽尔·辛克莱说道，"我看到从这里的楼梯上上下下的总是男人。"她停顿了一下，故意制造效果，"年轻的小伙子。"

"他们当中有没有谁看起来像罗比一样帅？"

辛克莱的头摇得像拨浪鼓。"那样的话我会每天盯着他，都不用吃饭。"

"我们会尽量把这一条从我们的报告中删除。"雷布思说道，当两个女人同时爆发出笑声的时候，他仍旧装出严肃的表情。在去埃德加港码头的路上，雷布思在车里翻看李·赫德曼的照片。这些照片十有八九是从报纸上翻拍下来的。赫德曼看上去又高又瘦，一头乱蓬蓬的花白鬈发。他的眼角布满了皱纹，岁月镌刻在他脸上，皮肤也因为日晒或是风霜而变成了古铜色。雷布思朝外瞟了一眼，看到头顶上乌云密布，像一块肮脏的床单，把天空遮得严严实实。照片都是在室外拍的：赫德曼在他的快艇上工作，或向河口进军。在一张照片里面，他正朝岸上的人招手，脸上挂着开朗的笑容，仿佛这就是生活的全部。雷布思一直不明白航海的乐趣在哪里。他猜想从江滨的一家小酒馆远远地望去，那些小船看上去一定很美。

"你出过海吗？"他问希欧涵。

---

① 《亚当斯一家》（The Addams Family）是一部漫画，一九三三年起在《纽约客》上连载，作者是美国漫画家查理斯·亚当斯（Charles Addams）。该作品描绘的亚当斯家族古怪、恐怖而富有，是对美国典型家庭的倒置性戏仿。

"我坐过几次渡船。"

"我是说在游艇上。你知道的,扬起大三角帆的那种。"

她看着他。"这就是你对大三角帆的全部认识吗?"

"如果我知道的话就好了。"雷布思抬头仰望。他们正在福斯公路桥下穿行,码头沿着一条狭窄的街道不断延伸,巨大的混凝土桥墩把大桥高高举起。这就是让雷布思印象深刻的东西:不是大自然,而是独创性。他有时候想,所有人类最伟大的成就都来源于与大自然的搏斗。大自然把问题摆在我们的面前,而人类找到问题的答案。

"就是这里。"希欧涵说道,把车掉了个头,开进一个敞开的门道。码头由一系列建筑物和两道防波堤组成——建筑物都不同程度地摇摇欲坠,两道长长的防波堤一直延伸到福斯湾。几十条小船停泊在一条防波堤上。他们穿过码头办公室和一个叫做"水手长寄物柜"的地方,把车停在咖啡馆的隔壁。

"据笔记上讲,有一家航海俱乐部,一家船帆修理厂,还有一个修理雷达的地方。"希欧涵一边说着,一边下了车。她开始绕到副驾驶那一边,但是雷布思自己能打开车门了。

"看到了吧。"他说道,"我还没到行将就木的地步。"但是隔着手套的面料,他的手指在隐隐作痛。他挺直腰板,环顾四周。头顶上的大桥高高在上,川流不息的车辆比他想象的安静一些,几乎淹没在船上的什么东西发出的铿锵声音中。或许是大三角帆……

"这个地方归谁管辖?"他问道。

"大门口的铭牌上说是爱丁堡休闲旅游点。"

"也就是说属于市议会?从法律上讲,归你我管辖。"

"从技术的角度来说。"希欧涵随声附和道,她正忙着研究一张手绘平面图,"赫德曼的船棚在右边,过了厕所。"她用手指着说,"我想是从那边走过去。"

"好的,你等会儿来找我。"雷布思告诉她,然后朝咖啡馆点点头。"去买杯咖啡,不要太烫的。"

"你是说不会烫伤人的?"她朝咖啡馆的台阶走去,"你敢肯定自己能行?"

雷布思留在了汽车旁边。希欧涵把门咔嗒一声关上,然后走开了。他费了九牛二虎之力,从口袋里掏出香烟和打火机,打开包装盒,用牙齿叼出一根香烟,含进自己嘴里。只要能找到一个避风口,打火机比火柴好用多了。当希欧涵再次出现时,他正斜倚在车上喷云吐雾。

"给你。"她说道,递给他一个盛了一半的杯子。"加了很多牛奶。"他盯着浅灰色的液体表面。"谢谢。"

他们一道出发,转过几个街角,发现除了挨着希欧涵的车子停了几辆小轿车以外,周围没有半个人影。"从这里过去。"她说着,把他们带到离大桥很近的地方。雷布思注意到其中一条长长的防波堤实际上是一个木制浮筒,给过往船只提供停泊的码头。

"一定是这里。"希欧涵说道,把喝了一半的杯子丢进旁边的垃圾桶里。雷布思也如法炮制,尽管那杯香浓的液体他才抿了几口。如果里面有咖啡因,他也不会发现。感谢上帝发明了尼古丁。

船棚就在这里,虽然比同类稍微豪华一些,也只不过是一个棚子。它大约有二十英尺宽,用几条木板和波纹金属拼凑在一起。一扇推拉门紧闭着,占到了棚子的一半宽度。两套链锁躺在地上,足以证明警察曾经用剪钳强行闯入。现在取而代之的是一条蓝白相间的封条,有人在门上贴了一张官方告示,严令禁止闲杂人等擅自闯入。正上方有一块手工制作的标牌,宣告棚子的用途是"滑水和划船——李·赫德曼"。

"朗朗上口的头衔。"雷布思沉思道。这时希欧涵已经把封条解开,推开了门。

"牌子上写的名副其实。"她温柔地回应道。这就是赫德曼做生意的地方,给那些初出茅庐的水手上课,考验那些用水橇滑行的客户。在里面,雷布思可以看到一艘小游艇,可能有二十英尺长。它放在一辆拖车的上面,拖车的轮胎瘪瘪的,需要充气了。里面还有几艘汽艇,也放在拖车上面,它们的舷外马达闪闪发光,像是最新式的喷气划艇。这个地方收拾得井井有条,仿佛被强迫症患者清扫擦拭过一般。一架工作台靠墙而立，工具整齐地挂在上面的墙壁上。一条油乎乎的抹布表明这里真的是干机械活儿的，唯恐粗心的来客怀疑他们踏进了码头的陈列室。

"枪是在哪里发现的？"雷布思问道，双脚已经跨入门槛。

"在工作台下面的橱柜里。"

雷布思看了看。一把整齐切断的挂锁躺在混凝土地板上，橱柜的门敞开着，露出了里面仅有的几把精心挑选出来的千斤顶和扳手。

"不要指望我们还能找到些什么。"希欧涵说。

"或许事情没有你想象得那么糟糕。"雷布思仍然兴趣盎然，对于这个地方能给他讲述哪些关于李·赫德曼的故事充满好奇。到目前为止，它已经告诉他，赫德曼是个一丝不苟的人，不会丢三落四。他的公寓表明，在私生活中他并没有这么挑剔。但是从职业的角度来讲……从职业的角度来讲，赫德曼可算得上百分之百地投入。这和他的背景相吻合。在军中，不管你的私生活有多么乌七八糟，都不能让它影响到你的工作。雷布思认识一些士兵，他们的婚姻正面临瓦解，但他们的工具箱仍然无可挑剔。这或许是因为——如一位准尉说过的——部队是你所能拥有的最好的性爱。

"你是怎么想的？"希欧涵问道。

"他仿佛在等候健康安全部来人检查。"

"在我看来，他的快艇比他的公寓更值钱。"

"没错。"

"人格分裂的迹象……"

"从何说起？"

"杂乱无章的家庭生活，和他的工作场所大相径庭。廉价的公寓和家具摆设，昂贵的快艇……"

"真像个小小的心理分析学者。"从他们身后传来一个浑厚的声音。说话者是一个矮壮的女人，约摸有五十岁，头发在后面紧紧地绾成一个髻，让她的脸庞显得突出。她穿一件黑色两件套和一双普通黑鞋，套装里面是一件橄榄色女式衬衫；脖子上挂了一串珍珠项链，一只肩膀上挎了一个黑色的皮背包。在她的旁边站了一个高个子男人，肩膀很宽，年龄大概还不到她的一半，一头黑发削得短短的，双手在身前交握。他穿一套深色西服、白衬衫，打着藏青色领带。

"你就是雷布思警督吧？"那个女人说道，敏捷地走上前去，像是要握手，而当雷布思没有反应时她也坦然自若。她的声音降低了几分贝。"我叫怀特里德，这位是西姆斯。"她那双机警的小眼睛紧紧盯住雷布思，"你去过公寓了，我说得没错吧？霍根警督说你可能……"她同样敏捷地从雷布思身边绕开，走到了棚子里面，声音渐渐消失了。她沿着小游艇绕了一圈，用买家的眼光审视它。英格兰口音，雷布思在心里面想。

"我是克拉克警长。"希欧涵发话了。怀特里德盯着她，只是微微一笑。

"你当然是了。"她说道。

与此同时，西姆斯已经走上前来，以介绍的方式重申了自己的名字，然后转向希欧涵，履行同样的程序，但这次还有一个握手。他也操英格兰口音，声音里没有任何感情，即使有一点幽默也纯属礼貌式的。

"枪是在哪里找到的？"怀特里德问道。接着她注意到了砸开的挂锁，点点头，算是回答了自己的问题，走到橱柜前面蹲下去，短裙拉到了膝盖以上。

"Mac-10，"她说，"因为卡壳而臭名昭著。"她又站起来，轻轻拍了拍短裙，让它从膝盖上滑下去。

"比某些装备强多了。"西姆斯回答道。介绍之后，他站在雷布思和希欧涵中间，两腿稍微岔开，背挺得笔直，双手又在身前交握在了一起。

"如果您不介意的话，能出示一下警官证吗？"雷布思问道。

"霍根警督知道我们在这里。"怀特里德随口答道。她现在正在检查工作台的台面。雷布思慢吞吞地跟在后面。

"我说要看你的证件。"他说道。

"我非常清楚。"怀特里德说道，她的注意力转移到了棚子后面的一间像是办公室的小房间上面。她朝它走去，雷布思尾随其后。

"你这是在示威。"他警告她，"不会有好下场的。"她一言不发。办公室曾经上过一把很大的挂锁，但是也被撬开了，后来门上被警察多贴了几道封条，封得严严实实。"而且你的同伴还用了'装备'这个词。"雷布思继续说道。怀特里德把封条揭开，朝里面张望。办公桌、椅子、单门文件柜。架子上除了一个貌似无线电收发机的家伙，再也容不下其他东西。没有电脑、复印机或传真机。办公桌的几个抽屉都打开过，里面的内容都经过了翻查。怀特里德取出一沓文件，开始浏览。

"你是从军队来的。"雷布思打破了沉默，"你可能是便衣，但仍然来自部队。就我所知，空军特勤队还没有妇女，所以你到底是干什么的？"

她朝他回头。"我是来帮忙的。"

"帮什么忙？"

"这类事情。"她继续工作，"阻止它再次发生。"

雷布思盯着她。希欧涵和西姆斯就站在门外。"希欧涵，帮我给鲍比·霍根打个电话。我想知道关于这两个人的事情他知道多少。"

"他知道我们在这里。"怀特里德头也不抬地说道，"他甚至告诉我，我们可能会遇到你们。要不我怎么知道你的名字？"

希欧涵手里握着手机。"打电话。"雷布思告诉她。

怀特里德把文件放回原来的抽屉，并把抽屉合上。"雷布思警督，你从来没机会进特勤队，是不是？"她慢腾腾地转向他，"我听说是训练卡了壳[①]。"

"你怎么不穿制服？"雷布思问道。

"那会把人吓跑。"怀特里德说道。

"是吗？没准是你不想公开自己的身份吧？"雷布思冷笑道，"当你自己的同伴发疯时，看起来就有些不妙，是不是？你最不希望看到

[①] 关于雷布思和空军特勤队的历史，可以参考雷布思警探系列的首部作品《不可忘却的游戏》（新星出版社2010年4月出版）。

的事情，就是提醒大家他是你们中的一员。"

"过去的就让它过去吧。如果我们能阻止这样的事情再次发生，那就最好不过了。"她停顿了一下，站在他的面前。她比他矮半英尺，但其他地方都和他不相上下。"这跟你有什么关系？"现在她回敬了一个笑容。如果说雷布思的笑容有些冷淡，那她的笑容更是冷若冰霜。"你跌倒了，没有拿到学分。但你不必为此自寻烦恼，警官。"

雷布思把"警官"听成了"有缺陷的"①。要么是她的口音有问题，要么是她一语双关。希欧涵打通了电话，但是霍根要过一会儿才能来接。

"我们应该到快艇上看一看。"怀特里德和雷布思擦肩而过，向她的同伴说道。

"那边有架梯子。"西姆斯说。雷布思尽量分辨口音，可能是兰开夏或约克郡口音。至于怀特里德的口音，他还不敢肯定。不管怎么说，都是当地上流学校教的普通英语。雷布思还意识到，西姆斯无论在他的西装还是他所扮演的角色里都很不舒服。也许又是等级问题，也有可能是他对这两样东西都很陌生。

"顺便说一下，我叫约翰。"雷布思告诉他，"你呢？"

西姆斯朝怀特里德望去。"好啦，告诉他！"她不耐烦地说道。

"加夫……加文。"

"朋友们管你叫加夫，在正式场合叫加文？"雷布思猜测道。希欧涵在给他递手机，他顺手接了过来。

"鲍比，你到底在搞什么名堂，让两个女王武装部队的人爬来干涉我们的案子？"他停顿了一下，听了听电话里的声音，然后又开口了，"鲍比，我是故意用这个词的，因为他们都要爬到赫德曼的快艇上去了。"又一阵停顿，"太不像话了……好，好。我们在路上。"他把手机塞回希欧涵的手中。西姆斯正扶着梯子，而怀特里德在爬梯子。

"我们走了。"雷布思向她打了声招呼，"如果我们不能重逢的

---

① 原文为detective（侦查警官）和defective（有缺陷的）。

话……唉,我会从心里面哭泣,相信我。笑容只是做给人家看的。"

他想等这个女人说几句话,但是她现在已经在快艇上了,似乎对他失去了兴趣。西姆斯在爬梯子,回头朝这两位警官看了一眼。

"我真想扛起梯子溜掉。"雷布思对希欧涵说道。

"我不认为怀特里德会因此而善罢甘休,你说呢?"

"或许是对的。"他承认道,然后抬高声音,"最后一件事情,怀特里德——年轻的加夫正在你的裙子下面张望。"

当雷布思转身离开的时候,他朝希欧涵耸耸肩,仿佛承认了这一攻击很廉价。

是很廉价,却物超所值。

"鲍比,我是说真的,你倒底出了什么毛病?"雷布思正穿过学校长长的走廊,朝一个很像保险库的门走去——旧式的那种,有一个转轮,还有几块玻璃。它矗立在那里,门是敞开的,里面的一扇铁门也是敞开的。霍根正盯着里面看。

"全能的主啊,那些杂种在这里可没有立锥之地。"雷布思接着说。

"约翰,"霍根平静地说道,"我想你还没有见过校长……"他朝保险库做了个手势,里面站了一位中年男子,周围全是枪支弹药,足以发动一起革命。"福格博士。"霍根介绍道。

福格站在门槛上。他个子不高,但是健壮结实,看起来像是以前当过拳击手。他的一只耳朵似乎有些肿胀,鼻子很大,占据了半张脸;一条豁疤从浓密的眉毛中间穿过。"埃里克·福格。"他一边和雷布思握手,一边说道。

"先生,刚才的话真的很抱歉。我是约翰·雷布思警督。"

"在学校里工作,听到的话比这还要难听。"福格说,好像此类句子他过去已经说过不下一百遍。

希欧涵赶上来,正要做自我介绍,却看到了保险库里的内容。

"天哪!"她惊叫道。

"我也吓了一跳。"雷布思随声附和道。

"就像我跟霍根警督解释过的,"福格说,"大多数独立校区都有这样的装备。"

"联合军校,福格博士,我说得对吗?"霍根补充道。

福格点点头。"联合军校学员——海陆空军校学员。他们每个星期五的下午都要阅兵。"他停顿了一下,"我想一个很大的动机就是他们在那一天不用穿校服。"

"换上更为准军事化的装备?"雷布思猜测道。

"自动化、半自动化和其他武器。"霍根念念有词。

"或许制止了零星的入室行窃者。"

"实际上,"福格说道,"我刚才还在跟霍根警督说,如果学校的报警系统激活的话,前来响应的警察队伍就会一声令下,首先奔向军械库。那就又回到爱尔兰共和军之流到处找枪的年代了。"

"你不是说这里还保管军火吧?"希欧涵问道。

福格摇摇头。"校园里没有实弹。"

"但枪是真的吧?它们没有经过报废处理?"

"哦,它们都是真的。"他用近似厌恶的目光看着保险库里的内容。

"你不是枪械迷?"雷布思猜测。

"我想对武器的操练……稍微过头的话就会导致危险。"

"说起话来可真像个外交官。"雷布思说道,校长不禁微微一笑。

"赫德曼的枪不会是从这里搞到的吧?"希欧涵问道。

霍根摇摇头。"这是另一码事,我正希望军方调查人员帮助我们处理这件事情。"他看了看雷布思,"我看你是不会处理的。"

"鲍比,够了,我们过来还不到五分钟!"

"先生,您在搞教学吗?"希欧涵问福格,希望避免她的两位上司一触即发的争论。

福格摇摇头。"我过去搞过教学——宗教和道德教育。"

"向青少年灌输道德感?那一定很难。"

"我还没有碰到过能发起一场战争的青少年。"这话听起来有些虚伪,是为了一个老生常谈的问题所准备的现成答案。

"只是因为我们不倾向于给他们提供火力。"雷布思评论道,两只眼睛又盯上了那一排武器。

福格正在给铁门上锁。

"这么说没有丢东西?"雷布思问道。

霍根摇摇头。"但是两位受害者都是联合军校的学员。"

雷布思朝福格望去,他点点头,表示确认。"安东尼是一位非常热心的成员……德里克稍微逊色一些。"

安东尼·贾维斯:法官的儿子。他的父亲罗兰·贾维斯在苏格兰司法界的声名如雷贯耳。在贾维斯大法官用智慧,以及被一位律师描绘为"有穿透力的眼睛"来主持的案件中,雷布思提交证据的次数可能不下十五到二十次。雷布思不敢肯定有穿透力的眼睛是什么样的眼睛,但是他也有同感。

"我们想知道,"希欧涵说道,"有谁查看过赫德曼的银行或住房互助协会的账户?"

霍根端详着她。"他的会计一直都对我们帮助很大。他的生意并没有陷入困境或怎么样。"

"没有突然出现的存款吗?"雷布思问道。

霍根眯缝着眼睛。"为什么问这个问题?"

雷布思朝校长那边瞟了一眼。他本来不想让福格注意到,但失败了。

"你想让我……"福格说道。

"福格博士,如果您不介意的话,我们的事情还没有办完。"霍根和雷布思对视了一下。"我相信你不会把雷布思警督和我的对话泄露出去。"

"当然了。"福格强调道。他已经锁好了保险库的门,现在又转起了组合轮。

"另一个被杀死的孩子,"雷布思开始向霍根解释,"他去年出过一起车祸。当时开车的孩子死了。我们想知道隔了那么久才来报复算不算一种动机。"

"无法解释赫德曼事后为什么要自杀。"

"可能搞糊涂了吧。"希欧涵双臂交叉在胸前说道,"另外两个孩子都被击毙了,赫德曼慌了手脚……"

"所以当你说起赫德曼的银行时,你想到的是一笔近期的巨额存款吧?"

雷布思点点头。

"我会让人看一下。我们从他的公司账目上查到的唯一不正常的东西是一台失踪的电脑。"

"哦?"

希欧涵问是不是一个逃税花招。

"很有可能。"霍根赞同道,"但是有一张收据。我们已经和向他出售电脑的商店交谈过了——是那个系列里面最好的。"

"也许是他故意丢掉的吧?"雷布思问道。

"他为什么要这样做?"

雷布思耸耸肩。

"或许为了掩盖什么东西?"福格提示道。当他们朝他望去的时候,他垂下了眼睛。"或许这不是我该说的话……"

"先生,不用道歉。"霍根打消了他的疑虑,"您的观点或许不错。"霍根用一只手揉了揉他的眼睛,注意力又转向了雷布思,"还有其他事情吗?"

"那些部队里的狗杂种。"雷布思又开始骂骂咧咧。霍根抬起了同一只手。

"你必须得接受他们。"

"得了吧,他们又不会在这里把事情查个水落石出。如果他们怀有什么目的的话,也只能适得其反。他们想让人家忘掉他在空军特勤队的过去,所以才派便衣过来。因为怀特里德的意思就是'粉刷'[①]。"

"喂,听我说,如果他们多有冒犯的话,我真的很抱歉——"

---

① 怀特里德(Whiteread)和粉刷(whitewash)拼写相近。

"或者把我们踩在脚下。"雷布思打断了他的话。

"约翰,这次的调查比你我都大,比任何事情都大!"霍根的声音抬高了八度,稍微带些颤音,"我最反感的就是这类屁事。"

"鲍比,请注意用词。"雷布思说道,朝福格意味深长地瞟了一眼。

正如雷布思所希望的,霍根开始想起雷布思本人刚才的失态,他的脸上顿时笑容可掬。

"尽量适应他们,好吗?"

"鲍比,我们站在你这一边。"

希欧涵朝前迈了一步。"还有件事情要做……"雷布思的眼睛死死盯着她,意思是说这是他头一遭听到这样的事情,但她对此视而不见。"那就是采访幸存者。"

霍根皱了皱眉头。"詹姆斯·贝尔?干什么?"他的眼睛聚焦在雷布思的身上,但是回答他的却是希欧涵。

"因为他死里逃生,而且他是房间里唯一的幸存者。"

"我们已经和他谈过六次话了。小孩子惊恐万分,天知道还能有什么。"

"我们会从容不迫的。"希欧涵平静地坚持道。

"你会的,但是我担心的倒不是你……"他的眼睛还盯着雷布思。

"能听在场的人讲一讲事情经过倒挺不错。"雷布思说道,"赫德曼是怎样行动的,他说过哪些话。那天早上好像没有人见到过他:邻居没有,码头上也没有人。我们需要填补这项空白。"

霍根叹了一口气。"首先,听一下磁带。"他指的是与詹姆斯·贝尔的采访录音,"如果你仍然认为你有必要当面见他的话……嗯,我们会考虑的。"

"先生,谢谢你。"希欧涵说道,感到这个时候应该懂点礼节。

"我说的是'我们会考虑的',不是应承。"霍根举起一根指头以示警告。

"还要看一眼他的财务状况,"雷布思补充道,"只是预防万一。"

霍根疲惫地点点头。

85

"啊,你们在这里!"一个声音如雷贯耳。杰克·贝尔正从走廊的那头朝他们走来。

"哦,上帝。"霍根咕哝道。但是贝尔的注意力集中到了校长身上。

"埃里克,"他大声说道,"我听说你拒绝提供关于学校保安力度不够的记录,这到底是怎么回事?"

"杰克,学校的保安做得很到位。"福格叹着气说道,表明这样的辩论以前就有过。

"完全是废话,你知道的。喂,听我说,我要努力做的事情就是让全世界的人都知道邓布兰的教训并没有被吸取。"他举起一根指头,"我们的学校还是不安全……"又举起第二根指头,"枪支在街头泛滥成灾。"他停顿了一下,故意制造效果,"必须采取措施,你们必须亲眼看到。"他的眼睛眯成了一条缝,"我差点失去了我的儿子!"

"杰克,学校不是堡垒。"校长辩护道,但是毫不奏效。

"一九九七年,"贝尔咄咄逼人,"继邓布兰事件之后,点二二以上的手持武器被下了禁令。合法持有人上缴了手中的武器,可是这又给我们留下了什么?"他环顾四周,但是没有人回答,"掌握枪的人只剩下那些黑社会,他们似乎越来越随心所欲了,想掌握多少武器,就掌握多少武器。"

"你选错了听众。"雷布思提出意见。

贝尔盯着他。"或许吧,"他伸着一根手指,同意他的说法,"因为你们这帮人根本解决不了问题。"

"先生,等等……"霍根开始争辩了。

"鲍比,让他说下去。"雷布思打断了他的话,"热空气可能有助于保持学校的供暖。"

"你敢!"贝尔咆哮道,"你以为你是谁,竟敢这样跟我说话?"

"我想我刚刚选择了这样做。"雷布思针锋相对,特别强调"选择"这个词,提醒这位被选出来的苏格兰议员,他的事业摇摇欲坠。

在接下来的沉默中,贝尔的手机开始震动。他朝雷布思冷笑了一声,然后抬起脚后跟,朝走廊倒退了几步,接起了电话。

"喂？什么？"他看了一下腕表，"是收音机还是电视？"他又接着听了一会儿，"当地的广播还是全国的？我只能做全国的……"他踱着步子，让他的听众歇口气，交换了几个眼神和手势。

"好的。"校长说话了，"我想我最好还是回一趟……"

"先生，如果您不介意的话，我陪您走到办公室吧？"霍根问道，"还有几件事情我们需要谈一谈。"他朝雷布思和希欧涵点点头，说道，"回去工作。"

"是，长官。"希欧涵表示同意。走廊突然空了，只剩下雷布思和她。她鼓起腮帮子，然后大声呼气。"贝尔可真让人头疼。"

雷布思点点头。"他准备在这件事上大做文章。"

"如果他不这样做的话，他就算不上政客了。"

"呵，人之常情。事情搞到这种地步真是让人哭笑不得。本来在利斯被捕之后，他就该下马了。"

"你认为他是想报复吗？"

"如果他如愿以偿的话，他会把我们拉下水。我们必须不断地行动。"

"也就是当个'移动靶'，是不是？像你刚才那样回敬他吗？"

"希欧涵，男人都要有点风趣。"雷布思盯着空旷的走廊，"你认为鲍比能应付得了吗？"

"恕我直言，他看起来精疲力竭了。顺便说一下……你不认为需要告诉他吗？"

"告诉什么？"

"伦肖一家是你的家人。"

雷布思盯着她。"可能会使事情变得复杂。我想现在鲍比还不需要了解更多。"

"这由你来决定。"

"那就对了。我们两个都知道我从来不会错的。"

"这个我已经忘记了。"希欧涵说道。

"很高兴提醒了你，克拉克警长。随时愿意为您效劳。"

5

南昆斯费里警察局是一个又矮又粗的扁盒子，建筑的绝大部分属于单层结构，和一家圣公会教堂只隔了一条马路。外面的一张通知上声明，警察局在周末九点到五点之间向大众开放，由一位"公务员助理"负责答疑。另外一张通知上解释道，和当地盛极一时的谣传相反，警察局在城里实行二十四小时警戒。就是在这个冷漠的现场，目击者接受了采访，但詹姆斯·贝尔除外。

"很舒适，是不是？"希欧涵一边说着，一边推开了前门。有一个又短又窄的接待区，里面唯一的人是警察。他放下手里的自行车杂志，从座位上站起来。

"别紧张。"雷布思告诉他。与此同时，希欧涵亮出了她的警官证。"我们要听贝尔的磁带。"

警官点点头，打开了里面的门，把他们领进一间令人沮丧的暗房。桌椅磨损得很厉害。去年的挂历——上面是本地商店的广告——在一堵墙上打着卷。录音机放在文件柜的上面，穿制服的警察把它取下来，放在桌子上，插上电。接着他打开柜子，找出他们要的磁带，它们密封在一只透明的塑料袋里。

"一共六盘磁带，这是第一盘。"他解释道，"你必须签字。"希欧涵办理了必要的手续。

"这里有烟灰缸吗？"雷布思问道。

"先生，没有。这里不许吸烟。"

"这真是出人意料。"

"是的，先生。"警察尽量不去看雷布思的手套。

"有茶壶吗？"

"没有，先生。"警察停顿了一下，"邻居们有时候会给我们捎一瓶水或一块蛋糕。"

"在接下来的十分钟里有没有这样的可能？"

"我必须说几乎没有。"

"那么你出去弄点喝的，看看你的主动性如何。"

警察犹豫不决。"我应该守在这里。"

"小伙子，我们会帮你站岗的。"雷布思说道，脱下夹克衫，把它搭在椅子的靠背上。

警察看起来疑心重重。

"我要加点牛奶。"雷布思说道。

"我也一样，不加糖。"希欧涵补充道。

警察站在那里愣了一会儿，看着他们在房间里随心所欲，然后扭身出去，慢慢带上了身后的门。

雷布思和希欧涵看着对方，心照不宣地笑了。希欧涵带来了关于詹姆斯·贝尔的笔记，雷布思重新读了一遍。希欧涵取出磁带，把它放好。

十八岁……苏格兰议员杰克·贝尔和他的妻子费利西蒂的儿子。费利西蒂在特拉弗斯剧院担任管理员。全家人住在巴恩顿。詹姆斯正准备上大学，学习政治经济学……根据校方介绍，他是一名"合格生"："詹姆斯循规蹈矩，不太外向，但是在必要的场合也很活泼。"他喜欢棋类甚于体育。

"或许不是联合军校的料。"雷布思沉思道。过了一小会儿，他开始倾听詹姆斯·贝尔的声音。

采访的警官已经自报家门：是霍根警督和胡德刑警。格兰特·胡德也扯了进去，真是高明。作为本案的新闻联络警官，他必须知道幸存者的故事。其中有些素材可以提供给记者，他也好从中捞点儿好处。让媒体站在你这一边是很重要的，而尽量把他们控制在自己的手中也同样重要。他们不能接近詹姆斯·贝尔；他们必须通过格兰特·胡德。

鲍比·霍根的声音确定了日期和时间——星期一晚上——还有采访的地点：皇家医院急诊处。贝尔的左肩受了伤。枪法很准，子弹从肉里面穿过去，差点伤着骨头，又穿出来，射到了公共休息室的墙上。

"詹姆斯，你愿意说会儿话吗？"

"没问题……钻心地疼。"

"我想也是。现在开始录磁带。你叫詹姆斯·埃利奥特·贝尔，对不对？"

"对。"

"埃利奥特？"希欧涵问道。

"母亲娘家的姓。"雷布思解释道，又查了一遍笔记。

背景里几乎没有半点杂音，一定是在医院的单间里录的。格兰特·胡德清了清嗓子。一把椅子的咿呀声。胡德可能握着麦克风，他的椅子离床最近。麦克风在霍根和男孩之间移动，但很难每次都找准时机，难免有一两个词听不清楚。

"杰米[①]，你能给我讲讲事情的经过吗？"

"抱歉，叫我詹姆斯就好。我能喝口水吗？"

麦克风放到床单上的声音、倒水声。

"谢谢你。"停顿了一会儿，杯子重新放到了床头柜上。雷布思想起了他自己的杯子掉到地上被希欧涵一把抓住的场景。跟詹姆斯·贝

[①] 杰米是詹姆斯的昵称。

尔一样，星期一的晚上，他也在医院里……"在上午我们有二十分钟的休息时间。我在公共休息室里。"

"你平时常去那里吗？"

"和操场相比，更常去那里。"

"那天天气不错，很暖和。"

"我更愿意在屋里待着。你想我出院后还能弹吉他吗？"

"我不知道。"霍根说道，"你住院前会弹吉他吗？"

"你把病人的妙语都毁掉了，真为你感到耻辱。"

"对不起，詹姆斯。公共休息室里一共有几个人？"

"三个。托尼·贾维斯、德里克·伦肖还有我。"

"你们在那儿干什么？"

"音响设备正在播放音乐……我想贾维斯在写作业，伦肖在看报纸。"

"你们彼此间就这么称呼吗？直接称呼姓？"

"大多数情况下是这样的。"

"你们三个人是好朋友吗？"

"不算特别要好的朋友。"

"但你们经常一起去公共休息室消磨时间吧？"

"我们当中有十几个人使用那间屋子。"一阵停顿，"你是想问我是不是认为他故意瞄上了我们？"

"我们的确想知道这件事情。"

"为什么？"

"因为正是休息时间，外面有很多学生。"

"而他开始扫射之前却走进了学校，进了公共休息室。"

"詹姆斯，你可以当一名挺不错的警察。"

"在我的职业选择中，这一项并不靠前。"

"你认识那个枪手吗？"

"是的。"

"你认识他？"

"是的,李·赫德曼。我们很多人都认识他。我们当中有些人在他那里上滑水课。他是个挺有意思的家伙。"

"有意思?"

"他的背景。这个人毕竟是一名受过训练的杀手。"

"他告诉你的?"

"是的,他曾经隶属特种部队。"

"他认识安东尼和德里克吗?"

"很有可能。"

"但是他认识你?"

"我们在社交场合见过面。"

"那你在心里面琢磨的问题可能和我们问的一样。"

"你是说他为什么要这么做?"

"是的。"

"我听说他那种背景的人……他们往往和社会格格不入,是不是?只要有一点事情,他们就会铤而走险。"

"知不知道是什么事情让李·赫德曼铤而走险?"

"不知道。"接下来是漫长的停顿,麦克风在床单上方嗡嗡作响,两位警察似乎在交换意见。接着又传出霍根的声音。

"詹姆斯,你能把事情的经过讲一下吗?你在房间里……"

"我刚刚放了一张 CD。我们三个最不投机的就是音乐品位。当门打开的时候,我都没有四处张望。接着就是可怕的爆炸声,贾维斯倒下了。我一直蹲在音响设备的前面,但是我又站起来转过身,于是我看到了那把巨大的枪——我的意思是说,我不是说它特别大,但是它看起来是这样的——现在正对着伦肖……枪后面站了一个人,但是我看不清他的……"

"因为硝烟?"

"不是……我不记得有烟。我唯一能够看到的是枪管……我有点儿……愣住了。然后是第二声爆炸,伦肖像木偶一样倒下了,瘫倒在地上……"

雷布思发觉自己已经合上了眼睛。他的眼前不止一次浮现过这样的画面。

"然后他把枪口对准了我……"

"到这个时候，你知道他是谁了吗？"

"是的，我想是这样的。"

"你说什么了吗？"

"我不知道……可能我开口要说些什么……我想我一定躲闪了，因为当枪响的时候……嗯，它没有打中我，不是吗？我就像被人猛推了一把；我被推过去，又拉回来。"

"这个节骨眼上，他没有说什么吗？"

"一言不发。提醒你一下，当时我的耳朵在嗡嗡响。"

"小房间都是这样的，我一点都不奇怪。你的听觉现在没问题吧？"

"还有一点嘶嘶声，但是他们说会消失的。"

"他什么都没有讲吗？"

"我没听到他说话。我只是躺在那里，准备装死。然后是第四枪……在这千钧一发之际，我以为是我……把我彻底结果掉。但是当我听到身体倒下去的时候，我才知道……"

"你是怎么做的？"

"我睁开了眼睛。躺在地板上，我可以透过凳子腿看到他的身体。他的手里面还握着枪。我开始站起来。我的肩膀感觉麻木了。我知道有血喷出来，但是我的眼睛无法从枪上移开。我知道这听起来有点好笑，但是我想起了那些恐怖片，你知道吗？"

胡德的声音："当你认为坏人已经死了的时候……"

"他总是活了过来，是的。接着，门口围满了人……我想是教职工。他们一定吓了一跳。"

"詹姆斯，你怎么样？你挺过来了？"

"说实在的，我还不敢肯定自己是否感觉到了重击——双关语，别介意。我们都接受了心理咨询。我想那也有一些帮助。"

"你经受了一次严峻的考验。"

"是的，不是吗？我想可以讲给孙子们听。"

"他这么冷静。"希欧涵说道。雷布思点点头。

"我们真的很感谢你配合我们的谈话。我们给你留一个记事本和一支钢笔好不好？你看，詹姆斯，这样的场景可能在你的脑海里挥之不去——这很好，我们的大脑就是通过这种方式处理意外打击的。你会想起一些事情，想把它写下来。那就把它全部记下来，这是另外一种处理问题的方式。"

"是的，我会照您说的做。"

"我们还会找你谈话。"

胡德的声音："媒体也会找你谈话。你想不想跟他们聊，完全由你来定，但是如果你不想说的话，我可以帮你拦下来。"

"我不会跟谁聊上一两天。而且不用担心，我对媒体了如指掌。"

"好了，詹姆斯，再次感谢你的配合。我想你的爸爸妈妈还在外面等着呢。"

"喂，听我说，在这一切发生之后，我感到有些累了。你们可以告诉他们我已经睡着了吗？"

在这个节骨眼上磁带没声音了。希欧涵让它又多转了几秒钟，然后关掉了机器。"第一次采访结束了——想听下一盘吗？"她朝文件柜点点头。雷布思摇了摇头。

"不是现在，不过我会跟他谈一次。"他说道，"他说他认识赫德曼，这就是说他也有关系。"

"他还说他不知道赫德曼为什么要这么做。"

"而且……"

"他听起来这么冷静。"

"也许是吓坏了吧。胡德说得对，这种事情要慢慢才影响到你。"

希欧涵陷入了沉思。"你说他为什么不想见自己的父母？"

"难道你忘了他的爸爸是谁吗？"

"是啊，但是……发生了这样的事情以后，不管你的年龄有多大，你都想让人拥抱。"

雷布思看着她。"你在说自己吗?"

"大多数人会……我的意思是说,大多数正常人。"有人敲门。门开了一条缝,警察的头探了进来。

"没有饮料。"他说道。

"反正我们的任务已经结束了。谢谢你帮忙。"

他们留下警察把磁带再放回去锁好,然后走到外面,强烈的日光让他们一时睁不开眼睛。"詹姆斯没有给我们提供多少信息,不是吗?"

"确实没有。"雷布思承认道。他正在脑海中过电影,看看采访中有没有他们用得上的蛛丝马迹。唯一的一线希望:詹姆斯·贝尔认识赫德曼。但是这又怎么样呢?城里的很多人都认识李·赫德曼。

"我们要不沿着高街一直往前走,看看能不能找到一家咖啡馆。"

"我知道我们能在哪儿搞到一杯茶。"雷布思说道。

"哪里?"

"我们昨天喝茶的地方……"

艾伦·伦肖从昨天起就没刮过胡子。他把凯特打发出去看朋友,一个人待在家里。

"让她在这里和我一起关禁闭不太好。"他一边说道,一边把他们领进厨房。客厅一动未动,照片还等着人们仔细端详、整理或放进原来的盒子里。雷布思注意到壁炉台上多了一些纪念卡。伦肖从沙发的扶手上捡起遥控器,把电视关了。刚才里面放的是一段自制的录像,里面都是些关于家庭节假日的内容。雷布思决定不妄加评论。伦肖的头发都黏在一起了,雷布思怀疑他睡觉时有没有脱衣服。伦肖一屁股坐在厨房的椅子上,让希欧涵给茶壶灌水。波伊提乌躺在厨房的操作台上,希欧涵伸手去抚摸它,但猫咪跳到了地板上,蹑手蹑脚地蹿到客厅里去了。

雷布思在他的表弟的对面坐下来。"只是想知道你怎么样了。"他说道。

"那天晚上我把你们和凯特撂下,真是对不起。"

"不用道歉。你睡得好吗?"

"睡得太多了。"一本正经的笑容,"我想一睡解忧。"

"葬礼安排得怎么样了?"

"他们不让我们领尸体,还不行。"

"艾伦,很快就能领回来了。这一切很快就会结束。"

伦肖抬头看着他,两只眼睛布满了血丝。"约翰,你说的?"他一直等到雷布思点头为止,"那电话响个不停,记者千方百计想找我谈话,这又怎么解释?他们不认为这一切很快就会结束。"

"没错,这就是他们纠缠你的原因。但是再有一两天,他们就会把目标转移到其他人身上,不信你走着瞧。你有特别想让我赶跑的人吗?"

"有一个家伙找凯特谈过话。他好像惹她生气了。"

"他叫什么名字?"

"我抄到什么地方了……"伦肖四处张望,好像那个名字就在他的眼皮底下。

"也许在电话旁边?"雷布思猜测道。他站起身,又走到大厅里。电话就放在前门里面的架子上。雷布思拿起听筒,什么都没听到。他看到电话线从墙上拔出来了:凯特的杰作。电话旁边有一支钢笔,但是没有纸。他朝楼梯那边看,发现了一个记事本。首页上潦草地记着姓名和号码。

雷布思又回到厨房,把记事本放在桌子上。

"史蒂夫·霍利。"他郑重其事地说道。

"是这个名字。"伦肖同意他的说法。

希欧涵正在泡茶,一听到这个名字马上停下来,看着雷布思。他们都认识史蒂夫·霍利。此人为格拉斯哥的一家小报效力,是个讨厌的家伙,过去已证明了这一点。

"我会跟他说一下。"雷布思一边应承,一边把手伸进口袋里掏止痛片。

希欧涵给大家上了茶,坐下来。"你行吗?"她问道。

"没事。"雷布思撒了个谎。

"约翰,你的手是怎么回事?"伦肖问道。雷布思摇摇头。

"没事的,艾伦。茶沏得怎么样?"

"挺好的。"但是伦肖一动不动,根本没有喝茶的意思。雷布思盯着他的表弟,想起了磁带,想起了詹姆斯·贝尔冷静的陈述。

"德里克没有受罪。"雷布思平静地说道,"他或许对整件事情一无所知。"

伦肖点点头。

"如果你不相信我……没关系,用不了多久,你就能问詹姆斯·贝尔了。他会告诉你的。"

伦肖又点了点头。"我想我不认识他。"

"詹姆斯?"

"德里克有很多朋友,但是我想他不在其中。"

"他和安东尼·贾维斯总归是朋友吧?"希欧涵问道。

"是的,托尼①经常来这边。他们一起写作业、听音乐……"

"哪一类音乐?"雷布思问道。

"大都是爵士乐。迈尔斯·戴维斯②,还有个叫科尔曼③什么的……我也记不住名字。德里克说他正准备买一只高音萨克斯管,等他上大学的时候学习吹萨克斯。"

"凯特说德里克不认识那个朝他开枪的人。艾伦,你认识他吗?"

"我在小酒馆里见过他。他有点儿……用独来独往这个词形容有些不恰当,但是他不常和朋友在一起。有时候一连好几天都不露面。登山什么的;也可能是在他的船上。"

"艾伦……如果有什么不合适的地方,你尽管说好了。"

---

① 安东尼的昵称。
② 迈尔斯·戴维斯(Miles Davis, 1926—1991),小号手,爵士乐演奏家,作曲家,指挥家,二十世纪最有影响力的音乐人之一。
③ 指奥尼特·科尔曼(Ornette Coleman, 1930—),美国萨克斯管、小提琴、小号演奏家和作曲家。他是二十世纪六十年代自由爵士运动的主要创新者之一。

伦肖看着他。"什么？"

"我在想我能不能到德里克的房间看一眼……"

三个人开始爬楼梯，伦肖在前，雷布思夹在中间，希欧涵尾随其后。伦肖给他们打开了门，却站在一旁让他们进去。

"真的还没来得及……"他道歉道，"这个地方……"

卧室很小，窗帘都拉着，屋里很黑。

"我把窗帘拉开行吗？"雷布思问道。伦肖只是耸耸肩，不肯走进房间半步。雷布思把窗帘拉开。窗户俯瞰着后花园，洗碗布还挂在旋转木马上，剪草机也仍然矗立在草坪上。墙上贴满了照片，都是爵士乐演奏家富有感染力的黑白照，以及从杂志上撕下来的窈窕淑女的睡姿照片。书架、音响、自带录像机的十四英寸电视机。一张书桌，上面有一台笔记本电脑，连了一台打印机。剩下的空间仅够容纳一张单人床。雷布思看了看碟片的侧面：奥尼特·科尔曼、柯川[1]、约翰·祖恩[2]、亚契·谢普[3]、塞隆尼斯·孟克[4]。也有一些古典音乐。椅子上搭了一件赛跑背心和一条短裤，还有一个套在套子里面的网球拍。

"德里克很喜欢运动吧？"雷布思问。

"经常参加长跑和越野赛。"

"他和谁打网球？"

"托尼……还有其他几个人。我可以告诉你，他的运动基因不是从我这里来的。"伦肖低头瞅着自己，仿佛在打量自己的腰身。希欧涵朝他笑了笑，感到这样的笑容正是他所期待的。但是她知道，他所说的每一句话都很不自然，只是大脑的一小部分做出的反应，他大部分的大脑还沉浸在巨大的恐惧之中。

"他还喜欢穿制服。"雷布思说道，拿起了装有德里克和安东

---

[1] 指约翰·柯川（John Coltrane，1926—1967），美国爵士萨克斯表演者、作曲家，改造了现代爵士乐，并影响了整个时代。
[2] 约翰·祖恩（John Zorn，1963—　）美国先锋派音乐家、萨克斯演奏家、制作人。
[3] 亚契·谢普（Archie Shepp，1937—　）非洲裔美国爵士萨克斯演奏家，与约翰·柯川齐名。
[4] 塞隆尼斯·孟克（Thelonious Monk，1917—1982），美国爵士钢琴家，美国音乐史上最著名的人物之一。

尼·贾维斯照片的相框,两个人都穿着联合军校的校服,戴着校帽。伦肖从门口看着它。

"德里克仅仅是因为托尼才加入的。"他说道。雷布思记得埃里克·福格也说过同样的话。

"他们一块儿出去航海吗?"希欧涵问道。

"可能吧。凯特尝试过滑水……"伦肖的声音越来越弱了。他稍微睁大眼睛。"赫德曼那个狗杂种带她上了快艇……她和一些朋友。要是让我看见了……"

"艾伦,他死了。"雷布思一边说道,一边伸出手碰了碰他表弟的胳膊。足球……在鲍希尔的公园里……小艾伦在柏油碎石路面上擦破了膝盖,雷布思用一片酸模树的叶子揉擦他破的皮肤……

我有一个家庭,但我让他们天各一方……雷布思的妻子远走高飞了,女儿在英格兰,兄弟天知道在哪里。

"等他下葬的时候,我也要看一看。"伦肖说道,"我真想把他挖出来,让他再死一遍。"

雷布思握紧这个男人的胳膊,看着他眼泪汪汪的样子。"我们下去吧。"他一边说道,一边把伦肖领到楼梯口。过道很窄,只够他们两个人肩并肩站着。两个成年男人,就这样站在一起。

"艾伦,"雷布思说道,"我们能不能借一下德里克的笔记本电脑?"

"他的笔记本电脑?"雷布思保持缄默。"用它来……约翰,我不知道。"

"只借一两天。我用完了马上送回来。"

伦肖似乎对这个要求百思不得其解。"我想……如果你认为……"

"艾伦,谢谢。"雷布思扭头朝希欧涵点点头,她又转身上了楼。

雷布思领着伦肖进了客厅,把他摁在沙发上。伦肖顷刻间抓起一把照片。

"我得把这些照片整理一下。"他说道。

"工作怎么办?你请了多长时间的假?"

"单位说让我办完葬礼后再回去。每年这个时候生意都不忙。"

"我可能会来看你。"雷布思说道,"我的老爷车也该折价换新了。"

"我会给你优惠的。"伦肖承诺道,抬头看着雷布思,"一言为定。"

希欧涵已经出现在门口,胳膊下面夹着笔记本电脑,后面拖了好几条线。

"我们得走了。"雷布思对伦肖说道,"艾伦,我们会再过来看你。"

"约翰,随时欢迎你们过来。"伦肖伸出一只手,想挣扎着站起来。接着他猛地把雷布思揽入怀中,用手拍打雷布思的背。雷布思也做了同样的动作,不知道自己脸上的表情是不是和自己的心情一样尴尬。但是希欧涵转移了视线,端详着自己的鞋尖,仿佛在嘀咕它们是不是需要上点油。当他们出来走到汽车跟前时,雷布思意识到自己出了一身汗,衬衫都贴到了后背上。

"刚才屋里很热吗?"

"不太热。"希欧涵说道,"你还很热吗?"

"好像是。"他用一只手套的后背擦了擦额头。

"为什么要借笔记本电脑?"

"真的没什么理由。"雷布思迎上了她的目光,"也许看看里面有没有关于车祸的内容,以及德里克的感想如何,有没有人谴责他。"

"你的意思是说,除了父母以外?"

雷布思点点头。"也许吧……我不知道。"他叹了一口气。

"什么?"

"也许我只想浏览一下,体会这个孩子的感觉。"他想到了艾伦,现在或许又打开了电视,手里握着录像机遥控器,通过颜色、声音和动作让他的儿子复活。但那仅仅是一个复制品,定格在那个匣子里的复制品。

希欧涵点点头,弯下腰让笔记本电脑滑到汽车的后座上。"这个我能理解。"她说道。

但是雷布思对此表示怀疑。

"你和你的家人保持联系吗?"他问她。

"每隔一个周末打一次电话。"他知道她的父母都健在,住在南方。

雷布思的母亲去世得很早。当他的父亲追随她而去的时候，雷布思才三十多岁。

"你没想过要个弟弟或妹妹吗？"他问道。

"有时候。"她停顿了一下，"你身上一定发生过意外，是不是？"

"怎么说？"

"具体我也不清楚。"她想了想，"我认为有时候，你觉得家庭是一种不利因素，因为它会使你软弱。"

"有一点你猜对了，我从来不渴望拥抱和接吻。"

"或许吧，但是你在那里拥抱了你的表弟……"

他坐到副驾驶座位上，把门关上。止痛药让他的脑子像是包上了气泡膜。"开车。"他说道。

她把钥匙插进点火开关。"上哪儿？"

雷布思想起一件事情。"把你的手机取出来，给'活动房'挂个电话。"她按了号码，把电话塞到他的手中。接通后，雷布思让格兰特·胡德接电话。

"格兰特，我是约翰·雷布思。听我说，帮我找一下史蒂夫·霍利的号码。"

"有什么特别的原因吗？"

"他在骚扰一个家庭。我想我用的词还算轻的。"

胡德清了清嗓子。雷布思想起了磁带里也有这样的声音，心里面纳闷胡德是不是已经养成了这种习惯。号码找来了，雷布思重复了一遍，让希欧涵记下来。

"约翰，别挂机，领导想跟你说句话。"他指的是鲍比·霍根。

"鲍比？"雷布思说道，"有关于那个户头的消息吗？"

"什么？"

"户头……有大笔存款吗？想起来了吗？"

"别管那件事了。"霍根的声音里有些急躁。

"怎么了？"雷布思赶紧追问。

"好像贾维斯大法官把赫德曼的一个老朋友送进了监狱。"

101

"啊，是吗？什么时候？"

"就是去年。一个叫罗伯特·奈尔斯的家伙——有印象吗？"

雷布思皱了皱眉头。"罗伯特·奈尔斯？"他重复道。希欧涵点点头，在脖子上比画了一下。

"那个割断妻子喉管的家伙？"

"就是他。"霍根说道，"正在准备辩护。陪审团裁决有罪，他的命全掌握在贾维斯大法官的手中。我接到一个电话，好像从那以后，赫德曼就常常去探访奈尔斯。"

"是什么时候……九、十个月以前？"

"他们把他关在巴林尼监狱，但是他发疯了，去袭击另外一名囚犯，然后开始自残。"

"那他现在在哪儿？"

"卡布兰专科医院。"

雷布思陷入了深深的思考。"你认为赫德曼在追杀法官的儿子吗？"

"不排除这样的可能。报复之类的……"

是的，报复。现在这个词悬在两个死去的男孩头上……

"我准备去看他。"霍根说道。

"奈尔斯？他可以见客吗？"

"似乎可以。想跟一趟？"

"鲍比，我真是受宠若惊。为什么选我去呢？"

"因为奈尔斯也是从空军特勤队退役的；他跟赫德曼一同出生入死。如果有谁知道李·赫德曼的脑瓜子里面想的是什么，这个人非他莫属。"

"把一个杀人犯锁在精神病房里？我的天，我们可够幸运的。"

"约翰，去不去由你。"

"什么时候？"

"我在考虑明天一早。只有几小时的车程。"

"算我一个。"

"好样的。谁知道呢，你说不定能从奈尔斯的嘴里掏出话来……同情心什么的。"

"你是这样认为的?"

"在我看来,只要看见你的手,他就会对你同病相怜。"

霍根还在咻咻地笑,雷布思把手机递给希欧涵。她合上了手机盖。

"我都听到了。"她说道。顷刻间,手机又响了。是吉尔·坦普勒。

"雷布思怎么一直不回电话?"坦普勒咆哮道。

"我想他把手机关掉了。"希欧涵说道,眼睛瞅着雷布思,"因为他没法按键。"

"好笑,我一直以为他是个按键的专家①。"希欧涵笑了。她暗想,对你来说尤其是这样。

"你想让他过来接电话吗?"她问道。

"我想让你们两个一块儿回来。"坦普勒说道,"快点儿,不许找借口。"

"发生了什么事情?"

"你惹祸了。简直糟透了……"

坦普勒的话还没有说完就打住了。希欧涵猜到了她说的是什么。

"报纸?"

"你看,有人在报纸上登了文章,他们有些添油加醋,我想让约翰向我解释一下。"

"添什么油,加什么醋?"

"事实上,有人看见他和马丁·费尔斯通一起离开酒吧,走回费尔斯通家,过了好一会儿才看见他出来,而转眼的工夫,房子就着火了。那家报社正准备把它当成头条新闻刊出。"

"我们已经在路上了。"

"我会等着你们。"电话挂断了。希欧涵开动了汽车。

"我们必须回圣伦纳德。"她通知了雷布思,接着解释了其中的原因。

---

① 按键(push the button)有找麻烦的意思,这里是双关语。

103

"是哪一家报纸?"经过一阵漫长的沉默后,雷布思只说了这么一句。

"我没有问。"

"再给她打个电话。"

希欧涵看了看他,但还是接通了电话。

"把电话给我。"雷布思命令道,"我可不想让你在路上翻车。"

他接过电话,贴在自己的耳朵上,告诉希欧涵直奔总警司办公室。

"我是约翰。"坦普勒接起电话时,他说道,"故事是谁编出来的?"

"一个叫史蒂夫·霍利的记者。这家伙就像一条在路灯杆撒尿集会上得意扬扬的梗犬。"

6

"我知道这样看起来对我不利。"雷布思向坦普勒解释道,"这就是我保持沉默的原因。"

他们正在圣伦纳德坦普勒的办公室里。她坐着,雷布思站着。她手里拿了一支削尖的铅笔,把玩着它,端详着笔尖,可能在把它当成一支武器来衡量。"你跟我说了谎。"

"吉尔,我只是漏掉了一些细节……"

"一些细节。"

"都是些不相干的细节。"

"你跟他回了家。"

"我们一起喝了酒。"

"你和一名臭名昭著的罪犯单独在一起,而他一直在威胁你最亲密的同事?而且他还曾经指控你侵犯他人身体?"

"我和他说了几句话。我们没有发生争执之类的。"雷布思开始把双臂交叉在胸前,但这一举动反而加剧了他手上的血压,于是他又把手臂放了下来,"问一下邻居,看看他们有没有听到有人抬高嗓门。我现在就可以告诉你,根本没有。我们在客厅喝了点儿威士忌。"

"不是在厨房?"

雷布思摇摇头。"我整个晚上都没有在厨房待过。"

"你是什么时间离开的?"

"说不准。半夜走的,就这么简单。"

"这么说是在火灾前不久了?"

"足够久了。"

她盯着他。

"吉尔,这家伙喝醉了。我们都看到了:他买了快餐,打开炸锅,然后睡着了。要不是这种情况,要不就是点燃的香烟烧着了沙发。"

坦普勒在她的手指上试了试铅笔够不够尖。

"我惹了多大的麻烦?"雷布思问道,沉默下来。

"取决于史蒂夫·霍利。他在那里胡搅蛮缠。别人都看着呢,我们必须采取措施。"

"比如说让我暂令停职?"

"不排除这样的想法。"

"我不会因此而责怪你。"

"你可真是大度啊。你为什么要去他家?"

"他请我去的。我想他喜欢玩花招;他在希欧涵跟前也是这样的。我就跟他去了。他坐在那里一个劲儿给我灌酒,滔滔不绝地讲他的冒险经历……我想这让他感到很兴奋。"

"你认为你能从中捞到什么好处?"

"我也不是很清楚……我想这会分散他对希欧涵的注意力。"

"她请你帮忙了?"

"没有。"

"没有,我敢打赌她没有。希欧涵能处理好自己的事情。"

雷布思点点头。

"那么说这纯属巧合。"

"费尔斯通是个随时会爆发的灾难,迟早会有这样的下场。幸好他没带上别人一起死。"

"幸好?"

"吉尔,要不然我就不会有这么多安稳觉了。"

"是的,我想我问得有点多余了。"

雷布思挺直腰板,保持沉默,对此欣然接受。坦普勒败下阵来。铅笔尖已经在她的手指头上扎出一个血珠。

"约翰,这是最后的警告。"她说道,低下头,不愿意当着他的面处理那点小伤——突如其来的错误。

"是,吉尔。"

"当我说'最后'的时候,我是认真的。"

"我明白。想让我给你取一块橡皮膏吗?"他的手伸向了门上的球形把手。

"我想让你离开。"

"如果没什么事的话……"

"出去!"

雷布思返身关上门,感到他腿上的肌肉又开始工作了。希欧涵站在不到十英尺以外的地方,扬起一道眉毛,满脸疑惑。雷布思吃力地朝她竖起了大拇指,她则慢慢摇了摇头,意思是说我不知道你是怎么对付的。

其实他也不知道。

"我给你买杯饮料吧。"他说道,"到餐厅来杯咖啡,好吗?"

"正合我意。"

"我得到了最后的警告。没法在汉普登①踢进决胜球了。"

"更像是复活节路②的加时赛?"

她终于让他露出了微笑。他感到下巴有点疼,是因为持续紧张造成的,只要笑一笑就可以缓解。

---

① 指位于格拉斯哥的汉普登球场,苏格兰国家足球队的主场,以及苏格兰国家杯的比赛场地。
② 指爱丁堡的复活节路球场,苏格兰超级联赛球队希伯尼安的主场。

然而，楼下却是一片嘈杂。人们四处乱转，审问间似乎都占满了。雷布思认出了这些人都来自利斯，也就是霍根的手下。他抓住了一只胳膊肘。

"发生了什么事情？"

那张脸起先朝他怒目而视，接着认出了他，马上变得柔和了。这位警员名叫佩蒂弗，来重案组才半年，但早已历练得精明能干。

"利斯已经人满为患。"佩蒂弗解释道，"所以我们想借用圣伦纳德来分散一下人流。"

雷布思环顾四周。消瘦的脸庞，不合身的衣服，乱糟糟的发型……都是些爱丁堡下流社会的精英。告密者、瘾君子、诈骗犯、入室行窃者、打手、酒鬼。整座警察局弥漫着他们混杂的气息，他们模糊不清、粗声秽语的喧闹声。他们逢人就叫骂，没有一刻消停——律师在哪里？没有水喝吗？真让人厌恶，这到底在玩什么游戏？人权何在？在这种法西斯状态下没有一点尊严……

刑事警察和制服警在装模作样地维持秩序，记名字、询问详细情况，需要做记录的时候，就把房间或板凳指给他们看。他们否认每件事，喃喃地抱怨；年轻一点儿的大摇大摆地走来走去，无视无处不在的法律。他们毫不理会警告牌，在那里吞云吐雾。雷布思跟他们当中的一个人要了一支手卷的纸烟。那人戴一顶方格图案的棒球帽，帽檐朝天翻翘着。雷布思觉得爱丁堡的任何一阵风都能让那家伙像飞盘一样从它主人的头上飘走。

"我什么都没做。"年轻人抽搐着一只肩膀说道，"只是帮个忙，他们就说三道四了。我可不想和枪沾边，局长，我说的可是绝对真理。告诉他们，好吗？"他眨了眨眼，眼神像蛇一样冷酷无情，"好好卷一下。"指的是皱巴巴的烟卷。雷布思点点头，离开了他。

"鲍比在追查是谁提供了枪。"雷布思告诉希欧涵，"把平时那些亡命之徒都聚集到了一块儿。"

"我认出了好几张脸。"

"啊，是的，而且不是从漂亮宝贝选拔大赛中选出来的。"雷布思端详着那群人——都是男人；粗看之下他们都是人渣，但你也许会在自己的灵魂深处找到一丝同情。这是些命运注定暗淡无光的人；他们成长的过程中只有贪婪和恐惧；他们的整个人生都被一个"滚"字践踏得体无完肤。

雷布思对此深信不疑。他见到过很多家庭对孩子不管不顾，那些孩子长大成人后对什么事情都满不在乎；他们认为这世界是一片丛林，而他们的生活法则只有"生存"二字。他们仿佛生来就被人忽视，残酷的现实使人也变得残酷。雷布思认识其中一些年轻人的父亲和爷爷，犯罪的基因在他们血液里流淌，年龄是堕落的唯一限制因素。这都是些基本的事实，但是有一个问题：等到雷布思和他的同事有理由和这些人对峙的时候，创伤早已造成，而且在许多情况下已经不可扭转。所以根本没有同情的余地，相反，同情心早已损耗殆尽。

另外还有像孔雀约翰逊那样的人。当然了，孔雀并非他的真名，这是因为他身上穿的衬衫——那些衬衫能让旁观者瞠目结舌。约翰逊明明是社会渣滓，却又偏偏要附庸风雅。他能赚钱，也会花钱。他的衬衫通常是叫新城某个窄胡同的裁缝为他量身订制的。约翰逊有时候戴一顶洪堡毡帽，留着薄薄的黑胡须，可能还以为自己貌似基德·科里奥尔[①]。他的牙医做了了不起的工作——单凭这一点，就已经让他鹤立鸡群——而且他从不吝于使用自己的微笑。他可是个人物。

雷布思知道他已年近四十，但是看上去既可以老十岁，也可以年轻十岁，完全取决于他的心情和装束。他无论走到哪里，屁股后面都跟着一个叫做"邪恶鲍勃"的小矮个儿。鲍勃总是穿着一身几乎成了制服的装束：棒球帽、运动衫、宽松的黑色牛仔裤和一双偏大的运动鞋。他手上戴了好几只金戒指，两只手腕上各戴一条印着姓名的手链，脖子上也挂了好几根链子。他长着一张椭圆形的脸，满脸都是粉刺，一张嘴几乎永远都合不拢，这让他的脸上成天挂着一副迷茫的表情。有人说邪恶鲍勃是孔雀约翰逊的兄弟。如果真是这样，雷布思猜想一

[①] 指美国乐队基德·科里奥尔和椰子（Kid Creole and the Coconuts）的核心人物奥古斯特·达内尔（August Darnell, 1950— ），音乐风格多变，带有南美洲和加勒比海特色。

定有人进行了某种残酷的基因试验。这就是高高大大、近乎优雅的约翰逊和他庸俗不堪的副手。

至于邪恶鲍勃当中的"邪恶",就大家所知,只是个名字而已。

在雷布思注视的空当,两个男人正分道扬镳。鲍勃要跟一位警督上楼找个新空出来的位子,约翰逊则准备和佩蒂弗警员去第一审讯室。雷布思朝希欧涵使了个眼色,然后穿过熙熙攘攘的人群。

"我可以在这里列席吗?"他向佩蒂弗询问道。年轻人有些局促不安。雷布思挤出一丝令人宽慰的笑容。

"雷布思先生……"约翰逊伸出手来,"真是无巧不成书。"

雷布思对他视而不见。他可不想让一个像约翰逊这样的老手知道佩蒂弗在这场游戏中还是个新手。与此同时,他必须让佩蒂弗信服,这里并没有上演什么肮脏的交易,而且雷布思也不准备在这里充当监考人。他所拥有的全部武器只有他的笑容,于是他又尝试了一次。

"好的。"佩蒂弗终于发话了。三个人走进了审讯室,雷布思朝希欧涵的方向竖了竖食指,希望她明白他想让她等他。

第一审讯室又小又闷热,里面一股汗臭味,好像刚刚接待过好几个客人。窗户高高地悬在一堵墙上,但是没有打开。小桌子上面放了一台可以同时插两盘磁带的机器,后面齐肩高的地方有一个紧急呼救按钮。一部摄像机从门正上方的支架上瞄准房间。

但是今天没有录音。这些采访都是非正式的,友好是首要的。佩蒂弗除了几张白纸和一支廉价的圆珠笔外,什么都没有带进房间。他可能已经研究过约翰逊的档案,但是不准备利用这个武器来威胁他。

"请坐。"佩蒂弗说道。约翰逊用一块鲜红的手帕掸了掸椅子上的浮土,然后才故作从容地慢慢坐下。

佩蒂弗在对面坐下,然后才意识到雷布思还没有椅子。他准备再次起身,但雷布思摇了摇头。

"我站在这里就好。"他说道。他靠在对面的墙上,双脚在脚踝前交叉,两只手悠闲地插在夹克衫的口袋里。他已经找到了最合适的地点——他在佩蒂弗的视线以内,但是约翰逊必须回过头才能看到他。

"雷布思先生,你就像一位客座明星。"约翰逊咧着嘴笑了。

"你也是贵宾待遇啊,孔雀。"

"雷布思先生,孔雀总是得到最好的待遇。"约翰逊听起来心满意足,靠在椅子的靠背上,两只胳膊交叉在胸前。他的头发乌黑铮亮,朝后梳得平整光溜,在脖颈上方打起了卷。他常常在嘴里叼一根鸡尾酒的调酒棍,并把它玩得像一支棒棒糖。不过他今天没有叼调酒棍,而是在嚼一块口香糖。

"约翰逊先生。"佩蒂弗开始了,"我想你知道你为什么会在这里吧?"

"你们在打听开枪的人。我告诉过其他警察,告诉过每一个愿意听的人,孔雀不做那种事。枪杀小孩子,老天,那纯粹是罪过。"他慢慢摇了摇头,"如果我能帮你们的话,我一定会帮,但是你们把我搞到这里完全是错误的。"

"约翰逊先生,你过去在小型枪支的问题上有过不良记录。我们只是想知道你是不是那种消息灵通的人。你可能会听到一点风声,也许是谣传,市场上的新手之流……"

佩蒂弗听起来信心十足。表面上他可能做到了百分之九十,内心却像秋天树上的最后一片叶子一样战栗。但是他听起来没问题,这就行了。雷布思对此很满意。

"阁下,孔雀可不是告密者。但是在这个案子里绝对不一样。如果我听到一丁点儿风声的话,我会直接过来找你们。不用费心出什么告示。至于我的不良记录,我只是经手武器仿制品——在收藏家市场上,那都是些可亲可敬的行业绅士之流。等那些高高在上的权贵们宣布这一贸易违法的时候,你们可以百分之百地放心,孔雀一定会洗手不干的。"

"你从来没有向任何人非法出售过小型枪支吗?"

"从来没有。"

"也没有碰巧认识干这个行当的人?"

"我前面已经说过了,孔雀不是告密的人。"

"那改制你那些收藏家的枪呢？认识能干这种事的人吗？"

"一个都不认识。"

佩蒂弗点点头，低头看那些纸张，它们还和他刚才放在桌子上的时候一样洁白。趁这个间隙，约翰逊扭过头去审视雷布思。

"雷布思先生，坐后排的滋味不好受吧？"

"我喜欢。人们习惯上还是愿意让自己干净些。"

"嗯，嗯……"孔雀又咧开嘴笑了，这次还晃了晃手指，"我不会让自视清高的公务员玷污我的贵宾套装。"

"等到了巴林尼监狱，你会更爱它的。"雷布思说道，"换句话说，那里的家伙会对你爱不释手。在巴林尼，装扮总是要走下坡路的。"

"雷布思先生……"约翰逊低下头，叹了口气，"宿怨是丑陋的事情，问问意大利人就知道了。"

佩蒂弗在椅子上换了个姿势，椅子腿在地板上发出刺耳的刮擦声。"也许我们应该言归正传，说说你认为李·赫德曼的那些枪是从哪里搞到手的……"

"这年头十有八九是在中国制造的，对不对？"

"我的意思是说，"佩蒂弗继续问道，他的声音里有一点愠怒，"人们是怎么把它们拿到手上的？"

约翰逊夸张地耸耸肩。"握住枪托和扳机？"他为自己的玩笑忍俊不禁，独自一人在安静的房间里大笑。然后他在椅子上挪了挪身子，换了一脸严肃的表情。"大多数军械制造师集中在格拉斯哥，他们一定是你们谈话的对象。"

"我们在西面的同事正在这么做。"佩蒂弗说道，"但是与此同时，你就不能帮我们想一想应该专门问问谁？"

约翰逊耸耸肩。"搜我的身吧。"

"佩蒂弗刑警，你应该这样做。"雷布思一边说道，一边朝门口走去，"你应该照他说的做。"

外面的情况也冷静不到哪儿去，而且希欧涵早已消失得无影无踪。雷布思猜想她已经撤回了餐厅。但是与其过去找她，还不如上楼。他朝几个房间走马观花地扫了一眼，找到了邪恶鲍勃，他正在接受一位叫乔治·西尔弗斯的警长的问话，这位警长只穿了一件衬衫，没有穿外套。在圣伦纳德，西尔弗斯的绰号是"嗨—嗬"。他是个得过且过的人，只等着拿养老金，就像在卡车停靠站等着搭便车一样。当雷布思走进房间的时候，他只是点了点头。他的清单上有十几个问题，他想一一提出并得到回答，好把他面前这个人渣样本打发回大马路上去。鲍勃注视着雷布思在两个人中间拉了把椅子坐下来，右膝离鲍勃的左膝仅几英寸之遥。鲍勃坐立不安。

"我刚才和孔雀在一起。"雷布思说道，全然不顾他打断了西尔弗斯的提问这一事实，"他应该把他的名字改成金丝鸟。"

鲍勃木讷地盯着他。"那是为什么？"

"你为什么要问？"

"我不知道。"

"金丝鸟做什么？"

"到处飞……在树林里生活。"

"它们在你奶奶家的鸟笼里生活，你这个笨蛋。而且它们还唱歌。"

鲍勃努力思考着这句话，雷布思几乎都能听到他脑袋里的齿轮嘎嘎作响。对于许多社会渣滓来说，那只是装模作样。他们当中的许多人都足够聪明，不仅仅是以混街头的方式。但是鲍勃要么是发挥到最佳状态的罗伯特·德尼罗，要么就根本不是在演戏。

"什么？"他问道。接着，他看到了雷布思的脸色。"我的意思是说，它们唱什么样的歌？"

看来不是德尼罗了。

"鲍勃，"雷布思说道，两条胳膊肘撑在膝盖上，凑到矮胖的年轻人跟前，"你成天跟在约翰逊的屁股后面，你就得准备在铁窗里面度过你的下半生。"

"那又怎么样？"

"难道你对此无动于衷吗？"

愚蠢的问题，雷布思话一出口就意识到了。西尔弗斯调皮的眼神足以说明一切。对鲍勃来说，监狱只不过另外一场梦游，对他根本不起作用。

"我和孔雀，我们是合作伙伴。"

"噢，是吗？我敢肯定他正把你们的合作关系一撕两半。鲍勃……"雷布思阴险地微微一笑，"他会毁掉你；满脸堆笑，然后用他的牙齿把你撕开。但是他又把你缝补好了。等东窗事发的时候，猜猜谁会落马？这就是他为什么让你跟在屁股后面。你就是那个在哑剧里每次都被蛋奶馅饼砸到脸的家伙。你们两个买卖枪支，看在上帝的分上！以为我们不知道？"

"仿制品。"鲍勃声明道，仿佛想起了别人教他的话，又机械地重复它，"供收藏家挂在他们的墙上。"

"噢，是吗？大家都想在壁炉上面放一捆仿制的格洛克17[①]和瓦尔特PPK[②]……"雷布思直起身。他不知道能不能在鲍勃身上找到突破口。这里面肯定有些东西，有被人利用的把柄。可是这家伙就像一块湿海绵，你可以捏他，把他拧得面目全非……但你得到的也不过是一团湿海绵。他决定使出自己的杀手锏。

"总有一天，鲍勃，会有一个小孩子从你的复制品里面抽一支出来，而别人会干掉他，因为他们以为枪是真的。这只是个时间问题。"雷布思心里面清楚，他正在自己的声音里面注入一丝情绪。西尔弗斯审视着他，开始纳闷他要干什么。雷布思看着他，然后耸了耸肩，起身要走。

"鲍勃，看在我的面子上，考虑考虑。"雷布思试着来一次对视，可是年轻人盯着天花板，仿佛在观看烟花表演。

"我从来没看过什么哑剧……"在雷布思离开的一刹那，他开口了对西尔弗斯说。

[①] 由奥地利格洛克（Glock）公司设计及生产的第一支手枪。发射九乘十九毫米鲁格手枪子弹，标准弹匣为十七发。
[②] 瓦尔特PP枪，德国卡尔·瓦尔特运动枪有限公司制造的反冲作用操作半自动手枪，是常用的警用枪。PPK是PP枪的缩小版本。

＊　＊　＊

希欧涵被雷布思撇开后，已经上楼去了重案组办公室。主办公室忙得不可开交，警察们坐在借来的办公桌前，面对着他们的问话对象。在她自己的办公桌上，电脑显示器被推到了一边，文件架屈尊躺到了地板上。初出茅庐的戴维·海因兹刑警正在做笔记，瞳人缩成了一个小点，嘴里唠叨个不停。

"你自己的办公桌呢？"希欧涵问道。

"怀利警长滥用职权。"海因兹朝埃伦·怀利警长的方向点了点头，她正坐在海因兹的办公桌前，为下一次审讯作准备。听到别人提到她的名字，她抬起头看了一眼，微微一笑。希欧涵也回了一个微笑。怀利驻扎在西区警察局，和希欧涵级别一样，只是工作的年头比她长。希欧涵知道在晋级之类的重大利害关系上，她们可能成为竞争对手。她决定把她的文件架硬塞进办公桌的抽屉里，一想到这次侵略就不高兴。每个警察局都有自己的领地，很难说这些抢劫者会顺手牵羊带走什么东西……

当她捡起文件架的时候，看到从一堆装订好的报告下面露出一个白色信封。她小心翼翼地把它抽出来，然后把文件架放进办公桌的大抽屉里面，关上抽屉，上了锁。海因兹正看着她。

"这儿有什么你要的东西吗？"希欧涵问他。他摇了摇头，不明白希欧涵是否打算对此做一番解释。但是希欧涵径直走开了，转身下楼到了饮水机跟前。楼下要平静得多。几位来访的警察正在休息，一边在停车场里吸烟，一边分享一些玩笑。她看到雷布思不在那边，于是守在饮水机跟前，打开一听冰镇饮料。甜丝丝的感觉透过牙齿，直沁心脾。她找到了饮料罐上的成分清单，提醒自己《恐慌症应对手册》上说要禁用咖啡因。她尽量在自己的感情深处为脱咖啡因的咖啡寻找一席之地，她也知道外面有不含咖啡因的软饮料卖。盐是另外一项禁忌食品。都是高血压惹的祸。适度饮酒还是可以的。她想知道工作之余在夜里开一瓶葡萄酒算不算"适度"。问题是如果她只喝半瓶的话，剩下的半瓶第二天就难以下咽。给自己订一个备忘录：多找找只买半瓶葡萄酒的地方。

115

她想起了那个信封，把它从口袋里取出来。手写的，笔画简直一塌糊涂。她把饮料罐放在饮水机的顶上，一撕开信封，心里面就涌起一种很坏的感觉。只有一页纸，她非常有把握。没有剃须刀片，没有玻璃……外面有很多疯子迫不及待地要和她交流思想。她展开信纸。是一连串很大、很潦草的大写字母。

期望和你在地狱相逢——马丁。

名字下面画了下画线。她的心怦怦直跳。她一点都不怀疑马丁是谁：马丁·费尔斯通。但是费尔斯通早已成为一捧骨灰，放在实验室的架子上。她仔细察看了一下信封。地址和邮编都一字不差。有人在开玩笑？但是又会是谁呢？谁了解她和费尔斯通的事？雷布思和坦普勒……还有别人？她的思绪飞回了几个月以前。有人在她的屏保上留言，一定是重案组的探员，她所谓的同事之一。但是那些留言不告而终。戴维·海因兹和乔治·西尔弗斯就在她的旁边办公，还有格兰特·胡德，成天待在那里。其他人也在进进出出。但是她没有和他们当中的任何一个人说起过费尔斯通。等一下……当费尔斯通投诉的时候，有没有哪一次留下了记录？她认为没有。但是警察局可是散布流言飞语的好地方，什么秘密都藏不住。

她意识到她正死死盯着外面那几道玻璃门。透过玻璃，停车场里的两名刑警也回瞪了她一眼，心想他们身上究竟有什么迷人的地方，让她目不转睛。她勉强笑了笑，又摇了摇头，仿佛表示她只是在空想。

她无所事事地掏出手机，准备查看一下短信，却凭记忆拨出了一个电话号码。

"雷·达夫，请讲。"

"雷，你忙吗？"

希欧涵知道最先听到的回答会是什么：先吸一口气，然后是长长的一声叹息。达夫是一位科学家，在豪登霍尔的法医实验室工作。

"你的意思是说除了检查埃德加港的子弹是不是从同一支手枪里面

射出来的，以及检查血迹形状、火药残留物和发射角度之外，我还忙不忙？"

"至少我们让你手头有点儿事做。那辆名爵怎么样了？"

"梦幻般的感受。"上次两个人交谈的时候，达夫刚刚结束了一辆一九七三年款的名爵车的改造工程，"上次说要兜风，哪个周末可要兑现呀。"

"可能要等天气好些的时候再去。"

"有折叠式车篷，你知道的。"

"不是一码事。雷，我知道学校的事情把你搞得焦头烂额，但是我想知道能不能请你帮点小忙……"

"希欧涵，你知道我准备说不。大家都想让这件事情尽快结束。"

"我知道。我也在忙埃德加港的事。"

"你和城里的其他每一位警察。"又叹了一口气，"我仅仅出于好奇问一句吧，究竟是怎么回事？"

"不会告诉别人吗？"

"当然了。"

希欧涵环顾四周。外面的警察已经对她失去了兴趣。三位警察一起坐在餐厅的桌子旁边，一边嚼着三明治，一边喝着茶水，离她二十英尺远的样子。她背对着他们，所以她正面对着饮水机。

"我刚刚收到一封信。没有署名。"

"威胁？"

"有点类似。"

"你应该给别人看一下。"

"我正考虑给你看一下，看看你能不能从中找出些蛛丝马迹。"

"我的意思是说给你的上司看看。吉尔·坦普勒，不是吗？"

"我眼下还不是她的得意门生。再说了，她正忙得不可开交。"

"难道我不是吗？"

"雷，只是一次快速侦查。说难也难，说不难也不难。"

"但是也挺费事，我说得对不对？"

"对。"

"错了。希瓦,有人在威胁你,你要向上面反映。"

又是那个绰号:希瓦。似乎叫它的人越来越多了。她决定现在还不是时候,还不能告诉雷她不喜欢别人这么叫她。

"雷,问题是这封信是一个死人写的。"

电话那头停顿了一下。"好的。"达夫终于慢吞吞地说话了,"你终于引起了我的注意。"

"格雷斯蒙特社区公寓房,炸锅引起的火灾……"

"哦,是的,马丁·费尔斯通。我也一直想在他身上下点工夫。"

"有什么发现吗?"

"现在还不好讲……埃德加港名列榜首,费尔斯通排名下降了好几位。"

这个比喻让她忍俊不禁。雷喜欢每周流行唱片排行榜,他们经常谈到前三名或者前五名。

"希瓦,顺便问一下——苏格兰摇滚流行榜前三位是?"

"雷……"

"逗我开心嘛。不许考虑,要脱口而出。"

"罗德·斯图尔特[1]?大国家[2]?特拉维斯[3]?"

"露露[4]没有排进去吗?安妮·伦诺克斯[5]?"

"雷,这个我不太在行。"

"你会提到罗德,真有意思。"

"都怪雷布思警督。他把早期的音乐专辑借给了我……"现在轮到

---

[1] 罗德·斯图尔特(Rod Stewart, 1945—),英国著名歌手,美国乐坛二十世纪六十年代中期的英国人侵浪潮之后的标志性人物之一;生于英格兰,但一直以自己的苏格兰血统为傲。

[2] 大国家(Big Country),国际知名的苏格兰摇滚乐团,一九八一年成立于法夫。

[3] 特拉维斯(Travis),苏格兰四人摇滚乐队,被认为是二十世纪九十年代末英国最为优秀的传统摇滚乐队之一。

[4] 指露露·肯尼迪-凯恩斯(Lulu Kennedy-Cairns, 1948—),苏格兰歌手、演员,大英帝国勋章获得者,二十世纪六十年代在娱乐圈成名。

[5] 安妮·伦诺克斯(Annie Lennox, 1954—),苏格兰歌手,大英帝国勋章获得者,慈善家和政治活动家。

她叹气了,"你到底准不准备帮我?"

"你要多久才能给我送过来?"

"一个小时之内。"

"我想我能熬到很晚。这样就能改变我们的关系吗?"

"我曾经表扬过你的美貌、智慧和魅力吗?"

"只是每次当我同意为你帮忙的时候。"

"雷,你真是个天使。尽快给我回复。"

"有时间过来兜风。"当她放下电话的时候,达夫还在嘱咐她。她拿着信穿过餐厅,走进外面的登记区。

"有没有证物袋?"她问看守的警员。他打开几个抽屉查看了一番。"我可以从楼上拿一个。"他无可奈何地说道。

"有没有装私人物品的信封?"

警员又俯身从柜台下面找出一个 A4 大小的马尼拉纸信封。

"好的。"希欧涵一边说,一边把自己的信封装到里面。

她在上面写上雷·达夫的名字,加上自己的名字和"加急"字样,然后又穿过餐厅,走进停车场。吸烟者们已经回屋了,也就是说她不用为她早先目不转睛地盯着人家看而道歉了。两个穿制服的人上了一辆巡逻车。

"嗨,伙计!"她喊道。走到跟前,她才认出坐在副驾驶座位上的是约翰·梅森刑警,毫不意外地,他在警察局得到了"佩里"的绰号[1]。司机则是托妮·杰克逊。

"希欧涵,你好。"杰克逊说道,"上个星期五晚上我们很想念你。"

希欧涵耸耸肩算作道歉。托妮和其他几位女制服警察每个星期都喜欢放松一下。希欧涵是唯一允许进入她们圈子的探员[2]。

"我想我错过了一个良宵?"她问道。

---

[1] 指美国侦探小说家厄尔·斯坦利·加德纳笔下的侦探佩里·梅森。
[2] 探员指带有侦探(detective)头衔的、级别从警员到警司范围内的警察,即通常所说的 DC、DS、DI和DSS。他们通常在犯罪调查部门工作,可以不穿制服,不佩戴警察编号牌,与制服警不同。

"一个棒极了的夜晚。我的肝脏还没恢复过来。"

梅森看上去兴趣盎然。"你们到底喝了什么？"

"难道你不想知道吗？"他的同伴眨了眨眼睛，算是对他的回敬，然后又对希欧涵说，"你想让我们玩邮递员的游戏吗？"

她朝信封点点头。"你能吗？是给豪登霍尔的法医的。如果可能的话，捎到这家伙的手上。"希欧涵轻轻拍了拍达夫的名字。

"我们要打好几个电话……这也谈不上顺路。"

"我跟对方保证一小时之内把信送到。"

"就凭托妮的车技，根本不成问题。"梅森自告奋勇。

杰克逊对此置之不理。"希欧涵，有人造谣说你被贬为某位要人的司机了。"

希欧涵撇了撇嘴。"只有几天。"

"他的手是怎么伤着的？"

希欧涵盯着杰克逊。"托妮，我不知道。那帮人怎么说？"

"他们的说法五花八门……从拳击到油炸锅，无奇不有。"

"这两者并不相斥。"

"只要和雷布思警督有关的事情，就不会相斥。"杰克逊讪笑道，伸出手去接信封，"希欧涵，给你亮黄牌。"

"如果你需要的话，我星期五会过去的。"

"一言为定？"

"我以重案组探员的名义发誓。"

"言外之意就是还要看情况了。"

"托妮，事情往往是这样的，你知道。"

杰克逊正越过希欧涵的肩膀张望。"见鬼。"她一边说道，一边退到方向盘后面。希欧涵转过身去。雷布思正在门口注视着他们。她不知道他在那里有多久了，久到看见信封转手了吗？引擎响了，她从汽车旁边走开，看着它扬尘而去。雷布思已经打开香烟盒，正用牙齿往出叼一根烟。

"人这种动物的适应能力可真强，有意思。"希欧涵一边说，一边朝他走去。

"我正在考虑丰富我的演出剧目。"雷布思告诉她,"可能会尝试用鼻子弹钢琴。"他用打火机做了第三次尝试,开始喷云吐雾。

"顺便说一下,谢谢你把我晾在外面。"

"这里不冷。"

"我的意思是说——"

"我明白你的意思。"他看看她,"我只是想听听约翰逊要为自己辩白什么。"

"约翰逊?"

"孔雀约翰逊。"他看到她眯起了眼睛。"他自诩的。"

"为什么?"

"你看看他穿衣打扮的样子。"

"我的意思是说你为什么想见到他。"

"我对他感兴趣。"

"有什么特别的理由吗?"

雷布思只是耸耸肩。

"说了半天,他到底是谁?"希欧涵问道,"我认识他吗?"

"他微不足道,但是这种人是最危险的。卖仿制枪,谁都可以从他那里拿货……甚至还可能倒腾点儿真家伙。销赃、配发软毒品,五花八门。"

"他在哪儿做生意?"

雷布思一副沉思的样子。"在布代豪斯大道。"

她太了解他了,不会被愚弄。"布代豪斯?"

"那个方向……"香烟在他的嘴里晃来晃去。

"也许我可以在档案里查一查。"她迎住他的目光,一直等到他眨了眨眼睛。

"南豪斯,布代豪斯……就在那一带。"烟顺着他的鼻孔喷出来,让她想起了一头被逼得走投无路的公牛。

"换句话说,在格雷斯蒙特的隔壁。"

他耸耸肩。"那只是地理位置而已。"

"在费尔斯通住的地方……他的地盘里。这两个卑鄙小人互不相识的概率有多大?"

"也许他们互相认识。"

"约翰……"

"信封里装的是什么东西?"

现在轮到她翻脸了。"不要转换话题。"

"话题结束了。信封里装的是什么东西?"

"雷布思警督,没有什么让你大伤脑筋的东西。"

"现在你让我很担心。"

"我说的是实话,没什么的。"

雷布思等了一会儿,然后慢慢点点头。"因为你能照顾自己,对不对?"

"对。"

他头一歪,把剩下的香烟丢在地上,用脚尖把它碾碎。"你知道我明天不需要你帮忙。"

她点点头。"我会想办法消磨时间的。"

他本来想反驳,最后又放弃了。"那好,我们还是趁吉尔·坦普勒又找碴把我们臭骂一顿之前溜之大吉吧。"他开始朝她的汽车走去。

"好的。"希欧涵说道,"趁我开车的工夫,你可以给我揭揭孔雀约翰逊的老底。"她停顿了一下,"顺便问一句:排名前三位的苏格兰摇滚流行歌手是?"

"你为什么问这个问题?"

"快点,告诉我你的第一反应。"

雷布思想了一会儿。"纳泽瑞斯[1]、亚历克斯·哈维[2]、迪肯·布卢[3]。"

---

[1] 纳泽瑞斯 (Nazareth),苏格兰硬摇滚乐团,成立于一九六八年。
[2] 亚历克斯·哈维 (Alex Harvey, 1935—1982),苏格兰摇滚音乐人,在二十世纪七十年代华丽摇滚盛行的时代成名。
[3] 迪肯·布卢 (Deacon Blue),苏格兰流行乐团,一九八五年成立于格拉斯哥。

"罗德·斯图尔特不算吗?"

"他不是苏格兰人。"

"只要你愿意,你也可以把他算进去。"

"那我会把他加到最后,或许刚好排在伊恩·斯图尔特[1]的后面。但是首先我要把约翰·马丁[2]、杰克·布鲁斯[3]、伊恩·安德森[4]捋一遍……更不用说多诺万[5]和难以置信的弦乐队[6]……露露和玛吉·贝尔[7]……"

希欧涵的眼睛骨碌一转。"如果我说后悔自己问了这个问题,是不是为时已晚?"

"太晚了。"雷布思说着钻进乘客席那一边,"还有弗兰基·米勒[8]……巅峰时期的简单头脑[9]乐团……我对帕拉斯[10]也向来颇有好感……"

希欧涵站在司机那一侧的车门旁边,紧紧抓住门的把手,却不想打开。她听到里面的名单还在继续,雷布思的声音抬高了八度,唯恐她会漏掉一个名字。

"这不是我平常喝酒的那种地方。"科特医生嘀咕道。他又高又

---

[1] 伊恩·斯图尔特(Ian Stewart, 1938—1985),苏格兰键盘手,滚石乐队的奠基人之一。一九六三年离开滚石,但仍担任巡回演出经理和钢琴手。伊恩·兰金曾在采访中承认,伊恩·斯图尔特是他塑造雷布思这个人物的灵感来源之一。
[2] 约翰·马丁(John Martyn, 1948—2009),英国歌手、词曲作家、吉他手,大英帝国勋章获得者。
[3] 杰克·布鲁斯(Jack Bruce, 1943—),苏格兰音乐人、创作歌手,被誉为史上最好的贝斯演奏家之一。
[4] 伊恩·安德森(Ian Anderson, 1947—),苏格兰歌手、音乐人,大英帝国勋章获得者。
[5] 多诺万·菲利普斯·利奇(Donovan Philips Leitch, 1946—),苏格兰歌手、吉他手,早期风格接近鲍勃·迪伦,后综合了民谣、爵士、流行等多种风格。
[6] 难以置信的弦乐队(The Incredible String Band),一九六六年成立于苏格兰的迷幻民谣乐团,迷幻音乐的先锋。
[7] 玛吉·贝尔(Maggie Bell, 1945—),苏格兰蓝调摇滚歌手。
[8] 弗兰基·米勒(Frankie Miller, 1949—),苏格兰摇滚歌手,二十世纪七十年代成名。
[9] 简单头脑(Simple Minds),苏格兰摇滚乐团,在二十世纪八十年代到九十年代早期享有国际声誉。
[10] 帕拉斯(Pallas),英国前卫摇滚乐团。

瘦，人们经常在背后说他长得很有"葬礼感"。都快六十岁的人了，长了一张长脸，皮肤松弛，两只眼睛肿胀凸起。他让雷布思想起了一条大警犬。

一条有"葬礼感"的大警犬。

考虑到他是爱丁堡最受人尊敬的病理学家之一，这样形容恰如其分。在他的指导下，尸体会讲故事，有时候还能揭开事情的真相。自杀者摇身一变，成了谋杀的受害者；骨头的主人真相大白，被证明不是人骨。这些年来，科特的技巧和直觉曾帮助雷布思破过一桩又一桩案子，所以当他打电话请雷布思和他一道喝酒，并且特地嘱咐"切记找个安静的地方，找个我们能畅所欲言，没有人在我们耳边嚼舌的地方"时，驳了他的面子未免失礼。

这就是雷布思推荐了他的老地方——牛津酒吧的原因所在。牛津酒吧位于乔治大街后面的一条胡同里，离科特的办公室和圣伦纳德都有一段距离。

他们房间后面的桌子旁边入座，身边没有其他人。赶在一周的中间，又是深夜，主吧台边只有几个西装革履的人，还正准备回家。一位常客刚刚进来。雷布思把酒和饮料端到桌子跟前：一品脱啤酒是给他自己准备的，杜松子酒和汤力水是给病理学家准备的。

"干杯。"科特举起酒杯说道。

"干杯。"雷布思光用一只手还端不起啤酒。

"你好像拿着高脚酒杯一样。"科特评论道，接着又说，"你想不想说说是怎么回事？"

"不想说。"

"到处都是风言风语。"

"管它呢，我最关心的是你打来的电话。你能谈谈是怎么回事吗？"

当时雷布思刚回到家中，泡了一个温水澡，打电话要了一份咖喱饭。杰基·利文[1]正在音响设备里面咏唱浪漫而又坚强的法夫男人——雷布思怎么会在清单上把他忘记？然后科特的电话就来了。

"我们能谈谈心吗？也许面谈比较好？今天晚上？"

没有暗示为什么，只是安排七点半在牛津酒吧见面。

科特细品着饮料。"约翰，日子过得怎么样？"

雷布思盯着他。某些男人，某些上了点岁数又有一定地位的男人，一定会有这样的开场白。他递上一支烟，病理学家欣然接受了。

"给我也拿一支。"雷布思请求道。科特照做了，两个男人抽着烟，沉默了一会儿。

"我一向很好。你呢？经常迫不及待，深更半夜给警察打电话，安排在昏暗的包厢里约会？"

"我认为'昏暗的包厢'是你的选择，而不是我的。"

雷布思颔首表示认同。

科特微微一笑。"约翰，你不是个很有耐心的人。"

雷布思耸耸肩。"实际上，我可以整夜坐在这里，但是如果我知道是关于什么，我就会大大松一口气。"

"是关于马丁·费尔斯通的遗骸。"

"哦，是吗？"雷布思在椅子上挪动了一下，一条腿搭在另一条腿的上面。

"想必你认识他？"科特抽烟的时候，他的整张脸似乎塌了进去。他是过去五年才学会吸烟的，就像是急于检验自己有限的生命。

"我认识他。"雷布思说道。

"哦，是的……只可惜是过去时。"

"还没有那么可惜。我想没有人会怀念他。"

"也许吧，盖茨教授和我……嗯，我们认为有灰色地带。"

"你是说骨灰？"

科特慢慢摇了摇头，拒绝对这个玩笑心领神会。

---

[1] 杰基·利文（Jackie Leven，1950—2001），苏格兰民谣音乐人，生于法夫。

"法医会告诉我们更多的事情……"他的声音逐渐变小,"坦普勒总警司很执著。我想明天盖茨会找她谈话。"

"这跟我有什么关系?"

"她认为你和这个人的被杀有牵连。"

最后一个字在他们中间缭绕的烟雾中凝固了。雷布思不需要大声说出来,科特听到了他憋在心里面的问题。

"我们认为可能是谋杀。"他徐徐点着头说道,"有证据表明他被绑在椅子上。我有照片……"他把手伸进放在他旁边地板上的公文包里。

"医生,"雷布思说道,"或许您不该给我看这些。"

"我知道,如果我认为你有一线牵连其中的可能都不会这样做。"他抬眼望去,"但是,约翰,我了解你。"

雷布思朝公文包的方向看去。"过去人们对我有误会。"

"也许吧。"

马尼拉纸文件摆在他们中间的桌面上,下面是潮湿的啤酒垫。雷布思拿起文件,一张张翻开。里面有好几打厨房的照片,背景里的缕缕青烟赫然在目。马丁·费尔斯通已经没有一点人样,倒更像一个熏黑起疱的人体模型。他面朝下躺着,一把椅子躺倒在他的后面,只剩下几条残缺不全的凳腿和一部分座位。让雷布思大吃一惊的是厨房的灶台。出于某种原因,它的表面几乎没有动过。他可以看到炸锅稳稳地放在其中的一个灶圈上。天哪,它洗一洗还可以再用……连一只炸锅都能幸存,而人却不能,真是令人难以置信。

"你可以从这里看出椅子摔倒的方式。它向前倒下,受害者也跟着倒下去。看样子他双膝着地,就那样重重地跌倒,随后整个身子滑下去,变成俯卧姿势。你再看他胳膊的位置,平平地贴在他的两侧。"

雷布思看到了,但是不敢肯定他应该从中得出些什么结论。

"我们认为我们找到了绳子的残骸……一条塑料晾衣绳。表皮都熔化了,但里面的尼龙还有一点弹性。"

"你经常在厨房里找到晾衣绳。"雷布思的口气像在为魔鬼辩护,因为他突然意识到这些证据意味着什么方向。

"没错。但是盖茨教授……嗯,他已经让法医看过了……"

"因为他认为费尔斯通被绑到了椅子上?"

科特一个劲地点头。"其他照片,其中一些……特写……你可以看到绳子头。"

雷布思看到了。

"你看,事情的来龙去脉是这样的。一个人被绑在椅子上,不省人事。他醒来以后,火正在他的身边四处蔓延,烟气早就深深侵入他的肺部。他拼命挣扎,想挣脱绳子的束缚,于是椅子倾斜了。他开始窒息。是烟让他慢慢死亡……在火苗替他松绑之前他就死了……"

"这是理论。"雷布思说道。

"是的,是理论。"病理学家静静地说道。

雷布思又仔细看了一遍照片。"这么说,突然之间成了谋杀?"

"或者说是过失杀人罪。我想律师会争论说被五花大绑并非造成他死亡的罪魁祸首……可以说那只是一次警告。"

雷布思看着他。"你已经深思熟虑过了。"

科特又扶了扶眼镜。"明天盖茨教授要找吉尔·坦普勒谈这个事情。他会给她看这些照片。法医自有说法……人们私下里说你当时在那里。"

"是不是有个记者和你们联系?"雷布思注视着科特,后者点了点头。"叫史蒂夫·霍利?"又点点头。雷布思大声咒骂。哈里——酒吧男招待——正好进来清理空杯子。哈里吹着口哨,说明他正在为一个女人服务。他大概正想炫耀一番,但雷布思的发作让他打了退堂鼓。

"你准备怎么……"科特一时找不到合适的字眼。

"回击?"雷布思提示道,然后他苦笑了,"医生,这样的事情我没什么可回击的。我在那里,全世界都知道,或者很快就知道了。"他正准备咬手指甲,又想起他不能这样做。他想敲桌子,但是也只好善罢甘休。

"这都是推测。"科特说道,"差不多都是……"他伸出手,从桌子另一头找到一张照片,是头盖骨的特写,嘴张得大大的。雷布思感到啤酒在他的胃里面翻江倒海。科特正指着脖子。

"在你看来可能像是皮肤,但是有一样东西……喉咙里卡了个什么东西。死者没有系领带之类的吧?"

这个想法是如此滑稽,雷布思忍不住笑出声来。"医生,这里是格雷斯蒙特的社区公寓,不是新城的绅士俱乐部。"雷布思正准备端起酒杯,却发现他不想喝。一想到马丁·费尔斯通系着领带的样子,他不禁连连摇头。为什么不来一套男士家居便袍,再来一位男管家给他卷烟?

"问题是,"科特博士说道,"如果他的喉咙跟前没有围东西——比如说领巾之类的,那么这看起来就像是一块塞口布。也许是在他的嘴里塞了一块手帕,在脑袋后面挽了一个结。他努力把它吐出来,让它滑下去……也许那个时候已经太晚了,来不及喊救命。你看,它正好可以顺着他的脖子滑下去。"

雷布思又看了一遍。

他看到自己想拼命辩白。

看到自己无能为力。

7

希欧涵有了一个念头。

那一阵阵慌乱经常在她熟睡的时候袭来,也许和她的卧室有关。于是她决定尝试在沙发上睡:实在是完美绝伦的安排——身上盖着羽绒被,角落里有电视,再加上咖啡和一盒品客薯片。然而夜里,有三次她发现自己站在窗边,望着外面的街道。哪怕只是影子似乎移动了一点,她都会盯着同一个地方好几分钟,直到心里面踏实为止。当雷布思给她打电话,告诉她自己和科特会面的事情时,她问了他几个问题。

"尸体确凿无疑是费尔斯通吗?"

他问她此话怎讲。

"尸体都烧焦了……身份要靠DNA才能确定吧?有人开始行动了吗?"

"希欧涵……"

"只是为了争论点儿什么。"

"希欧涵,他死了。你可以把他从你的记忆中抹去了。"

她咬着下嘴唇。现在没有理由为了一封信劳他大驾，他的事情已经够多了。

他挂了电话。给她打电话的理由是，如果第二天捅了马蜂窝的话，他不会出现，而坦普勒可能要找个替身来发火。

希欧涵决定再弄点儿咖啡——脱咖啡因的速溶咖啡。那咖啡在她的嘴里留下了一点苦涩的味道。她伫立在窗边，朝外面飞快地瞥了一眼，然后向厨房走去。医生让她把一周的"菜单"列出来，记在纸上，然后把凡是他认为可能成为她恐慌症发作的罪魁祸首都画上圈。她尽量不去想那些品客薯片……问题是她对它们爱不释手。她对葡萄酒也情有独钟，还有碳酸饮料和外卖食品。就像她向医生分析的，她不吸烟，定期锻炼身体，所以有时候她必须得发泄一下。

"你就是通过酒精饮料和快餐发泄的吗？"

"经过一天的劳累，我就趁这点儿工夫喘口气。"

"或许首先你应该尝试一下不要太劳累。"

"你要告诉我你从不吸烟或喝酒吗？"

但是当然了，他不准备说出这样的话。医生比警察的压力更大。她做了一件事情——自己主动做的——尽量去接触氛围音乐。莱蒙·杰利、老太阳、加拿大木板。一些音乐毫不奏效——比如爱飞克斯双胞胎和奥特；他们的音乐没有血肉。

血肉……

她想起了马丁·费尔斯通。他身上的气息：男人的气息；他变色的牙齿；站在她的汽车旁边，旁若无人地大嚼她买好的东西，肆无忌惮地挑衅。雷布思说得对：他肯定死了。那张便条是一个孱弱的玩笑。问题是，她似乎找不到一个候选人。肯定有一个人，一个她想不起来的人。

她把咖啡从厨房里端过来，又徘徊到了窗前。马路对面的经济公寓还亮着灯。不久之前，有人从那里窥视她……一个叫做林福德的警察[①]。他还在警察局，在总部工作。她曾经想到过搬家，但她喜欢这

[①] 指德里克·林福德。这段故事出现在雷布思系列小说的上一部《瀑布》(*The Falls*)中。

个地方，喜欢她的公寓、街道、地段。街头小店、年轻家庭和单身白领……她意识到大多数"家庭"比她还年轻。人们总是问她：你什么时候找个男朋友啊？在星期五俱乐部碰头的时候，托妮·杰克逊似乎每次都会问这个问题。她能在酒吧和俱乐部里指出适合希欧涵的人，二话不说就把他们领到希欧涵坐的桌子前面，而此时的她正把头埋在双手里。

也许男朋友是个解决办法，可以把那些图谋不轨的潜行者拒于千里之外。但是，一条狗也可以起到这种作用。说到狗……

说到狗，问题就在于她不想养狗。也不想要男朋友。她有一阵子没有和埃里克·贝恩再见面了，当时他开始谈起希望他们的友谊进入"下一阶段"。她想念他；他会在晚上姗姗来迟，一起分享比萨饼和闲言碎语，一边听音乐，一边在他的笔记本电脑上打电脑游戏。再过一段时间，她会试着邀请他再来坐坐，看看事情的进展如何。再过一段时间，不是现在。

马丁·费尔斯通死了。每个人都知道这件事情。如果他没有死，又有谁知道这件事？也许他的女朋友知道。密友或家人；他一定和某个人待在一起，赚点钱，维持自己的生活。也许那个孔雀约翰逊知道他的下落。雷布思说这家伙是当地各路消息的吸铁石。她一点儿都不困，或许开一会儿车，打开车上的音响设备，轻松地陶醉在音乐声中能让她感觉好一些。她抓起电话，拨通了利斯警察局，得知埃德加港的案子得到了大量财政资助，言外之意就是会有人一直在值夜班，迫不及待地往他们的银行账户上打足加班费。她接通了一个人的电话，问了一点详细情况。

"孔雀约翰逊……我不知道他的真名，不敢肯定有没有人知道。今天早些时候，他在圣伦纳德接受了审讯。"

"克拉克警长，您需要了解哪些情况？"

"眼下只要他的地址。"希欧涵说道。

＊　＊　＊

雷布思打了一辆出租车——比开车方便得多。打开乘客席边上的车门需要他把大拇指紧紧扣在门把手上，大拇指现在还在火烧火燎。他的口袋里塞满了零钱。小的零钱他很难对付，所以他每进行一笔交易都使用钞票，结果口袋里塞满了找回来的硬币。

他与科特医生的对话还在他的脑际回响。他需要马上展开谋杀案调查，尤其当他是主要嫌疑人的时候。希欧涵曾向他问起过孔雀约翰逊，但他总是支支吾吾，模棱两可。约翰逊就是他站在这里摁门铃的原因，也是他那天晚上返回费尔斯通的住宅的原因。

门打开了，他顿时沐浴在灯光里。

"啊，约翰，是你呀。真好，快请进。"

这是一栋新建的中等大小联排式楼房，坐落在阿尼克希尔路。安迪·卡利斯一个人住在那里，他的妻子一年前去世了，癌症过早地夺去了她的生命。一幅带相框的结婚照挂在墙上，里面的卡利斯比现在瘦一英石[①]半，玛丽笼罩在光环里，脸上散发着柔光，头发上点缀着花朵。雷布思曾站在墓边，看着卡利斯在棺材上放了一个小花束。雷布思接受了扶灵者的角色，一行六人，安迪·卡利斯也包括在内，当棺材入土的时候，他的眼睛一直盯着那个小花束。

一年前。安迪似乎渐渐从这件事情走出来了，但此时看来……

"安迪，你怎么样？"雷布思问道。客厅里开着电暖气，皮椅和配套的脚凳面朝电视放着。房间里井井有条，空气清新：外面的花园也收拾得干净利落，四周没有杂草。壁炉台上面还有一幅照片：玛丽的肖像，在一家画廊里制作的。和结婚照里的笑容一样，只是眼角多了几道皱纹，脸庞更丰满了。一个女人逐渐走向了成熟。

"约翰，我很好。"卡利斯在椅子上面安顿下来，行动的样子简直像个老头。他四十出头，头发还没有变白。当他调整姿势的时候，椅

[①] 英石（Stone）是不列颠群岛使用的英制质量单位之一，亦被英联邦国家普遍采用。一英石约等于六点三五千克。

子在他的身下嘎吱作响。

"喝一杯吧,你知道酒放在哪里。"

"我想来点烈酒。"

"不开车吗?"

"打了一辆出租车。"雷布思走到酒柜前面,举起一个瓶子,看着卡利斯摇头,"还在服药吗?"

"照理说用药期间不宜饮酒。"

"我也是。"雷布思给自己倒了双倍的量。

"屋里冷不冷?"卡利斯问道。雷布思摇了摇头。"手套是怎么回事?"

"我的手伤着了,这就是为什么我要服药。"他举起杯子,"还有其他一些非处方止痛片。"他把酒杯端到沙发跟前,给自己找了个舒服的位置。电视正在静静地播放,是某一类比赛节目。"演的是什么?"

"鬼才知道。"

"这么说我没有打断你了?"

"没关系。"卡利斯停顿了一下,眼睛盯着屏幕,"除非你又过来督促我。"

雷布思摇摇头。"安迪,都过去了。不过我必须得承认,最近我们都忙到了极限。"

"因为学校的那件事情?"他从眼角瞥见雷布思点了点头,"可怕的事情。"

"我被指派去调查这件事情的前因后果。"

"有什么用?只要给人们……一个机会,那种事情总会发生的。"

他说完"人们"后停顿了一下,雷布思明白,卡利斯正准备说"枪",但话到嘴边又咽了下去。而且他把整件事叫做"学校的那件事情"……是"事情"而不是"枪击案"。

也就是说他尚未摆脱心理障碍。

"你还在看心理医生?"雷布思问道。

卡利斯扑哧一声笑了。"一点帮助都没有。"

当然了,她不是一位真正的心理医生。这可不是躺在沙发上谈论自己的母亲之类的。但是雷布思和卡利斯把它当成一个玩笑来讲;开个玩笑可以使谈话更轻松一些。

"显然有人比我还糟糕。"卡利斯说道,"有人连一支钢笔或一瓶酱都捡不起来。他们看到的每件东西都让他们想起……"他的声音渐渐消失了。

雷布思在他的大脑里完成了这句话:想起枪。每件东西都让他们想起枪。

"这事儿想起来真他妈的奇怪。"卡利斯继续说道,"我的意思是说,我们应该怕它,难道不是这样的吗?但是有人,像我这样的人有了这种反应,反而突然成了一个问题。"

"安迪,当它影响到你的下半生的时候,那确实是一个问题。在炸薯条上浇酱汁的时候有困难吗?"

卡利斯拍拍自己的肚子。"你也注意到了,不成问题。"

雷布思微微一笑,靠在沙发里,威士忌酒杯搁在沙发扶手上。他纳闷安迪是否知道他的左眼抽搐了一下,还有他的声音里出现了一丝滞碍。自从安迪向警察局请了病假,已经过去将近三个月了。在那之前他一直是一名巡警,并且受过小型枪支的专业训练。在洛锡安和边境警察局,这样的人并不多,他们的位置不能随便替换。爱丁堡只有一辆武装反应车。

"医生怎么说?"

"他怎么说倒不要紧,约翰。不经过一番彻底的考验,警察局是不会让我回去的。"

"你害怕自己会过不了关?"

卡利斯盯着他。"我害怕自己会过关。"

这句话出口之后,他们坐在那里,一言不发地看电视。在雷布思看来,眼下的情形就像那些生存游戏节目:陌生人被关在一起,每个星期人都在减少。

"给我讲讲发生了什么事情。"卡利斯说道。

"嗯……"雷布思考虑了一下他的可选方案,"真的没什么好讲的。"

"除了学校那件事情以外?"

"是的,除了那件事情以外。那些家伙一个劲儿地打听你。"

卡利斯点点头。"时不时冒出几张新的面孔。"

雷布思朝前倾了倾,胳膊肘撑在膝盖上。"这么说你不回来了?"

卡利斯露出一丝疲倦的微笑。"明知故问。他们会说是因为压力什么的。因伤病退役……"

"安迪,有多少年了?"

"自从我进警察局?"卡利斯撅起嘴唇,陷入了沉思,"十五年……十五年半。"

"那么长时间里只发生了一件事故,你就要退出?那甚至都不是一起'事故'……"

"约翰,看着我,好吗?注意到什么事情了吗?手颤抖的样子?"他抬起一只手给雷布思看,"还有这条静脉,总是在我的眼皮上面搏动……"他把那只手抬到眼睛上加强效果,"不是我要退出,而是我的身体要退出。这些警告信号,你认为我可以简单地忽略它们?知道去年我们紧急出动了多少回吗?不低于三百回。我们比去年多调了三回武器。"

"情势越来越紧张了。"

"也许吧,但是我没法紧张起来。"

"你没有理由一定要这样。"雷布思陷入了沉思,"就算你不回去拿枪了,还有不少办公桌等着呢?"

卡利斯摇了摇头。"约翰,那不适合我。文案工作会让我趴下的。"

"你可以回去搞巡逻。"

卡利斯的眼前一片空白,并没有真正听他讲话。"我的问题是,我坐在这里颤抖,而那些小杂种们还在那里,拿起枪溜之大吉。约翰,这算什么啊?"他回过头盯着雷布思,"如果我们不能阻止这一切的话,我们还有什么用?"

"坐在这里自怨自艾不会有任何改变。"雷布思静静地说道。在他的朋友的眼眸里，愤怒和挫败的成分不相上下。慢慢地，卡利斯从凳子上站起来，挺直腰板。"我去烧一壶水。你想喝点什么？"

电视上，几个参赛者为了某项任务而争论不休。雷布思抬起手腕看了看表。"安迪，我什么也不喝。我真的该走了。"

"约翰，谢谢你过来看我，你真的不必觉得自己有这个义务。"

"安迪，其实我是来扫荡你的酒柜的。只要酒柜一空，你就看不到我的踪影了。"

卡利斯尽量保持微笑。"如果你愿意的话，叫一辆出租车。"

"我有手机。"他也看到了——虽然每个键都要用笔去摁。

"确实没有需要我帮忙的地方吗？"

雷布思摇摇头。"明天又要忙了。"

"我也是。"安迪·卡利斯说道。

雷布思不失时机地点点头。他们的对话总是这样收场：约翰，明天又要忙了吧？我一向很忙，安迪。啊，我也是……关于枪击案，关于孔雀约翰逊，他有一些话可以说，但他认为这些话说出来未必好。与其在两个人之间打乒乓球——他们俩的对话经常出现这种情况——还不如等到适当的时候再说。现在还不到时候。

"我自己出去就好。"雷布思朝厨房喊道。

"等出租车来了再走吧。"

"安迪，我需要呼吸一点空气。"

"你的意思是说，你需要一支香烟。"

"正是如此，他们居然从来没让你去当警探，真让我难以置信。"雷布思打开了前门。

"从来没有过这种想法。"安迪·卡利斯的结束语远远地传来。

在出租车里，雷布思决定兜个圈子，告诉司机先去格雷斯蒙特，然后带他到马丁·费尔斯通的住宅外面转一下。窗户已经用木板封住了，门也用挂锁锁上了，以防无故破坏公物者擅自闯入。只要增加几名瘾君子，这里就会变成一个毒窝。外墙上没有任何焦痕。厨房在住宅的后半部分，那就是遭到破坏的地方。消防队把一些配件和家具摆设拖到了疯长的草坪上：几把椅子、一张桌子、一部出了毛病的立式真空吸尘器。它们被丢在那里，甚至不值得打劫。雷布思告诉司机可以走了。一些青少年聚集在公共汽车站。雷布思不认为他们在等公共汽车，候车亭是他们拉帮结派的棚舍。他们当中有两个人站在顶上，其他三人潜伏在阴影中。司机停了下来。

"怎么了？"雷布思问道。

"我想他们手里有块石头。我们一开过去，他们就会朝我们扔石头。"

雷布思看了看。候车亭顶上的男孩子们站在那里，一动不动。他看不出他们的手里有什么东西。

"等我一会儿。"雷布思一边说，一边下了车。

司机回过头。"伙计，你疯了？"

"没有，但如果你把我撇下，我就会发疯。"雷布思警告道。然后，他敞开出租车的门，朝公共汽车站牌走去。三个身影从候车亭里钻了出来。他们穿着带风帽的上衣，风帽紧紧遮住了脸庞，抵御夜间的寒意；双手插在口袋里，穿着宽松牛仔裤和运动鞋，清瘦结实。

雷布思对他们视而不见，两只眼睛还盯着候车亭顶上的两个家伙。"藏了石头，是不是？"他喊道，"在我眼里，只不过是几枚乌蛋而已。"

"你他妈的胡扯些什么？"

雷布思低下头，他的目光正好遇上领头的那个人犀利的目光。他一定是领头的，他的"中尉"们护在两侧。

"我认识你。"雷布思说道。

年轻人看着他。"那又怎么样？"

"也许你记得我。"

"我认识你，行了吧？"年轻人学猪的样子打了个响鼻。

"那么我想你一定知道我的厉害。"

候车亭顶上的一个男孩扑哧一声笑了。"呸,下流坯子,我们有五个人呢。"

"好样的,你们已经学会数到五了。"一辆汽车的前灯在闪烁,雷布思能听到他的出租车的引擎开始发出响声。他回头扫了一眼,可是司机只是把汽车朝马路边挪近了一点。汽车越来越近了,它先是慢下来,然后突然加速,不想蹚这摊浑水。"我明白你们的意思。"雷布思继续说道,"五个对付一个,你们或许能把我打得屁滚尿流。但我说的不是这个;我说的是过后会发生的事情。因为你们一定清楚,我会确保你们被指控、判刑和坐牢。对不对,小侵犯者们?没错,之后你们会被送到舒服的教养所里去。但是在那之前,他们会让你们先去索腾监狱。成人监狱。相信我,那里会有很多疼痛难忍的屁股。"雷布思停顿了一下,"更确切一点,是你们的屁股。"

"这是我们的地盘,"另外几个人当中有人吐了口痰,"不是你的。"

雷布思示意要回到出租汽车跟前。"这就是我为什么要离开……在你们的许可下。"他的眼睛又回到了首领的身上。他名叫拉布·费希尔,十五岁,雷布思还听说他那群小混混把自己叫做"失落男孩"。他们把拘留当成家常便饭,但还没有遇上过实际起诉。家里的爸爸妈妈说他们已经尽力了——费希尔头几次被捕的时候,他爸爸说那简直要了他的命。但是他们又能怎么做呢?

雷布思有好几个答案,尽管对他们来说为之已晚。最简单的办法就是把失落男孩当成另外一项统计数字,接受他们。

"拉布,我得到你的许可了吗?"

费希尔还死死盯着他,享受这片刻的权力。整个世界都在等待他点头。"这副手套不错。"他最后说道。

"这副不行。"雷布思告诉他。

"它们看起来很舒服。"

雷布思慢慢摇了摇头,开始脱一只手套,毫不示弱。他举起一只长满水疱的手。"拉布,如果你想要的话,就是你的了,但是里面的内容是这样的……"

"真他妈恶心。"一个护卫说道。

"这就是你为什么不想戴它们。"雷布思把手套套回去,转身朝出租车走去。他上了车,随手关上了车门。

"开过去。"他命令道。出租车又朝前移动了。雷布思眼睛盯着前方,尽管他知道有五双不同的眼睛在盯着他。随着出租汽车的速度加快,车顶上发出砰的一声,半块砖头弹到了马路中央。

"只是朝我们鞠了个躬。"雷布思说道。

"你说得倒挺轻巧。这他妈的又不是你的出租车。"

在主路上,他们在一盏红灯前停了一下。一辆汽车在马路对面停了下来,里面的灯亮了,司机在认真研读一张交通地图。

"可怜的家伙。"出租汽车司机评论道,"居然能在这里迷路。"

"来个一百八十度转弯。"雷布思命令道。

"什么?"

"来个一百八十度转弯,把车开到它前面。"

"搞什么啊?"

"因为我这样要求。"雷布思不耐烦地说道。

司机的身体语言告诉雷布思他以往的车费要好赚得多。灯变绿了,他做了个右转弯的指示,执行了这一移动,把车开到马路边上。雷布思早就把钱准备好了。"不用找零了。"他说着就下了车。

"伙计,这是我该挣的钱。"

雷布思回头向停着的汽车走去,打开副驾驶旁边的车门,钻了进去。"晚上兜个风挺爽的。"他告诉希欧涵·克拉克。

"是吗?"交通地图不见了,或许在她的座位底下。她注视着出租车司机从车上下来,检查他的汽车顶棚。"是什么风把你吹到这里来的?"

"我在拜访一位朋友。"雷布思告诉她,"你的理由呢?"

"我需要理由吗?"

出租车司机在摇头,朝雷布思这边狠狠瞪了一眼,然后回到司机的座位上,开动引擎,又做了一个一百八十度大转弯,好驶向小镇的安全之地。

"你刚才在找哪条街道?"雷布思问道。她看着他,他微微一笑。"我看你在研究地图。让我猜猜看:费尔斯通的住宅。"

她过了一会儿才回答:"你怎么知道?"

他耸耸肩。"这是男人的直觉。"

她扬起一道眉毛。"我算领教了。我还在猜测你刚从那边出来。"

"我刚才在拜访一位朋友。"

"敢问这位朋友的尊姓大名?"

"安迪·卡利斯。"

"我想我不认识他。"

"安迪过去是穿警服的。他请了病假。"

"你说'过去是'……这是说他请病假后不打算回来了吗?"

"现在该我刮目相看了。"雷布思在座位上挪动了一下身子,"安迪失去了……理智,我的意思是说。"

"失去了对他有好处吗?"

雷布思耸耸肩。"我一直在想……啊,算了。"

"他住在哪儿?"

"阿尼克希尔。"雷布思脱口而出。他对希欧涵虎视眈眈,知道她不怀好意。她回了他一个微笑。

"在豪登霍尔附近,对不对?"她从自己的座位底下取出一张交通地图,"离这里有一段距离……"

"好吧,我回来的时候绕了一下道。"

"看看费尔斯通的住宅?"

"是的。"

她似乎心满意足了,合上了地图。

"希欧涵,我陷在里面了,所以我有管闲事的理由。你呢?"

"嗯,我刚才在想……"她内心挣扎着。

"想什么?"他举起一只戴手套的手,"算了,眼睁睁看着你挖空心思捏造一个故事是件令人痛苦的事情,我是这样想的……"

"什么?"

"我想你刚才不是在找费尔斯通的住宅。"

"哦?"

雷布思摇摇头。"你准备暗中探访看看你能不能来一次私人调查,也许能从朋友——认识他的人那里找到点线索……也许像孔雀约翰逊那样的人。我说得怎么样?"

"我为什么要这样做?"

"我有一种感觉,你不相信费尔斯通已经死了。"

"又是男人的直觉?"

"当我给你打电话的时候,你给了我这样的暗示。"

她咬住下嘴唇。

"想说说吗?"他安静地提议。

她看着自己的大腿。"我收到一条消息。"

"什么消息?"

"署名是'马丁',在圣伦纳德等着我呢。"

雷布思陷入了沉思。"我知道该怎么办了。"

"什么?"

"回城,我带你去……"

他要带她去的是高街。戈登意大利餐馆关门很晚,能够提供浓浓的咖啡和意大利面食。雷布思和希欧涵溜进一个空位,在固定的桌子两边分别入座,点了两杯蒸馏咖啡。

"我要一杯脱咖啡因的咖啡。"希欧涵猛地想起来,又加了一句。

"难道没脱咖啡因的咖啡有毒吗?"雷布思问道。

"我正在尽量削减咖啡因摄入量。"

他接受了这一观点。"想吃点儿什么吗?或者这也是禁止的?"

"我不饿。"

雷布思觉得自己很饿,于是就点了一份海鲜比萨饼,一边还警告希欧涵她也得帮他把饼吃完。戈登的后半部分是餐馆,只有一张旋转桌子摆在那里,提供饭前或饭后喝的助消化饮料。雷布思和希欧涵坐的地方靠近前门,周围全是固定座位和快餐桌椅。

"再告诉我一遍,纸条上是怎么说的?"

她叹了口气,又向他重复了一遍。

"邮戳是当地的?"

"是的。"

"甲等还是乙等邮票?"

"这有什么关系?"

雷布思耸耸肩。"费尔斯通给我的印象是十足的乙等。"他注视着希欧涵。她看起来疲惫不堪,同时又兴奋不安,这两个潜在因素致命地结合在一起。安迪·卡利斯的模样不由自主地浮现在他的眼前。

"也许雷·达夫能让事情水落石出。"希欧涵说道。

"如果有人能担此重任的话,一定是雷。"

咖啡上来了。希欧涵把自己的那杯咖啡端到唇边。"他们明天要吊死你,对不对?"

"也许吧。"他说道,"不管发生什么事情,我想你都应该保持清醒。也就是说,不要跟费尔斯通的那帮狐朋狗友谈话。如果被投诉部的人抓到了,他们会刨根问底的。"

"你确信在火灾里丧命的是费尔斯通?"

"没有理由不是他。"

"那张小纸条呢?"

"希欧涵,那不是他的一贯作风。他不会寄信的,他会直接来找你,像前几次一样。"

她考虑了一下这番话的含义。"我懂。"她最后说道。

谈话中间出现了一段间隙,他们两个人啜饮着浓浓的、带点苦涩的咖啡。"你真的没事吧?"雷布思最后问道。

"没事。"

"肯定?"

"你要我写书面保证吗?"

"我想让你说话算话。"

她的双眸暗淡了,但她一言不发。比萨饼上来了,雷布思把它切成一片片的,引诱她也来一块。当他们吃东西的时候,又是一阵沉默。有一桌喝醉酒的人要走了,喧闹的笑声一路传到街道上。男招待关上门,望了望天,感谢上帝让餐馆又恢复了宁静。

"你们还好吧?"

"没事。"雷布思说道,眼睛盯着希欧涵。

"没事。"她重复道,直直地注视着他。

希欧涵说要送他回家。雷布思上了车,看了看表,已经十一点钟了。

"我们能听听新闻的头条吗?"他问道,"看看埃德加港还是不是主要新闻。"

她点点头,打开了收音机。

"……今天晚上举行烛光守夜祈祷。本电台记者贾妮丝·格雷厄姆正在现场……

"今晚,南昆斯费里的居民将向世界呐喊,唱赞美诗。学校的特遣牧师将加入当地苏格兰教堂牧师的行列中。不过,因为福斯湾有强风刮过,蜡烛可能会成问题。为数众多的人群早已开始聚集,当地的苏格兰议员杰克·贝尔也在场。贝尔先生的儿子在这场悲剧中受了伤,他希望通过集会来支持他的枪支立法战役。他此前说过的内容如下……"

雷布思和希欧涵在红灯前停下来,彼此交换了一下目光。接着,她点点头,他们之间不需要用言语来表达。当灯变绿的时候,她开过交叉路口,把车开到路边,等到前面没有过往车辆了,便来了个一百八十度大转弯。

守夜祈祷在学校的大门外举行。几支蜡烛还在风中摇曳,但是大多数人都知趣地带了手电筒。希欧涵把车并排停在一辆新闻面包车的旁边。人们都带着武器出动了：摄像机、麦克风、闪光灯。但在数量上，他们还是被唱歌和单纯出于好奇来凑热闹的人以十比一的绝对优势压倒。

"这里不下四百号人。"希欧涵说道。

雷布思点点头。马路被人群围得水泄不通。几名穿制服的警察站在人群外围，双手背在身后，以示尊敬。雷布思看到杰克·贝尔已经被拉到一边，这样他就能和六七个记者交换意见。当他讲话的时候，记者们频频点头，手上的笔在飞快地移动。他们的笔记本翻了一页又一页，上面写得密密麻麻。

"好感人呀。"希欧涵说道。雷布思知道她说的是什么意思：贝尔戴了一条黑色的袖章。

"真是老谋深算。"他表示同意。

在那一刻，贝尔抬起头来，注意到了他们。他嘴里振振有词地演讲，眼睛却死死盯着他们。雷布思开始在人群中迂回行走，踮起脚尖张望大门口的场景。教堂牧师是个高个子，很年轻，音色也很美。他旁边站了一个女人，和他的年龄相仿，身材却娇小得多。雷布思猜想这就是埃德加港学院的特遣牧师。一只手拽了拽他的胳膊，他朝他的左侧望去，凯特·伦肖站在那里，在寒风中裹得严严实实，嘴上捂了一条粉红色的羊毛围巾。他微微一笑，点了点头。旁边有几个男人在引吭高歌，他们的歌声虽然富有激情，却唱跑了调子，看样子是从南昆斯费里的酒吧直接过来的。雷布思可以闻到空气中弥漫的啤酒味和烟味。一个男人捅了捅他朋友的肋骨，朝一架扫来扫去的摄像机点了点头。他们挺直腰板，唱得更嘹亮了。

赞美诗结束了，特遣牧师开口说了几句话。她的声音很小，当强风从海滨刮过来的时候，几乎都听不见她的声音了。雷布思又看了看凯特，朝人群后面做了个手势。她跟着他走到人群外围，来到希欧涵站的地方。一位摄影师已经爬上了学校围墙的墙头，好把人群尽收眼底，一个穿制服的人正让他赶紧下来。

"嘿，凯特，在这边。"希欧涵说道。凯特把她的围巾扯了下来。

"嗨。"她说道。

"你爸爸没来吗？"雷布思问。凯特摇了摇头。

"他很少踏出家门半步。"她在萧瑟的寒风中冻得瑟瑟发抖，双臂交叉在胸前，一个劲儿地跺脚。

"到场的人数可真不少。"雷布思看着人群说道。

凯特点点头。"真奇怪，这么多人认识我。他们一个劲儿地说为德里克感到难过。"

"就是这样的，这种事能让人们万众一心。"希欧涵说道。

"要不是……人家又会怎么说我们？"有人引起了她的注意力。"对不起，我得……"她开始朝那群记者走去。是贝尔；贝尔给她打手势，让她也加入到他的行列中。他用一条胳膊揽住她的肩，闪光灯把他们身后的矮树篱照得如同白昼。那边堆满了花圈和一束束鲜花，还有飘拂的纸条和受害者的快照。

"……感谢像她这样的老百姓的支持，我们才有了这样一次机会。这不仅仅是一次机会，事实上，在我们的文明社会里，永远不能，也不应该容忍这样的事情。我们再也不想看到它再次发生在我们面前，这就是为什么我们要采取这一立场……"

贝尔停下来给记者们看他手里的写字板，记者们的问题接踵而至。当凯特回答问题的时候，他用胳膊拢住了凯特的肩膀。雷布思心里面纳闷：是保护，还是紧紧抓住不放？

"嗯，"凯特说道，"请愿书是个好主意……"

"一个很棒的主意。"贝尔纠正她。

"……但这仅仅是开始。真正需要的是行动，当局需要行动起来阻止枪支流入坏人手中。"说到"当局"这个词的时候，她朝雷布思和希欧涵扫了一眼。

"如果我能向大家公布一些数字的话——"贝尔再次打断凯特的话，手里晃着写字板，"持枪犯罪呈上升趋势——这是众所周知的事情。但是统计数字说明不了问题。根据不同消息来源，你将听到持枪犯罪以每年百分之十,或者百分之二十,甚至百分之四十的比例上升。这一上升不仅是坏消息,不仅给警方和情报局的记录上留下一个污点,而且,更重要的是——"

"凯特,我能不能问你一个问题?"一位记者插了一句,"你凭什么认为你能让政府倾听受害者的心声?"

"我也没有把握。也许该撇开政府,直接向那些真正在持枪杀戮的人和出售这些枪支的人讨还公道,将他们绳之以法。现在是时候了。"

贝尔把声音抬高了八度。"早在一九九六年,内务部就断言每周有两千把枪非法流入联合王国——每周啊!许多枪都是通过海峡隧道进来的。自从邓布兰禁令生效以来,手枪犯罪已经增加了百分之四十……"

"凯特,我们能不能问一下你对……"

雷布思转身离开了,走到希欧涵的汽车旁边。当她跟上他的时候,他正在——或正在努力——点一支香烟。他的打火机在风中噼啪作响。

"准备帮我个忙吗?"他问道。

"不。"

"谢谢。"

但是她终于答应了,敞开自己的外套,让他有足够长时间的屏蔽来点着香烟。他点点头,表示感谢。

"看够了?"她问道。

"看到了吗?我们在他们眼中就像盗墓食尸鬼一样坏。"

她考虑了一下这番话的含义,然后摇了摇头。"我们是当事方。"

"可以这么说吧。"

人群开始散了。许多人还徘徊在矮树篱前,研究临时替代的神龛,但是其他人开始经过雷布思和希欧涵站着的地方。一张张庄严、坚决的脸庞上还有泪水的痕迹。一位妇女把两个还不到十岁的孩子拥在自己的胸前,那两个孩子茫然失措,或许在纳闷他们究竟做错了什么,惹得母亲不开心。一位老先生重重地倚靠在一部助行架上,似乎不一个人走回家绝不善罢甘休,同时还频频朝跟他打招呼的人点头。

一队青少年也穿着埃德加港的校服来了。雷布思毫不怀疑,他们一到场就被几十架照相机穷追不舍。姑娘们的睫毛膏都冲掉了;男孩子们看起来局促不安,似乎后悔来到这里。雷布思在寻找特丽小姐,但是没有看到她。

"那不是你的朋友吗?"希欧涵说道,点头示意。雷布思又审视了一番人群,立刻心领神会。

孔雀约翰逊,回城大军的一分子。而他的旁边是邪恶鲍勃,比他矮了足足一英尺。鲍勃刚才脱下了他的棒球帽,露出了他的秃顶,此刻他正在把帽子戴回原位。约翰逊为了出席这样的场合,也穿得很朴素:一件闪烁着微光的灰色衬衫,也许是丝质的,穿在一件长及足跟的黑色雨衣的下面。他的脖子上绕了一根黑色的丝绸领带,上面扣了一只银色的扣环。他也脱了帽子——一顶灰色的男士软毡帽。他双手握着帽子,指头在帽檐上跳来跳去。

约翰逊似乎觉察到有人在盯着他看。当他的目光和雷布思的目光对接时,雷布思朝他弯了弯手指。约翰逊对他的副官说了几句话,两个人穿过人群。

"雷布思先生,您也前来悼念,真不愧是一位真正的绅士呀。"

"那是我来这里的理由……你呢?"

"雷布思先生,彼此彼此。"他朝着希欧涵的方向弯腰鞠了一躬。

"女朋友还是同事?"他问雷布思。

"后者。"希欧涵回答。

"就像他们说的,这两个身份并不互相排斥。"他一边咧着嘴朝她笑,一边把帽子戴上。

"看到那边的那个家伙了吗?"雷布思说道,朝杰克·贝尔正在结束采访的地方点点头,"如果我告诉他你们是谁,你们都干什么,那可就热闹了。"

"你是指贝尔先生吗?我们来这里做的第一件事就是在他的请愿书上签字。对不对啊,小不点儿?"他低头看了看他的同伴。鲍勃似乎没有领会,只是一个劲儿地点头。"你看,完全出自良心。"

"除非你们的良知有亏,否则不用开始解释你们在这里做什么。"

"真是不正当的攻击,如果你不介意我这么说的话。"约翰逊皱眉蹙额,故意制造效果,"向可亲可敬的侦探们道一声晚安。"他一边说,一边拍了拍邪恶鲍勃的肩膀。

"晚安,可亲可敬的侦探先生。"鲍勃肥硕的脸勉强一笑。孔雀约翰逊又加入了人群,头垂下来,像个沉思的基督徒。鲍勃亦步亦趋地跟在他的主人后面,简直就像被人牵出来散步的宠物。

"我们怎么理解他们的举动?"希欧涵问道。

雷布思慢慢摇了摇头。

"也许你对他们罪行的评论并没有言过其实。"

"要是能找个罪名指控这个杂种就好了。"

她满脸狐疑,而他的注意力已经转移到了杰克·贝尔的身上,后者正在凯特的耳边窃窃私语。凯特点点头,苏格兰议员给了她一个拥抱。

"想想看,她已经为政界的飞黄腾达铺平了道路。"希欧涵诙谐地说道。

"以上帝的名义,我真心希望这就是吸引她的理由。"雷布思一边嘀咕着,一边把烟头狠狠碾在脚下。

第三天　星期四

8

"这个国家是一片垃圾场还是怎么的?"鲍比·霍根问道。

雷布思感到这个问题并不公平。他们正在 M74 公路上,苏格兰的咽喉要道之一。一辆接一辆铰接式卡车从霍根的帕萨特旁边驶过,溅起的有九分是沙砾,一分是水沫。雨刷在高速运转,不过无济于事。尽管如此,霍根还是努力把车速保持在七十英里。但是把车速保持在七十英里就意味着超越那些卡车,而那些大型货运卡车的司机们正在兴致勃勃地玩着跳背游戏①,致使等待超车的汽车排起了长队。

拂晓时分,牛奶一样的白色阳光笼罩着首都,但是雷布思知道这一切不会长久。天空一直都雾蒙蒙的,模糊得就像醉汉的美好愿望。霍根已经决定在圣伦纳德集合,到那个时候,亚瑟王座山露出的半个峰顶都已经躲到了云彩的后面。雷布思怀疑大卫·科波菲尔能不能表演出比

---

① 跳背游戏(leapfrog),一群人轮流排队从其他人身上跳过去。

这更生动的魔术。当亚瑟王座开始消失的时候，一场大雨肯定会接踵而至。实际上，还没等他们赶到城墙脚下，雨就哗啦啦地下开了。霍根先是把雨刷打在间歇挡，后来干脆停在常开挡。现在，在格拉斯哥南面的 M74 公路上，它们正像卡通片里长腿走鹃的腿一样飞快地舞动。

"我的意思是说，天气……交通……我们为什么要忍受这一切？"

"忏悔？"雷布思提示道。

"也就是说我们罪有应得。"

"鲍比，就像你说的，我们受这份罪肯定是有原因的。"

"也许是因为我们太懒惰了。"

"我们又改变不了天气。我想我们可以稍稍调整车流量，但是又从来没有效果，所以何必怨天尤人呢？"

霍根竖起一根指头。"没错。我们只是不愿意给自己找麻烦。"

"你认为那是一项缺点？"

霍根耸耸肩。"那算不上是优点，对不对？"

"我想也是。"

"整个国家一盘散沙。失业率持续上升，政客们都钻到了钱眼里，孩子们没有……我都不知道怎么说好。"他喘着粗气。

"鲍比，你今天早上看维克托·梅德尔鲁①了？"

霍根摇了摇头。"这个问题我已经考虑了几个世纪了。"

"我感谢你邀请我参加你的忏悔。"

"约翰，知道吗？你比我更愤世嫉俗。"

"不是这样的。"

"举个例子。"

"例如，我相信有来生。除此之外，我认为如果你的脚踩住油门不放的话，我们两个会比预想的更早进入来生。"

霍根那天早上破天荒笑了，打了个信号驶入了中间的车道。"好点

---

① 维克托·梅德尔鲁（Victor Meldrew）是英国广播公司（BBC）的情景喜剧《一只脚踏进坟墓》（*One Foot in the Grave*）中的主要角色，是个典型的暴躁老人，对生活中的各种人和事都有意见。

了吗?"他问道。

"好点了。"雷布思随声附和。

过了一会儿,霍根问:"你真的相信我们死了以后还会有来生?"

雷布思考虑了一下,然后答道:"我想这是一种让你放慢速度的途径。"他摁下了车上香烟点火器的按钮,接着就后悔了。霍根注意到他突然缩回了手。

"还疼吗?"

"好多了。"

"再告诉我一遍是怎么回事。"

雷布思慢慢摇了摇头。"还是让我们谈谈卡布兰吧。我们到底能从罗伯特·奈尔斯那里掌握多少情况?"

"幸运的话,不外乎他的姓名、头衔和编号。"霍根一边说,一边驶离这条车道,又打算超车了。

如同霍根本人描述,卡布兰专科医院坐落在"一个荒无人烟的汗津津的腋窝里"。以前谁都没有去过那儿。霍根原本的路线是转入邓弗里斯西面的 A711 公路,直奔达尔比蒂。但他们似乎错过了一条岔道。霍根一个劲儿地咒骂内车道的运输卡车,它们像铜墙铁壁一般,把路标或岔道挡在了视线之外,害得他们到洛克比才驶出 M74,朝西直奔邓弗里斯。

"约翰,你在洛克比住过一段时间吧。"霍根问道。

"只住过几天。"

"还记得他们处理尸体的愚蠢办法吗?把它们摆在溜冰场里?"霍根慢慢摇了摇头。雷布思想起来了:尸体都冻在了冰上,意味着整座溜冰场都要解冻。"约翰,这就是我心目中的苏格兰。这就是我们的真实写照。"

雷布思不同意他的说法。他记得当那架飞机坠毁之后,市民们的沉默所代表的尊严,这是苏格兰更好的写照。他不由自主地纳闷,由警察、媒体和夸夸其谈的政客组成的三重马戏团一旦出动,南昆斯费里的人们将如何应付。早上,他一边咂着嘴喝咖啡,一边观看了十五分钟的新闻,但是当杰克·贝尔搂着脸色苍白的凯特出现在屏幕上的时候,他不得不把声音关掉。

霍根从自家到雷布思家的路上,搜罗了一捆报纸。其中一些报纸上及时地在较晚的一期上刊登了守夜祈祷的照片:牧师领唱;苏格兰议员高举请愿书。

"我根本睡不着。"报纸引用了一位居民的话,"害怕还有人躲在那里。"

害怕——这就是那个至关重要的词。大多数人都能平平安安过一辈子,远离犯罪的骚扰,但是他们仍然心存畏惧,而这种恐惧是真实的、令人窒息的。警察的存在就是为了减轻这种恐惧,但他们却错误百出,办事不力,事后聪明,只会收尾,而不能防患于未然。于是杰克·贝尔那种人出面了,至少看上去他好像在努力做事……雷布思知道他们在演讲的时候会说什么:应该事先提防,而不是事后收拾烂摊子。一家小报已经对此产生了浓厚的兴趣,无论如何都会给贝尔的战役撑腰——如果我们的执法部门不能处理这个真实而且与日俱增的危机,那么就轮到我们以个人或组织团体的身份对淹没我们文化的暴力风潮表明立场……

要写一篇这样的社论再简单不过了,雷布思猜想,作者只需要听写这位苏格兰议员的原话。霍根朝报纸扫了一眼。

"贝尔炙手可热,对不对?"

"不会长久的。"

"我希望如此。道貌岸然的家伙,有他落马的时候。"

"霍根警督,我能在报纸上引用你的原话吗?"

"记者们……这就是另一个让苏格兰成为垃圾场的理由……"

他们在邓弗里斯停下来,喝了杯咖啡。咖啡馆铺着胶木版,采光不足,枯燥乏味。但是两个人一旦吃起味道很重的咸猪肉三明治来,就谁都不在意了。霍根看了看自己的手表,计算出他们已经在路上耗费了将近两个小时。

"好在雨快停了。"雷布思说道。

"挂旗庆祝吧。"霍根说。

雷布思决定换个话题。"以前走过这条路吗？"

"我敢说我一定曾经路过邓弗里斯，但是没有印象了。"

"我在节假日来过一次，在索尔威湾驾着旅行拖车。"

"那是什么时候？"霍根舔着指头中间融化的奶油。

"好多年前……萨米还裹着尿布呢。"萨米是雷布思的女儿。

"你有她的消息吗？"

"偶尔来一个电话。"

"她还在英格兰？"霍根注视着雷布思点头。"祝她好运。"他打开自己的三明治卷，从咸猪肉上剥下一点肥油。"苏格兰饮食，这是我们背上的另一个恶名。"

"天哪，鲍比，要不我让你在卡布兰下车？你可以自己登记入院，在一群无法选择的观众面前暴跳如雷。"

"我只是说……"

"说什么？我们碰上了鬼天气，吃着糟糕透顶的食物？也许你应该让格兰特·胡德开一场记者招待会，看看对于住在苏格兰的每个倒霉鬼来说，这算是什么新闻。"

霍根专心致志地吃着他的那份快餐，只看到他在咀嚼，却看不到他吞咽。"也许在那辆车里拘禁的时间太久了。"他终于发话了。

"我看是在埃德加港的案子里困得太久了。"

"才不过——"

"我才不在乎有多久呢。难道你要告诉我你最近睡眠不错？当你晚上回家的时候，会把一切通通抛在脑后？关机？委托给别人？让别人分享——"

"我明白了。"霍根停顿了一下，"我把你扯进来了，是不是？"

"都一样。不然的话，我猜你还得一个人孤单地开车过来。"

"还有呢？"

"而且没有人可以发牢骚。"雷布思看着他，"都发泄出来，好受些了？"

155

霍根微微一笑。"也许你是对的。"

"嗯，那不是天经地义的吗？"

两个男人哈哈一笑，结束了这段对话，霍根坚持付账，雷布思扔下一张钞票当小费。回到车上后，他们找到了去达尔比蒂的路。从邓弗里斯出来十英里，一块孤零零的路标指向右边，把他们带上了一条曲折的羊肠小道，路中间还长着草。

"接下来没有多少车了。"雷布思评论道。

"有点人烟罕至的味道。"霍根表示同意。

卡布兰是在高瞻远瞩的二十世纪六十年代专门设置的，本身是一栋长长的箱式建筑，附属的房屋早已七零八落。直到他们停好车，在大门口说明身份，有人出来接见，护送他们走进厚厚的混凝土灰墙，他们才见到了它的真实模样。里面还有一道墙，是一道二十英尺高的铁丝网，上面零零散散装了几个安全摄像头。在门房，有人给他们发了薄薄的通行证，用一条红丝带挂在脖子上。有标志警告来客不要违反建筑内的禁令。不许吃东西或喝饮料，不许看报纸或杂志，不许带利器；如事先未向工作人员咨询，不许向病人传递任何物品；不允许打手机。不管在你们看来有多么微不足道，但是我们的病人稍有惊吓，就会发作。如有疑问，敬请垂询。

"我们会不会把罗伯特·奈尔斯惹恼？"霍根问道，他和雷布思对视了一下。

"鲍比，我们不会故意那么做。"雷布思说道，一边把他的手机关掉。

接着一位护理员出现在眼前，他们跟着进去了。

他们沿着花园里的一条小径拾级而下，两旁是整齐的花坛。有几张脸贴在窗户上面。窗户本身没有装栏杆。雷布思本来指望护理员们都像酒店的门卫一样，高大肃穆，穿着医院的白大褂或其他制服。但是他们的带路者比利看上去小巧玲珑，兴高采烈，随随便便穿了一件T恤衫，下面是牛仔裤和软底鞋。雷布思突然冒出一个可怕的想法：精神病重症患者统治了精神病院，真正的工作人员都被关起来了。这

156

样一来倒是可以解释比利的笑逐颜开和红光满面。他也许刚刚服了药。

"雷瑟博士已经在她的房间里恭候多时了。"比利说道。

"奈尔斯呢？"

"你会在那里跟罗伯特讲话的。他不喜欢陌生人进他自己的房间。"

"哦？"

"他这一点很有意思。"比利耸了耸肩，好像在说：我们不都有些小缺点吗？他往前门旁边的一个键盘里面敲数字，朝他头顶上的摄像头笑了笑。门咯吱一声开了，他们进了医院。

这个地方闻起来有股……不全是药品的味道。到底是什么味道呢？接着雷布思意识到了：是新地毯的味道。说得再具体些，是从他们脚下一直延伸到走廊里的蓝色地毯的味道。这里一看就知道是刚刚粉刷过。苹果绿，雷布思猜想在工业装的马口铁油漆罐上是这样说的。墙上的图片用万用胶贴在那里，没有装框，也没有图钉。四周鸦雀无声，他们的鞋子踩在地毯上也不会发出一点声音。没有有线广播音乐，没有尖叫声。比利领着他们走过大厅，在一扇打开的门前面停了下来。

"雷瑟博士？"

里面的女人坐在一张现代派的办公桌前。她微微一笑，透过她半月形的眼镜张望。

"你们来了。"她说道。

"对不起，我们晚了几分钟。"霍根开始道歉。

"不要紧。"她安慰他，"人们往往错过了岔道，然后打电话过来，说他们迷路了。"

"我们倒没有迷路。"

"是的。"她已经走上前来，跟他们握手致意。霍根和雷布思做了自我介绍。

"谢谢你，比利。"她说道。比利鞠了一躬，退下了。"你们不能进来吗？我又不会吃了你们。"她又微微一笑。雷布思猜测在卡布兰微笑或许是工作内容的一部分。

房间很小，但很舒适。一张黄色的双人沙发、书架、音响设备。

没有文件柜。雷布思猜想病人的档案一定保管得严严实实,以防他人偷窥。雷瑟博士说他们可以管她叫艾琳。她二十八九,或三十出头,一头深栗色的头发刚好披到肩膀上。她的眼睛和那天早上挡住亚瑟王座山的云彩一个颜色。

"请坐。"她操一口英格兰口音,雷布思觉得像利物浦人。

"雷瑟博士……"霍根开口了。

"请叫我艾琳。"

"好的。"霍根停顿了一下,仿佛在权衡是否要直呼她的名字。如果他这么做的话,她也会开始直呼他的名字,那气氛就太过轻松了。"你知道我们为什么过来吗?"

雷瑟点点头。她已经拉过一把椅子,这样她就可以坐在警探们的面前。雷布思很清楚,沙发里坐不下:鲍比和他,加起来或许有三十英石……

"你们也知道。"雷瑟说道,"罗伯特有权保持沉默。如果把他惹恼了,采访也就结束了,没有挽回的余地。"

霍根点点头。"当然了,你需要列席。"

她扬起一道眉毛。"当然。"

这正是他们所期待的答案,但是也的的确确令人失望。

"博士,"雷布思开口了,"也许你可以帮我们做好心理准备。我们能从奈尔斯先生那里掌握到什么情况呢?"

"我不喜欢预先推测——"

"举个例子,有没有我们应该忌讳的话?比如说客套话?"

她用打量的目光看着雷布思。"他不会讲他对妻子做过的事情。"

"那不是我们此行的目的。"

她想了一会儿。"他不知道他的朋友死了。"

"他不知道赫德曼死了?"霍根重复道。

"总的来说,病人们对新闻不感兴趣。"

"您是不是说我们应该装糊涂?"雷布思猜测道。

"我想你们不必告诉他你们为什么对赫德曼先生这么感兴趣……"

"你是对的,我们不会告诉他的。"雷布思朝霍根望去,"鲍比,我们必须时时刻刻察言观色,不能出半点差错。"

在霍根点头的时候,虚掩的门上传来一阵敲门声。他们三个全都站了起来。一个高大魁梧的男人正等在那里。公牛般的短粗脖子,两条胳膊上有文身。一时间,雷布思不由自主地想:这才是看护人员应有的样子。接着他看出了雷瑟的脸色,意识到这个巨无霸就是罗伯特·奈尔斯。

"罗伯特……"博士又露出笑容,但是雷布思知道她正在琢磨奈尔斯已经在那里多久了,还有他都听到了些什么。

"比利说……"声音如雷贯耳。

"是的。进来,进来。"

趁奈尔斯进屋的工夫,霍根过去关上他身后的门。

"不要关门,"雷瑟发号施令,"这里的门总是开着的。"

有两种解释:开着,无可隐藏;或者意味着如果有人袭击,从外面也能一目了然。

雷瑟招手示意奈尔斯在她的椅子上就座,而她则撤退到了办公桌后面。于是奈尔斯坐下了,两位警探也挤回了沙发里面。

奈尔斯盯着他们,脸往下一沉,两只眼皮耷拉着。

"罗伯特,这两个人想问你几个问题。"

"什么问题?"奈尔斯穿一件白得扎眼的T恤衫和灰色的长跑短裤。雷布思尽量不去注意那些文身。它们已经历史悠久,或许可以追溯到他的军旅生涯。当雷布思还在部队服役的时候,在当年应征入伍的士兵当中,他是唯一没有在第一次回家探亲的时候文几样文身来庆祝入伍的战士。奈尔斯的文身有一株蓟、几条蠕动的蛇,还有一把匕首,上面裹了一条横幅。雷布思怀疑匕首和他在空军特勤队的时光有关,尽管军团对这类装饰物的态度只有反对:文身就像伤疤,能够说明身份。也就是说,如果你被俘虏的话,它们只会对你起反作用……

霍根决定发挥主动权。"我们想向你打听你的朋友——李。"

"李?"

"李·赫德曼。他有时候来探望你?"

"是的,有时候。"这些字眼来得慢吞吞的。雷布思想知道奈尔斯在服用多少药物。

"你最近和他见过面吗?"

"几个星期以前……我想。"奈尔斯把脑袋转向雷瑟博士。或许在卡布兰,时间并不代表什么。她鼓励地点点头。

"当他来看你的时候,你们都谈些什么?"

"过去的时光。"

"有什么特别的话题吗?"

"只是……过去的时光。那时候日子很好过。"

"李也曾经这么认为吗?"霍根结束了问话,倒吸了一口冷气,意识到他刚才说起赫德曼的时候,居然用了过去时。

"这到底是怎么回事?"奈尔斯又朝雷瑟看了一眼,这让雷布思想起一只受训的动物等候主人的吩咐。"我必须待在这里吗?"

"罗伯特,门开着。"雷瑟朝门的方向挥了挥手,"你知道的。"

"奈尔斯先生,李似乎已经不在了。"雷布思说道,朝前倾了一下身子,"我们只是想知道他发生了什么事情。"

"不在了?"

雷布思耸耸肩。"从昆斯费里开车到这里要花很长时间。你们两个一定亲密无间吧。"

"我们一起当过兵。"

雷布思点点头。"空军特勤队。你们在同一个分队吗?"

"第三中队。"

"那和我一度很接近。"雷布思挤出一丝笑容,"我是……我为加入特勤队努力过。"

"后来呢?"

雷布思尽量不去回想过去,那里隐藏着深深的恐惧。"训练不合格。"

"你训练了多久就被淘汰了?"

讲真话比说谎来得容易。"我本来都快通过了,就是在心理问题上卡了壳。"

奈尔斯笑逐颜开。"他们让你崩溃了。"

雷布思点点头。"伙计,我他妈像一只鸡蛋一样崩溃了。"伙计:士兵用语。

"这是在什么时候?"

"上世纪七十年代早期。"

"那比我早一些。"奈尔斯在思考,"他们更换了测试方法。"他记起来了,"过去要严格得多。"

"我是其中的一分子。"

"是讯问让你崩溃的吗?他们把你怎么了?"奈尔斯的眼睛眯成了一条缝。他现在机灵多了,能跟人流利对话,让其他人回答他的问题。

"把我关在一间单人牢房里……噪声和光照一刻都不间断……其他牢房的尖叫声……"

雷布思知道现在大家的注意力都集中到了他的身上。奈尔斯拍了拍手。"直升机?"他问道。雷布思点点头,他又拍起手来,转向雷瑟博士。"他们给你的头上套一只麻袋,把你吊起来,然后说如果你不把他们要的东西交出来的话,他们就把你从直升机上摔下去。当他们把你倒出来的时候,你离地面只有八英尺高,你只是不知道而已!"他又转向雷布思,"真他妈够受的。"接着他向雷布思伸出一只手,要和他握手。

"确实是这样的。"雷布思同意他的说法,尽量忍住握手时的剧痛。

"在我听起来,可真够野蛮的。"雷瑟博士评论道,她的脸比以前更苍白了。

"它可以让你崩溃,也可以让你成才。"奈尔斯纠正她的说法。

"它让我崩溃了。"雷布思同意道,"但是你,罗伯特……它让你成才了吗?"

"有一段时间是这样的。"奈尔斯不那么激动了,"但是当你退役的时候……它才会真正影响到你。"

"什么?"

"你……"他沉默了,一动不动,就像一尊雕塑。是某些新型药物发挥作用了?但是在奈尔斯的背后,雷瑟正在摇头,表示不必担心。这个巨无霸只是陷入了沉思。"我认识几名伞兵。"他终于说话了,"他们都又臭又硬。"

"我在来复枪连,伞兵二队。"

"那在乌尔斯特待过一段时间喽?"

雷布思点点头。"还有其他地方。"

奈尔斯轻轻翕动着鼻翼。雷布思想象着那些手指头抓起一把刀,刀刃在洁白光滑的喉咙上一抹而过……"别说了。"①奈尔斯说道。

但是雷布思想到的字眼却是"妻子"。"你上次见到李的时候,"他静静地问道,"他看上去好吗?也许有什么事情让他忧心忡忡?"

奈尔斯摇了摇头。"李总是摆出一张勇敢的脸。我从来没有看见过他消沉的样子。"

"但是你知道他有消沉的时候?"

"我们受的训练就是这样的,不要把自己的心思写在脸上。我们是男子汉!"

"是的,我们都是男子汉。"雷布思确认道。

"那种动不动就哭的人在部队里根本站不住脚。动不动就哭的人不能把一个陌生人打死,或者朝他扔手榴弹。你能……你受过的训练就是……"但是话说到一半就没有了。奈尔斯两手交叉在一起,仿佛在拼命把它们扳成那个样子。他的目光从雷布思的身上转移到霍根的身上,又转回雷布思的身上。

"有时候……有时候他们不知道怎么让我们放松……"

霍根朝前坐了一点。"你认为李也是这种情况吗?"

奈尔斯盯着他。"他已经做过什么了,是不是?"

霍根本来想回答,但是话到嘴边又咽了下去,朝雷瑟博士望去,

---

① 原文为英文谚语 Mum's the word,为"住口,保持安静"之意,直译则可理解为"这个字眼是'妈妈'",故有后文。

想征求她的指导。但是一切都为时已晚，奈尔斯正从椅子上慢慢起身。

"我现在要走了。"他一边说，一边朝门口挪动。霍根张开嘴，正准备说话，但是雷布思碰了碰他的胳膊，让他静下来。他知道霍根可能在房间里掀起轩然大波：你的老伙计死了，他死的时候把几个上学的孩子也带走了……雷瑟博士站起来，走到门口查看奈尔斯有没有躲在某个角落里，好让自己放心。直到满意了，她才在奈尔斯刚才离开的坐椅上就座。

"他看上去很聪明。"雷布思评论道。

"聪明？"

"很懂得克制自己。是药物的作用吗？"

"有药物的成分在里面。"她穿着长裤，一条腿搭在另一条的上面。雷布思注意到她没有戴任何首饰；她的手腕和脖子四周都空荡荡的，他也没看见她戴耳环。

"等他'治愈'了……他还会回监狱吗？"

"人们以为来这种地方是为了享福。我可以告诉你这完全是另一码事。"

"我不是这个意思。我刚才在想——"

"在我的印象中，"霍根打断了他们的谈话，"奈尔斯从来没有解释过他为什么割断他妻子的喉咙。博士，他和你在一起的时候有没有漏出什么口风？"

她目不转睛地看着他。"这和你们的来访无关。"

霍根耸耸肩。"你是对的，我只是好奇。"

雷瑟把注意力转移到了雷布思的身上。"也许是一种洗脑吧。"

"此话怎讲？"霍根问道。

雷布思回答了他的问题。"雷瑟博士同意奈尔斯的看法。她认为军队训练人们杀人，然后也不教他们怎样放松，就让他们回去过老百姓的生活。"

"有很多传闻的证据都表明了这一点。"雷瑟说道。她把两只手放在大腿上，这个手势告诉他们今天的访问到此为止。雷布思刚一站起来,她就起身了,霍根显得有些迟疑,没有紧随其后。

"博士,我们大老远过来……"他说道。

"我认为你们不会从罗伯特的嘴里套出更多口风了,今天不行。"

"我怀疑我们还能不能抽出时间再过来一趟。"

"当然了,这由你们决定。"

最后,霍根从沙发上起身了。"你多长时间和奈尔斯碰一次面?"

"我每天都能看见他。"

"我的意思是说,一对一。"

"你想说什么?"

"也许下次,你可以向他问起他的朋友——李。"

"也许吧。"她承认道。

"如果他说起什么的话……"

"那也是我们之间的事。"

霍根点点头。"替病人保密。"他同意道,"但是还有几个家庭刚刚痛失爱子,也许你可以为受害者想一想。"霍根的口气变得强硬。雷布思开始引导他朝门的方向走去。

"我为我的同事道歉。"他告诉雷瑟,"这种情况在所难免。"

她的脸色稍微柔和了一些。"是的,当然了……如果你们能等一会儿的话,我可以叫比利过来。"

"我想我们自己找得到路出去。"雷布思说道。但是当他们进入走廊的时候,他看见比利正向他们逼近。"博士,谢谢你的帮助。"接着他对霍根说,"鲍比,跟亲爱的博士道声谢。"

"博士,谢谢你。"霍根勉强开口了。他从雷布思的胳膊里面挣脱出来,朝走廊的另一头走去,雷布思紧随其后。

"雷布思警督。"雷瑟喊了一声。雷布思朝她转过身去。"你可能会希望找人单独谈一谈。我的意思是说,咨询。"

"雷瑟博士,我离开部队已经有三十年了。"

她点点头。"包袱已经背了很久了。"她双臂交叉在胸前,"你可以考虑一下。"

雷布思点点头,回避了这个问题。他向她挥手告别,然后转身拔腿就走,感到她的目光还盯在他身上。霍根在比利的前面,似乎不需要陪同。雷布思则紧紧跟在护理员的后面。

"今天的谈话很有帮助。"他评论道,虽然是对比利说话,但是知道霍根也听得见。

"我很高兴。"

"真是不虚此行。"

比利拼命点头,看到别人的一天也像他自己的一样豁然开朗,着实感到心满意足。

"比利,"雷布思把一只手搭在年轻人的肩膀上,"我们是在这里看来客登记簿呢,还是到传达室再看?"比利看上去一头雾水。"你没有听雷瑟博士说吗?"雷布思继续说道,"我们只是需要李·赫德曼的来访日期。"

"登记簿在传达室。"

"那我们就在那里随便看一眼。"雷布思朝护理员露出胜利的笑容,"我们能不能一边看,一边喝杯咖啡?"

传达室有一个水壶,门卫冲了两杯速溶咖啡。比利又一头扎进医院里。

"你觉得他会直接去找雷瑟吗?"霍根低声说道。

"我们要速战速决。"

但是当门卫对他们兴趣盎然,一刻不停地询问重案组探员的生活时,这谈何容易。或许他也有些精神失常吧,整天囚禁在他的小匣子里,对着一排排闭路电视显示器,每个钟头都要处理几辆汽车……霍根给他讲了一些趣闻逸事,雷布思猜想十有八九是他编出来的。来客登记簿是一本老掉牙的分类账簿,有日期、时间、来客姓名住址,还有被访人,一栏一栏分得清清楚楚。最后一栏又细分为两栏,这样病人和医生的名字都历历在目。雷布思先从来客的姓名看起,他的手指快速向下移动,直到翻到第三页的时候,才找到李·赫德曼的名字。几乎恰好是一个月以前,所以奈尔斯的估计不会离谱。再往前推一个月,还有一次访问。雷布思轻轻握住笔,把这些细节匆匆抄在他的笔记本上。至少他们不至于两手空空地回爱丁堡。

他停了一下,从残缺不全的花卉图案杯子里抿了一口。喝上去有股廉价超市混装物的味道,更像是菊苣,而不是咖啡。他父亲过去为了省几便士,也买过同一个牌子。有一次,少不更事的雷布思给家里买了一盒更昂贵的咖啡,他的父亲碰都不碰。

"咖啡不错。"他现在对门卫说话了,听到这番表扬,门卫看上去兴高采烈。

"我们快好了吧?"霍根问道,讲故事都讲烦了。

雷布思点点头,但是他的眼睛还是顺着登记簿又扫了最后一遍。这次不是来访客人的名字,而是受访的病人……

"有人来了。"霍根警告道。雷布思抬起头来,霍根正指着其中的一个电视屏幕。雷瑟博士正在比利的陪同下,大步流星地从医院大楼出来,沿着小路走过来。

雷布思又回到分类账簿,看到了罗伯特·奈尔斯的名字。罗伯特·奈尔斯和雷瑟博士。有一个来访者,不是李·赫德曼。

我们没有问她!雷布思恨不得踹自己一脚。

"约翰,我们走吧。"鲍比·霍根一边说,一边放下手里的杯子。但是雷布思纹丝不动。霍根盯着他,雷布思只是眨眨眼睛。接着门呼的一声开了,雷瑟正站在那里。

"是谁准许你们查阅机密记录的?"她怒斥道。

"我们忘记打听其他来访者了。"雷布思冷静地告诉她。接着,他的手指轻轻敲打着分类账簿。"道格拉斯·布里姆森是谁?"

"这与你无关。"

"你怎么知道?"雷布思一边说道,一边把名字匆匆记在他的笔记本里。

"你在干什么?"

雷布思合上笔记本,把它塞进自己的口袋里。然后他朝霍根点点头。

"博士，再次感谢你。"霍根说道，准备离开。她对他视而不见，虎视眈眈地盯着雷布思。

"我要报告这件事情。"她警告他。

他耸耸肩。"反正到今天结束的时候我就要被暂令停职了。再次感谢你的帮助。"他从她身边擦过，跟随霍根到了停车场。

"我感觉好多了。"霍根说道，"这样做可能有些不地道，但是我们总算不虚此行。"

"不地道的东西总是物超所值。"雷布思表示同意。

霍根在帕萨特前面停下来，在他的口袋里翻钥匙。"道格拉斯·布里姆森？"他问道。

"奈尔斯的另一位来访者。"雷布思解释道，"住址在特恩豪斯。"

"特恩豪斯？"霍根皱了皱眉头。"你是说机场？"

雷布思点点头。

"那边还有什么？"

"你的意思是说，除了机场以外？"雷布思耸耸肩，"值得调查。"他正说着，车门锁哐啷一声开了。

"你说自己要被暂令停职是怎么回事？"

"我必须说点儿什么。"

"但为什么挑这个话题？"

"天哪，鲍比，我以为分析家已经离开大楼了。"

"约翰，有没有我应该知道的事情……"

"没有。"

"记住，是我让你卷入这个案子的，我也能把你踢出去。"

"鲍比，你可真够烦人的。"雷布思拉上副驾驶那边的车门。前面还有漫长的旅程……

9

放马过来吧! C.O.D.Y.

希欧涵再次盯着纸条。和昨天的笔迹如出一辙,她十拿九稳。乙等邮票,但是才一天就到她这里了。地址丝毫不差,连圣伦纳德的邮编也准确无误。这次没有署名,但是她不需要署名,不是吗?这正是作者的意图。

放马过来吧! 这也许是参考克林特·伊斯特伍德的"肮脏哈里"[1]。她认识的人当中有谁叫哈里呢? 没有。她不敢肯定发件人给她一个C.O.D.Y.作参考是因为什么,但是她一下子就知道这个缩写是什么

---

[1] "放马过来吧"(Go ahead, make my day)这句台词出现在一九八三年的美国电影《拨云见日》(*Sudden Impact*)中,由克林特·伊斯特伍德自导自演,是"肮脏哈里"(Dirty Harry)系列的第四部电影。这句台词影响非常广泛,在美国电影学会的"百年百句经典台词"评选中排名第六。

意思了:年轻人你早点死吧①。她知道是因为这是摩格维②的一张音乐专辑的名称,她以前买的。这句话是美国黑帮经常涂写在墙上的俗语。在她认识的人当中,除了她,还有谁喜欢摩格维?几个月以前,她曾经借给雷布思几张CD。警察局里没有人真正了解她的音乐品味。格兰特·胡德去过她的公寓几次……还有埃里克·贝恩……也许她不应该这么快下结论。她猜测乐队的大多数爱好者都比她年轻,从十几岁到二十出头,或许大多数还是男性。摩格维演奏器乐,把氛围吉他和震耳欲聋的噪声混在一起。她不记得雷布思有没有把CD还给她……其中有没有《年轻人你早点死吧》这一张?

不知不觉中,她已经从她的办公桌走到窗前,仔细端详起圣伦纳德的车道。重案组办公室死气沉沉的,埃德加港的侦讯都已经结束了。抄本都要打印、整理出来。有人会把它全部输进电脑系统,看看凭借电脑技术能不能找到人类大脑遗漏的蛛丝马迹……

写信的人要她放马过来找他。找"他"?她把信的内容又研究了一遍。也许专家能分辨是出自男性还是女性之手。她怀疑作者隐藏了自己真正的笔迹,所以才故意写得龙飞凤舞。她回到自己的办公桌前,给雷·达夫挂了个电话。

"雷,我是希欧涵——有没有给我的消息?"

"克拉克警长,早。难道我没有跟你说过,等我有了发现的时候再通知你吗?"

"就是说你没有了?"

"就是说我正忙得不可开交;就是说我还没来得及看你的信。对此我只能说抱歉,理由是我也是人,有血有肉的人。"

"雷,对不起。"她叹了口气,捏了捏自己的鼻梁。

"你又收到一封?"他猜测道。

"是的。"

"昨天一封,今天一封?"

---

① 原文为Come On, Die Young,首字母缩写为C.O.D.Y.。
② 摩格维(Mogwai),苏格兰后摇滚乐团,名称取自粤语发音的"魔鬼"。

169

"对。"

"想给我送过来?"

"雷,我想这封我要留下来。"

"我一有消息,就给你打电话。"

"我知道你会的。对不起,麻烦你了。"

"不客气。"

"真的麻烦你了。雷,再见。"

她挂断了电话,试着打雷布思的手机,但是他没有接。她也懒得给他发短信。她折起便条,把它放回信封,又把信封塞进口袋里。她的办公桌上有一位死去的少年的笔记本电脑,那是她今天的任务。里面有一百多个文件。其中一些是计算机应用程序,但是大多数是德里克·伦肖自己创建的文档。她已经看了几个——来往信件、学校论文,没有一个是关于让他的朋友一命呜呼的那场车祸。看上去他一直在努力创建某种爵士爱好者杂志。有好几种版面设计,扫描了一些照片,还有几张是从网络上下载下来的。热情可嘉,但是没有真正的写作才能。迈尔斯①无疑是一位改革家,但是后来他的行为更像一名童子军,在他的周围寻找最好的新苗,热情地拥抱他们,希望自己也沾上一些东西……希欧涵只希望迈尔斯事后能把自己洗干净。她坐在笔记本电脑的前面,盯着它,尽量集中精力。CODY这个词在她的脑海中不断闪现。也许这是一条线索……导向某个具有这个姓氏的人。她不认为自己认识的人里有"科迪"。有一会儿,她的脑海中闪过一个令人焦躁不安的念头:费尔斯通还活着,那具烧焦的尸体属于某个叫科迪的人。她打消了这个念头,做了一次深呼吸,又回去工作。

出师不利。她没有德里克·伦肖的密码,登录不了他的电子邮箱。她拿起电话,拨通了南昆斯费里。幸好接电话的是凯特,而不是她的父亲。

"凯特,我是希欧涵·克拉克。"

---

① 指迈尔斯·戴维斯。

"嗯。"

"德里克的电脑在我这边。"

"爸爸告诉我了。"

"但是我忘记问他的密码了。"

"你要他的密码干什么?"

"看有没有新邮件。"

"为什么?"听起来愤愤不平,想让这一切早点结束。

"凯特,因为我们就是干这行的。"电话的另一头一阵沉默。"凯特?"

"什么?"

"只是确定一下你没有挂断我的电话。"

"啊……好的。"接下来电话线出现了忙音,凯特·伦肖已经挂断了电话。希欧涵悄悄骂了一句,决定过后再试,或者让雷布思代为效劳。他毕竟和他们有一层血缘关系。另外,她的手头还有一个文件夹,里面全是德里克的旧电子邮件——不需要密码就能登录。她又翻回去,发现文件夹里足足有四年的电子邮件。她希望德里克井井有条一些,希望他把垃圾邮件删掉。她一头扎进这个任务里,还不到五分钟,那些橄榄球得分和比赛报告就让她心烦意乱。这时电话响了,是凯特。

"我真的很抱歉。"那头的声音说道。

"没有。没关系的。"

"不,真的很抱歉。你只是在尽力做你的工作。"

"不表示你必须喜欢这种事情。实话实说,我也不会总是喜欢的。"

"他的密码是'迈尔斯'。"

当然了。希欧涵只要触类旁通地想几分钟。

"谢谢你,凯特。"

"他喜欢上网。爸爸每次都要为电话费用数落一阵子。"

"你们很亲密,是不是,你和德里克?"

"我想是这样的。"

"不是每个弟弟都愿意分享自己的密码。"

她扑哧一声笑了。"我猜出来的。我只猜了三遍。他在使劲儿猜我的,我在拼命猜他的。"

"他猜出你的了吗?"

"缠了我好几天,一会儿一个主意。"

希欧涵的左胳膊肘撑在桌面上。她攥紧拳头,把头靠在上面。

也许这要变成一次漫长的通话,一次凯特需要进行的谈话。

有关德里克的记忆。

"你和他的音乐品味相投吗?"

"上帝啊,一点儿都不。他那些玩意儿都是瞪着自己的鞋[①]。在自己的房间里一坐就是几个小时,如果你进去,会发现他正在床上跷着腿,脑袋还在云层上面。我试着拉他去城里的几家俱乐部,但是他说他对它们不感兴趣。"又是扑哧一声,"我想人各有志。你知道吗,他有一次被人打了。"

"在哪里?"

"在城里。我想就是从那时起,他几乎不出门了。他碰见的几个孩子不喜欢他的'上等人'腔调。你知道的,这种事屡见不鲜。我们都是自命不凡的人,因为我们的父母都有钱,能支付我们的教育经费;而他们都是些小混混,以后靠失业救济金度日的那种……事情就是这样开始的。"

"什么事情?"

"挑衅。我记得我在埃德加港的最后一年,我们收到一封信,'建议'我们不要在城里穿校服,除非我们出去的时候有人监护。"她长长地叹了口气,"我的父母是靠省吃俭用才勉强让我们上了私立学校。这甚至有可能是他们分手的原因。"

"我敢肯定这不是真的。"

"他们总是为钱打来打去。"

[①] 瞪鞋摇滚(shoe-gazing),也叫低头摇滚或自赏摇滚,是一种另类摇滚支派,出现于二十世纪八十年代晚期的英国。此类乐团在现场演出时经常站着不动,全神贯注于在地上的效果器,就像盯着自己的鞋子一样,故而得名。

"即使这样……"

电话的那一端沉默了一会儿。"我一直在上网查东西。"

"查什么东西?"

"什么都有……拼命揣摩是什么让他铤而走险。"

"你是说李·赫德曼?"

"有这么一本书,是一个美国人写的。他是一位精神病学家之类的。知道书名叫什么吗?"

"什么?"

"《好人梦想的事,坏人来做》。你认为他说的有道理吗?"

"也许我得读一下这本书。"

"我认为他是想说我们自身都有……嗯,这种潜力,你知道的……"

"我不知道。"希欧涵还在想德里克·伦肖。他在电脑文档中也没有提到过被殴打的事。这么多秘密……

"凯特,我可不可以问你……"

"什么?"

"德里克没有抑郁症之类的毛病吧,是不是?我的意思是说,他喜欢体育和各种小玩意儿。"

"是的,但是当他回家的时候……"

"他宁可坐在自己的房间里?"希欧涵猜测道。

"一头扎进他的爵士乐,上网。"

"有没有具体的网站?有没有情有独钟的?"

"他常去好几个聊天室和留言板。"

"让我猜猜看:体育和爵士乐?"

"正中靶心。"停顿了一会儿,"你记得我说过的关于斯图尔特·科特一家的事吗?"

斯图尔特·科特:车祸的受害者。"我记得。"希欧涵说道。

"你是不是觉得我发疯了?"凯特尽量轻描淡写地问。

"别担心,这件事情一定会水落石出。"

"你知道,我不是这个意思。我并不是真的认为斯图尔特的家人会……会做出这样的事情。"

"凯特,不用担心。"电话那头又是一阵沉默,这次更长一些。"你不会又挂断了吧?"

"没有。"

"你还想谈别的事情吗?"

"我应该让你回去工作了。"

"凯特,你可以随时再打过来。不管什么时候,只要你想说说心里话。"

"谢谢,希欧涵,你真够朋友。"

"再见,凯特。"希欧涵挂断了电话,再次盯着屏幕。她用手掌心按了按她夹克衫上的口袋,看看信封还在不在里面。

C.O.D.Y.

突然间它似乎不那么重要了。

她定下心工作,把笔记本电脑的网线接到电话插口上,用德里克的密码登录,看到了一长串新电子邮件。绝大多数是垃圾邮件,或者定期的体育新闻更新。有几个文件夹以朋友的名字命名。德里克或许从未见过这些朋友,除非在网上。这些朋友在这个地球的各个角落和他分享感情,并不知道他死了。

她挺直了腰板,感到椎骨噼啪作响。她的脖子僵了,手表告诉她午餐要晚点了。她倒不觉得饿,但是知道自己应该吃点儿东西。真正令她向往的是一杯双份蒸馏咖啡,也许再搭配一块巧克力。全世界都为之风靡的糖和咖啡因双份组合。

"我决不屈服。"她心里想道。相反,她要去"机车房",那里卖有机食品和果茶。她从挎包里摸出一本平装书,还有她的手机,然后把包锁进她办公桌最靠下的抽屉里——在警察局里人们总是防不胜防。平装书是一位女诗人写的摇滚乐评论文章。这本书压在她那里已经有几个世纪了。她刚要离开,乔治·"嗨–嗨"·西尔弗斯就跟着进了办公室。

"乔治,我正要出去吃午饭。"希欧涵告诉他。

他环顾了一下空荡荡的办公室。"如果你不介意的话,我想加入你的行列。"

"对不起,乔治,我要去见一个人。"她信口说道,"另外,我们当中必须留一个人值班。"

她下了楼,出了警察局的主出入口,朝左拐进圣伦纳德大道。她的两只眼睛盯着手机那巴掌大小的屏幕,察看短信。一只手重重地落在她的肩上,一个低沉的声音咬牙切齿地说道:"嘿。"希欧涵猛地一转身,手机和简装书都掉到了地上。她擒住一只手腕,使劲扭,再往下一扯,她的袭击者立刻痛得弯下腰去。

"操他妈的。"男人气喘吁吁地说道。她只能看见他的头顶。深色短发,打了发胶,头发一缕一缕向上翘着。深色西服。他身材壮实,个子不高……

不是马丁·费尔斯通。

"你是谁?" 希欧涵生气地低声说道。她把他的手腕反拧在他的背上,用力往下压。她听到车门打开又关上,抬头瞟了一眼,看见一个男人和一个女人正朝她赶来。

"我只想说句话。"她的攻击者气喘吁吁地说道,"我是一名记者。霍利……史蒂夫·霍利。"

希欧涵放开了他的手腕。霍利一边抱住自己受伤的胳膊,一边站起身来。

"这里是怎么回事?"女人问道。希欧涵认出了她:怀特里德,军队来的调查者。西姆斯跟在她的屁股后面,脸上挂着一丝不易觉察的微笑,对希欧涵的条件反射表示欣赏。

"没什么事情。"希欧涵告诉他们。

"看上去可不像什么都没发生过。"怀特里德盯着史蒂夫·霍利。

"他是一位记者。"希欧涵解释道。

"早知道的话,"西姆斯说,"我们应该多等一小会儿再过来。"

"说得好。"霍利嘀咕着,揉着他的胳膊肘。他看了看西姆斯,又看了看怀特里德。"我以前见过你们……如果我没有搞错的话,是在

175

李·赫德曼的公寓外面。我想凡是重案组探员的脸,我都认得出来。"他挺直腰板,朝西姆斯伸出一只手,把他当成了上级,"史蒂夫·霍利。"

西姆斯朝怀特里德扫了一眼,霍利马上意识到自己搞错了。他稍稍掉转方向,使手面向女人,重报了一遍自己的家门。怀特里德对他毫不理会。

"克拉克警长,你一向都是以这种方式对待第四阶层吗?"

"有时候我会夹脖子。"

"好主意,改变攻击方式。"怀特里德表示同意。

"这就是说,敌人预料不到你的行动。"西姆斯补充道。

"我为什么有一种感觉,你们三个在拿我开心?"霍利问道。

希欧涵弯下腰去捡她的手机和书。她检查了一下手机有没有摔坏。"你想干什么?"

"几个简短的问题。"

"具体关于什么?"

霍利盯着军队里来的那一对。"克拉克警长,你确定不介意他们在旁边听到吗?"

"反正我什么都不会说。"希欧涵告诉他。

"我还没有讲出来,你怎么会知道?"

"因为你要向我打听马丁·费尔斯通。"

"是吗?"霍利扬起一道眉毛,"好的,也许计划如此……但是我还想知道你为什么这么紧张,你为什么闭口不谈费尔斯通。"

我就是因为费尔斯通才紧张,希欧涵想喊,但是她没有喊出来,而是嗤之以鼻。机车房不再是可选方案:没有什么能阻止霍利跟到那里,在她对面拉一把椅子坐下……"我要进去了。"她说道。

"当心有人拍你的肩膀。"霍利说道,"告诉雷布思警督我很抱歉。"

希欧涵才不会信以为真。她朝门一转身,却发现怀特里德挡住了她的去路。

"我们可以说句话吗?"她问道。

"现在是午餐时间。"

"我自己可以胡乱对付一顿。"怀特里德说道,朝她的同事扫了一眼,他点点头,表示同意。希欧涵叹了口气。

"那你进来吧。"她推动旋转门,怀特里德就在她的后面。西姆斯本来想跟着进去,却停了一下,把他的注意力转移到记者的身上。

"你在报社工作?"他问道。霍利点点头。西姆斯朝他微微一笑。"我一度用报纸杀死了一个人。"接着他转身跟着两个女人进去了。

餐厅里的食品所剩无几。怀特里德和希欧涵点了三明治,西媞斯点了满满一盘炸薯片和豆子。

"他说的关于雷布思的话是怎么回事?"怀特里德一边问道,一边往她的茶里加糖。

"没什么。"希欧涵说道。

"肯定?"

"你瞧……"

"希欧涵,我们不是敌人。我知道是怎么回事——你或许不信任其他警察局的警官,也从不理睬像我们这样的外来户。但是我们的立场是一致的。"

"我倒没有这方面的问题,但是刚才发生的事情和埃德加港、李·赫德曼或空军特勤队无关。"

怀特里德盯着她,然后耸耸肩,表示接受她的观点。

"那你想要什么?"希欧涵问道。

"实际上,我们希望找雷布思警督谈谈。"

"他不在。"

"他们在南昆斯费里就是这么告诉我们的。"

"但是你们还是过来了。"

怀特里德装模作样地端详她的三明治的夹心。"是的,明摆着的事情。"

"他不在……但是你知道我在?"

怀特里德微微一笑。"雷布思受过空军特勤队训练,但是没有通过。"

"你已经说过了。"

"他有没有告诉过你发生了什么事情?"

希欧涵决定避而不答,不愿意承认他从未让她涉足他的那段历史。怀特里德认为她的沉默就是最好的答案。

"他被打垮了。彻底离开了部队,精神崩溃。他在海滨住了一段时间,在这里靠北的一个地方。"

"法夫。"西姆斯补充道,嘴里填满了炸薯片。

"你们怎么知道这些的?你们应该调查的是赫德曼。"

怀特里德点点头。"问题是,我们没有给李·赫德曼打记号。"

"打记号?"

"标记为一名潜在的精神病患者。"西姆斯说道。怀特里德的眼睛闪动,他困难地咽下嘴里的东西吃了起来。

"精神病患者这个词不合适。"怀特里德看在希欧涵的面子上纠正他。

"但是你们给约翰打上了记号。"希欧涵猜测道。

"是的。"怀特里德承认,"崩溃,你明白吗……然后他当上了警察,他的名字定期在媒体上出现……"

又来了,希欧涵想。"我还是不明白这跟问话有什么关系。"她说道,希望自己听起来沉着冷静。

"雷布思警督的洞察力会有用。"怀特里德解释道,"霍根警督似乎就是这么认为的。他曾经带上雷布思一起去卡布兰,是不是?去看罗伯特·奈尔斯?"

"你们的又一次令人叹为观止的失败。"希欧涵感到按捺不住了。

怀特里德似乎乐于接受这一评论,把一大块三明治放回她的盘子里,端起了杯子。希欧涵的手机响了。她查看了一下屏幕:雷布思。

"对不起。"她说道,从桌子旁边站起来,朝饮水机走去,"事情办得怎么样了?"她朝话筒问道。

"我们查到一个名字。你能搜索一下吗?"

"什么名字?"

"布里姆森。"雷布思给她一个字一个字拼出来,"名字是道格拉斯,地址是特恩豪斯。"

"在机场吗?"

"就我们所知。他是奈尔斯的另一位来访者……"

"住得离南昆斯费里不远,所以他很有可能认识李·赫德曼。"希欧涵回头朝怀特里德和西姆斯坐的地方看了一眼,他们正在互相交谈。"你的战友们又来了。要不我向他们打听一下这位布里姆森?反正他也是从部队出来的。"

"天哪,千万不要。他们在偷听吗?"

"我正在餐厅陪他们吃午饭。不用担心,他们又不是顺风耳。"

"他们在那儿干什么?"

"怀特里德点了一份三明治。西姆斯正在狼吞虎咽地吃一盘炸薯片。"她停顿了一下,"但是他们一直想吃掉的是我。"

"我该对此哈哈一笑吗?"

"对不起,随便说说。坦普勒找你谈话了吗?"

"没有。她哪有心情?"

"我一早上都在回避她。"

"她在给我一顿臭骂之前,可能需要先接见病理学家。"

"现在是谁在开玩笑?"

"希欧涵,我希望是玩笑。"

"你什么时候回来?"

"今天回不来,我没办法。鲍比想找法官谈谈。"

"为什么?"

"澄清几个问题。"

"那你一天都要耗在上面了?"

"即使我不在那儿,你也会忙得团团转。还有,什么都不要告诉那两个讨厌的家伙。"

两个讨厌的家伙。希欧涵朝他们那边扫了一眼。他们已经停止谈话,眼面前的东西也一扫而空。两个人都在盯着她。

"史蒂夫·霍利也在到处打听。"希欧涵告诉雷布思。

"我还以为你踢中了他的要害,把他灰溜溜地打发走了呢。"

"实际上还真是这样……"

"我们等游戏快要结束的时候再谈。"

"我等你。"

"笔记本电脑没有进展吗?"

"到目前为止还没有什么收获。"

"别泄气。"

电话断了,一连串悦耳的哔哔声告诉希欧涵雷布思已经挂了电话。她走回到桌子前,脸上挤出笑容。

"我得回去了。"她说道。

"我们可以送你一程。"西姆斯提议。

"我的意思是说回楼上去。"

"你在南昆斯费里的案子结束了?"怀特里德问道。

"这边还有些事情需要我处理。"

"事情?"

"在此之前还有一些零星的事情。"

"文案工作,对不对?"西姆斯深表同情。但是怀特里德脸上的表情明摆着她才不会信以为真。

"我最好送送你们。"希欧涵补充道。

"重案组探员办公室看上去是什么样子的?"怀特里德问道,"我经常猜想……"

"有时间我会带你们参观一下。"希欧涵回答,"等我们不至于忙得不可开交的时候。"

怀特里德不得不接受这样的回答,但是希欧涵看得出来,她很不喜欢它,就像她肯定不喜欢摩格维的音乐会一样。

10

贾维斯大法官年近花甲。在驱车前往爱丁堡的路上，鲍比·霍根一直给雷布思灌输他们家的历史。贾维斯和他的第一任妻子离婚，再婚，安东尼是第二次结合的独生子。全家人住在默里菲尔德。

"那一带有很多好学校。"雷布思评论道，纳闷从默里菲尔德到南昆斯费里有多远的路程。但是奥兰多·贾维斯以前是埃德加港的学生。二十几岁的时候，他曾经为埃德加港 FP 橄榄球队效力。

"什么位置？"雷布思问道。

"约翰，"霍根回答道，"我那点儿橄榄球知识可以写在你抽剩下的那段烟头上了。"

霍根本来指望他们能在法官的家里找到受到了沉痛的打击、悲痛欲绝的主人，但是打了几个电话后他们发现贾维斯回去工作了，只能到钱伯斯大街的下级法院找他。简·伯奇尔就在马路对面的博物馆上班。雷布思考虑该不该给她打个电话——也许她可以抽出时间和他喝杯咖啡——但是又打消了这一念头。她肯定会注意到他的手，是不是？在它们愈合之前，最好不要轻举妄动。他还能感觉到罗伯特·奈尔斯和他握手时的分量。

"你曾经被贾维斯驳回过吗？"霍根一边问，一边把车停到一条单黄线上。黄线以外曾经是市里的牙科医院，现在改成了一家夜总会和酒吧。

"有几次。你呢？"

"一两次吧。"

"有没有给他留下把柄，让他记住你？"

"我们拭目以待，如何？"霍根说着，在挡风玻璃里面放了一个牌子，表明汽车在"执行警务"。

"可能逃票还要更便宜些。"雷布思提议道。

"此话怎讲？"

"考虑考虑。"

霍根皱着眉头考虑了一会儿，然后点点头。不是每个走出法院大楼的人都有理由对警察怀有善意。一张罚单可能只要三十英镑（而且往往会因为一句话而取消）；划损的车身来得更昂贵一些。霍根取下了牌子。

下级法院是一栋现代化的大楼，但其来访者们却很恶劣地对待它。窗户上到处溅着唾沫星子，墙上满是涂鸦。法官正在更衣室，雷布思和霍根就被带到那里和他见面。服务员鞠了一躬退下了。

贾维斯正脱下他的法官袍，换回一套细条纹西服，就差戴怀表链了。他深红色领带上的结打得无可挑剔，黑色镂花皮鞋擦得铮亮。他的脸也容光焕发，两边脸颊上都布满了红血丝。一张长条桌上堆满了其他法官的工作服：黑色的法官袍、白色的衣领、灰色的假发。每一套服饰上面都挂着主人的名字。

"请随便找个地方坐一下。"贾维斯说道，"我马上就好。"他抬起头来，微微张开嘴，就像他在法庭上经常做的那样。雷布思第一次在贾维斯的面前出示证据的时候，这个样子使他忐忑不安，还以为法官要打断他呢。"我确实还有一个约会，这就是我为什么只能在这里和你们见面。"

"没关系的,先生。"霍根说道。

"说实在的。"雷布思补充道,"考虑到您所遭遇的一切,我们能在这里见到您真是令人惊讶。"

"总不能让那些畜生把我们打垮吧,对不对?"法官回答。听起来他已经不止一次地为此而解释。"好了,我能为你们做些什么呢?"

雷布思和霍根对视了一下,两个人都很难相信他们面前的男人刚刚痛失爱子。

"是关于李·赫德曼。"霍根说道,"他好像跟罗伯特·奈尔斯是朋友。"

"奈尔斯?"法官抬起头来,"我记得他……捅了他的妻子,对不对?"

"划破了她的喉咙。"雷布思纠正道,"他进了监狱,但是现在他在卡布兰。"

"我们想知道的是,"霍根补充道,"你有没有理由害怕报复?"

贾维斯慢慢站起来,掏出怀表,打开看了一下时间。"我想我明白了。"他说道,"你们在寻找动机。仅仅说赫德曼丧失了理智,你们并不满意?"

"我们最后的结论很可能就是那样的。"霍根承认道。

法官正在房间的穿衣镜里审视自己。雷布思的鼻孔里始终闻到一股淡淡的清香,最后他才想明白这股香味的出处:是绅士服装店的味道。小时候,当他的父亲量体裁衣的时候,他曾经被带进那样的店里。贾维斯压平了一绺散乱的头发。除了两鬓有些见灰以外,他的头发基本上是栗色的。颜色似乎太深了,雷布思心想,也许染过。法官的发式再加上精致的左偏分给人留下的印象是:从学生时代起他就没有尝试过其他发型。

"先生?"霍根提醒道,"罗伯特·奈尔斯……"

"霍根警督,我从未受到过这方面的威胁。赫德曼这个名字也是我在枪击案之后才听说的。"他从镜子跟前转过头来,"这回答了你们的问题吗?"

"是的,先生。"

"如果赫德曼的目标是安东尼的话,为什么把枪转向其他男孩?为什么在奈尔斯被判刑之后还等了这么久?"

"是的,先生。"

"动机并不总是一个问题……"

雷布思的手机突然响了,响得真不是时候,现代化的东西总让人分心。他微微一笑以示道歉,拔腿进了铺红地毯的门厅。

"雷布思。"他说道。

"我刚刚开了几个有趣的会。"吉尔·坦普勒说道,尽量克制自己的脾气。

"哦,是吗?"

"据检查费尔斯通厨房的法医表明,他可能被绑了起来,嘴里面塞了东西。这就构成了谋杀。"

"或者有人想给他点颜色瞧瞧。"

"你听起来一点都不惊讶。"

"这年头没有什么事情能让我惊讶。"

"你早就知道了,是不是?"雷布思保持沉默;没必要给科特医生惹麻烦。"好了,你大概能猜出来第二场会议是和谁开的。"

"卡斯韦尔。"雷布思说道。科林·卡斯韦尔:局长助理。

"对。"

"而且我现在被暂令停职,还有待调查?"

"是的。"

"好的。你就想告诉我这些吗?"

"你将被要求到总部参加一次初审。"

"和投诉部门的人?"

"诸如此类的部门,甚至还可能是PSU。"意思是说职业标准小组①。

"啊,投诉部的准军事左膀右臂。"

---

① 原文为Professional Standards Unit。

"约翰……"她的语气里既有几分警告,又有几分恼火。

"我正巴不得和他们谈谈心呢。"雷布思说道,挂断了电话。霍根正从更衣室里面走出来,感谢法官百忙之中抽出时间接待他们。他随手关上门,低声说道:"他处之泰然。"

"更像是掩饰。"雷布思说道,跟上步伐,"顺便说一下,我得到一点消息。"

"哦?"

"我已经被暂令停职。我敢说卡斯韦尔现在正在千方百计地找你,让你知道这件事情。"

霍根停下了步伐,转过身面朝雷布思。"正如你在卡布兰预料到的。"

"我去了一个家伙的住处。就在当天晚上,他在一场火灾中丧生了。"霍根的目光落到了雷布思的手套上面。"鲍比,两者之间没有一点关联。只是一次巧合。"

"那是怎么回事?"

"那个家伙缠住希欧涵不放。"

"然后呢?"

"看样子当火烧起来的时候,他被绑在了椅子上。"

霍根鼓起了腮帮子。"目击证人?"

"不用说,有人看见我和他进了门。"

霍根的电话响了,和雷布思的铃声不同。对方的身份让霍根的嘴角抽搐了一下。

"卡斯韦尔?"雷布思猜测道。

"总部。"

"那不用说也知道是谁了。"

霍根点点头,把电话塞进口袋里。

"别灰心。"雷布思告诉他。

但是霍根摇了摇头。"约翰,这事儿处处让人灰心。另外,他们可能不让你办案了,但是埃德加港不算什么真正的案子,对不对?没有人准备上法庭。只是内部打扫。"

"我想也是。"雷布思苦笑道。霍根轻轻拍了拍他的胳膊。

"约翰,别担心。鲍比叔叔会照顾你的……"

"谢谢你,鲍比叔叔。"雷布思说道。

"……不到真正惹麻烦的时刻,我们不会放弃的。"

等吉尔·坦普勒回到圣伦纳德的时候,希欧涵早已经追查到道格拉斯·布里姆森的下落。因为布里姆森的名字就收录在电话簿里,所以查找起来毫不费力。两个地址,两个电话号码——一个是住宅,另外一个是公司。坦普勒砰的一声把门关上,消失在走廊对面她的办公室里。乔治·西尔弗斯从他的办公桌前抬头张望。

"听起来她就像是要开火似的。"他一边说,一边把他的圆珠笔装进口袋里,准备撤退。希欧涵试着给雷布思打电话,但听到的是忙音。很有可能忙着躲避总警司的印第安战斧。

西尔弗斯走了以后,希欧涵发现重案组办公室里又剩下她一个人了。普莱德总督察大概在附近的什么地方,戴维·海因兹也是,但是两个人都使了隐身术。希欧涵盯着德里克·伦肖的笔记本电脑的屏幕,从中筛选内容,简直烦得要死。她敢说德里克曾经是个好孩子,但是很无趣。他早就规划好自己的人生道路了:上三四年大学,主攻商业信息处理技术,然后坐办公室,也许是搞财会工作。赚了钱,买一套滨水区的顶层豪华公寓、快车和最好的音响系统……

但是这一未来凝滞了,仅仅幻化成屏幕上的只言片语,还有内存里的字节。这个想法让她不寒而栗。世界瞬息万变……她托着脸庞,用手指头揉眼睛,心里面只有一个念头:当吉尔·坦普勒从那扇门后面冒出来的时候,她不想待在这里。因为这一次,希欧涵怀疑自己会对上司唯唯诺诺,甚至过于积极配合。她才不想成为任何人的受害者。她看了看电话,接着目光又转移到了笔记本上,里面抄满了布里姆森的详细情况。决定了。她合上电脑,把它放进自己的包里,拿起她的手机和笔记本。

一走了之。

她决定临时兜个圈子，迅速回一趟家。她找到了她的 CD——《年轻人你早点死吧》。她一边开车，一边播放这张 CD，想从里面听出一些蛛丝马迹。但是在一片嘈杂的乐器声中，这又谈何容易……

布里姆森的家庭住址是一栋现代派的平房，坐落在机场和哥扎本医院旧址之间的一条狭窄的马路上。当希欧涵从车里出来的时候，她都能听到远处进行的拆迁工作。哥扎本正被拆迁，她记得这块地皮已经卖给了一家大银行，就要改造成他们的新总部了。她面前的房屋掩映在一圈高高的树篱中，位于一扇绿色的熟铁大门的后面。她推开大门，嘎吱嘎吱地走过粉红色的石子路，摁了门铃，然后透过两边的窗户向里面张望。一扇窗户属于客厅，另一扇属于卧室。床铺叠得整整齐齐，客厅看上去则有些凌乱。几本杂志散落在蓝色的皮沙发上，封面是飞机的图片。房前的花园大都满了，只留了几个花坛等着种玫瑰。一条狭窄的小路把平房和车库隔开，里面还有一扇大门。她一转动把手，门就吱呀一声开了，把她带进后花园。里面有一大片坡地草坪，草坪的尽头是绵延几英亩的农田。木结构的暖房似乎是最近才加上去的。门锁着。从窗户望进去是一间洁白的大厨房和另外一间卧室。她感觉不到一点儿家庭生活的气息：花园里没有玩具，也没有什么能显示一个女人的存在。尽管如此，住所还是收拾得干净利落。她沿着小路返回，注意到在车库的侧门上有一块窗玻璃。里面有一辆车，运动型的捷豹，但是它的主人肯定不在家。

她回到自己的车上，直奔飞机场，停在航站楼前面。一个保安警告她不许停车，但是当她亮出自己的身份时就挥挥手让她过去了。航站楼里川流不息：一条条长龙在等待着去填满航班；西装革履的人们拖动着他们的旅行箱，步履轻盈地走向自动扶梯。希欧涵仔细查看标牌，看到有一个咨询台，就直奔那个方向，跟前台说要和布里姆森先生通话。接待她的人噼里啪啦地在键盘上敲了一阵，然后摇头。

"找不到那个名字。"

希欧涵给女人一个字母一个字母拼写出来，她点点头，说明她的输入是正确的。她拿起电话,和某个人通话。现在轮到她拼写字母了:布——里——姆——森。她放下话筒,还是摇头。

"你肯定他在这里工作吗?"她问道。

希欧涵给她看了地址,是从电话簿上抄下来的。女人微微一笑。

"宝贝儿,上面写的是'飞机场'。"她解释道,"那里才是你要找的地方,不是航站楼。"接下来她给希欧涵指了指方向,希欧涵向她说了声谢谢就离开了,因为刚一出马就出了错,脸涨得通红。飞机场就在那里。它和航站楼相邻,只要开车沿着外缘转半圈就到了。轻型飞机停放在那儿,根据大门外的标牌,这里还是一所飞行学校的大本营。下面有一个电话号码,正是希欧涵从电话簿上抄下来的那个。高高的金属大门用挂锁锁着,但是在一根杆子上面连了一个木箱,木箱里面有一部老式的电话。希欧涵拿起听筒,听到丁零零的铃音。

"喂?"一个男人的声音。

"我找布里姆森先生。"

"甜心,我就是。我能为您做点什么?"

"布里姆森先生,我的名字是克拉克警长,在洛锡安和边境警察局工作。我想知道我能不能跟你说几句话?"

沉默了一阵子,然后声音传来:"稍等片刻。我得开大门。"

希欧涵正准备再道一声谢,电话就没声音了。她能看见几座飞机库,还有几架飞机。其中一架飞机的头上只有一只螺旋桨,另一架却有两只,每个机翼上各一只。它们看上去像是双座飞机。还有几栋矮而粗的预制板建筑物,其中一栋建筑物中出现了人影,一抬身钻进了一辆令人望而生畏的陆虎敞篷车。机场飞机着陆的声音淹没了引擎启动的声音。陆虎颠簸前进,越过一百码左右的距离,风驰电掣般向大门口驶来。男人再次跳了出来。他身材高大,皮肤晒得黝黑,肌肉发达。或许刚过五十岁,脸上堆满了皱纹,笑容可掬地做了自我介绍。他穿着一件橄榄绿短袖衬衫,和陆虎的颜色如出一辙,露出两条毛茸茸的胳膊,上面的汗毛闪烁着银色的光泽。布里姆森那头浓密的头发也同样银光闪闪,年轻时可能是灰金色。他的衬衫塞进了灰色的帆布裤子里面,已经可以看出肚子正在隆起。

"场地必须随时上锁。"他解释道,把从陆虎的点火装置上拨下的一大把钥匙弄得丁零当啷乱响,"安全起见。"

她点头表示理解。这个男人一看就说不出来地讨人喜欢。也许是因为他旺盛的精力和胸有成竹,或者是他走到大门口的时候肩膀上下摆动的样子,还有那稍纵即逝的迷人微笑。

但是当他为她拉开大门的时候,她注意到他的脸庞变得严肃起来。"我想是关于李。"他郑重地说道,"迟早要发生的。"接着,他示意她把车开进去。"把车停在办公室旁边。"他说道,"我随后就到。"

当她驱车从他的身边经过的时候,她情不自禁地琢磨起他的用词。迟早要发生的……

在办公室里,坐在他的对面,她趁机问了这个问题。

"我的意思是说。"他回答道,"你一定会找我谈谈。"

"何出此言?"

"因为我猜想你希望知道他为什么会干出这样的事情。"

"然后呢?"

"然后你就会问他的朋友们,看他们能不能帮忙。"

"你是李·赫德曼的朋友?"

"是的。"他皱了皱眉头,"难道这不就是你来这里的原因吗?"

"委婉地说,是的。我们发现你本人和赫德曼都去卡布兰拜访过。"

布里姆森慢慢点了点头。"精明。"他说道。水壶里的水已经烧开,咔嗒一声,电源关掉了。他从椅子上跳起来,用开水冲了两杯速溶咖啡,递给希欧涵一杯。办公室小巧玲珑,只能放下办公桌和两把椅子。门的后面是一间等候室,里面多了几把椅子和几组文件柜。墙上贴着海报——五花八门的飞机形态。

"布里姆森先生,你是一位飞行指导员吗?"希欧涵说道,随手接过了杯子。

"请叫我道格。"布里姆森重新入座。一个人影闪了一下,在他身后的窗户上定格。窗玻璃上传来一阵猛敲的声音,布里姆森回过头,挥了挥手,另外一个男人也挥了挥手。

"是查理。"他解释道,"想出去兜个风。他在银行上班,说如果他可以在空中消磨更多时间的话,他愿意明天就和我换工作。"

"也就是说你往外租飞机?"

布里姆森愣了一会儿才听明白她的问题。"不,不。"他终于开口了,"查理有自己的飞机,他只是把它停在这里。"

"飞机场是你的?"

布里姆森点点头。"我从机场租的场地范围以内是我的。但是,没错,这都是我的。"他张开双臂,又露出了微笑。

"你认识李·赫德曼多久了?"

胳膊垂了下来,笑容也凝固了。"好几年了。"

"你能不能说得再具体一些?"

"自从他搬到这里以后就认识了。"

"那就有六年了。"

"可以这么说吧。"他停顿了一下,"对不起,我忘了你的名字……"

"克拉克警长。你们两个很亲密吗?"

"亲密?"布里姆森耸耸肩,"李不会真正让人们'靠近'。我的意思是说,他很友好,像聚会之类的事情……"

"但是?"

布里姆森皱了皱眉头,一副聚精会神的样子。"我从来都没有真正搞明白这到底是怎么回事。"他轻轻拍了拍他的脑袋。

"当你听说枪击案的时候,你是怎么想的?"

他耸耸肩。"难以置信。"

"你知不知道赫德曼有一支枪?"

"不知道。"

"但他对枪感兴趣。"

"没错……但是他从来没有向我展示过。"

"从来没有提起过?"

"从来没有。"

"那你们两个都谈些什么？"

"飞机、船、军旅生活……我在英国皇家空军服过七年役。"

"当飞行员？"

布里姆森摇了摇头。"那时候没做过多少飞行。我是电气奇才，能让破飞机继续上天。"他从办公桌的另一头探过身子，"你飞行过吗？"

"只是节假日的旅行。"

他笑得满脸都是皱纹。"我是说和查理一样。"他朝外面钩起了大拇指，一架小型飞机正从窗户旁边滑过，引擎嗡嗡作响。

"光开汽车就够让我头疼的了。"

"飞机要容易些，相信我。"

"这么说那些仪表盘和开关都是摆样子？"

他哈哈大笑。"我们现在就去，你看怎么样？"

"布里姆森先生……"

"道格。"

"布里姆森先生，我现在真的没有时间上飞行课。"

"那明天呢？"

"我会考虑一下。"一想到身在爱丁堡上空一千英尺，和坦普勒保持安全距离，她不由自主地笑了。

"我敢打保票，你一定会爱上它的。"

"我们试试看。"

"但是你要放下架子，好不好？这就是说，你要管我叫道格。"他一直等到她点头为止，"克拉克警长，那你允许我怎么称呼你呢？"

"希欧涵。"

"爱尔兰名字？"

"盖尔。"

"你的口音不……"

"我的口音不是我要在这里谈论的重点。"

他举起双手假装投降。

"你为什么不主动些?"她问道。他似乎不理解。"枪击案发生后,一些赫德曼先生的朋友打电话过来找我们谈话。"

"是吗?为什么?"

"各种各样的理由。"

他考虑了一下他的回答。"希欧涵,我还是不明白。"

"我们以后再直呼名字,好不好?"布里姆森歪着头道歉。突然传来一阵无线电干扰,接着是通过晶体管发出的声音。

"是发射塔。"他解释道,从他的办公桌后面探着胳膊去调收音机的音量,"是查理在要求起飞。"他朝手表扫了一眼,"这个时间应该没问题。"

希欧涵听到一个声音在警告飞行员注意从市中心上空飞过的一架直升机。

"罗杰,控制好。"

布里姆森把音量调低。

"我想把一个同事带到这里和你谈谈。"希欧涵问,"好不好?"

布里姆森耸耸肩。"你可以看到这里的生活有多么忙碌。到周末才真叫忙呢。"

"我希望我也能说出同样的话。"

"不要告诉我你在周末不忙——像你这样的漂亮女人?"

"我的意思是说……"

他又哈哈笑了。"我只是逗你玩。尽管你确实没有结婚戒指。"他朝她的左手点点头,"你认为我当个刑事侦缉探员够不够格?"

"我注意到你也没戴戒指。"

"合格的单身汉,那就是我。朋友们都说因为我的眼光太高了。"他朝上指了指,"那边没有太多的单身酒吧。"

希欧涵微微一笑,接着就意识到她很喜欢他们的谈话——这往往是一个坏标志。她知道她应该一刻不停地问问题才对,可就是组织不起来。

"也许明天吧。"她说道,从椅子上站起来。

"你的第一堂飞行课？"

她摇了摇头。"和我的同事交谈。"

"但是你也会过来？"

"如果我能的话。"

他似乎满意了，从办公桌绕过来，伸出手。"希欧涵，很高兴认识你。"

"很高兴认识你，布……"看到他竖起一根手指头以示警告，她犹豫了一下，"道格。"她妥协了。

"我送你出去。"

"我自己能行。"她打开门，想让他们之间的空间再大一些，而不仅仅局限于他让出的弹丸之地。

"真的吗？这么说开锁是你的拿手好戏了？"

她想起了挂锁的大门。"对极了。"她说道，跟着道格·布里姆森来到外面，恰好在这个节骨眼上，查理的飞机结束了助跑，几个轮子腾空而起。

"吉尔有没有追查到你的下落？"希欧涵在开车回城的路上对着电话问。

"那是肯定的。"雷布思回答，"我也没有在躲避。"

"那最后怎么样了？"

"暂令停职。不过鲍比不拿这种眼光看我，他还是想让我助他一臂之力。"

"这就是说，你还需要我，对不对？"

"如果必要的话，我自己也可以勉强开车。"

"但是你不必……"

他哈哈一笑。"希欧涵，我只是逗你玩。如果你想要的话，司机的位置还是你的。"

"好的，因为我已经追查到布里姆森的下落了。"

"了不起。他是谁?"

"在特恩豪斯开了一所飞行学校。"她停顿了一下,"我去看他了。我知道我应该先和你打声招呼,但是你的手机占线。"

"她去看布里姆森了。"她听见雷布思告诉霍根。霍根嘀咕了一阵子。"鲍比的意见是,"雷布思告诉她,"你在做这件事之前应该征得许可。"

"这是他的原话吗?"

"实际上,他翻着白眼一顿臭骂。我只能推断他的大意。"

"谢谢你给我挽回了一点面子。"

"你从他那里掌握了哪些情况?"

"他和赫德曼是朋友。他们的背景都差不多:部队出身,皇家空军。"

"他是怎么认识罗伯特·奈尔斯的?"

希欧涵的嘴抽搐了一下。"我忘了问他了。不过我说我们回头还会拜访他。"

"听起来好像我们不去也不行了。他有没有提供什么线索?"

"他说自己不知道赫德曼有枪,不知道他为什么到学校去。奈尔斯那边怎么样了?"

"真他妈的对我们有用。"

"那我们现在去哪儿?"

"我们在埃德加港会面吧。我们需要和特丽小姐好好谈谈。"电话那头一阵沉默,希欧涵还以为他已经挂机了,但是接着他问道:"我们的朋友还有没有更多的消息?"

他指的是字条;在霍根的面前打哑谜。

"今天早上又有一张等着我呢。"

"是吗?"

"和第一张差不多。"

"送到豪登霍尔了吗?"

"我看不出那有什么用。"

"好。等我们会面的时候,我想看一下。你还要多长时间?"

"十五分钟左右。"

"赌一张五英镑钞票,我们会先到。"

"来吧。"希欧涵说道,她的脚在油门上稍微用了点力。过了一会儿,她才意识到她还不知道雷布思是从哪里打的电话……

和往常一样,他正在埃德加港学院的停车场等她,倚在霍根的帕萨特上,一只脚搭在另一只脚的上面,双臂交叉在胸前。

"你骗人。"她说道,从车里面钻出来。

"自找的①。你欠我五英镑。"

"没门儿。"

"希欧涵,是你要打赌的。女士通常不能赖账。"

她摇了摇头,把手插进口袋里。"顺便说一下,这就是那封信。"她说道,递上信封。雷布思伸出手去。"想要读的话,你要花五英镑。"

雷布思看着她。"以得到向你提出我的专家意见这一特权?"他的手摊开着,还是够不着信封,"好吧,成交。"最后还是他的好奇心占了上风。

在车上,趁着希欧涵开车的工夫,他从头到尾读了好几遍。

"浪费了五英镑。"他终于发话了,"CODY 是谁?"

"我想它的意思是说'年轻人你早点死吧'。是一句美国黑帮的俗语。"

"你怎么知道的?"

"摩格维的一张专辑,我借给过你他们的唱片。"

"可能是一个人的代号。比方说野牛比尔什么的。"

"这两者之间有什么联系呢?"

"我不知道。"雷布思重新叠好便条,检查它的折痕,朝信封里面窥视。

"干得好,歇洛克·福尔摩斯。"希欧涵说道。

---

① 原文为拉丁语Caveat emptor,意为"货物一经售出,商家概不负责"。

"你还想让我做什么?"

"你可以承认失败。"她伸出手来。雷布思把便条塞进信封里,还给她。

"'放马过来'……肮脏的哈里?"

"这只是我的猜测。"希欧涵表示同意。

"肮脏的哈里是一位警察……"

她盯着他。"你认为是和我一块儿工作的人干的?"

"不要说你没有闪过这样的念头……"

"我是曾经闪过这样的念头。"她终于承认了。

"但是这个人一定知道你和费尔斯通的过节。"

"是的。"

"那就牵扯到我和吉尔·坦普勒。"他停顿了一下,"我猜想你没有把最新的音乐专辑借给她。"

希欧涵耸耸肩,眼睛又回到前方的公路上。她一言不发,雷布思也一样,这种状况持续了好一会儿,直到他在自己笔记本里查到一个地址,从座位上探过身子,告诉她:"我们到了。"

朗里布宫是一栋粉刷过的狭长建筑,看上去就像在过去的某段时间里充当过仓房一般。它只有一层楼,但是上面又加了一层阁楼,一排窗户从铺着红瓦的坡形屋顶上延伸出来。一扇木大门堵住了入口,但是没有锁。希欧涵推开门,回到车上,驶过没有几码的碎石子车道。等她重新关上大门的时候,前门已经开了,一个男人站在那里。雷布思下了车,做自我介绍。

"您一定是科特先生吧?"他猜测道。

"威廉·科特。"特丽的父亲说道。他刚过不惑之年,个子不高,但很敦实,发型很时髦。希欧涵伸出手来,他握了握,但是看到雷布思把两只戴了手套的手紧紧贴在身体两侧,他也不生气。"你们最好进来。"他说道。

长长的门厅铺着地毯,装了相框的画像和一座祖父辈的座钟装点着房间。左右的房门紧紧闭着。科特领着他们走到走廊的尽头,进了一间敞开式的客厅，里面还带了一间厨房。看样子像是最近才加出来的，玻璃门一直通向露台，外面的景色在这里定格。后花园朝另外一栋最近才扩建的建筑物延伸出去，虽然是木结构，但是上面有很多窗户，里面的内容一览无余。

"室内游泳池。"雷布思若有所思地说道，"那一定很有用。"

"比户外游泳池更有用。"科特开了个玩笑，"有什么需要我帮忙的吗？"

雷布思看了看希欧涵，她正在打量房间，注意到了L形奶油色皮沙发、B&O[①]高保真音响设备和纯平电视。电视处于静音状态，转到了BBC的图文电视频道，屏幕上显示着股票市场的行情波动。"我们想找特丽说句话。"雷布思说道。

"不会是她惹了麻烦吧？"

"科特先生，完全是两码事。和埃德加港有关。只是问几个后续问题。"

科特眯起眼睛。"也许我能帮上什么忙……"他在转弯抹角地打听更多的情况。

雷布思已经决定在沙发上坐下来。他面前是一张咖啡桌，报纸散落在上面，露在外面的那几页都是商业行情方面的。无绳电话、一副读书看报时戴的半月形眼镜、空杯子、钢笔、A4记事本。"科特先生，您从商吗？"

"对。"

"介意我问一下是哪一行吗？"

"风险投资。"科特停顿了一下，"你知道是什么吗？"

"在开办阶段的投资？"希欧涵自告奋勇，眼睛却盯着外面的花园。

"差不多。我涉猎房地产，有点想法的人们……"

雷布思做出一副环顾四周的样子。"看得出来，您在这方面很擅长。"他等待科特先生好好领会他的奉承话，"特丽在吗？"

[①] Bang & Olufsen，世界著名音响品牌，定位于追求品位和质量的消费阶层。

"很难说。"科特说道。他迎着雷布思的目光,微微一笑,算是道歉,"你永远都摸不透特丽的脾气。有时候她鸦雀无声,敲她的门,她也不开。"他耸耸肩。

"和大部分年轻人不同。"

科特摇了摇头。

"我遇到她的时候就有这种印象。"雷布思补充道。

"你以前和她说过话?"科特问道。雷布思点点头。"打扮得很特别?"

"我猜想她上学的时候不会穿成那样?"

科特又摇了摇头。"她们甚至不允许戴鼻饰。福格博士在这方面很严格。"

"我们能不能敲敲她的门?"希欧涵转过脸,面朝科特问道。

"我没什么意见。"科特说道。他们跟着他走过大厅,上了一小段楼梯。他们面前再次出现一条狭长的走廊,两边都有门。所有的门也都关得严严实实。

"特丽。"他们到达了楼梯的顶部,科特对着门缝喊道,"你还在这里吧,宝贝儿?"他把最后这三个字咽回去了一半,雷布思猜测他的女儿一定警告过他,不要用这样的字眼。他们走到最后一扇门的前面,科特把耳朵贴在上面,轻轻敲了几下。

"我想可能在打盹儿。"他低声说道。

"如果不介意的话,我……"还没等他回答,雷布思就转动了把手。门朝里开了。房间很黑,黑色的薄纱窗帘拉得严严实实。科特轻轻按了一下电灯开关。任何放得下的地方都摆满了蜡烛。黑色的蜡烛,很多都快燃尽了。墙上贴满了印刷品和海报。雷布思认出了其中有几幅是 H.R. 吉格尔[①] 的作品。他认识吉格尔,是因为他曾经为 ELP[②] 设

[①] 汉斯·鲁道夫·吉格尔(Hans Rudolf Giger,1940—),瑞士知名的超现实主义画家、雕塑家、设计师。曾设计电影《异形》中的外星生物。
[②] 指爱默生、雷克与帕玛(Emerson, Lake & Palmer),英国前卫摇滚乐团,在二十世纪七十年代很受欢迎。

计过一张专辑的封面——人们被放置在一个不锈钢的巢穴中,其他几幅图片所表现的也是同样黑暗的幻想艺术。

"少男少女嘛,嗯?"父亲只评论了这么一句。房间里有波佩·Z.布莱特[1]和安妮·莱斯[2]的著作,还有一本书的书名叫做《双面神之门》,是"沼泽杀手"伊恩·布雷迪[3]写的。有很多CD,都是些噪声实验。单人床上的床单都是黑色的,有光泽的羽绒被套也是黑色的。房间的墙壁是肉色的,天花板则分成了四个方块,两个方块是黑色的,两个方块是红色的。希欧涵正站在一张电脑桌的旁边。上面的电脑看上去配置很高:纯平显示器,DVD光驱,扫描仪和摄像头。

"我想它们没有黑色的款式。"她若有所思地说道。

"否则特丽会选黑色的。"科特同意她的说法。

"当我像她那么大的时候。"雷布思说道。"我所知道的'哥特'指的都是酒馆。"

科特哈哈笑了。"是的,哥特堡。都是些社区酒馆,对不对?"

雷布思点点头。"我猜测她不在这里,除非她躲在床底下。知不知道我们在哪里能找到她?"

"我可以试一下她的手机。"

"是不是这一部?"希欧涵说道,举起一部小巧玲珑的亮光黑手机。

"就是这一部。"科特同意道。

"把手机落在家里,不像青少年的作风。"希欧涵若有所思地说道。

"不,嗯……特丽的妈妈能……"他的肩膀抽搐了一下,仿佛突然感到不舒服。

"先生,能怎么样?"雷布思催促道。

"是不是她喜欢监视特丽?"希欧涵猜测道。科特点点头,感到如

---

[1] 波佩·Z.布莱特(Poppy Z.Brite, 1967—),原名梅丽莎·安妮·布莱特,美国哥特恐怖小说作家。
[2] 安妮·莱斯(Anne Rice, 1941—),美国女作家,以吸血鬼小说闻名于世。
[3] 伊恩·布雷迪(Ian Brady)和米娅·辛德利(Myra Hindley)在一九六三到一九六五年间,连续杀死了五名十到十七岁的青少年,其中两具尸体在萨德沃斯沼泽被发现,因此二人被称为"沼泽杀手"。

释重负，幸亏她把这几个字替他说出来了。

"特丽要晚一点才能回家。"他说道，"如果你们不急的话。"

"科特先生，我们希望速战速决。"雷布思解释道。

"嗯……"

"时间就是金钱，我想您一定同意这一说法。"

科特点点头。"你可以到科克本大街试一试。她的几个朋友有时候在那边集合。"

雷布思朝希欧涵望去。"我们应该想到这一点。"他说道。希欧涵的嘴巴抽搐了一下，表示同意。科克本大街，蜿蜒在皇家大道和韦弗利火车站之间，向来声名狼藉，来往的人却络绎不绝。几十年前，那里曾经是嬉皮士和辍学者光顾的场所，卖薄纱棉布衬衫的、卖扎染的、卖卷烟纸的，五花八门。雷布思经常光顾一个挺不错的专卖二手磁带的摊位，对那些琳琅满目的服装却不屑一顾。这些年，亚文化使这个地方声名大噪。整条街成了绝佳的购物场所——如果你的品位倾向于阴森恐怖或者迷幻的话。

他们沿着门厅往回走，雷布思注意到一扇门上挂了一块小巧玲珑的陶瓷匾牌，声明这是"斯图尔特的房间"。雷布思在前面停下了脚步。

"您的儿子？"

科特慢慢点点头。"夏洛蒂……我的妻子……她想让它原封不动地保持车祸前的样子。"

"先生，这没什么好惭愧的。"希欧涵自告奋勇地说道，觉察到了科特的窘迫。

"我想也是。"

"告诉我。"雷布思说道，"特丽开始喜欢哥特，是在她弟弟死之前还是之后？"

科特看着他。"之后不久。"

"姐弟俩很亲近吧？"雷布思猜测道。

"我想是这样的……但是我不明白这两者之间有什么关系……"

雷布思耸耸肩。"只是好奇，仅此而已。对不起，这是我们的工作带来的一项负面影响。"

科特似乎接受了这一点，领着他们下了楼梯。

"我在那里买碟片。"希欧涵说道。他们已经回到车上，直奔科克本大街。

"彼此彼此。"雷布思告诉她。他经常看见哥特派成员，占了大半个人行道，从台阶上蜂拥而下，跑到老掉牙的斯科茨曼大楼的侧面，一边抽着香烟，一边交流最新的乐队内幕消息。学校刚一放学，他们就开始出现了，也许刚刚换下他们的校服，换上规定的黑色衣服；浓妆艳抹，戴上低廉花哨的首饰，既希望与周围融合，又希望标新立异。问题是，这年头谁还会大惊小怪？从前，披肩发还能蛊惑一时；接下来是华丽摇滚，紧接着就是它的杂交后代——朋客摇滚乐。雷布思还记得一个周六，他出去买唱片，沿着长长的科克本大街一路走过去，和他见过的第一批朋客族擦肩而过：清一色刺猬头，一个个无精打采的样子，挂着根链条，逢人嗤之以鼻。他身后的中年妇女终于忍不住了，气急败坏地说出一句："你们走路的时候就不能有点人样？"这或许是那些朋客族一天最为开心的时刻。

"我们可以把车停在路的最下面，然后一路走上去。"当他们靠近科克本大街的时候，希欧涵提议。

"我宁愿把车停在路的最上面，然后一路走下来。"雷布思反驳道。

他们很幸运，刚一靠近，就有个车位空了出来，这样他们可以把车停在科克本大街上。才隔了几码远，就看见一群哥特派成员在那里转悠。

"瞧！"雷布思说道，看到特丽小姐正和两个朋友兴致勃勃地对话。

"你得先下车。"希欧涵告诉他。雷布思看出了问题所在：有几麻袋垃圾堆在马路边上，等着有人过来回收，堵住了司机那一侧的车门。他下了车，扶住车门，好让希欧涵滑过来，从里面出来。她的两只脚刚一踩到人行道上，雷布思就看见一口垃圾袋消失了。他抬头一看，五个年轻人正从汽车的旁边呼啸而过，穿着带兜帽的上衣，戴着棒球帽。其中一个正把垃圾袋甩进那群哥特族中。口袋开了花，里面的内容抖搂得到处都是。刹那间，喊叫声，尖啸声，又是踢腿，又是挥拳。一个哥特派飞了出去，头先落在石阶上；另一个闪进了车行道，被一辆路过的出租汽车撞飞了。旁观者们在大声警告，店主们纷纷赶到门口，有个人在号召大家赶快打电话报警。

斗殴蔓延到了马路对面。身体推到窗户上，手掐住脖子。只有五名袭击者对付十多个哥特族，但这五个人身强体壮，来势凶猛。希欧涵已经跑上前去，抓住了其中一个人。雷布思看见特丽小姐冲进一家商店，随手砰的一声把门关上。门是玻璃的，她的追逐者正四处张望，想找个东西砸进去。雷布思做了一个深呼吸，大喊一声。

"拉布·费希尔！嘿，拉布！这边！"追逐者停住了，朝雷布思的方向望去。雷布思正在挥动一只戴手套的手。"拉布，还记得我吗？"

费希尔的嘴不屑地扭曲了一下。他的一个同伴认出了雷布思。"警察！"他大声喊道，其他"失落男孩"立刻有了反应。他们聚集在马路中央，胸脯怦怦直跳，喘着粗气。

"小伙子们，准备去索腾了吧？"雷布思大声问道，朝前迈了一步。其余四个转身拔腿就跑，一路小跑下了山。拉布·费希尔徘徊了一会儿，然后在玻璃门上狠狠踹了最后一脚，大摇大摆地加入他那群狐朋狗友的行列中。希欧涵正在帮助几个哥特族站起来，检查有没有受伤。没有动刀或扔东西；多数情况下还是用意气当武器。雷布思朝玻璃门走去。在它的后面，有一位穿白大褂的妇女来到特丽小姐的身边，就是医生和药剂师穿的那种白大褂。雷布思看见一排光洁明亮的小隔间——这是一家日晒沙龙，看上去刚刚开业。妇女用手摸着特丽的头发，而特丽扭动着身体，拼命挣脱。雷布思推开了门。

"特丽，还记得我吗？"他说道。

她端详着他，然后点点头。"你是我遇到的警察。"雷布思朝妇女伸出一只手。

"您一定是特丽的母亲吧。我是雷布思警督。"

"夏洛特·科特。"妇女说道,和他握了握手。她将近不惑之年,一头浓密的灰金色鬈发。她的脸晒成了淡淡的古铜色,泛起了两朵红晕。仔细端详这两个女人,几乎看不出有什么相似之处。如果说她们有什么血缘关系的话,雷布思一定会猜测她们是平辈——不是姊妹,但也许是表姊妹。母亲比女儿矮一两英寸,身段更苗条些,看上去更矫健。雷布思现在总算知道了科特家族中的哪位成员在使用室内游泳池。

"这是怎么回事?"他问特丽。

她耸耸肩。"没什么。"

"经常有人骚扰你吗?"

"总是有人骚扰他们。"她的母亲替她给出了答案,却被狠狠瞪了一眼。"谩骂,有时候更严重。"

"好像你知道一样。"她的女儿争辩道。

"我长着眼睛。"

"这就是你为什么开这家店?好照看我的一举一动?"特丽开始玩弄她脖子上挂的金项链。雷布思看到上面吊了一颗钻石。

"特丽,"夏洛特·科特叹着气说道,"我想说的是——"

"我要出去了。"特丽咕哝道。

"在你走之前,"雷布思打断了她,"我能不能跟你说句话?"

"我又不准备申请赔偿什么的!"

"你也看到她有多倔犟了吧?"夏洛特·科特说道,听起来有些恼火,"警督,我听到你喊了一个名字。这就是说,你认识这群暴徒?你可以逮捕他们?"

"科特夫人,我不敢肯定这样做会有什么好处。"

"但是你看到他们了!"

雷布思点点头。"现在已经警告过他们了,足以奏效。问题是,我不是碰巧路过这里的。我想和特丽说句话。"

"哦?"

"好吧。"特丽说道,抓住了他的胳膊,"妈妈,对不起,我要协助警察问话去了。"

"特丽，等一下……"

但是太迟了。夏洛特·科特只能眼睁睁瞅着女儿把警察拽到外面，过了马路。那边的气氛缓和起来了，伙伴们在比较打完架留下的伤疤。一个穿黑色军装式大衣的男孩正闻着翻领，皱起鼻子，承认大衣确实需要好好洗一洗了。从撕破的口袋里洒出来的垃圾已经归拢在一起，多数还是希欧涵的功劳。她正在苦口婆心请别人帮助她把垃圾装进一只完好无损的口袋——隔壁一家商店的礼物。

"大家都没事吧？"特丽问道。有微笑，还有点头。在雷布思看来，他们仿佛在享受这一刻。又一次成为受害者，他们对此沾沾自喜。像那群朋客族和那个女人的故事一样，他们得到了旁人给予的回应。仍然是同一个群体，但是现在力量加强了：他们可以分享战争的故事了。其他孩子——慢吞吞地走在放学回家的路上，还穿着校服——已经开始停下来倾听。雷布思领着特丽小姐回到街上，进了最近的酒吧。

"我们不接待她这类人！"吧台后面的女人不耐烦地说道。

"当我在这里的时候，你必须接待。"雷布思没好气地回了一句。

"她是未成年人。"女人坚持道。

"那给她来一杯软饮料。"他转向特丽，"你想要点什么？"

"伏特加汤力水。"

雷布思微微一笑。"给她来一杯可乐。我要一杯掺水的拉佛多哥[①]。"他付了饮料钱。现在他对这类动作胸有成竹，既可以从他的口袋里掏出硬币，又可以甩出钞票。

"手怎么了？"特丽·科特问道。

"没事。"他说道，"你可以去端饮料了。"当他们朝桌子走去的时候，好几双眼睛都盯着他们。这样的接待似乎让特丽很开心，她朝一个男人来了一个飞吻，那个男人不屑一顾，转移了视线。

"别在这里挑事。"雷布思警告她，"你可是单枪匹马。"

[①] Laphroaig，一种单麦芽苏格兰威士忌。

"我自己能对付。"

"我看出来了,'失落男孩'一过来,你就跑到你妈妈那里。"

她咄咄逼人地盯着他。

"顺便说一句,是个好办法。"他加上一句,"'防御是勇敢的表现'。你妈妈说的是真的吗?这类事情经常发生?"

"不像她认为的那么多。"

"你们还会经常来科克本大街吗?"

"为什么不?"

他耸耸肩。"没有理由。一点点苦头不会伤到任何人的半根毫毛。"

她盯着他,然后莞尔一笑,目光落在了她的玻璃杯上。

"干杯。"他说道,举起了自己的杯子。

"你引用的句子是错误的。"她说道。"'慎重为勇敢之本。'莎士比亚的《亨利四世》,第一部分。"

"慎重这个词用来形容你和你的伙伴们可不合适。"

"我尽量避免那样。"

"你的表现很好。当我提到'失落男孩'的时候,你没有惊讶。这就是说,你认识他们?"

她又低头看去,头发从她苍白的脸上滑落。她的手指头轻轻抚摸着玻璃杯,指甲盖涂成了光亮的黑色。纤细的手和手腕。"带烟了吗?"她问道。

"替我们两个都点上。"雷布思说道,从他的夹克衫口袋里掏出一包香烟。她把点燃的香烟放进他的嘴唇中间。

"人们又要说闲话了。"她一边说道,一边喷云吐雾。

"特丽小姐,我对此表示怀疑。"他注视着门被推开。希欧涵走了进来。她看见了他,朝厕所点点头,举起双手,让他知道她正准备去洗手。

"你喜欢另类,对不对?"雷布思问道。

特丽·科特点点头。

"这就是你为什么会喜欢李·赫德曼——他也是另类。"她看着他

"我们在他的公寓里找到了你的照片。从这一点来推断,你认识他。"

"我认识他。我可以看一下照片吗?"

雷布思从他的口袋里掏出照片。它放在一个透明的塑料袋里面。"这是在哪儿拍的?"他问道。

"就在这里。"她说道,朝大街做了个手势。

"你和他很熟,对不对?"

"他喜欢我们。我的意思是说,哥特族。我从来没有真正理解是为什么。"

"他开过几次聚会,对不对?"雷布思想起了赫德曼的公寓里的音乐专辑:哥特族跳舞时放的音乐。

特丽拼命点头,强忍住泪水。"我们几个以前去过他那边。"她举起照片,"你是在哪儿找到这张照片的?"

"在他读的一本书里。"

"哪本书?"

"你为什么要刨根问底?"

她耸耸肩。"只是想知道。"

"我想是一本自传,讲一个士兵结束了自己的生命。"

"你认为这是一条线索?"

"线索?"

她点点头。"李自杀的线索。"

"我想不排除这样的可能。你有没有遇到过他的朋友?"

"我不认为他有很多朋友。"

"道格·布里姆森呢?"这个问题的出处是希欧涵。她正朝这边凑过来。

特丽的嘴角抽搐了一下。"是的,我认识他。"

"你听起来没有一点热忱。"雷布思评论道。

"可以这么说吧。"

"他有什么问题吗?"希欧涵想知道。雷布思看得出来她有点恼火了。

特丽只是耸耸肩。

"死去的那两个小伙子,"雷布思说道,"你有没有在聚会上见过他们?"

"不太可能。"

"能不能说得再清楚一些?"

她看着他。"他们不属于同一类型。橄榄球运动、爵士乐和军校学员。"仿佛这就解释了一切。

"李有没有说起过他的军旅生涯?"

"没怎么说起过。"

"但是你问过他?"她慢慢点点头。"你知道他喜欢枪?"

"我知道他收藏了很多图片……"她咬住了嘴唇,但是太迟了。

"在他壁橱门的里面。"希欧涵补充道,"特丽,这可不是谁都能知道的。"

"这说明不了任何问题!"特丽的声音抬高了八度。她又开始玩弄她的项链。

"特丽,这里没有人在审问。"雷布思说道,"我们只是想知道他这样做的动机。"

"我怎么知道?"

"因为你认识他,而且似乎没有多少人做到这一点。"

特丽在摇头。"他有什么事情从来不告诉我。他就是这个样子的——好像藏有秘密。但是我从来没想过,他……"

"没有?"

她的两只眼睛死死盯着雷布思,但是一言不发。

"特丽,他有没有给你展示过枪?"希欧涵问道。

"没有。"

"有没有暗示他能搞到枪?"

摇头。

"你说他从来不向你敞开心扉……那反过来呢?"

"你的意思是说?"

"他有没有向你打听过？也许你和他说起过你的家庭？"

"可能有过吧。"

雷布思向前倾了倾身子。"特丽，听到你弟弟的消息后，我们都感到很难过。"

希欧涵也凑上前去。"你可能向李·赫德曼提起过车祸。"

"也许你的伙伴提起过。"雷布思说道。

特丽看出来了，他们正将她重重包围，根本逃不出他们咄咄逼人的目光和问题。她把照片放在桌子上，聚精会神地瞅着它。

"这张照片不是李拍的。"她说道，仿佛在努力转换话题。

"特丽，我们还应该找谁谈话？"雷布思问道，"参加李的小型社交聚会的人。"

"我不想再回答任何问题。"

"特丽，为什么不？"希欧涵问道，眉头紧锁，仿佛真的很困惑。

"因为我不想。"

"告诉我们可以找其他什么人谈话……"雷布思说道，"那样我们就不会再麻烦你了。"

特丽·科特又坐了一会儿，然后起身，爬到条凳上面，踩在桌子上，从另一头跳到了地板上，她身上的短裙在轻轻摆动，鼓起了一层层黑色的薄纱。她头也不回地朝门口走去，打开门，随手砰的一声把门关上。雷布思看了看希欧涵，从嘴角挤出一丝笑容。

"这个女孩有点个性。"他说道。

"我们把她吓跑了。"希欧涵承认道，"我们一提到她弟弟的死，她的脸色就变了。"

"只能说明他们很亲密。"雷布思争辩道，"你不是真的相信那个买凶杀人的理论吧。"

"不过话又说回来，"她说道，"有件事情……"

门又开了，特丽·科特大步流星地朝桌子走过来，两只手撑在上面，她的脸和她的侦讯者们只有咫尺之遥。

"詹姆斯·贝尔。"她气冲冲地低声说道，"这个名字可以告诉你们，如果你们想要的话。"

"他去参加赫德曼的聚会？"雷布思问道。

特丽·科特只是点点头，然后又转身走了。酒吧的常客们目送她离开，摇摇头，又开始喝酒。

"我们听的那场采访，"雷布思说道，"詹姆斯·贝尔是怎么说赫德曼的？"

"是关于去滑水的事情。"

"是的，但是他说话的方式——'我们在社交场合见过面'，诸如此类的话。"

希欧涵点点头。"也许我们早就应该领会这句话的意思了。"

"我们得找他谈谈。"

希欧涵一个劲地点头，眼睛却瞅着桌子。她在窥视下面。

"什么东西丢了？"雷布思问道。

"没有，不过你丢了东西。"

雷布思也看了看，恍然大悟。特丽·科特随手把照片也带走了。

"想想看，这是不是她又返回来的原因？"希欧涵猜测道。

雷布思耸耸肩。"我想那也算是她的财产……她所失去的一个男人的遗物。"

"你认为他们是一对情人？"

"比这更奇怪的事情也有呢。"

"这样说来的话……"

但是雷布思摇了摇头。"利用女人的花言巧语说服他转变成谋杀者？希欧涵，实际一点。"

"比这更奇怪的事情也有呢。"她随声附和道。

"说起这一点，你能不能帮我买杯饮料？"他举起了手里的空杯子。

"没门儿。"她起身要离开。他闷闷不乐地跟着她出了酒吧。她站在自己的汽车旁边，似乎有什么事情让她呆若木鸡。雷布思看不出有什么值得注意的地方。哥特族还像从前一样到处闲逛，只是少了特丽·科特。失落男孩也没了踪影。几个游客在驻足拍照片。

"怎么了?"他问道。

她朝停在对面的一辆车点点头。"看起来像是道格·布里姆森的陆虎。"

"你敢肯定?"

"我在特恩豪斯见过它。"她上下打量着科克本大街。布里姆森连个影儿都没有。

"状况比我的萨博还糟。"雷布思评论道。

"是的,但是你自家的车库里并没有一辆捷豹。"

"一辆捷豹和一辆破破烂烂的陆虎?"

"我以为这种事只存在于想象中……男孩子们和他们的玩具。"她又在上下打量街道,"我想知道他在哪里。"

"也许他在跟踪你。"雷布思提示道。他看出了她的脸色,耸耸肩表示歉意。她的注意力又转移到了汽车上。这车十拿九稳是布里姆森的。巧合,她告诉自己,仅此而已。

巧合。

但是尽管如此,她还是匆匆抄下了号码。

11

那天晚上，希欧涵倚在沙发上，尽量对电视节目产生兴趣。两位穿得花里胡哨的节目主持人正在告诉他们的受害者，她的服装和她一点儿都不相称。打开另一个频道，一栋房屋正在往出搬东西。希欧涵的选择只剩下一部一看就很单调的电影、一部乏味的喜剧和一部关于美洲巨蟾蜍的纪录片。

这些使她不用劳神在音像商店驻足。用她自己的话说，她自己收藏的电影很"有限"。每一部片子她都至少看过六次，里面的对话可以倒背如流，对下一个场景里将出现哪些镜头知道得一清二楚。也许她可以放点音乐，把电视打到静音，给味同嚼蜡的电影编造剧本。或者甚至为美洲巨蟾蜍编造剧本。她早已走马观花地浏览了一本杂志，拿起一本书，又放下来，把她停下来加油的时候在食杂店买的炸薯片和巧克力一扫而空。餐桌上还有一点剩饭，她可以放在微波炉里热一下。最糟糕的是，她的葡萄酒都喝完了，公寓里空空如也，只剩下一些空瓶子等着收酒瓶的人过来回收。她的橱柜里还有杜松子酒，但是除了健怡可乐以外,再没有其他调酒的东西,而且她还没到非喝不可的地步。

是的,不管怎么说,还不到那种地步。

她可以给朋友打电话,但是她知道自己不是一个好的聊天对象。在她的留言机上有一条消息,是她的朋友卡罗莱娜留下的,问她想不想出去喝一杯。卡罗莱娜是一个金发女郎,身材娇小,每次当她们两个一块儿出去的时候,总是很惹眼。希欧涵决定不回电话。她太累了,满脑子都是案子,一刻不停地纠缠着她。她给自己冲了一杯咖啡,喝了一口,才意识到咖啡壶还没有烧开。接着她在厨房里翻箱倒柜地找糖,过了几分钟,才想起她不加糖。她从少女时代起就没有在咖啡里加过糖。

"老糊涂,痴呆症。"她小声嘀咕道,"还有自言自语——另外一个症状。"

巧克力和炸薯片不在她的防恐慌食谱上;真正榜上有名的是食盐、脂肪和蔗糖。她的心跳没有加速,但是她知道随着上床的时间越来越近,她必须冷静下来,必须放松,开始喘口气。她盯着窗外已经有一阵子了,审视马路对面的邻居,把她的鼻子贴在玻璃上,越过两层楼看着下面来来往往的车辆。外面静悄悄的,鸦雀无声,漆黑一片,只有人行道在橙色街灯的照耀下格外醒目。没有妖怪,不用害怕。

她记得很久以前,当她还在咖啡里加糖的日子里,有一段时间她很害怕黑暗。十三四岁的时候,太大了,已经不能向她的父母吐露心声了。她会把零花钱用来买电池,让手电筒整夜开着,放在被子下面,屏住呼吸,竖起耳朵听房间里还有没有其他人的呼吸声。有几次被她的父母抓到了,他们只以为她在熬夜读书。她永远搞不明白该怎么办:让门敞开,好让自己逃跑,或者把门关上,把入侵者拒之门外?她每天都要到床下查看两三次,尽管里面只有很狭窄的缝隙,她的唱片就藏在哪里。问题是,她从来不做噩梦。她一旦睡着了,就睡得很香,很踏实。她从来没有心慌意乱过。终于,她把这些害怕通通抛在脑后,手电筒回到了抽屉里,曾经浪费在电池上的钱被花在了梳妆打扮上。

她永远都搞不清楚哪个在前,哪个在后:是她像发现新大陆一样发现了男孩子们,还是他们发现了她。

"姑娘,都过去了。"她现在告诉自己。外面没有妖怪,但是骑士也屈指可数,多半都变节了。她穿梭到餐桌前,看她关于案子做的笔记。那些笔记杂乱无章——她第一天收获的信息都在上面。报告、验尸报告、法医笔记、犯罪现场和受害者的照片。她端详着那两张脸——德里克·伦肖和安东尼·贾维斯。两个人都很帅气,看上去很稳重。贾维斯耷拉着眼皮,在他的凝视中有一股骄人的才气。伦肖看上去逊色得多。也许是阶层的问题,贾维斯的出身一目了然。她猜想艾伦·伦肖一定为他的儿子能和一位法官的儿子交朋友而骄傲。这就是人们为什么要送自己的子弟进私立学校,是不是?大家都想让自己的孩子遇上合适的人,将来用得上的人。她认识几位同事,拿的并不是刑事侦缉探员的薪水,却省吃俭用,把他们的下一代送进他们从来没有机会涉足的学校里。她想到了李·赫德曼。他参过军,空军特勤队……被受过良好教育,谈吐优雅的军官指挥得团团转。他的袭击会不会仅仅是出于对上流社会的苦涩的嫉妒?

没什么神秘的……想起她对雷布思亲口说过的话,她不禁哑然失笑。如果毫无神秘可言,那她又担心什么呢?她为什么要拼命工作?她为什么不把一切抛在脑后,好好放松一下?

"去它的。"她说道,在桌子旁边坐下来,推开文件,把德里克·伦肖的笔记本电脑拉到自己跟前。她开了机,连上自己的电话线。电子邮件要过一遍,足以让她熬到深更半夜。还有不少其他文件还没来得及检查。她知道工作会让她镇静下来。起到镇静作用的正是工作本身。

她决定来一杯脱咖啡因的咖啡。这回她记住打开水壶的开关了,一路把滚烫的饮料端到客厅。密码"迈尔斯"让她上了线,可里面的新电邮尽是些垃圾邮件。人们在挖空心思向一个他们不知道已经死了的人推销保险和伟哥。有几封邮件提到了德里克在各种论坛和聊天室的缺席。希欧涵想到了些什么,把图标拉到了屏幕的顶端,点击"收藏夹"。一列网址立刻出现,都是德里克定期使用的地址的快捷方式。里面有聊天室和论坛,还有一些寻常的嫌疑分子:亚马逊、BBC、Ask Jeeves[①]……但是有一个地址非同寻常。希欧涵在上面点击,一会儿就打开了。

欢迎来到我的黑暗空间!

这几个字是暗红色的,带着生机徐徐搏动。除了这几个字,屏幕上显现出一片空白的背景。希欧涵把光标移动到字母 W 上,双击。这次打开的时间稍微长一些,屏幕切换到一个房间的室内图景。图像很不清晰。她尝试变换屏幕的亮度和对比度,但是问题在于图像本身,她对此无能为力。她可以分辨出一张床,还有床后面拉着窗帘的窗户。她试着把光标沿着屏幕绕了一圈,但是没有隐藏的标志能让她在上面点击。这就是全部内容。她坐回去,双臂交叉在胸前,琢磨这到底是什么意思,琢磨这图像到底对德里克·伦肖有什么意义。也许这是他的房间。也许"黑暗空间"是他的另一面性格。接着屏幕变换了,一道奇怪的黄光一闪而过。难道是某种干扰?希欧涵抓住桌子的边缘,往前坐了一点。她现在知道是怎么回事了。是一辆汽车的头灯,从窗帘后面朦朦胧胧照进来的。那就说明这不是一幅图片,不是一个定格的画面。

"摄像头。"她小声说道。她在观察对某个人的卧室进行的实况直播。还有,她现在知道那是谁的卧室了,那两束车头灯光已经说明了一切。她站起来,找到自己的手机,拨通了电话。

希欧涵把所有的插头插好,重启了电脑。笔记本电脑放在椅子

[①] 美国第四大网络搜索公司。

上——线不够长，从雷布思的电话插座够不到他的餐桌。

"简直太神秘了。"他说道，端回一个托盘——给他们两个准备的咖啡。她能闻出醋味：或许晚餐是一顿鱼。想到还在家里等着她的食物，她意识到他们是如此相似——外卖的快餐，冷冷清清的家……他刚喝过啤酒，在他的椅子旁边，一只空荡荡的喀里多尼亚[1]酒瓶摆在地板上。还有音乐：上次过生日的时候，她给他买的雄风乐队[2]的精选集。也许他是特意播放的，好让她知道他没有忘记。

"十有八九是那里。"她现在开口了。雷布思已经关掉了音乐，正用他那双脱了手套后看上去火辣辣的手在揉眼睛。快十点了。当她打电话的时候，他已经在椅子上睡着了，很有可能会在那里待到天亮。懒得脱衣服，懒得解鞋带，解扣子。他懒得收拾。希欧涵太了解他了。但是他把厨房的门关上了，免得让她看到里面的脏盘子。如果她看到了，一定会自告奋勇地替他洗盘子，而他不想这样。

"只需要链接……"

雷布思取过一把餐椅，一屁股坐上去。希欧涵跪在笔记本电脑前面的地板上。她稍微调了一下屏幕，他点点头，好让她知道他可以看见了。

　　欢迎来到我的黑暗空间！

"爱丽丝·库珀[3]乐迷俱乐部？"他猜测道。

"等一等。"

"皇家盲人协会？"

"我要是被你逗乐了，你可以端起托盘往我的头上砸过去。"她往

---

[1] 原文为Deuchar，即Caledonian Deuchar IPA，一种苏格兰南部出产的知名啤酒。
[2] 雄风（Hawkwind）是一九七〇年组建于伦敦的英国摇滚乐队，太空摇滚的先驱和代表乐队。
[3] 爱丽丝·库珀（Alice Cooper, 1948— ），原名文森特·达蒙·福尼尔（Vincent Damon Furnier），是同名重金属乐队的主唱。该乐队富有戏剧和暴力色彩，在舞台演出时常以恐怖阴森的扮相示人。

后坐了一点，"好……快看。"

房间再也不是黑压压一片。点起了蜡烛。黑色的蜡烛。

"特丽·科特的卧室。"雷布思说道。希欧涵点点头。雷布思看着摇曳的烛光。

"这是一部电影？"

"就我所知，是实况直播。"

"意思是说？"

"她的电脑上装了一个摄像头，图像就是从那儿出来的。当我第一次观看的时候，房间黑咕隆咚的。她现在肯定在家。"

"这有什么好玩的？"雷布思问道。

"有些人喜欢。有些人掏钱看这种东西。"

"但我们是免费观看的。"

"好像是。"

"你猜想当她进来了就会关掉吗？"

"那有什么意思？"

"她一天到晚开着？"

希欧涵耸耸肩。"也许我们就要搞清楚了。"

特丽·科特已经闯入镜头，忽隐忽现。摄像头展现出一系列定格的画面，时不时被打断。

"没有声音？"雷布思问道。

希欧涵不以为然，但是她试着调大了音量。"没有声音。"她承认了。

特丽已经在床上跷起了腿。她还是穿着他们相遇时的那套衣服，似乎在朝摄像头望去。她现在身体前倾，在床上舒展开，两只手托住下巴，脸紧挨着摄像头。

"像老式的无声电影。"雷布思说道。希欧涵不知道他指的是图像质量还是没有声音。"我们到底该怎么办？"

"我们是她的观众。"

"她知道我们在这里？"

希欧涵摇了摇头。"或许无从知道谁在观察——如果有人在观察的话。"

"但是德里克·伦肖过去在观察。"

"是的。"

"你认为她知道。"

希欧涵耸耸肩,啜饮着带点苦涩的咖啡。不是脱咖啡因的那种,过后她可能要因此而不舒服,可是她不在乎。

"你怎么看?"他问道。

"年轻姑娘们好出风头也没什么稀奇的。"她停顿了一下,"倒不是说我以前碰到过这样的事情。"

"我想知道还有谁知道。"

"我怀疑她的父母不会知道。我们要问问她吗?"

雷布思陷入了沉思。"人们怎么找到这里的?"他指着屏幕。

"网络上有个人主页列表,她只需提供自己的链接,也许描述一下。"

"我们看一下。"

于是希欧涵关上主页,在网络空间查找,敲进"特丽"和"小姐"这几个字。一页接一页的链接蜂拥而至,大多数是色情网站和叫特丽的人。

"要花不少时间。"她说道。

"所以这就是我人生中所欠缺的:调制解调器?"

"人生尽在这里,大多数时候都如此令人惆怅。"

"正是我们在工作第一线忙了一天后所需要的。"

她的脸上一副似笑非笑的样子。雷布思伸手假装要够托盘。

"好了,言归正传。"过了几分钟,希欧涵说道。雷布思看着她用手指在一些单词下面画线。

特丽小姐[①]——访问我的百分之百非色情主页(伙计们,对不起!)

---

① 原文的小姐(miss)一词拼作Myss。

"为什么是'Myss'？"雷布思问道。

"可能是其他拼写都用过了。我的电子邮件地址是'希欧涵66'。"

"因为六十五位希欧涵抢在你前面了？"

她点点头。"而我曾认为我的名字很不寻常。"希欧涵已经点击了链接。特丽·科特的主页开始载入了。有一张她的照片，穿着全套哥特行头，两只手掌托着她的双颊。

"她在手上画了五角星。"希欧涵提示道。雷布思也看到了：圈在圆圈里的五角星。再没有其他照片，只有几行文本简单介绍了特丽的兴趣，她上哪所学校，还邀请人们"来膜拜我，科克本大街，大多数星期六下午……"。有一个选项是给她发电子邮件，还可以在她的留言册上加评论，或者点击各式各样的链接，多数会把来访者送到其他哥特网站，但是其中一个标记为"黑暗入口"。

"那就是摄像头了。"希欧涵说道。她尝试链接，只是为了确认一下。屏幕变回了一模一样的红字：欢迎来到我的黑暗空间！再点击一下，他们又回到了特丽·科特的卧室。她已经变换了姿势，头靠在床头上，双膝收拢。她正在一个活页夹上写东西。

"看上去像是家庭作业。"希欧涵说道。

"可能是她的魔药课本。"雷布思提示道，"凡是登录她的主页的人都能知道她的年龄，她上哪所学校，还有她长得什么模样。"

希欧涵点点头。"还有星期六下午在哪里能找到她。"

"危险的消遣。"雷布思嘀咕道。他在考虑她被外面的猎手捕获的可能性。

"也许这正是她喜欢它的原因。"

雷布思又揉了揉眼睛。他在回忆他们邂逅时的情景。她说她嫉妒德里克和安东尼时的样子……还有她临别时说过的话：你随时可以看到我……他现在知道那些词语暗示着什么了。

"看够了吗？"希欧涵轻轻敲着屏幕问道。

他点点头。"克拉克警长，你的第一个想法是？"

"嗯……如果她和赫德曼是一对恋人，而且如果他是喜欢吃醋的那种类型的话……"

"只有当安东尼·贾维斯知道网站的情况下,这才能成立。"

"贾维斯和德里克是最要好的朋友,德里克怎么会把他落下?"

"有道理。我们还需要调查。"

"再找特丽谈谈?"

雷布思慢慢点点头。"我们能不能打开来客登记簿?"

他们倒是能打开,只是里面没有多少内容。无论是德里克·伦肖还是安东尼·贾维斯都没有留下明显的记录,只有特丽小姐的崇拜者们的废话连篇。从他们的英语判断,其中绝大多数是国外的。雷布思注视着希欧涵关上笔记本电脑。

"你查那块牌照了吗?"他问道。

她点点头。"下班打卡前我做的最后一件事情。是布里姆森的。"

"越来越反常了……"

希欧涵合上屏幕。"你怎么样了?"她问道,"我的意思是说,穿衣服和脱衣服?"

"我挺好的。"

"不和衣而睡了吗?"

"不。"他尽量让自己的声音听起来愤愤不平。

"那就是说明天我可以指望看见一件干净的衬衫了?"

"我不要你的照顾。"

她微微一笑。"我可以再给你准备一盆洗澡水。"

"我自己可以对付。"他一直等到他们的目光相接,"我发誓。"

"甘愿赴死[①]。"

他的思绪又回到了他与特丽·科特邂逅时的场景……她问他有没有见证过死亡……想知道死是什么滋味。她拥有一个这样的网站,不亚于向病态的心灵发出一封邀请函。

"我想给你看样东西。"希欧涵说道,在她的包里乱翻。她翻出一

[①] 原文中雷布思说的是Cross my heart,希欧涵接的是and hope to die,连起来是猫王的一首经典歌曲《我在胸口画十字,甘愿赴死》(*Cross My Heart and Hope to Die*)。

本书，给他看了一眼封面：鲁斯·帕德尔写的《我是男人》。"是关于摇滚乐的。"她一边解释，一边打开标记好的一页，"听听这个：'英雄梦想从青少年的卧室开始'。"

"什么意思？"

"她在讲青少年怎样用音乐来表现叛逆。也许特丽正在使用她现实中的卧室。"她翻到另一页，"还有呢……'枪是危险境地中的男性性行为'。"她看着他，"在我看来，讲得很有道理。"

"你是说赫德曼吃醋了。"

"你没有吃过醋吗？从来没有暴跳如雷过？"

他想了一会儿。"也许一两次吧。"

"凯特跟我提到过一本书。书名叫《坏男人做好男人梦想的事》。也许赫德曼的愤怒让他身不由己。"她用手捂住嘴，止住哈欠。

"你该上床休息了。"雷布思告诉她，"明天早上还要做业余分析呢。"她拔下笔记本电脑的插头，把线整理好。他看着她出门，然后从窗户一路看着她安然上车。突然，一个男人的身影出现在她的司机侧的车门。雷布思转身朝楼梯跑去，一步跨下两个台阶，拽开前门。男人正说着什么，声音压过了启动的引擎。他正朝挡风玻璃挥舞着手里的东西——一份报纸。雷布思抓住他的肩膀，感到自己的手指头火辣辣地痛。他把这人转过来……认出了那张脸。

是记者史蒂夫·霍利。雷布思意识到他手里面拿的可能正是明天的头版。

"我正想找你呢。"霍利说道，一耸肩，从雷布思的手里面挣脱了，报之以嬉皮笑脸。"很高兴看到警督们做家庭互访。"他转身扫了希欧涵一眼，她已经关上引擎，正从车里迈出来。"有人会认为夜里这个时间闲聊有些晚了。"

"你想干什么？"雷布思问道。

"只想完成一篇社论。"他举起报纸的首页，好让雷布思看清大字标题：地狱房间警察之谜。"我们还不准备把名字写出来。想知道你是否想在文章中添上一笔。我听说你正被暂令停职，听候内部审问？"

霍利合上报纸，从他的口袋里掏出一台微型录音机，"看上去很糟糕。"他正朝雷布思脱了手套的两只手点头，"烧伤要过一阵子才能愈合，对不对？"

"约翰……"希欧涵警告他不要头脑发热。雷布思把一根长满水疱的指头指向记者。

"离伦肖一家远点儿。给他们找麻烦，你会吃不了兜着走，明白？"

"那让我采访一次。"

"没门儿。"

霍利低头看着他手里的报纸。"这个头条怎么样：'警察逃离谋杀现场'？"

"等我起诉你的时候，给我的律师们看看还行。"

"雷布思警督，我的报纸总是欢迎公平战斗。"

"那就是个问题了。"雷布思说道，用他的手去关录音机，"因为我从来不公平战斗。"他咬牙切齿地说，朝霍利露出两排牙齿。记者用他的手指按下一个键，让磁带停止转动。

"很高兴知道我们把彼此的立场都说清楚了。"

"霍利，放过那一家子。我绝不食言。"

"就凭你失魂落魄、方向全无的样子，我敢说你做得出来。警督，做个好梦。"他朝希欧涵鞠了一躬，然后大步流星地走了。

"我才不担心呢。"希欧涵安慰他，"反正只有四分之一的人口阅读他的报纸。"她又钻进自己的车里，转动点火装置，倒出停车位。她挥了挥手，开车走了。霍利在一个拐角处消失了，朝马奇蒙特路走去。雷布思爬上楼梯，进了门，找到他的车钥匙，又把手套戴上，出去的时候给门上了保险锁。

街道静悄悄的，史蒂夫·霍利早已消失得无影无踪。倒不是说雷布思在寻找他。他钻进自己的萨博，使劲握住方向盘，一会儿向左，一会儿向右。他认为自己可以对付。他驶过马奇蒙特路，拐进梅尔维尔大道，直奔亚瑟王座山。他懒得放音乐，而是任凭发生过的事情在脑子里面过电影，一幕幕对话和场景浮现在眼前。

221

艾琳·雷瑟：你可能想单独找人谈谈……包袱已经背了很久了……

希欧涵：引用那本书的原话。

凯特：坏男人做……

波伊提乌：好人要受苦受难……

他不认为自己是坏男人，但是知道他或许也不是一个好男人。

《我是男人》：一首老布鲁斯歌曲的名字。

罗伯特·奈尔斯，离开了空军特勤队，却没有先学会放松。李·赫德曼也是，思想背着"包袱"。雷布思感到如果他能理解赫德曼的话，他也能更好地理解自己。

复活节路静悄悄的，酒吧还在营业，油炸食品外卖店排起了长龙。雷布思直奔利斯警察局。车开得不错，他手上的痛还可以忍耐。那里的皮肤似乎已经收口了，看上去像是晒斑。他看到马路边上有一块空地，和警察局的前门隔了不到五十码，决定把车停在那里。出来后，他锁上了车门。街道对面有一个摄像组，或许想以警察局作为节目主持人说话时的背景。接着雷布思看出那是谁了：杰克·贝尔。贝尔一回头认出了雷布思。朝他指了指，又转向摄像机。雷布思捕捉到了他的话：

"……当刑事侦缉探员像我身后的这位那样继续冒出来，却从来拿不出切实可行的解决办法……"

"停。"导演说道，"对不起，杰克。"他朝雷布思点点头，后者已经穿过马路，就站在贝尔的身后。

"发生了什么事情？"雷布思问道。

"我们正在做一期关于社会暴力的节目。"贝尔不耐烦地说道，雷布思的打断让他大为光火。

"我还以为是一期自助录像。"雷布思慢条斯理地说道。

"什么？"

"给路边慢驶召妓作向导，诸如此类的。现在大多数姑娘们在那条道上接客。"雷布思朝着萨拉曼德大街的方向点了点头。

"岂有此理!"苏格兰议员气急败坏地说道。然后他转向导演。"你也看到了,这就是我们正在讨论的问题的症结所在。警察整天无所事事,心胸狭窄,睚眦必报。"

"不像你那样。"雷布思说道。他头一次注意到贝尔的手里拿着一张照片,高高举在自己胸前。

"托马斯·汉密尔顿[①]。"他振振有词,"没有人认为他有什么特别的地方。当他走进邓布兰的那所学校的时候,才证明他是罪恶的化身。"

"警察怎么能阻止这一切?"雷布思双臂交叉在胸前问道。

贝尔还没来得及回答,导演就问了雷布思一个问题。"在赫德曼的家里有没有找到任何音像制品或杂志?暴力电影那一类东西?"

"没有迹象表明他对那类东西感兴趣。但是即使他对那些感兴趣,又怎么样呢?"

导演只是耸耸肩,断定他从雷布思身上榨不出他想要的东西。"杰克,也许你可以来一次快速采访,就和……对不起,我想不起你的名字了。"他朝雷布思微微一笑。

"我的名字是去你妈的。"雷布思回以一个微笑。然后,他再次穿过马路,推开了警察局的大门。

"你是个耻辱!"杰克·贝尔朝他喊道,"不折不扣的耻辱!别以为我会善罢甘休……"

"你又交朋友了?"接待处的警长问道。

"要是那样倒好了。"雷布思和他打了声招呼,就爬楼梯上了重案组办公室。赫德曼的案子有人加班,换句话说,即使在这个时辰,还有几个人在埋头工作,一边把报告敲进电脑里面,一边就着热饮聊天。雷布思认出了马克·佩蒂弗刑警,朝他走过去。

"马克,我需要点儿东西?"他问道。

---

① 邓布兰惨案的制造者。

"约翰,是什么?"

"借一台笔记本电脑。"

佩蒂弗微微一笑。"我还以为你们这一代人更喜欢羽毛笔和羊皮纸文献。"

"还有一件事情。"雷布思对此充耳不闻,补充道,"必须能上网。"

"我想我可以给你整理出一些东西。"

"趁你做事的工夫……"雷布思靠得更近了,压低声音,"记得杰克·贝尔因为在路边慢驶召妓被抓进来是什么时候的事吗?那是你的一帮哥们儿干的,对不对?"

佩蒂弗慢慢点点头。

"我想不会还留着任何文件……"

"应该不会。他一直没有被起诉,不是吗?"

雷布思陷入了沉思。"那几个拦他车的小伙子呢?我能和他们说几句吗?"

"这到底是怎么回事?"

"就说我感兴趣。"雷布思说道。

结果却是和贝尔打过交道的年轻刑警已经从警察局调走了,现在在托菲肯警察局办公。雷布思最后要了他的手机号码,他的名字是哈里·钱伯斯。"

"对不起,打扰了。"雷布思做了一番自我介绍后说道。

"不要紧,我正准备从酒吧走着回家。"

"希望你晚上玩得开心。"

"台球赛,我玩了半场。"

"那挺好的。我打电话过来是想打听一下杰克·贝尔。"

"那个油腔滑调的家伙现在跑哪儿去了,在干什么勾当?"

"他总是在埃德加港的案子上碍手碍脚。"这是事实,即使不是完整的事实。雷布思认为自己不必解释,他非常希望把凯特和这位苏格兰议员强行分开。

"那就让他给你擦鞋底好了。"钱伯斯说道,"那是他自作自受。"

"哈里，我能感觉到一点儿对立情绪。"

"自从那次路边慢驶召妓事件以后，他拼命把我挤兑回去降职成制服警员。他满嘴胡说八道：先是说他正在从某个地方回家的路上……然后，当他不能自圆其说的时候，他又说在做'研究'，看是否有必要为她们设置一个专门区域。是，这些都可以成为理由。和他讲话的妓女告诉我他们早就在价格上达成了一致。"

"没准这是他第一次走那条路？"

"不知道。我的的确确知道的只是——而且我在这里尽可能客观——他是个卑鄙、谎话连篇、企图报复的狗杂种。赫德曼那家伙为什么不帮我们把他干掉，而偏偏要杀死那些可怜的孩子？"

回家后，雷布思一边开机，一边努力回想佩蒂弗的指示。这不是最新的型号。佩蒂弗的评论是："如果运行不动了，就添一铲煤。"雷布思问过他机器买了多久了。回答：两年，早就该淘汰了。

雷布思决定像这样德高望重的东西应该好好珍惜才对。他用一块湿布擦了擦键盘和屏幕。像他一样，它是一位幸存者。

"好的，老家伙，"他告诉它，"让我们看看你能干些什么。"

过了令人沮丧的几分钟后，他给佩蒂弗挂了个电话，终于接通了他的手机——他正在车上，正在回家上床的路上。更多的指示……雷布思一直不挂电话，直到他确信自己已经成功。

"马克，你太好了。"他说道，挂了电话。接下来，他把扶手椅拽过来，好让自己坐得相对舒服一些。

入座，跷起腿，双臂交叉在胸前，头稍稍歪向一边。

趁特丽·科特睡着的时候观察她。

第四天　星期五

12

"你穿着衣服睡的觉。"第二天早上,希欧涵接他的时候评论道。

雷布思没理她。在副驾驶座位上有一张小报,跟前一天晚上看到的那张一模一样。

地狱房间警察之谜。

"没什么大不了的。"希欧涵安慰着他,而事实也正如此。口气越玄乎,离事实越远。同样,雷布思也没理睬上午七点、七点一刻、七点半打来的电话。他知道可能是投诉部打来的,试图安排和他见面的时间。他手上戴着弄湿的手套,不停地翻着这些小报。"圣伦纳德谣言四起,"希欧涵补充道,"费尔斯通被堵着嘴,绑在一把椅子上。而大家都知道你在那儿。"

"我说过我不在吗?"她看着他。"事实是我离开时他还活着,在沙发上打盹儿。"他又翻了几页寻求慰藉。他发现了一则关于狗的故事,这条狗吞下了一枚结婚戒指,居然成了小报的亮点。小报上还有许多严肃的小标题:酒馆刺杀事件、名流被他们的情人抛弃、大西洋的浮油,以及美国的龙卷风。

"真逗,几个日间电视节目主持人所占据的版面要比多起生态灾害用的版面还多。"他评论道,把报纸折叠起来从肩上扔了出去,"接下来我们去哪儿?"

"我想我们该跟詹姆斯·贝尔会面了。"

"太好了。"这时他的手机响了,但他没接,把它放回了口袋。

"你的崇拜者俱乐部?"希欧涵猜道。

"我不由自主地就出名了。你怎么知道在圣伦纳德的谣传?"

"我来接你前去了那儿。"

"你好辛苦。"

"我正在健身。"

"这件事以前我从来没听你说过一个字。"

她笑了笑。这时她自己的手机响了,她又朝雷布思看了看。雷布思耸了耸肩,然后她看了看她手机屏上的号码。

"鲍比·霍根。"她告诉雷布思,接了电话。他只能听到他们通话的部分内容。"我们在路……喂,发生什么事了?"她又朝雷布思的方向瞥了一眼,"他在这儿……不敢确定他的手机是否有电……是的,我会告诉他的。"

"你该去处理手头的那些工作了。"雷布思等她挂了电话告诉她。

"我的开车技术那么差吗?"

"我意思是我能偷听到你们的谈话。"

"鲍比说投诉部正在找你。"

"真的吗?"

"他们让他告诉你,因为你没有接他们的电话。"

"我不敢确定我的手机是否有电。他还说了别的什么?"

"他想在港口见我们。"

"他有没有说为什么?"

"也许他想请我们进行为期一天的乘船巡游。"

"那就太好了。对我们的聪明和辛勤工作表示感谢。"

"如果这位船长一转身变成了投诉部的人,可千万别大惊小怪……"

"你看了今天早晨的报纸?"鲍比·霍根领他们沿混凝土码头边走边问道。

"我看过了。"雷布思承认,"希欧涵把你的话原封不动地传达给了我,但是没有哪一句能够解释清楚我们正在这里做什么。"

"我也接到了杰克·贝尔打来的电话。他很不认真地弄了一个正式的投诉。"霍根瞅了雷布思一眼,"不管你做了什么,请你一定要振作起来。"

"如果这是一个命令,鲍比,那么我乐于服从。"

雷布思看到在木制的人造坡道上拉了一条警戒线。这条坡道通向浮桥,有许多游艇和救生艇停泊着。三个穿制服的人在写着"仅供停泊者使用"的标志牌旁边守护。霍根把带子提起来,以便他们能穿过,然后领他们走下斜坡。

"有些事情我们不应该错过。"霍根皱着眉头说,"当然了,我会为此负全责。"

"是的。"

"看样子赫德曼还有一艘更大的船,是出海用的。"

"一艘游艇?"希欧涵问道。

霍根点点头。他们正在穿过浮桥,许多抛锚停靠的船在水面上下颠簸着,船的锁具发出同样的当啷声。海鸥在头顶上飞过,微风吹来,不时有海水溅起。"太大了,船棚里放不下。他显然用过它,要不然它就被停泊在海岸上了。"他指的是海岸线,那里有许多船停泊着,远离海水的侵蚀作用。

"还有呢?"雷布思问道。

"你自己看吧……"

雷布思看着。他看到了一群好像是海关来的人。他们正在检查被放置在一片折叠起来的塑料布上的什么东西。他们用鞋压住塑料布的四角，以防被风吹走。

"我们最好把这些东西放在室内。"一位官员对另一位蹲着看这些赃物的官员说道。

"兴奋剂，"霍根解释着，一边把手伸进裤兜里，"我们估计有一千粒，足够疯狂好几个通宵了。"兴奋剂被分成十二份，放在半透明的塑料袋里，是那种用来在冰箱里放食物的塑料袋。霍根弄了一点放在手掌心，说道："按市价得值八千到一万英镑。"这些药片略带点绿色，每片都有雷布思早晨喝过的止痛药的一半大小。

"还有一些可卡因。"霍根继续说。

"我们在他的住处发现可卡因的踪迹了吗？"希欧涵问道。

"完全正确。"

"这些东西放在哪儿了？"雷布思问道。

"存放在甲板下的一个柜子里。"霍根说，"藏得不太好。"

"谁发现的？"

"我们。"

雷布思转向说话的那个人。怀特里德正走下连接游艇和平底船的那段短木板条。西姆斯就在她的身后，看上去得意扬扬。怀特里德掸了掸手上的灰尘。

"船上的其他地方看上去都很干净，但你们的官员还要检查。"

霍根点点头，说："别担心，我们会的。"

雷布思站在两名部队调查员的面前。怀特里德撞上了他怒视的目光。

"你们看上去很高兴。"雷布思说，"那是因为你们发现了毒品，还是因为你们将了我们一军？"

"如果你们一开始就做好了你们的工作，雷布思……"怀特里德边说边离开了，以便雷布思补充剩下的那半句话。

"我依然在问自己：'怎么做？'"

怀特里德的嘴角抽搐着。"在他的办公室有记录。既然知道了那个，只要和港口码头经理谈一谈就可以了。"

"你搜查了那条船吗？"雷布思检查着这条游艇，它看上去经常被使用，"自己操作还是按标准程序操作？"怀特里德隐隐地笑了笑。

雷布思把他的注意力转向霍根。"你有发言权，鲍比。你也许想问自己为什么他们着手这次调查没有事先通知你？"他指着两名调查员说，"我相信他们的程度就像相信一个拥有整套化学设备的瘾君子。"

"你有什么权利那样说？"西姆斯仅用他的嘴角笑了笑，上下看了看雷布思，"真是五十步笑百步——还不知道谁正在接受调查呢——"

"够了，加文！"怀特里德发出嘘声阻止他。这个年轻人没再出声。整个港口好像突然间鸦雀无声了。

"这对我们没有帮助。"鲍比·霍根说，"让我们把这些东西送去分析……"

"我知道谁需要分析。"西姆斯自言自语。

"……把我们的智慧集中起来，看看到底哪些对我们的询问有帮助。行不行，你们？"他看着怀特里德。她点点头，好像表示满意，但是她把目光转向雷布思，两人目光正好相遇。雷布思正怒视着她，让她知道他所强调的重要信息：

我不相信你。

最后他们驱车前往埃德加港学院。大门口的围观者和新闻组已经缩水，更没有穿制服的人在四处巡逻驱赶擅入者。移动房已年久失修，失去了它本来的作用，甚至有人想占用它当做学校的一间教室。学校已经有好几天没上课了，作案现场因此而保护得完好无损。现在每个人都坐在课桌后面，就像学生正常就座，听他们的地理老师讲课一样。墙上挂了很多地图，还有雨量表、部落人群、蝙蝠和小冰屋的图片。有一些小组宁愿站着，双腿稍微分开，胳膊交叉在胸前。鲍比·霍根站在干净的黑板前面，在他的旁边有一块公告牌，上面仅仅钉着一张字条，上面写了两个字："作业"，外加三个感叹号。

"这也可以当做对我们说的。"霍根敲着黑板说道，"感谢从部队远道而来的朋友……"他向怀特里德和西姆斯站的方向点了点头，他们在门口站着，"案情稍微发生了一点变动。一艘能出海的游艇，还有大宗毒品。我们从中能得到什么启示呢？"

"走私，先生。"有一个声音回答。

"外加一个事实……"说话者正站在屋子的后面，是海关的人，"进入英国的兴奋剂绝大部分来自于荷兰。"

"所以我们需要查看赫德曼的航海日志，"霍根宣布，"看看他在哪儿航行。"

"航海日志当然总是能被篡改。"海关人员补充道。

"我们也需要跟毒品处理小组的人说说，看他们是否知道这些兴奋剂的市场现状。"

"我们确信它是兴奋剂吗，先生？"一个人开始高声讲话。

"不管是什么，它不是晕船药。"听到这儿，有人生硬地笑了笑。

"先生，这就表示这个案件将由毒品和重案组来处理了？"

"我还不能回答这个问题。我们所要做的是把我们手头的事情做好。"霍根环顾了一下屋子，确定大家都在注意他。他注意到唯一没有看他的人是约翰·雷布思。雷布思正盯着门口的那两个人。他的眼睑低垂，眉头紧皱，在深深地思考。"我们还需要彻底检查一下那艘游艇，看是否错过了别的东西。"霍根看到怀特里德和西姆斯互换了一下眼神。"对了，有什么问题吗？"他问道。有几个问题，但他迅速地处理了它们。一位警官想知道像赫德曼的游艇要花多少钱才能买到。答案已经被港口经理提供了：买一艘四十英尺长、有六个卧铺的游艇，你需要六万英镑，而且是二手的。"相信我，这笔钱不是从他的养老金里抠出来的。"怀特里德评论道。

"我们已经查了赫德曼各个银行账户和其他的资产。"霍根告诉全屋的人，然后又把目光转向了雷布思。

"介意我们参与搜查那条船的行动吗?"怀特里德问道。霍根想不出任何拒绝的理由,所以只是耸了耸肩。当会议结束时,他发现雷布思在他身边。

"鲍比,"声音压得很低,"那些毒品可能是栽赃。"

霍根凝视着他。"为了什么理由?"

"我不知道,但是我不相信……"

"你把这一点表达得很清楚。"

"事情一下子变得显而易见了,这就给怀特里德和她的跟班一个待在这里的借口。"

"我看不出来。"

"你忘了,我以前曾处理过这种事情。"

"不是为了算旧账?"霍根尽力把他的声音放低。

"不像你说的那样。"

"那么是怎样的呢?"

"一名退伍士兵犯了罪之后,你最不可能看到的就是他的老雇主。他们不希望这种事情公开。"他们俩现在到了走廊外面,没有看到那对部队拍档的任何迹象。"不止这些,他们还不想承受任何指责。那就是他们通常都会避开的原因。"

"所以呢?"

"所以这两个讨厌的家伙抓住这件事不放,像鞋底蹭上的大便,这说明事情一定不是那么简单。"

"有什么不简单的呢?"尽管他努力控制,霍根的声音还是抬高了八度。人们正在看着他们。"赫德曼用某种方法买下了那条船……"

雷布思耸了耸肩。"帮我个忙,鲍比,弄到赫德曼的部队记录。"霍根注视着他。"我敢肯定怀特里德随身带着一份复印件。你可以请求看看它,告诉她你只是好奇。她也许会同意的。"

"天哪,约翰……"

"你想知道赫德曼所做的这一切是为了什么吗?如果我没搞错的话,那就是你要我到这里来的原因。"雷布思环顾了一下四周,确信没人能听得见,"我第一次碰到他们的时候,他们正在赫德曼的船顶上四处爬行;然后他们又窥探赫德曼的船;现在他们又返回这里。他们似乎正在寻找什么东西。"

"什么东西?"

雷布思摇摇头说:"我不知道。"

"约翰……投诉部和行为监察局就要开始找你的碴儿了。"

"所以呢?"

"所以你可能会显得……我不知道……"

"你认为我揣测的太多了?"

"你压力太重。"

"鲍比,你要么认为我胜任这项工作,要么认为我不胜任。"雷布思交叉起他的胳膊,"是哪一种?"雷布思的手机又响起来。

"你打算接?"雷布思摇了摇头。鲍比霍根叹了口气。"好吧,我跟怀特里德谈谈。"

"别提我的名字,也不要为了拿到卷宗而忧心忡忡。你就说自己只是好奇,这就可以了。"

"我只是好奇。"鲍比回应道。

雷布思向他眨眨眼便走了。希欧涵在学校的出口等着他。

"我们要找詹姆斯·贝尔谈话吗?"她问道。

雷布思点点头。"但是首先,得让我们看看你身为侦探的能力如何,克拉克警长。"

"我认为我们都知道答案。"

"那就好,聪明人。假设你是军队职员,上校军衔,而且你从赫里福德调到爱丁堡一个多星期了。那么你会在哪儿落脚?"

希欧涵考虑着这个问题,进入车里,把钥匙插进点火开关,然后转向雷布思:"去瑞福营区?或者是去城堡①吧,那里有卫戍部队,是不是?"

---

① 指爱丁堡城堡。

雷布思点点头。这算一个相当不错的回答,只不过他觉得不正确。"怀特里德有她表面上看起来那么不讲究吗?而且她想离案发现场近一些。"

"有道理。那就去当地的宾馆。"

雷布思又点点头。"那正是我所考虑的。要不是宾馆,要不就是一日快捷酒店。"他咬着他的下嘴唇说。

"摆渡者有许多房间,是不是?"

雷布思微微点点头说:"我们就从那里开始吧。"

"我可以问为什么吗?"

雷布思摇摇头说:"你知道的越少越好——这是规矩。"

"你难道不认为你的处境已经相当不妙了吗?"

"我完全可以承受。"他自信地眨眨眼。但是希欧涵看上去不够自信。

摆渡者还没有开门做生意,但由于酒吧男招待认识希欧涵,就让他们进来了。

"你是罗德吗?"希欧涵问男招待。罗德·麦卡利斯特点点头。希欧涵说:"这一位是我的同事,雷布思警督。"

"你好!"麦卡利斯特打招呼。

"罗德认识李·赫德曼。"希欧涵提醒雷布思。

"他向你兜售过兴奋剂吗?"雷布思问道。

"请再说一遍。"

雷布思摇摇头,深深地吸了一口气。大概昨晚的啤酒和香烟的味道还没有散去,酒店里家具的光泽也无法掩饰这一切。麦卡利斯特忙着整理一些文件,它们正堆在吧台上面。他把手伸到宽松而下垂的T恤衫下面,抓挠着自己的胸脯,那T恤看上去颜色已经快掉光了,肩膀上还有一个破洞。

"你是'雄风'的乐迷吗?"希欧涵问道。麦卡利斯特向下看了看T恤前面,模糊不清地印着《探索太空》的封面。"我们不会耽搁你太久,"希欧涵继续说,"只是想知道你们是否接待过这几个客人?"

雷布思插嘴提供了一些名字，但麦卡利斯特只是摇头。他看着希欧涵，对雷布思根本不感兴趣。

"城里其他地方也可以留宿吗？"希欧涵问道。

麦卡利斯特摸着他的胡须，这提醒了雷布思，他早晨亲自刮的胡子也许看上去不怎么样。

"有一些。"麦卡利斯特承认，"你说有人要来跟我谈谈李的事？"

"我这么说了吗？"

"嗯，反正没有人找我谈过。"

"为什么他要那么做？"雷布思突然问道。麦卡利斯特摇摇头。雷布思说："那么我们还是集中精力研究那些地址，好吗？"

"地址？"

"一日快捷酒店、其他的宾馆……"

麦卡利斯特明白了。希欧涵拿出笔记本，麦卡利斯特开始背酒店名字。说了六七个以后，他摇着头表示自己只知道这些了，并说："也许还有更多。"同时耸耸肩表示抱歉。

"足够开始调查了。"雷布思说，"我们该让你去干你重要的工作了，麦卡利斯特先生。"

"好的……谢谢你。"麦卡利斯特鞠了一躬，为希欧涵开了门。在外面，她开始查阅她的笔记本。

"这就得耗上一整天。"

"如果我们想干的话。"雷布思说，"好像你有一位崇拜者？"

他朝宾馆窗户的方向抬头看了看。麦卡利斯特的脸出现在那儿，然后耸耸肩离开了。"你不该放过这个机会——试想一下，这辈子都不用花钱买酒了……"

"这是你奋斗终生的目标吧。"

"这就过分了，我都付了钱的。"

"如果你这么说的话。"她向他挥摆着记事本，"有条更简单的路子，你知道的。"

"说来听听。"

"去问鲍比·霍根,他应该知道这两个人住在哪儿。"

雷布思摆摆手。"最好别让鲍比掺和进来。"

"怎么我有种不妙的感觉呢?"

"让我们回到车里,这样你就能开始打那些电话了。"

滑坐到座位上后,她转向他。"六万美元的游艇,钱是从哪儿来的呢?"

"毒品啊,显而易见。"

"你是这么认为的?"

"我认为我们只能这么认为。我们所知道的关于赫德曼的一切都无法把他和富翁联系起来。"

"除了他对那些十几岁小青年的强烈吸引。"

"他们没有在大学里教过你吗?"

"什么?"

"不要妄下结论。"

"我忘记了,那可是你的专长。"

"另一个禁止打击的区域[①]。注意点儿,否则裁判要来了。"

她盯着他。"你发现了什么,是吗?"

他避开她的注视慢慢地开着车,说:"要等到你打完这些电话之后……"

[①] 原文为below the belt,指拳击比赛中腰带以下的部位,攻击会导致犯规。

13

他们运气还不错：第三个地址就是他们要找的。那是郊外的一家酒店，可以俯视公路桥。停车场里狂风大作，渺无人烟，两架望远镜绝望地等待着顾客的光临。雷布思试了试其中的一架，但什么也看不到。

"你得往里面塞钱。"希欧涵解释着，指了指望远镜上的投币孔。雷布思没理她，而是向接待处走去。

"你应该在外面等着。"雷布思提醒希欧涵。

"要我错过所有的趣事？"她跟他走了进去，生怕被别人看出她有多担心。他服了止痛药，还乐于找麻烦。这两样加在一起结果很糟糕。她曾经见过他越权办事，但他总能控制好自己。可是今天他的手还肿着，泛着粉红色，而投诉部正打算调查他是否卷入了一宗谋杀案……

接待台的后面有一名工作人员。

"早上好。"女士热情地打招呼。

雷布思已经把他的证件拿出来了。"洛锡安和边境警察局。"他说，

"你们这儿住了一位叫怀特里德的女士。"

对方的手指啪啪地敲击着键盘,说道:"是的。"

雷布思倚在桌子上。"我需要进入她的房间。"

接待员看起来有些为难。"我不能……"

"如果你不能做主,我可以和你们这儿的负责人谈谈吗?"

"我不知道……"

"或者我们都可以不用那么麻烦,把钥匙给我。"

女士看上去比刚才更加不自然了。"我得找我的上级主管。"

"那就去请示一下吧。"雷布思把手放在背后,好像有些不耐烦。女接待员拿起电话,试着拨了几个号,但没找到她要找的人。电梯响了,门慢慢滑开,一个清洁工从里面走出来,手里拿着抹布和喷雾剂。接待员放下了电话。

"我必须去找她。"

雷布思叹了口气,看看他的表,然后看着女接待员离开,推开自动门走出去,然后消失得无影无踪。他又斜倚在前台上。这次他把电脑屏转了过来,以便看到里面的内容。

"二一二房间。"他告诉希欧涵,"你在这儿待着。"

她摇摇头,跟着他向电梯走去。他按了上二楼的按钮。伴随着刺耳的声音,电梯门关上了。

"如果怀特里德回来了怎么办?"希欧涵问道。

"她在忙着搜查游艇呢。"雷布思看看她笑了。

电梯铃声响起,门开了。正如雷布思所希望的,清洁工还在这楼层工作。两辆清洁车停在走廊里,床单和毛巾堆叠着,准备拿去洗。他已经想好了一连串谎话:忘了某样东西……钥匙落在下面的前台……你们能否帮我开一下门?如果不起作用的话,或许五或十英镑会奏效。但是他很走运:二一二房间的门还大开着,女服务员正在卫生间。他在门口左右看了看,对希欧涵说:"必须把你动过的东西放回原处。"然后他查看卧室。床已经被整理好,个人物品放在梳妆台上,衣服挂在狭小的衣橱里。怀特里德的行李箱空着。

"她可能把所有东西都随身带着。"希欧涵低声说,"都放在车里。"

雷布思没有在意她说的话。他检查了床下面,查看了两个放衣服的抽屉,还轻轻打开橱柜旁边的抽屉,里面有一本《圣经》。

"就像洛奇·雷昆①。"他喃喃自语,接着站了起来。这儿什么也没有。他在卧室门口处看看,也没发现什么。现在他正盯着另一扇门看——一扇连接门。他在门把手上按了按,门开了,通向另一扇门。那扇门在这一侧没有把手,但没关系,它已经打开了有一英寸宽。雷布思推开它,发现他到了另一间卧室。衣服散落在两把活动椅上,表放在旁边的橱柜上,领带和袜子从特大号的尼龙运动手提袋里掉出来。

"西姆斯的房间!"雷布思说道。在梳妆台上有一个棕色的马尼拉纸的卷宗。雷布思把它翻过来,发现两个单词"机密的"和"人事部",还有名字——李·赫德曼。西姆斯关于安全的概念就是:把它面朝下放着,那样就没人会看到了。

"你想在这儿看吗?"希欧涵问他。雷布思摇摇头。文件有四五十页。

"你觉得我们的前台女服务员会帮我们复印吗?"

"我有一个更好的主意。"希欧涵拿起卷宗,"前台有一个标志牌写着商务间。我猜他们会有影印机。"

"那我们走吧。"

但希欧涵还是摇头。

"我想我们得留一个人守在这里,清洁工离开这儿之前要做的最后一件事就是把她身后的门锁上。"

雷布思认为这非常合理,点点头。希欧涵拿走了卷宗。雷布思粗略地看了一下西姆斯的房间。杂志是一些男士平常都看的:《男人装》、《全副武装》②、《GQ》。枕头和床垫下什么都没有。至于抽屉,西姆斯连一件衣服都没有放,只在橱柜里挂了两件衬衫和套装。相连

---

① 洛奇·雷昆是披头士乐队的歌曲《洛奇·雷昆》(Rocky Raccoon)中描写的青年男子,追着骗走他女朋友的男人到了一个小镇上,住进旅馆,房间里什么都没有,只有一本《圣经》。
② 《全副武装》(Loaded)是英国的一本面向男性的杂志,内容多为女性图片。

接的门……他不知道这代表着什么，或者什么也不代表。怀特旦德的房间是关着的，西姆斯不能进她的房间。但西姆斯让自己房间的门开了一两英寸……打算哪天晚上邀请她到他的房间里来吧？在他的浴室里有牙膏和装电池的电动牙刷、他自己带过来的去头屑洗发水、两面有刃的剃刀和一罐刮胡泡。回到卧室，雷布思更仔细地检查了那只黑色的手提包。里面是五双袜子和几条内裤。两件衬衫挂着，还有两件衬衫在椅子上，共有五件衬衫，够穿一个星期的了。西姆斯打包了旅行一周用的衣服。雷布思在思考。一名退伍军人上演一场杀人游戏，军队派两名调查员，来确保这件事和杀人犯的过去毫无瓜葛。为什么派两个人？而且他们需要在出事地点待上整整一个星期？会派什么类型的人呢？或许应该是心理医生，调查他的思想状况。但他觉得怀特里德和西姆斯谁都不会有任何心理学的经验，更不会对赫德曼的思想状况感兴趣。

他们是猎手，或者应该说是猎取猎手的人。雷布思深信这一点。

有一阵轻轻的敲门声。雷布思从窥视孔望去，是希欧涵。他让她进来，然后希欧涵把卷宗放回到梳妆台。

"页码的顺序对吗？"雷布思问。

"完全正确。"她把影印好的纸放在一个黄色的信封里，"我们准备好离开了吗？"

雷布思点点头，跟希欧涵向西姆斯房间的门走去。忽然他停下了，转回身子。卷宗面朝上放着。他把卷宗翻了过来，最后又四下打量了一眼房间，这才离开。

当他们从前台接待员身边走过时，她主动朝他们笑了一下，没说话。

"你觉得她会告诉怀特里德吗？"希欧涵问。

"我也怀疑她会那样做。"他耸耸肩，因为即使她那样做了，怀特里德也无可奈何。她屋里没有什么可让人怀疑的，而且什么也没丢。当希欧涵开车沿着A90朝巴登行驶的时候，雷布思开始翻看卷宗了。

大部分都没什么用。各式各样的考试成绩和报告、医学材料、来自晋升委员会的决定，还有一些用铅笔写的对赫德曼的优点和缺点的批注：他的体力值得怀疑，但他的事业犹如教科书般标准——在北爱尔兰、福克兰群岛和中东任职，在英国、沙特阿拉伯王国和德国接受训练。雷布思翻了一页，注意到这页纸的空白处有几个机打文字：接到指示取走。有一个潦草的签名和一个印章及日期，只是四天前的，也就是谋杀案发生的日期。雷布思翻向下一页，发现自己读的是关于赫德曼在部队的最后几个月的事。他告诉他的雇主他不能再次在雇佣契约上签字了，还附上了一封他信件的副本。大概对方已经采取了某些行动引诱他留下来，但是不管用。在那以后，卷宗降级了，进入管理处的表格填写程序，事情就按常规处理了。

"你注意到这儿了吗？"雷布思一边说道，一边轻叩着那几个单词：接到指示取走。

希欧涵点点头。"那是什么意思？"

"意思是有一些东西被拿走了，可能锁在空军特勤队总部的什么地方。"

"机密信息？怀特里德和西姆斯也不能看的？"

雷布思想了想，"也许是吧。"他翻回一页，注意到最后几段——在赫德曼离开空军特勤队之前的七个月，他曾是朱拉救援队的一员。第一次浏览这一页的时候，雷布思看到了"朱拉"这个词，以为它指的是一次军事演习。但朱拉是一个狭小的岛屿，在西海岸边上。它是一个孤立的岛屿，只有一条公路和几座山丘。真正的荒远边区。雷布思自己在那儿接受过一些训练，那是在他参军的日子里。长长的沼泽，徒步行走，以攀岩结束。他还记得那些绵亘的山峰被称做朱拉的乳房，并回忆起坐船走过短短的航程，穿过激流来到艾莱岛，在演习结束的时候，他们被带到那儿的一家酿酒厂。

"但赫德曼不是去那儿做训练的。他是救援队的一员，准确地说是救什么呢？"

"还往前走吗？"希欧涵问。在双向道的尽头，她狠踩刹车。他们的前面是从巴顿环形道排起的一条长长的车队。

"我不确定。"雷布思承认。他也说不好他对希欧涵介入他的密谋计划是怎样的感觉。他应该让她待在西姆斯的房间。那样，在商务间的那些工作人员可能会记住的是他的样子。如果怀特里德察觉到什么，他们对他的描述可能会……

"我们这样做值得吗？"希欧涵问道。

他耸耸肩。当他们在环形道左转时他逐渐陷入沉思。在一条车行道边，她把车停了下来，然后开了进去。

"我们在哪儿？"他问道。

"詹姆斯·贝尔的家。"她告诉他，"记得吗？我们准备找他谈话的。"

雷布思点点头。

房子是现代化的别墅，几扇小巧的窗户和石灰嵌石墙体。希欧涵按了按门铃，在门口等着。一位瘦小却保养得很好的五十岁左右的妇女开了门，她有着一双敏锐的眼睛，头发用一个黑丝绒蝴蝶结扎在脑后。

"贝尔女士？我是克拉克警长，这位是雷布思警督。我们是否可以和詹姆斯谈谈？"

费利西蒂·贝尔检查两人的证件，然后往后退了几步让他们进来。

"杰克不在这儿。"她说道，声音有气无力。

"我们想要见的是你儿子。"希欧涵解释道，声音很低，生怕吓到这位瘦小的、看上去饱经滋扰的女士。

"可总归一样……"贝尔女士看着她的周围。

她带他们来到起居室。为了使她镇定下来，雷布思从窗台上拿起一幅家庭照。"你有三个孩子啊，贝尔太太？"他问道。她看着他手里的照片，走上前来从他手里夺了回去，努力试着把它放回原先的位置。

"詹姆斯是最小的，"她说，"别人都已经结婚……成家了。"她一只手轻微地颤动了一下。

"枪击一定引起了可怕的振动。"

"可怕，可怕。"疯狂的眼神又回到了她的眼中。

"你在特拉弗斯剧院工作,是吗?"雷布思问道。

"是的,"她并不奇怪他知道这些,"我们有个新的节目刚刚开始……真的,我该在那儿帮忙的,但这里需要我,你知道的。"

"什么节目?"

"是《柳林风声》①的改编。你们俩也有孩子吧?"

希欧涵摆摆手,雷布思解释说他的女儿已经很大了。

"永远不会太大的,不会。"费利西蒂·贝尔哽咽着说。

"我听说你最近在家里照顾詹姆斯?"雷布思问道。

"是的。"

"他在楼上,是吗?"

"是的,在他房间里。"

"你觉得他能给我们几分钟时间聊聊吗?"

"唉,我不知道……"贝尔太太的手在雷布思提到"几分钟"的时候握向另一只手腕,她决定最好先看看手表,"天哪,快到午餐时间了……"她踱出房间,可能是去厨房的方向,却又想起有两个陌生人在跟前,"或者我应该叫杰克过来。"

"是该如此。"希欧涵表示赞同。她正端详着一张加了镜框的议员照片,摄于选举之夜,一副兴高采烈的样子。

"我们很高兴能和他谈谈话。"

贝尔太太抬头看看希欧涵,眉头紧锁在一起。"你需要和他谈什么呢?"她吐字清晰,明显带有爱丁堡一带很有教养的口音。

"我们是想和詹姆斯谈谈。"雷布思解释说,他向前走了一步,"他在房间里,是吗?"他等到她点了头,又问,"在楼上,我上去好吗?"又是一次点头。"那我们就去了。"他把一只手放在她骨瘦如柴的胳膊上,"你去准备午餐好了,我们自己上去,没什么大不了的事情,你不觉得吗?"

---

① 《柳林风声》(The Wind in the Willows) 是苏格兰作家肯尼思·格雷厄姆 (Kenneth Grahame, 1859—1932) 的童话作品,主要表现了鼹鼠、老鼠、獾和癞蛤蟆四只动物之间的友情。

贝尔太太好像慢慢接受了这个建议,最终她面露微笑。"那我做我自己的事去了。"她说着,返身进了门厅。雷布思和希欧涵对视了一眼,不约而同地点点头。那女人没有用整套炖锅做饭。他们爬上楼梯,找到他们以为是詹姆斯房间的地方——门上贴着的孩童时代的张贴画已经被刮掉了。现在上面除了演唱会的门票别无他物,大多数都是在英国城市看的:曼彻斯特的喷火战机乐队①演唱会,伦敦的战车②演唱会,纽卡斯尔的烂泥巴③演唱会。雷布思敲敲门,但没人回应。他转动门把手开了门。詹姆斯·贝尔正坐在床上,白被单,羽绒被,雪白的墙壁上没有一丁点装饰。暗绿色的地毯上随便丢着几块小方毯。书籍紧密地塞满了书架。电脑、音响、电视……音乐碟片散落得到处都是。贝尔穿一件黑色T恤,膝盖弯曲,小腿直立了起来,一只手翻阅着书页,另一只胳膊绑在胸口。他的头发又短又黑,脸色苍白,一边脸颊上有一颗明显的痣。在屋子里几乎看不到小青年的那种叛逆的征兆。雷布思十几岁的时候,他自己的卧室有点像一系列的藏东西的地方:杂志藏在地毯下(床垫下可不行,偶尔会被换掉的),香烟和火柴藏在衣柜的一条腿后面,小刀裹在柜子最底层抽屉里的冬装里。他感觉如果检查这儿的抽屉,只能找到衣服;地毯下除了厚厚的衬垫外别无他物。

音乐从詹姆斯·贝尔头上戴着的耳机里传了出来。他还在看书,没有抬头。雷布思猜他可能以为是妈妈进来了,全神贯注,忽略了和妈妈打招呼。父子眉宇间的相似之处是很明显的。雷布思倾身向前,对上孩子的脸,詹姆斯最终抬起头,奇怪地睁大眼睛。他摘掉耳机,又关掉了音乐。

"抱歉打断你,"雷布思说道,"你妈妈告诉我们直接上来就好了。"
"你是谁?"
"我们是警察,詹姆斯,可以让我们占用你一点点时间吗?"雷布

---

① 喷火战机乐队(Foo Fighters)是一支来自美国华盛顿州西雅图的另类摇滚乐队,由涅槃乐队(Nirvana)前鼓手戴夫·格罗尔于一九九四年创建。
② 战车(Rammstein)是成立于一九九四年的德国重金属乐队,歌曲大多以德文演唱。
③ 烂泥巴(Puddle Of Mudd),美国摇滚乐队,成立于一九九二年,发行的数张专辑和单曲均创造了销量纪录。

思站在床侧，小心翼翼，生怕踢翻脚边那一大壶水。

"什么事情？"

雷布思从床上拿起一本杂志，是关于枪械收集的。"这很有趣。"他评论道。

"我想找到他用来击中我的那把枪。"

希欧涵拿过雷布思手里的杂志。"我想我能理解，"她说，"你想把这件事的细节搞清楚？"

"我没怎么看清那个人的长相。"

"你确定吗，詹姆斯？"雷布思问道，"李·赫德曼收集枪械吧。"他朝希欧涵正在翻阅的杂志点了点头，"是他的吗？"

"什么啊？"

"他借给你的吗？我们知道你和他的关系比你告诉我们的要亲密很多。"

"我可从没说过我不认识他。"

"'我们在社交场合见过面'——这是你的确切用词，我从磁带上听到的。这话听起来像是你在酒馆或者卖杂志的地方偶然碰见过他。"雷布思停顿了一下，"只不过他告诉过你他是前英国空军特种部队的，这不是偶然遇见时会说的话，不是吗？也许你们是在他的某次聚会上谈的吧。"又停顿了一下，"你经常去参加他的聚会，是不是？"

"有时候去，他是个有趣的家伙。"詹姆斯看着雷布思，"我好像也在磁带录音中说过了。此外，我已经把所有事情都告诉警察了，告诉他们我很熟悉李，并且去参加过他的聚会……甚至包括他什么时候给我看了枪……"

雷布思的眼睛眯了起来。"他让你看过？"

"天哪，你到底听过那些磁带吗？"

雷布思禁不住瞥向希欧涵，"那些"磁带……他们只是被在干扰的情况下听过一盘。"是哪支枪呢？"

"他存放在船库里的那支。"

"你觉得是真枪吗？"希欧涵问道。

"看起来像是真的。"

"那个时候有其他人在场吗？"

詹姆斯摇摇头。

"你没有看到另外那把——就是那把手枪吗？"

"直到他朝我开枪之前没有见到过。"年轻人低头看看自己受伤的肩膀。

"是朝你和其他两个人。"雷布思提醒他，"我可以认为他并不认识安东尼·贾维斯和德里克·伦肖，对吗？"

"我想是的。"

"可他留你活命，不会仅仅因为你幸运吧，詹姆斯？"

詹姆斯的手指在伤口上盘旋比画着。"我也觉得这件事情有些蹊跷。"他说得很平静，"可能是他在关键时刻认出了我……"

希欧涵清了清嗓子。"你考虑过他这么做的动机吗？"

詹姆斯点点头，但是一言不发。

"可能，"希欧涵继续说，"他看你跟其他人不一样。"

"他们俩在联合军校中非常活跃，可能和这个有关系。"詹姆斯分析说。

"此话怎讲？"

"哦，李大半辈子都耗在军营里了，可他们却把他赶了出来。"

"他告诉你的？"雷布思问道。

詹姆斯又点点头。"可能他心怀怨恨。我曾经说过他不认识伦肖和贾维斯，但这并不代表他没有看到过他们在周围……可能还穿着他们的制服。也许这是某种触发点？"他抬头看看，笑了起来，"我知道，我应该把鳕鱼的心理研究留给鳕鱼的心理研究者。"

"你帮了很大的忙。"希欧涵说，不是因为有必要这么说，而是因为她觉得他在寻求表扬。

"事情是这样的，詹姆斯，"雷布思说，"如果我们能够想通为什么他留你活命，可能就能知道为什么其他人必须死，你明白吗？"

詹姆斯一副沉思的样子。"说到底，这很重要吗？"

"我们相信是这样。"雷布思站直了身子,"你在聚会上还看到过其他什么人?"

"你是问他们的名字吗?"

"是的。"

"并不总是同一批人。"

"特丽·科特?"雷布思提示道。

"是的,她有时会去。总是带几名哥特摇滚爱好者来。"

"你自己不是哥特摇滚爱好者吗,詹姆斯?"希欧涵问道。

他笑了一声:"我看起来像吗?"

她耸耸肩。"你刚才听的音乐……"

"只是摇滚乐而已。"

她拿起小机器把耳机缠好。"MP3 播放器,"她念念有词,听上去印象深刻,"道格拉斯·布里姆森呢,聚会上见过吗?"

"是那个开飞机的家伙吗?"希欧涵点点头。"有一次我和他说过话。"他停了一下,"其实,也不算真正的'聚会',不像组织的那种,只是人们顺便拜访,喝上一杯……"

"吸毒吗?"雷布思突然问道。

"有时吸,是的。"詹姆斯承认道。

"兴奋剂?可卡因?还是摇头丸?"

年轻人用鼻子哼了一声。"幸运的话你能赶上散发大麻。"

"没有更厉害的?"

"没有。"

这时门被敲响了,是贝尔太太。她看着两个访问者,仿佛已经忘掉了他们。"哦,"她愣了一会儿,接着说,"我做了些三明治,詹姆斯,你想喝点儿什么吗?"

"我还不饿。"

"可已经到了午餐时间了。"

"你想让我吐掉吗?"

"不,当然不是。"

"我饿的时候会告诉你的。"他的声音变得生硬。不是因为他正生气,雷布思心里想道,而是因为他有些尴尬。"我要杯咖啡,不要加太多奶。"

"好的。"他母亲答道,然后对雷布思说,"您要一杯……"

"我们马上就走了。不管怎么说还是要谢谢您,贝尔太太。"她点点头,站了一会儿,仿佛忘了刚才做了些什么,然后转身离开了,脚在地毯上行走没有发出一点声音。

"你母亲还好吧?"雷布思问道。

"你瞎了吗?"詹姆斯挪动一下身体,"跟着我父亲过了一辈子……你说呢?"

"你和你父亲相处不融洽吗?"

"不是十分融洽。"

"你知道他开始申请离婚诉讼了吗?"

詹姆斯的脸扭曲了。"那会是一件好事。"他沉默了一会儿,"是特丽·科特吗?"

"什么?"

"是她告诉你我去了李的公寓吗?"警察们都保持沉默。'别说不是她。"他又开始挪动,好像在试着让自己更舒服些。

"要我帮你吗?"希欧涵提议。

詹姆斯摇摇头。"我觉得我需要些止痛药。"希欧涵在床的另一侧找到了,用银带状的锡箔包装着放在一个摆好棋子的棋盘上面。她给了他两粒,让他喝水顺下。

"再问你一个问题,詹姆斯,"雷布思说道,"然后我们就不打扰你了。"

"什么啊?"

雷布思朝锡箔纸点点头。"介意我拿几颗吗?我的用完了……"

希欧涵的车里有半瓶 Irn-Bru①,雷布思每吞完一颗药,都要喝上

---

① 一种碳酸软性饮料,被称做是苏格兰除苏格兰威士忌以外的另一种民族饮料,为苏格兰最畅销的软性饮料之一,销量可与可口可乐相媲美。

一口软饮料。

"当心养成习惯。"

"你琢磨这背后有什么动机呢?"雷布思问道,转换了话题。

"他说的也许有道理。联合军校……孩子们穿着制服跑来跑去。"

"他也提到赫德曼被部队开除,这不是真的,他的档案上不是这么写的。"

"那么?"

"那么要不是赫德曼说谎骗他,就是纯属小詹姆斯的虚构。"

"凭空想象的?"

"住在那样的屋子里,你必须会想象。"

"至少它是……整洁的。"希欧涵启动了汽车,"你知道,他说了那些关于特丽小姐的事情。"

"他说得对,是她告诉我们的。"

"是的,但不止这些……"

"什么?"

她挂上挡,车开始出发了。"是他说话那种方式……你知道那种古老的理论吗?关于过度抗拒某人?"

"可以理解为:他表现得不喜欢她其实正是因为他喜欢她?"希欧涵点点头。"你认为他知道她的小网址?"

"我不知道。"希欧涵说着话完成了三点转向的操作。

"应该问问他的。"

"那是什么?"希欧涵盯着风挡玻璃外面问道。一辆巡逻车,闪烁着蓝光,阻拦在车道的入口。当希欧涵踩下刹车后,巡逻车的后门开了,一名身着灰色衣服的男子出来了,圆乎乎的秃头油光铮亮,眼睑厚重,双手握在身前,双脚开立。

"不用担心,"雷布思告诉希欧涵,"这是我十二点的约会。"

"什么约会?"

"一个我永远没有能腾出时间约会的人,"雷布思告诉她,开了门走了出去,接着又弯腰把头探进来,"和专属于我的刽子手一起……"

14

这秃头人名叫马伦，是代表控方的专业律师。从近处看，他的皮肤上有一些癣，雷布思暗自思忖，这手与自己长满水疱的手也差不多。他那长长的耳垂或许使他在学校拥有"白痴"之类的绰号，但他的指甲引起了雷布思的注意。它们惊人地完美：粉红、有光泽，修剪长度恰到好处。在他们长达几个小时的会谈中，雷布思多次试图加一个自己的问题，问问他是否做过美甲。

但事实上，他所问的唯一的问题是能不能给他点水喝。詹姆斯·贝尔的止痛药的余味一直在他嘴里。止痛药已经发挥效力了——绝对比他之前吃的药片要好。雷布思迷迷糊糊地觉得他的世界里仅剩他自己，以至于居然没觉察到换了发型、并使用了古龙香水的局长助理柯林·卡斯威尔也列席了审讯。卡斯威尔大概对他恨之入骨，但雷布思却无法因此而指责他。他们之间有太多的积怨。现在，他们正在位于费蒂斯的警察局总部办公室内，轮到卡斯威尔对他发问。

"你昨天晚上到底在做什么？"

"昨天晚上怎么了,长官?"

"杰克·贝尔和那位电视台的导演要求你向他们道歉,并且要你亲自去讲。"卡斯威尔用手指指向雷布思。

"你难道希望我对他们俯首帖耳吗?"

卡斯威尔的脸上似乎可以看到他的满腔怒火。

"我再重复一遍,雷布思!"马伦打断了他们的谈话,"我们又回到了这个问题:你那天晚上去那个嫌疑犯家中,认为有可能会得到什么?"

"我认为可以得到一杯免费饮料。"

卡斯威尔发出一阵嘘声。在审讯过程中,他不断分开又交叉双腿,张开和合拢手臂。

"我怀疑你去那里的目的不仅仅是这些。"

雷布思只是耸耸肩。他在这里不能吸烟,于是就把玩着他那装有半包烟的烟盒,不断地打开和关上,用一根手指使它在桌面上旋转。他这样做,是想看看会把卡斯韦尔激怒到什么程度。

"你什么时候离开了费尔斯通的家?"

"距火灾发生前有一段时间吧。"

"你能不能说得再具体些?"

雷布思摇摇头说:"当时我喝了酒。"比他应该喝的量要多,多太多了……他戒过一段时间的酒,如今想要补上。

"如你所说,在你离开一段时间后,"马伦继续说道,"有个人来到这里——周围的邻居没看到——他塞住了费尔斯通先生的嘴并且勒死了他,并打开了炸薯条锅旁边的燃气,然后扬长而去。"

"没这个必要吧。"雷布思感觉需要说明一下,"也许这个炸薯条锅本来就在使用中。"

"费尔斯通先生说过要做炸薯条吗?"

"他曾经向我提出肚子有点饿……我记不大清楚了。"雷布思在椅子上直起身,感觉腰椎咔嗒作响,"你看,马伦先生……我知道你手上有一大堆证据……"他在桌上的文件袋上拍了拍,那东西看起来和西姆斯的那个文件袋没什么两样,"这些证据告诉你我是最后一个看到费尔斯通活着的人。"他停顿了一下,"但这也是你所能知道的一切了,你难道不这么认为吗?"他回到椅子上,等待着。

"除了杀手本人。"马伦轻轻地说道,仿佛在自言自语,他从耷拉下来的眼皮下方瞥了一眼雷布思,"你应该这样说:'除了杀手之外,我是最后一个看到他活着的人。'"

"这就是我刚才所说的。"

"你没有这么说吧,雷布思警督。"

"那请你原谅,我也不是百分之百清醒……"

"你服用了药物吗?"

"服用过止痛片。"雷布思举起手向马伦示意。

"你什么时候服用了最大的剂量?"

"就在一分钟前与你碰面的时候。"雷布思张开眼睛,说道,"也许从刚开始谈话时就该让你知道的……"

马伦用双掌拍打着桌子,说:"你本来就该这样做!"他站起身,推翻了后面的椅子,不再自言自语了。这时卡斯威尔也站了起来。

"我不知道要这样做……"

马伦倚在办公桌旁,关掉了录音机,向助理局长解释道:"禁止审讯处于服药状态下的人,我想大家都知道!"

卡斯韦尔开始嘀咕"刚才忘记了这些事"一类的话。马伦瞪了雷布思一眼,雷布思则向他眨了一下眼睛。

"我们下次再会,雷布思警督。"

"在我结束治疗后吗?"雷布思假装一脸迷惑的样子。

"我需要知道你医生的名字,这样就可以知道大致的时间。"马伦打开了档案,他的笔悬在空空如也的表格上。

"我的药是在医务室开的。"雷布思面露喜色,"而且我忘记了医生的名字。"

"这样的话,我们会查出来的。"马伦再次合上了文件。

"与此同时,"卡斯威尔说道,"我想不必提醒你关于道歉那件事了

255

吧，或者说你还在犹豫？"

"没这回事，长官！"雷布思说。

"但愿你言而有信。"马伦低声说道，"为什么我发现你在其他警员的陪同下出现在杰克·贝尔的住所前？"

"当时我正准备搭便车，仅此而已。克拉克警长正好把车停在了贝尔的住处，在和他的儿子谈话。"雷布思耸耸肩，卡斯威尔则长出了一口气。

"我们会弄清楚事情的真相的，雷布思，你应该比谁都清楚。"

"我不怀疑这一点，长官。"雷布思最后一个站起身，说道，"请放手去做吧，希望你喜欢你找到的真相。"

正如雷布思所料，希欧涵在外面自己的车内等他，车后面塞满了大包小包。她说："时间刚刚好，我等了十分钟，看看你是否能把他们的事情搞定。"

"然后去购物？"

"这条路走到头就是超市。我想问你，今晚你有兴趣一起共进晚餐吗？"

"那要看今天剩下的时间过得怎么样了。"

希欧涵点点头，问："那么你是什么时候提出这个止痛药的问题的？"

"大约五分钟前。"

"你等了好长时间啊。"

"我想看看他们有没有什么新事情可以告诉我。"

"那他们告诉你了吗？

他摇了摇头。"不过他们好像没把你列入嫌疑对象。"他告诉她。

"我？他们凭什么这么做？"

"因为他曾经跟踪你……因为每个警察都知道油炸锅点火的老花样。"他耸耸肩。

"要是再这样，共进晚餐的邀请可就取消了。"她踩下油门驶出停车场，"下一站特恩豪斯？"她问道。

"你以为我要搭下一个航班离开这里?"
"我们要找道格·布里姆森谈谈。"
雷布思摇头。"你找他谈吧。先找个地方让我下车。"
她盯着他。"哪儿?"
"在乔治大街随便找个地方就行。"
她继续盯着他。"该不会是牛津酒吧附近吧。"
"我本来倒没这么想,但是既然你提出来了……"
"酒和止痛药可不能一起吃,约翰。"
"那几片药已经过了一个半小时了。再说,我还在停职中,不记得了吗?我有权放纵一下。"

雷布思正在牛津酒吧的里间里等史蒂夫·霍利。
这里是室内规模较小的酒馆之一,只有两个雅间,也不比普通半独立住宅的起居室大多少。外间平时只要三四个人就足以让它看起来很繁忙。里间摆了桌椅,雷布思找了个离窗户最远、光线最暗的角落坐下。墙壁还是三十年前他第一次发现这个地方时的蜡黄色。粗陋过时的室内装修让新来者望而却步,但雷布思却不敢打赌它对这位记者也会产生同样的效果。他已经给小报在爱丁堡的办公室打过电话,那里离这个酒吧走路也就是十分钟的样子。他在电话里的谈话内容可以用唐突无礼这几个字来形容:"我想找你谈谈。牛津酒吧。现在。"还不等霍利开始讲话他就把电话挂了。雷布思知道他会过来。他会过来——因为他感兴趣,因为雷布思将透露一则故事,因为这就是他的工作。

雷布思听到了开门和关门的声音。他毫不介意其他酒桌的客人。即使他们无意间听到了什么,也不会放在心里。酒吧就是这种地方。雷布思端起杯子去喝剩下的啤酒。他能把酒杯握得紧一些了,一只手就能端起酒杯,活动手腕的时候也不再疼得撕心裂肺。他现在尽量不喝威士忌——这是希欧涵给他的忠告,他会听从一次。他知道他需要全部的智慧,史蒂夫·霍利可不会束手就擒。

楼梯上传来噔噔的脚步声,一个人影闪过来,紧接着霍利就进了里间。他在午后昏暗的光线中张望,从椅子中间挤过来,来到酒桌旁边。他手上端的好像是柠檬饮料,也许还掺了一点伏特加,刚好够量。他轻轻点了点头,站在那里,直到雷布思打手势让他坐下。坐下后他还左顾右盼,看到背后坐着的还有酒吧的其他常客,脸上露出一副不悦的神情。

"没人会从影子里冒出来吓唬你。"雷布思给他吃了颗定心丸。

"我想我应该祝贺你才对,"霍利说道,"我听说你可是让杰克·贝尔大为光火。"

"而且我注意到你的报社在支持他竞选。"

霍利撇了撇嘴。"这也不能说明他不是个混账。上次他找妓女被你们碰了个正着,你们这帮人就应该咬住不放。或者你还可以干得更好一点,给我的报社打电话,我们就会过来给他拍几张快照,看看他声名狼藉的样子。你见过他妻子了吗?"雷布思点点头。"神经兮兮的,"记者滔滔不绝,"遇到一丁点儿事情就大惊小怪。"

"不过她很支持自己的丈夫。"

"议员的妻子不都这样吗?"霍利轻蔑地说,"说吧,是什么风把你给吹过来了?想从你的角度说说那个故事?"

"我要请你帮个忙。"雷布思嘴里说着,抬起戴手套的手,又落到桌面上。

"帮个忙?"雷布思点点头。"交换条件是什么?"

"特殊照顾。"

"再具体一些。"霍利把杯子端到嘴边。

"关于赫德曼的案子,无论我掌握什么情况,你都会第一个知道。"

霍利哼了一声,擦了擦嘴上的酒水。"据我所知,你还在停职中。"

"但这不能阻止我保持高度警觉。"

"关于赫德曼的事情,我这边的消息来源有十几个,你究竟还能告诉我些什么?"

"要看你肯不肯帮这个忙。这可是你从他们嘴里套不出来的。"

霍利又呷了一口饮料,然后一饮而尽,抿了抿嘴唇。

"雷布思,你想让我从舞台上消失?在马丁·费尔斯通的案子上,我已经抓到了你的把柄,大家都知道。现在你要请我帮个忙?"他轻声笑着,眼里却没有丝毫幽默,"你应该祈求我不要把你阉了才对。"

"你以为你有那个胆量?"雷布思说着,喝完了自己的饮料。他把自己的空杯子滑向坐在桌子对面的霍利。"等你想好了,就给我来一品脱淡色艾尔。"霍利盯着他,撇嘴笑了,起身扭头从椅子中间穿过去。雷布思端起盛柠檬汁的杯子,闻了一下:没错,就是伏特加。他费了九牛二虎之力,总算点着了一支烟,等到霍利回来的时候,已经抽完了半支。

"吧台招待的态度好差,你说呢?"

"也许他不喜欢你讲我的坏话。"雷布思解释道。

"那就去新闻投诉委员会投诉吧。"霍利把那一品脱啤酒递过去。他又给自己带回一杯伏特加柠檬汁。"只不过我没有看到你有所行动。"他加了一句。

"那是因为你还不值得我费这番口舌。"

"而你打算叫我帮忙?"

"你还没有洗耳恭听,怎么知道是帮什么忙?"

"好的,我洗耳恭听……"霍利张开双臂。

"是一次搜救之类的行动。"雷布思平静地说,"一九九五年六月,地点是朱拉。我想知道这次行动的来龙去脉。"

"搜救?"霍利皱了皱眉头,激起了本能,"是油轮吗?或诸如此类的?"

雷布思摇了摇头。"是在陆上,连特别空勤团都出动了。"

"赫德曼?"

"他可能也牵扯在里面。"

霍利咬着下嘴唇,好像在拼命地叼雷布思布下的诱饵。"这跟我们有什么关系呢?"

"要调查了才会知道。"

"要是我同意了,又能得到什么好处?"

"就像我说过的,有什么消息先给你通风报信。"雷布思停顿了一下,"我可能还能拿到赫德曼在部队的档案。"

霍利的眉毛一下子挑了起来。"里面有什么好东西?"

雷布思耸耸肩。"现阶段我可能还无可奉告。"虽然他心知肚明,文件里基本上没有什么让小报读者感兴趣的内容,却还在吊记者的胃口。史蒂夫·霍利又哪里知道呢?

"好的,我们可以扫一眼。"霍利又站了起来,"刻不容缓。"

雷布思端详着他手里的啤酒杯,还有满满的四分之三。霍利只好开始喝他自己的第二杯酒。"急什么。"他说。

"你以为我来这里就是为了跟你磨时间?"霍利说,"我不喜欢你,雷布思,我根本就不相信你。"他停顿了一下,"不算冒犯吧?"

"哪里。"雷布思说着,起身跟在记者后面出了酒吧。

"顺便说一下,"霍利说,"有一件事让我大伤脑筋……"

"什么事?"

"我和一个家伙谈话,他说他可以用一张报纸干掉某个人。你听说过吗?"

雷布思点点头。"杂志会好一些,但是一张报纸足矣。"

霍利盯着他。"究竟是怎么弄的?捂死还是怎么?"

雷布思摇头否定了这两种猜测。"你把报纸卷起来,越紧越好,然后用它抵住喉咙。力量足够的话,就能把气管压断。"

霍利死死地盯着他。"这一招是在部队里学的?"

雷布思又点点头。"上次跟你说话的那个人也会这一招。"

"是圣伦纳兹的那个家伙……还有一个气急败坏的女人。"

"女的叫怀特里德,男的叫西姆斯。"

"部队派来的调查员?"霍利一个人点着头,好像觉得事情都连起来了。雷布思脸上的笑容凝固了:把怀特里德和西姆斯抛给霍利本来是他的主要计划。

他们现在走出了酒馆,雷布思还以为会走到报社,没想到霍利向左转而不是向右转,将自己的点火钥匙指向了停在马路边的一排小车。

"你开车来的?"雷布思正说着,一辆银灰色的奥迪TT的车锁咔嗒一声开了。

"长着腿就是用来开车的。"霍利提醒他说,"现在上车吧。"

雷布思一头钻进车里,心想特丽·科特的弟弟开的也是一辆奥迪TT,只可惜当晚就送了命,当时德里克·伦肖也坐在副驾驶座位上,就和雷布思现在的处境一样……他脑海中闪现出车祸现场的照片,斯图尔特·科特的躯体就像一个碎布娃娃……他看着霍利把手伸到司机席的下面,取出了一台薄薄的黑色笔记本电脑。他把电脑放在两条腿上打开,一只手握住手机,另一只手还在键盘上操作。

"红外联网。"他解释说,"有要紧事的时候可以上线。"

"我们为什么要上网?"雷布思猛然想起自己曾彻夜守候特丽小姐的网址,他把这思绪推了回去,为任由自己闯入她的世界而尴尬不已。

"因为我们报社的资料库多数都储存在那里。我输一下密码……"霍利的手指噼里啪啦地敲了六个键,雷布思拼命窥视是哪几个按键。"雷布思,不许偷窥。"他警告着,"这里面的内容可以说五花八门:剪报,删减的故事,档案……"

"有没有你花钱雇的内线警察名单?"

"我会那么愚蠢吗?"

"我可说不好,你说呢?"

"有人跟我报信的时候,就知道我会守口如瓶。那些名字我到死都不会讲的。"

霍利的注意力又回到了屏幕上。雷布思敢肯定他的机器是最先进的。联网很快,一眨眼的工夫就弹出了许多页面。相比之下,雷布思借来的笔记本电脑就像佩蒂弗形容的"还属于燃煤时代"。

"搜索模式……"霍利在自言自语,"我们输入年和月,关键词是朱拉和搜救……看看能出来什么。"他敲了最后一个键,一屁股坐下，又转过身打量雷布思对此有何反应。雷布思心急如焚，却尽量不动声色。

屏幕内容又变了。"十七项，"霍利说，"太好了，我想起来了。"他把屏幕斜了一下，雷布思凑过去看究竟写了些什么。雷布思也猛地想起来了——想起了那起事件，当时登记的地点却不是朱拉。一架军用直升机，载有六名要员，飞机坠毁的时候和飞行员一道立即死亡。当时推测是被击落的，北爱尔兰的某个区欢呼雀跃——起初一小派共和党人还跟着抢军功。可是到了最后，竟以"飞行员失误"几个字下了定论。

"没有提到特别空勤团。"霍利一针见血地指出。

新闻里倒是朦朦胧胧地提到派出一支"救援队"定位飞机残骸，以及更重要的——那些要员的尸体。直升机遗下的东西通通拿去做了分析，尸体则赶在葬礼前送去做尸检。还启动了侦讯，但是结果却迟迟未决。

"飞行员的家属不乐意了。"霍利说着，沿着时间线一直追溯到调查结束，思绪被"飞行员失误"这几个字打断了。

"再翻回去看看。"雷布思嘴上说着，心里却懊恼霍利比他读得快。霍利遵命，片刻间屏幕就切换到了其他画面。

"这么说赫德曼是救援队的一员？"霍利说，"有道理，部队会派遣自己的……"他转身面向雷布思，"你想说明什么问题？"

雷布思不想让他知道得更多，便说他也拿不准。

"那我就是在这里浪费时间。"霍利又按了一个按钮，关掉屏幕。接着他扭过身来正对着雷布思。"即使赫德曼在朱拉又能怎么样？这跟学校里发生的事情有什么瓜葛？难道你是从压力或者心灵创伤的角度考虑的？"

"我也说不好。"雷布思又重复了一遍。他死死地盯着记者。"不过还是得谢谢你。"他用手推开门，起身从坐椅上往外挪。

"就这样吗？"霍利吐了口唾沫，"我给你看了我的，你却守口如瓶。"

雷布思又斜着身子钻进车里。"伙计，我的故事可比你的有趣多了。"

"你不需要我来查这个。"霍利说着，眼睛瞟向了他的笔记本电脑，"用搜索引擎折腾半个钟头，你一定也能查到不少东西。"

雷布思点点头。"我本来也可以找怀特里德和西姆斯帮忙的，只可惜他们不会这么助人为乐。"

霍利眨了眨眼睛。"何出此言？"

上钩了。雷布思也眨了眨眼，砰的一声把门关上了，又踱进了牛津酒吧，哈里正准备把他的酒倒进洗涤池。

"我来帮你倒吧。"雷布思说着就把手伸向了吧台男招待。他听到奥迪的发动机嗡嗡作响，史蒂夫·霍利按捺不住怒火一溜烟跑了。雷布思才不在乎，反正已经达到了目的。

直升机失事，牵扯到要员。现在可有一些适合那帮部队调查专员胃口的东西了。另外，当霍利倒回去浏览屏幕的时候，雷布思注意到一则新闻，说岛上有几个当地人在搜救的时候帮过忙，他们对朱拉的一草一木都了如指掌。其中一个人甚至还接受了采访，绘声绘色地描述了失事的地点。这个人叫罗里·莫里森。雷布思端起啤酒一饮而尽，站在酒吧里，两只眼睛盯着电视机，却看不进去。在他的思绪里，那只不过是个五颜六色的万花筒。他满脑子都在想别的事情，一会儿穿过陆地，接着是大片的水面，一会儿又在山顶上翱翔……派特别空勤团的人去收尸？朱拉根本算不上重峦叠嶂，虽说地势绵延起伏，可是像格兰扁地区那样的群峰却寥寥无几。为什么要派出这么专业的队伍？

思绪在旷野和峡谷、海湾和悬崖峭壁的上空滑翔……雷布思胡乱摸找他的手机，用牙齿揪掉手套，用大拇指的指甲盖按下一连串数字，等希欧涵来接他。

"你在哪儿呢？"他说。

"这你别管。你为什么要找史蒂夫·霍利谈话？"

雷布思眨了眨眼，跑到门前把它打开。希欧涵就站在他的面前。

他把手机塞进口袋里。她也把自己的手机塞进口袋里,就像演了一出镜子戏法。

"你在跟踪我。"他说,尽量让自己的语气生硬些。

"仅仅是因为你需要别人跟踪。"

"你去哪儿了?"他吃力地戴上手套。

她朝城堡北街的方向努了努嘴。"车子就停在拐角。好了,还是回到我刚才问你的问题上吧……"

"这你别管。至少说明你没有返回飞机场。"

"还没呢,没有。"

"太好了,我正想让你和他谈谈。"

"谁?布里姆森?"她看到他点头。"那么之后你得告诉我你找史蒂夫·霍利有何贵干。"

雷布思盯着她,又点点头。

"而且要喝上一杯,你买单?"

雷布思瞪了她一眼。希欧涵又掏出了手机,在雷布思的脸跟前晃了晃。

"好的,"他咬牙切齿地说,"给那个家伙打个电话吧。"

希欧涵拿出笔记本翻了一通,终于找出了布里姆森,开始拨号。"我到底跟他怎么说才好?"

"讨好他一下,就说你要请他帮个大忙。实际上也许还不止一个大忙……不过你得开门见山地问他朱拉有没有降落场,随便什么地方都行……"

雷布思赶到埃德加港学校的时候,看到鲍比·霍根正和杰克·贝尔吵得不亦乐乎。贝尔可不是单枪匹马,他身边还围了那一群拿摄像机的记者。这还不算,他的一只手还挽着凯特·伦肖的胳膊。

"我认为我们享有完全的权利。"这位下议院的议员正在高谈阔论,"亲眼目睹我们的亲人倒于枪口之下的现场。"

264

"对不起,先生,这间教室还属于犯罪现场,任何人都不得无故擅入。"

"我们是家人,我想这就是最好的理由。"

霍根指了指后面黑压压的人群。"先生,您可真是拖家带口呀……"

注意到雷布思正朝他们靠拢,导演拍了拍贝尔的肩膀。贝尔一转身,脸上露出一丝冷笑。

"你是来赔礼道歉的?"他猜测道。

雷布思视而不见。"凯特,别站在那儿。"他径直站在凯特的面前说,"又没什么好处。"

她不敢看他的眼睛。"人们有权知道。"她低声说,贝尔在一旁颔首赞许。

"也许是这样的。但是人们不需要作秀,这只会让每一样东西变得廉价。凯特,你肯定也看到了。"

贝尔的注意力又回到了霍根的身上。"我一定得让这个人离开这里。"

"一定?"霍根也跟着重复了一遍。

"他侮辱我本人和我的工作人员已经不是一次两次了。"

"还有更多的好话等着你呢。"雷布思郑重其事地说。

"约翰……"霍根用眼神警告他冷静一些,紧接着说,"很抱歉,贝尔先生,但是我真的不能让记者们进这间屋子拍摄。"

"如果不带摄像头呢?"导演马上接了一句,"光录音可以吗?"

霍根一个劲地摇头。"你怎么说我都不会动摇的。"他双臂交叉,仿佛要给这段谈话的内容画上一个句号。

雷布思还在做凯特的工作,试着用眼神交流。但她似乎在近处发现了有趣的东西。也许是操场上的海鸥吧,或者是橄榄球海报……

"好了,我们可以在哪里录像呢?"议员提问了。

"大门外面,和别人一样。"霍根回答道。贝尔怒气冲冲地长出了一口气。

"你这是妨碍公事,要记过的。"他警告说。

"谢谢,议员先生。"霍根说,尽管眼睛里喷出了怒火,还是尽量克制自己的声音。

公共休息室已经腾空:椅子和音响都搬走了,杂志也消失得无影无踪。校长正站在门口,双手合十。他穿一套素净的深灰色西装,里面是白衬衫,系了一条黑领带;眼周有黑眼圈,头发上面有一些零星的头皮屑。他觉察到身后站了一个人,一转身看到是雷布思,马上面带微笑。

"我们正发愁该让这间房派上什么用场。"他解释了一下,"牧师想把它布置成小教堂,让学生们有个冥想的地方。"

"好主意。"雷布思说。校长闪身让雷布思走进房间。墙壁和地板上的血迹已经干了。雷布思小心翼翼地避开那些血迹。

"平时您可以把房间锁起来,放上几年。到时候孩子们也都换届了……然后再刷上一遍涂料,铺上新地毯……"

"还想不了那么远。"福格说,脸上又挤出一丝笑容,"我先告辞了,您自己安排吧。"他轻轻鞠了一躬,转身朝校长办公室走去。

雷布思盯着一面墙上的斑斑血迹。德里克曾经就站在这里。德里克,他的亲人,现在已经到了另外一个世界。

李·赫德曼……雷布思拼命想象这个人,那天早上一醒来就跑出去拿了一支枪。究竟是怎么回事呢?他的生活中有什么不对劲吗?难道是他醒来的时候床边有魔鬼在跳舞?难道是他听到了刺激他的声音?那些和他关系良好的十几岁的孩子们……是什么东西打破了魔咒?去你妈的,小鬼们,我来找你们了……车一直开进学校的操场中,没有找地方停车。匆匆忙忙地冲进去,司机那一侧的车门还大敞着。他走的是侧面的入口,没有摄像头拍到他的身影……从走廊一路穿过去,闯进房间。小鬼们,我来了。安东尼·贾维斯,一颗子弹穿过了头颅。也许他是第一个倒下去的。部队里所有军官都会教你瞄准胸口正中：目标更大，不容易打偏，而且往往是致命的。但赫德曼却选择了头部……这究竟是为什么呢？第一枪让他放松下来。也许德里克·伦肖正在走动，所以脸部不幸中枪。而詹姆斯·贝尔一弯身，一颗子弹打中了肩膀，随后赫德曼紧紧闭住双眼，把枪口对准了自己……

第三发对准头颅的子弹，这回射进了自己的太阳穴。

"李，为什么？这就是我们想知道的一切。"雷布思轻声地自言自语，打破了房间的沉默。他走到门口，一转身又进了房间，举起戴手套的右手，仿佛举起了一件武器，从一个开火的位置转向另一个。他知道法医们所做的也不过如此，只不过是在电脑前，重新构筑房间中的场景，在电脑上分析子弹穿入的角度，定位枪手每一次射击的位置。每一丝每一毫的证据都为故事加上自己的判决。他就站在那里……然后转身向前……如果我们把子弹穿入身体的角度和血迹做个配型，会是什么结果呢？

结果是，法医会分析出赫德曼的每一个动作。他们可能已经用图形和弹道学模拟出栩栩如生的场景，而这一切都不会让他们高明到可以回答出人们唯一关心的问题：

这究竟是为什么？

"不要射击了。"门口传来一个声音。是鲍比·霍根，他正举起胳膊站在那里。他手下有两个人，雷布思都认识，是克拉夫豪斯和奥米斯顿。克拉夫豪斯又高又瘦，是一名警督，而奥米斯顿又矮又胖，总是一刻不停地抽鼻子，是一名警长。两个人都在毒品和重大犯罪科工作，和局长助理科林·卡斯韦尔打得火热。事实上，心情不好的时候雷布思称他们为卡斯韦尔的狗腿子。他意识到自己模仿拿枪的那只手还伸在外面，于是放下手臂。

"我听说今年又流行法西斯装扮了。"克拉夫豪斯说，把矛头对准了雷布思的皮手套。

"让你年年都时髦。"雷布思也不甘示弱。

"好了，别孩子气了。"霍根警告说。奥米斯顿正端详着地板上的血迹，用鞋尖在上面来回蹭。

"是什么风让你抽着鼻子到处乱跑？"雷布思问，眼睛瞄向了这个敦实的家伙，他正在用手背揉着鼻孔。

"毒品。"克拉夫豪斯说。他穿一件有点像西装的夹克衫，三道扣子扣得紧紧的，活脱脱一个商店橱窗里的时装模特。

"看起来奥米[①]像条缉毒犬啊。"

霍根微微低下头，忍俊不禁。克拉夫豪斯转向他。"我还以为雷布思探长的消息不灵通了。"

"消息传得飞快。"雷布思说。

"是的，尤其是好消息。"奥米斯顿气冲冲地顶了一句。

霍根挺起腰板。"莫非你们三个都想进拘留所了？"三个人都不做声了。"克拉夫豪斯警督，现在由我来回答你的问题：约翰在这里纯属顾问，是因为他有部队背景。他的工作不是看……"

"这么说这边也没有什么进展。"奥米斯顿轻声嘀咕。

"真是五十步笑百步。"雷布思不失时机地告诉他。

霍根举起一只手。"现在轮到裁判亮黄牌了。从现在起，谁要是再胡说八道，就都滚出去，我说到做到！"他的口气生硬得很。克拉夫豪斯眨了眨眼，不敢再说什么。奥米斯顿还是在不停地抽鼻子，还用手按了按墙上的血渍。

"好吧……"霍根打破了沉默，沉重地叹了口气，"说吧，你们带来了什么好消息？"

克拉夫豪斯心领神会。"好像你们在船上找到的毒品来源查出来了，是摇头丸和可卡因。可卡因的纯度还挺高，或许是打算进一步加工……"

"快克[②]吗？"霍根问了一句。

克拉夫豪斯点点头。"是分头查获的，搜遍了北上的几个小城。除了那一带，还有格拉斯哥的几个住宅项目……本来就价值不菲，要是

[①]奥米斯顿的昵称。
[②]指可点燃吸食的可卡因。

再进一步加工，恐怕要翻上十倍。"

"还有不少大麻。"奥米斯顿加了一句。

克拉夫豪斯瞪了他一眼，不想让他抢了风头。"奥米说得对，从市面上缴获了不少大麻。"

"那摇头丸呢？"霍根问。

克拉夫豪斯点点头。"我们还以为是从曼彻斯特运过来的，也可能是我们想错了。"

"是从赫德曼的日志中查到的。"霍根说，"我们知道他在大陆来回奔波，好像还要在鹿特丹中转一下。"

"荷兰有很多生产摇头丸的工厂。"奥米斯顿漫不经心地说。他还在端详眼面前的墙壁，双手插在口袋里，斜着身子，仿佛专心致志地观赏画廊里的展品。"那边的可卡因也不少。"

"他一趟趟地往返于鹿特丹，难道海关就一点都不怀疑？"雷布思问了一句。

克拉夫豪斯耸耸肩。"这些可怜虫已经工作到极限了。他们也不可能揪住去欧洲的人挨个盘查，尤其是现在边境都开放了。"

"这么说你们让赫德曼成了漏网之鱼？"

克拉夫豪斯和雷布思对视了一下。"跟海关一样，我们也要依靠情报。"

"我没看出来有这种东西[①]。"雷布思针锋相对，目光从克拉夫豪斯转向了奥米斯顿，又转向克拉夫豪斯，"鲍比，查过赫德曼的经济情况了吗？"

霍根点点头。"没有突然存入或支取大笔款项的证据。"

"毒品贩子是不会和银行打交道的。"克拉夫豪斯声明，"所以就需要洗钱。赫德曼的快艇生意就是一招。"

"赫德曼的尸检结果出来了吗？"雷布思问鲍比·霍根，"有没有迹象表明他是吸毒者？"

[①] 在英文中情报（Intelligence）和智力是同一个词，雷布思这里是在讽刺。

霍根摇摇头。"验血结果是阴性的。"

"贩毒者不一定是吸毒者。"克拉夫豪斯郑重其事地插了一句,"大赢家入行是为了钱。过去的六个月,我们搞突击搜捕,粉碎了一起贩毒行动,有十三万片摇头丸,市面价值一百五十万,足有四十四公斤。还缴获了四公斤鸦片,是从伊朗过来的。"他盯着雷布思,"海关采取这次行动也是靠情报。"

"我们在赫德曼的船上发现了多少毒品呢?"雷布思问,"可以说沧海一粟,如果你肯原谅这样的措辞的话。"他开始点烟,却看到霍根的神情有些异样,两只眼睛在房间里来回扫描。"鲍比,有什么好看的,这里又不是教堂。"他一边说着,一边把香烟点着。他认为德里克或安东尼都不会介意的,也不在乎赫德曼的脑子里面会怎么想……

"或许只是留着自己用。"克拉夫豪斯发言了。

"只不过他自己没有用。"雷布思朝着克拉夫豪斯的方向吐了一个烟圈。

"或许他的朋友圈里有吸毒者。我听说他开过几次聚会……"

"我们还没听谁说过他那里派发可卡因或摇头丸。"

"好像他们会到处宣传似的。"克拉夫豪斯哼了一声,"事实上,你真的找到了敢承认自己认识那个可怜虫的人,我对此感到无比震惊。"他盯着脚下被血迹玷污的地板。

奥米斯顿的一只手又伸到了鼻子下面,接着打了个响亮的喷嚏,使原本血迹斑斑的墙壁上面又增添了新的内容。

"奥米斯顿,你这个家伙居然这么麻木不仁。"雷布思欷歔不已。

"可是他不像某人把烟灰弹在地板上。"克拉夫豪斯简直在咆哮。

"你嘴里的烟味把我的鼻子弄得很痒。"奥米斯顿正说着,雷布思已经突然站到了他的身旁。"这里面可是有我的亲人呀!"他指着墙上的血迹吼着。

"我不是故意的。"

"约翰,你刚才说什么来着?"霍根压低了声音。

"没什么。"雷布思说着,可是已经晚了一步……霍根已经站到他的身旁,两只手插进口袋里,期待他解释。"德里克·伦肖是我的亲外甥。"雷布思只好坦白交代。

"难道你不觉得应该告诉我一声吗?"霍根气得脸色发紫。

"我真的不觉得,鲍比,没什么的。"越过霍根的肩膀,雷布思看到克拉夫豪斯细长的脸上堆满了笑容。

霍根把手从口袋里掏出来,拳头在背后攥得紧紧的,却下不了手。雷布思知道鲍比的真实意图:他只想用手掐住雷布思的脖子。

"这又能挽回什么?"他振振有词,"你也说了,我在这儿充其量只是个顾问。鲍比,我们又不是在法院立案,哪个律师都不会用我做证人。"

"那个混账是卖毒品的。"克拉夫豪斯打断了他们的谈话,"我们肯定能找到和他有关联的人。他们中间有人得到了明确的指示……"

"克拉夫豪斯。"雷布思疲倦地说,"求求你了,"他猛地怒吼起来,"闭上你的臭嘴!"

克拉夫豪斯冲上前去,雷布思也不甘示弱。霍根跨了一步,站到他们中间,尽管脑子里十分清楚,在这个节骨眼上,自己根本没有用武之地。奥米斯顿站在一旁当观众,不到万不得已绝不出手。

"雷布思警督,你的电话!"突然有人从门口喊了一声。希欧涵站在那里,递出一部手机。"十万火急,是投诉部的电话。"

克拉夫豪斯往后退了一步,闪身让雷布思过去。他甚至还用胳膊做了一个嘲弄的动作,意思是"等着瞧"。他的脸上又堆满了笑容。雷布思用眼睛瞟了瞟还被鲍比·霍根揪着的衣襟。霍根松开手让他过去,雷布思走到了门口。

"要不到外面接电话吧?"希欧涵提议。雷布思点点头,伸手去接手机,可希欧涵把手机握得紧紧的,和他一起走出这幢建筑。她左顾右盼,确信他们已经进入安全领地了,才把手机递给他。

"最好假装你在打电话。"她用警告的口气说。雷布思把手机贴到了耳朵上,话筒里静悄悄的。

"没人打电话?"他问希欧涵。她摇摇头。

"只是觉得你需要救援。"

他挤出一丝微笑,又把手机贴到了耳朵上。"鲍比知道伦肖的事情了。"

"我知道。我听到了。"

"又开始跟踪我了?"

"地理课没有什么意思。"他们朝活动房走去。"现在我们干什么呢?"

"干什么都行,最好还是离开这个是非之地……让鲍比冷静一下。"雷布思回头朝学校瞟了一眼,那三个人正在门口张望。

"现在轮到克拉夫豪斯和奥米斯顿缩回洞里承受他的怒火了?"

"真是心有灵犀。"他稍作停顿,紧接着说,"那你说说看,现在我的脑子里面都在想什么?"

"你在想我们可以去痛痛快快地喝上一杯。"

"真是不可思议。"

"而且你想买单,作为替你解围的补偿。"

"回答错误。不过像肉块[①]所说的……"他们已经走到了车跟前,他把手机递给希欧涵,"三局两胜也不坏。"

[①] Meat Loaf,即迈克尔·李·阿达伊(1947—),美国著名硬摇滚歌手、演员。

15

"如果赫德曼的账户里没有钱。"希欧涵说道,"我们无法认定他是被人雇用的杀手。"

"除非他把钱换成了毒品。"雷布思说道,他不想为这个问题和她争辩。他们来到了摆渡者,现在正好是下午茶时间,不管是白领还是蓝领,忙完一天工作的人蜂拥而至,里面挤得水泄不通。罗德·麦卡利斯特又躲在吧台后面了,于是雷布思揶揄地问他是不是永远待在这儿。

"白班。"麦卡利斯特没好气地回应。

"你真的是这地方的优良资产。"雷布思加了一句,认可了他的变化。

雷布思找了个地方坐下,脸面前摆着半品脱啤酒和一杯喝剩的威士忌。希欧涵的饮料则五颜六色,混合着酸橙汁和碳酸水。

"你真的认为是怀特里德和西姆斯拿毒品栽赃陷害?"

雷布思耸耸肩。"像怀特里德这号人,干出什么事情我都不奇怪。"

"有什么根据吗?"他看着她。"我的意思是,"她继续说道,"你似乎一直对自己的军旅生涯守口如瓶。"

"那是我人生中不大愉快的一段经历。"雷布思长叹一声,"我看到很多人被这套系统折磨得没了人样。事实上,我最多只能保持住自己的心理正常而已。于是,当我离开时,我一度崩溃了。"他回忆着一幕幕往事,所有那些用来安慰人的陈词滥调:一切都已经过去了……我们不可能停留在过去……"曾经有一个人和我关系很好,他在训练中崩溃了。他们把他踢了出去,却没有给他减压……"他的声音越来越低。

"发生了什么事?"

"他曾经责骂我,找我复仇。那是你来之前的事。"

"也就是说你现在能理解为什么赫德曼会迷失自我了?"

"大致知道一些吧。"

"但你并不确定他是这样?"

"一般来说什么事情都是有先兆的。赫德曼并不是性格很孤僻的人,在他家里没有军火库,只有那把枪而已……"雷布思停顿了一下,"我们可以设法调查他什么时候买的那把枪。"

"那把他作案的枪?"

雷布思点点头。"这样我们就可以知道他买那把枪是否有特别的意图。"

"有这种可能:如果他在走私毒品,他就需要一些防护措施。因此就不难理解在他的船库中所发现的 Mac 10 冲锋枪。"这时,希欧涵发现一个金发碧眼的女人走进酒吧。这里的吧台服务员似乎认识她,当她走到柜台时,酒就已经备好了,看上去是不加冰的巴卡第和可乐。

"在那几次审问中都一无所获吗?"

希欧涵摇摇头。雷布思指的是对那些小混混和军火商的调查。"那把布罗科克手枪并非最新流行的型号,好像是他从北部一路带过来的。至于那把冲锋枪,鬼知道是从哪里搞来的。"

雷布思陷入了沉思。希欧涵看到那边罗德·麦卡利斯特正倚在吧台上，舒展着前臂，和那金发碧眼的女人谈得很投机……希欧涵印象中好像在哪里见过那女人。这时，麦卡利斯特注意到希欧涵正看着他，于是头转向另一侧。那女人正在抽烟，灰白色的烟雾不断向天花板飘去。

"帮我个忙好吗？"雷布思突然问道，"给鲍比·霍根打个电话。"

"为什么这么做？"

"因为他现在可能不想和我讲话。"

"那你要我对他讲什么呢？"希欧涵掏出了手机。

"问他怀特里德是否带着赫德曼在军队中的资料。可能并没有这回事，但无论如何，她或许已经联系过赫德曼所在的部队。我现在想知道他们有没有这样做。"

希欧涵点点头，开始拨号。从那时起，对话就变成了独白。

"霍根警督吗？我是希欧涵·克拉克……"她一边听，一边看着雷布思的表情，"不，我不清楚到底是什么事……我猜他当时在和费蒂斯通话。"说着，她睁大眼睛，用怀疑的目光看着雷布思，雷布思点头示意她做得很好。"我想问你的是，你从怀特里德那里搞到赫德曼的资料了吗？"她听着霍根的回答，"哦，是约翰跟我提起的这件事，我想跟进一下……"说着，她紧闭着双眼听着那头讲话，"不，他现在不在我身边。"接着她又睁开双眼，雷布思示意她做得很好，"哦……嗯……"她听着霍根的话然后说道，"难道她这不是在配合我们的计划吗……是的，我敢打赌你肯定告诉她了。"说着，她露出笑容，"那她都说了什么？你按照她的话做了吗？……他们在赫里福德都说了些什么？"赫里福德是空军特勤队总部。"那你的意思是，我们没办法接触他们？"说着，她又看了雷布思一眼，"我们都知道他是个很麻烦的人……"可能霍根说如果在休息室的时候没出那场乱子，他早就把这些都告诉雷布思了。"不，我不清楚约翰和他有亲戚关系。"说着，她的嘴巴张开成O型，"反正这就是我想跟你说的，我保证句句属实。"说着，她看了一眼雷布思，他竖起一根手指朝自己的脖子比画了一下，但她摇摇头，开始热衷于这场游戏，"我打赌你一定知道更多有关他的故事呢……我肯定。"说着她笑了,"不,我没这个意思,你说得太对了,我的天,幸好他不在这儿……"雷布思冲上去想把电话抢过来,但希欧涵转了个身。"是吗?那太谢谢你了,那真是……好啊,好啊,我很乐意,那我们在……这一切结束之后吧,再见,鲍比。"

希欧涵挂掉电话,露出了微笑,拿起自己的酒杯呷了一口。

"我已经了解了你们所提到的主要内容。"雷布思小声咕哝着。

"我叫他'鲍比',他说我是一名出色的警官。"

"我的老天……"

"他说等本案结束后请我一起去吃饭。"

"可他已经结婚了。"

"他没有啊。"

"好吧,是他妻子离开了他。但他现在的年龄都可以当你爹了。"说着,雷布思停顿了一下,"他都说了些什么有关我的事?"

"他没说。"

"可当他提起我的事情的时候你笑了。"

"我只是在逗你玩而已。"

雷布思阴沉着脸。"我请你喝酒,而你却故意耍我?这就是我们合作的基础吗?"

"我答应给你做顿饭来着。"

"没错。"

"鲍比知道利斯一家很棒的餐厅。"

"没准他指的是某个烤肉串店呢……"

她用手猛地敲了一下他的胳膊。"再给我们要一轮酒。"

雷布思摇摇头,倚坐在椅子上,仿佛这样会舒服些。"让我把思路理清好吗?你先去结账。"

"如果你打算这样的话……"说着,希欧涵站起身,想对那金发碧眼的女人做个近距离观察,但那女人正把烟和打火机放进包里,准备走了。她低着头,因此希欧涵只看到她半边脸。

"回头见!"那女人说道。

"啊，回见。"麦卡利斯特正用湿桌布擦着吧台。当他看到希欧涵时，笑容陡地收起。"还是老样子吗？"

她点点头。"你的朋友？"

他转过身给雷布思倒威士忌。"从某种意义上说，是的。"

"我好像在哪里见过她。"

"噢，是吗？"他把酒水摆到希欧涵的面前，"这另一半也还是老样子吗？"

她点点头，"我还要一杯酸橙汁和……"

"……和苏打水？我知道，威士忌里不加任何东西，酸橙汁里加冰。"房间另一头又有人下了一单：两杯普通啤酒、一杯朗姆酒和一杯黑啤酒。他快速地把希欧涵的酒放在柜台上，把零钱找给她，就又开始忙着去倒那个人的啤酒，一副没时间闲聊的样子。希欧涵在那里站了一会儿，然后打算回到自己的座位上，当她走到一半时好像突然想到了什么，以至于雷布思杯中的几滴啤酒洒落在了硬木地板上。

"小心！"雷布思坐在椅子上抬头看，提醒她。希欧涵把东西放到桌上，透过窗户望了一眼，但没看到那金发女人的身影。

"我知道她是谁了。"

"你指的是哪个？"

"刚刚走的那个女人，你一定在哪里见过她。"

"是那个一头金发，身穿粉色紧身T恤、皮夹克和黑色滑雪裤，脚穿一双鞋跟略高的高跟鞋的女人吗？"雷布思呷了一口啤酒，"我可是一直在看着的。"

"但你没认出她吗？"

"我应该认识她吗？"

"根据今天的头条，你不过是点着了她的男朋友。"说着，她坐下来，拿起面前的酒杯，等着雷布思的回答。

"她是费尔斯通的女友？"雷布思说着，眯缝起眼睛。

希欧涵点点头。"我只见过她一面，就在费尔斯通被宣布无罪的当天。"

雷布思朝酒吧门口看了一眼。"你确定是她?"

"当我听到她讲话时就很肯定是她了……对,一定是她,在那次庭审结束之后,我在法院外面见过她。"

"只有那一次吗?"

希欧涵点点头。"我并没和她谈起有关她为男友做不在场证明的事,而且我出庭作证时她也没在场。"

"她叫什么名字?"

希欧涵眯起眼,集中精力思考。"好像叫蕾切尔什么的。"

"这个叫蕾切尔什么的住在哪里?"

希欧涵耸耸肩。"我猜不会离他男友的住所很远吧。"

"也就是说,她不住在这里。"

"严格来说不是。"

"更确切地说,这里离她住的地方有十公里。"

"差不多吧。"希欧涵也呷了一口酒,依然抓着手中的杯子。

"你又收到过那些信吗?"

希欧涵摇了摇头。

"你不认为她可能在跟踪你?"

"不可能是每时每刻,我也在盯着她呢。"这时,希欧涵也望了一下酒吧门口。麦卡利斯特也停止了忙碌,回到了吧台清洗酒杯。"当然,她来这里可能并不是为了我……"

雷布思让希欧涵把他送到艾伦·伦肖的家里,他告诉她现在可以回家了,因为他过一会儿打算搭一辆出租车或直接坐一辆负责巡逻的警车回去。

"我不知道要花多长时间,因为这不是正式拜访,只是看望家人。"她点点头,将车开走了。雷布思按了门铃但没人应答,透过窗户,他看到那些照片仍然散落在客厅里,看来好像没人在家,他转动了一下门把手,门开了。

"艾伦，凯特，你们在家吗？"

他关上身后的门，听到了楼上传来的嗡嗡声，他又喊了一遍，仍然没人回答。他小心翼翼地爬上楼梯，看到有个金属梯通向顶层阁楼的门，雷布思慢慢地攀了上去。

"艾伦，你在吗？"

阁楼里透出一道光线，并且传出了更响的嗡嗡声。雷布思从门口探出头，看到艾伦正盘腿坐在地板上，手里拿着控制板，模拟着玩具汽车加速通过8字形障碍跑道时的声音。

"我总是让他赢，"艾伦·伦肖说道，他显然已经知道雷布思来了，"我是说德里克，这是他一年前的圣诞礼物……"

雷布思看着那打开的盒子，很多没用的轨道积木散落了一地，包装好的玩具飞机都被拆开，一些衣箱也被打开了，里面是一些二战前的童装和女裙。他看到许多杂志，封面上是早已被人遗忘的电视明星；他还看到一些餐具和装饰品从包装纸里露出来，有一些可能是嫁妆，被不断变换的时尚抛弃了。一辆折叠式的童车，仿佛代表着新生儿的降生。雷布思爬到了梯子最顶端，靠在阁楼地板的入口边缘。尽管地面被一堆乱糟糟的物品占据，艾伦还是在这间阁楼里腾出了一个赛场，注视着那辆红色塑料车在那没有终点的跑道上移动着。

"我从不知道这种东西有什么吸引人的，"雷布思说道，"小型火车也一样。"

"汽车是不同的，你可以感觉到那种速度……并且你可以和所有人赛车，还有……"说着，伦肖用力地按了一下加速键，"如果在转弯时速度过快并且被撞坏……"他的车在赛道上旋转着，他伸手将车放稳，调整了它前端的导向装置，使它再次回到起点，"看到了吗？"他一边说，一边瞟了雷布思一眼。

"总是可以重新开始吧？"雷布思猜测道。

"对，什么都没改变，一切完好无损，"他一边说，一边点点头，"就好像什么事都没发生过。"

"这是一种幻觉。"雷布思暗示道。

"但这种幻觉给人安慰。"说着,他停顿了一下,"我小时候没玩过赛车吧?我不记得有这回事……"

雷布思耸耸肩。"我知道我是没有。如果那时候有这种东西,可能也很贵。"

"那些花在我们这些孩子身上的钱,约翰?"他露出了一丝笑容,"总是想要他们做得最好,却从不舍得破费。"

"把两个孩子都送进埃德加港,一定很贵吧。"

"价格是不便宜。你不也有一个吗?"

"她已经是大人了,艾伦。"

"凯特也在成长……却融入了另外一种生活。"

"她也有自己的想法。"雷布思看着汽车在他附近的赛道上再次翻倒,然后把它放回起点,"车祸不是他的错,对不对?"

伦肖摇摇头。"斯图尔特是个不听话的孩子,德里克不是,我们很庆幸。"他控制着那辆车重新启动。这时,雷布思注意到伦肖左脚边上的盒子里有辆蓝色车和一个备用的控制器。

"我们进行一场比赛吧。"说着,他走过去拿起那个小的黑盒子。

"好啊!"伦肖把雷布思和自己的车放到起点,然后从五数到一。两辆车在第一个弯道发生了摇晃,雷布思的车直直冲了出去。他手脚并用地爬过去把它放回轨道上,伦肖的车正好赢他一圈。

"你练习的次数比我多。"他抱怨着,重新坐回原位。温暖的空气从入口飘进来,是这里唯一的热源。雷布思知道如果他站直了,这里的地方就不够大了。

"你在这里多长时间了?"雷布思问。

伦肖用手摸着满脸的胡楂,现在看起来已经像是络腮胡了。

"从一大早就在了。"

"凯特去哪里了?"

"去帮那个苏格兰议员了。"

"前门没有上锁。"

"啊?"

"任何人都可以进来。"雷布思等着伦肖的车超过自己的车。他们重新开了一局,汽车在狭窄的赛道上跑着。

"知道我昨晚在想什么吗?我想是昨晚的事儿……"

"是什么?"

"我想到了你父亲,我真的很喜欢他。他曾经给我变过很多魔术,你还记得吗?"

"从你的耳朵后面变出很多便士吗?"

"对,然后又让它们消失。他说这是在部队里学会的。"

"也许是吧。"

"他去的是远东吧?"

雷布思点点头,他父亲从未向他提过战争时的事情,只是讲了些让人忍俊不禁的逸事,但最后……在他去世前,他详细地讲了亲眼目睹的恐怖事件。

他们不是职业士兵,约翰,他们是被征入伍的——来自银行、商店和工厂。战争改变了他们,改变了我们所有人,怎么可能不改变呢?

"事实上,"艾伦继续说道,"我想着你父亲就想到了你。你带我去公园那一天。"

"是我们踢足球那天吗?"

伦肖点点头,微微笑了一下。"你还记得吗?"

"可能没有你印象深刻吧。"

"哦,我一直记得。我们在一起踢足球,这时一些你认识的伙伴来找你,你过去和他们讲话,留我独自一人踢球,你记起这件事了吗?"伦肖停顿了一下,看着面前的车碰到了一起。

"记不太清楚了。"但雷布思觉得这应该是真的,他每次请假回家时都有同学找他玩。

"然后我们一起回家,但你和你那些伙伴走在前面,把我丢在身后，拿着那个你买来的球……然后接下来的事情我一直强迫自己忘记……"

"你说的是什么事？"雷布思注视着赛道问道。

"我们路过一家酒馆，你还记得那个拐角处的酒馆吗？"

"鲍希尔酒店吗？"

"就是那里。你告诉我在外面等，你当时的声音和往常不同，有些生硬，仿佛不想让你的同伴觉得我们是一起的……"

"你确定是这样子吗，艾伦？"

"噢，我确定，因为你们三个人走进去，而我坐在路边的石头上等。我手里还拿着那个球，过了一会儿，你走出来，给我一包薯条，然后就又进去了。接着，另外一些孩子过来抢走我手中的球，跑开了，边笑边互相踢着。我开始哭，但你没有出来，而且我知道自己也不能去找你，所以我站起身自己回家了。路上我还问了一次路，因为走丢了。"说着，两辆车加速同时冲向终点，撞到了赛道边。两个人都没动，阁楼里显得很安静。

"你随后回到家，"伦肖继续说道，打破了沉默，"没人说什么，因为我什么都没说。但你知道我当时的感受吗？你从没问过那球的事情，我后来知道了你为什么不问，因为你早已忘得一干二净了，因为我对你来说并不重要。"说着，他顿了一下，"我在你眼中只是个小孩子，不是你的朋友。"

"我的天，艾伦……"雷布思努力回忆着，却想不出了，他只记得那天的阳光和足球，其他就没了。

"对不起。"

眼泪从伦肖的脸颊滑落。"我们是一家人，而你却不把我当回事。"

"艾伦，相信我，我从没……"

"出去！"伦肖喊道，眼中闪耀着泪光，"我要你现在离开我家！"他迅速站起身，雷布思也站了起来，头朝向房梁，弯着腰。

"艾伦，如果有……"

但伦肖拽着他的肩膀把他推下了出口。

"好的。"雷布思奋力挣脱,这时伦肖一只脚没站稳,从阁楼摔了下去,雷布思抓住他的胳膊,感到他的手指火辣辣地疼。伦肖又顺着梯子爬了上去。

"你还好吗?"

"没听到我讲话吗?"伦肖指着那个梯子说道。

"好的,艾伦,我们下次再谈好吗?这也是我来这里的原因:想了解你,好好和你谈谈。"

"你没有机会了解我了。"伦肖冷冷地说道。雷布思爬下了梯子,再抬头看时,已没了他弟弟的身影。

"你还下来吗,艾伦?"他喊道,但没人回答。这时他又听到了嗡嗡的声音。雷布思转身走下了楼梯,不知道该怎么做,也不知道这样把艾伦留在家是否安全。他走到起居室,穿过厨房,外面的除草机还在原地,桌上放着一堆电脑打印过的纸。那是为了学校安全呼吁控制枪支的请愿书,上面没有签上名字,只是一行又一行空白格子。他不禁想起邓布兰也发生过同样的事情。试图加强枪支管理,结果呢?街上却出现了更多的非法枪支。雷布思知道在爱丁堡如果懂行,不出一小时就可以搞到一支枪,在格拉斯哥恐怕花不了十分钟。枪支好像出租的碟片一样泛滥,可以租来用一天,还回去时如果没用过,你就得到一部分退款;如果用过,你就得不到,像一种简单的商品交易,和孔雀约翰逊的生意相去不远。雷布思想在这文件上签字,但想了想也没什么用处,关于这个的报纸和杂志到处都是,媒体中充斥有关暴力效应的报道。说得好像膝跳反射一样——看过一部恐怖片,两个孩子就去杀死了一名幼童……他朝四周打量,看凯特是否留下了联系电话。他想和她的父亲谈谈,也许现在艾伦比杰克·贝尔更需要她。他站在楼梯口待了几分钟,听着屋顶的噪声,拿出电话本找出租车公司的联系方式。

"十分钟后到。"电话那头传来了一个令人愉悦的女孩的声音,几乎令他相信除了眼前的现实还有另外一个美好的世界……

希欧涵站在起居室中央四下张望了一阵，然后在窗外昏黄的光线下徐步走向窗边。她从地板上捡起一个盘子，上面还留着上顿饭的面包屑。她看了看手机，没有短消息。今天是周五，托妮·杰克逊和其他一些女性朋友邀她过去，但她不想装成好脾气的乖乖女，或者在酒吧里喝醉。她花了半分钟时间清洗完碟子，把它放到干燥机内，快速瞟了一眼冰箱，里面是她要为雷布思做饭的材料，它们已经过了最佳食用期。她再次关上冰箱门，走到卧室，抻展了床上的羽绒被，觉得周末有必要去一趟洗衣店。在回到起居室之前，她又来到浴室，透过镜子看了自己一眼。然后她打开今天的信件：两份账单和一张大学同学寄来的明信片。她们一年多没见了，尽管住在同一个城市。现在那位朋友正在罗马享受四天的休假……看着上面留下的日期，或许已经在回去的路上了。她不由得想想自己，还从没去过罗马。

　　我走进旅行社，问他们现在就走的话可以上哪儿旅行。现在我玩得很愉快，很放松，正在咖啡馆喝咖啡——我想体验一下这里的文化气息。你亲爱的杰基。

　　她站在壁炉架前，试着回忆上次的休假。那是和她父母一起吗？还是那次在都柏林的周末之旅？那是一个女警察举办的聚会……现在那个警察已经怀孕了。她望着天花板，从她楼上的邻居那里传来很响的声音。她不觉得那位邻居是故意的，不过他走路和大象一样响。她回家时在外面见到了他，当时他正在从车库开动自己的车。

　　"我才离开二十分钟，在单黄线上停了二十分钟……可当我回来时，车就被人拖走了。花了我一百三十英镑，你相信吗？我几乎想告诉他们我的车还不值这么多钱。"这时他向她竖起一根手指，"你应该做点什么吧？"

　　因为她是警察；因为人们认为警察能帮上忙，能处理好事情，改变事情。

　　你应该做点什么吧。

他在卧室里发着火,仿佛被关在笼里的动物。他在乔治大街工作,是个负责保险的会计主管,还没有她高,戴着一副狭窄的方形眼镜,有一个同性的室友,但对她强调说自己不是同性恋,尽管她一点也不感兴趣。

一阵阵跺脚的咚咚声传来。

她在想他为什么这样走来走去的。是在开关抽屉吗?也许是在找东西?或是这本来就是故意的?如果是这样,那她自己静静地站在这里听着他的动静,又算什么呢?壁炉架上的明信片、干燥机里的碟子……窗户关着,有一个横向的插销,她从来没有费事去把它插上。这里足够安全的了。沉闷。窒息。

"去他的吧。"她小声嘀咕道,转身逃离。

圣伦纳德鸦雀无声。她本想去健身房里改善心情,结果反而从机器里面取出一罐冰凉的饮料,然后转身上楼,检查办公桌上的留言。另一封来自她神秘崇拜者的信:

黑色皮手套会让你"性"趣大增吗?

这指的是雷布思,她思索着。雷·达夫留了便条让她给他打电话,但他只是说自己测试过了她的第一封匿名信。

"而且不是好消息。"

"意思是没有线索?"她猜测道。

"像吹口哨一样干净[①]。"

她叹了口气。

"对不起,我帮不了你。请你喝酒如何?"

"下次吧。"

"可以。我还会在这儿待一两个小时。" 指的是豪登霍尔的法医实验室。

[①] 原文是句俏皮话,引用了谚语 clean as the proverbial whistle。

285

"你还在经手埃德加港的案子?"

"嗯,配血型,看看每滴血都是属于谁的。"

希欧涵坐在桌子旁边,电话夹在脸颊和胳膊中间,周围的文件架上都是几个星期前的案子,里面的人名她都不怎么记得了。

"那你还是去忙吧。"她说。

"你一直很忙吗?听声音你很累。"

"你知道这工作是怎么一回事。雷,我们另找个时间喝酒吧。"

"到时候我觉得我们都需要放松一下。"

她微笑着对着电话那头讲道:"再见,雷。"

"你照顾好自己,希瓦……"

她放下电话。又来了。有人叫她希瓦,想要省略掉什么东西表示亲昵。她注意到没有人这样称呼雷布思,从没人叫他乔克、约翰尼、Jo-Jo或是JR。他是约翰·雷布思;雷布思警督。他的好朋友叫他约翰,但这些人却称呼她"希瓦",为什么?只因为她是女人吗?或是她缺少雷布思的庄严或者威慑力?他们想要显得熟络,或者这个绰号可以让她难堪,在潜意识中感觉危险?

希瓦……它的字面意思是小刀吧?是来自美国的俚语。她现在和过去一样不够锋利。现在又有另外一个有绰号的人走进了房间,就是乔治·"嗨—嚛"·西尔弗斯。他注视着她,仿佛在一秒钟内决定了她就是他最需要的人。

"你忙吗?"

"你说呢?"

"想和我去兜个风吗?"

"乔治,我真的对你不感兴趣。"

他哼了一声:"我们发现了一个死人。"

"在哪里?"

"在去格雷斯蒙特的路上,一根废弃的枕木边。看起来是从桥上摔下去的。"

"是一场事故吗?"和费尔斯通的油炸锅失火一样,又是格雷斯蒙特。"

西尔弗斯耸耸肩。他身上的夹克衫绷得紧紧的,要是放在三年前还算合身。"他是被追杀的。"

"被追杀?"

又耸耸肩。"这就是我们在那里看到的一切。"

希欧涵点点头。"那我们现在还等什么?"

他们坐上西尔弗斯的车。他问她有关南昆斯费里、雷布思和那场火灾的事,但她只是一带而过。最后,他收到信息,打开收音机,里面传来了或许是她最讨厌的古典爵士乐。

"你听过摩格维的歌吗,乔治?"

"从没听过,怎么了?"

"只是问问……"

在铁路附近没有找到停车的地方,西尔弗斯把车停在了路边一辆巡逻车后面。那里有个公交站牌,后面是草地。他们步行穿过布满荆棘的篱笆墙。墙被一个金属楼梯分为两段,他们顺着这楼梯爬到上面横过铁道的桥上。附近的居民在这里围观。一名警察正询问着他们是否看到或听到了什么。

"我们该怎么下去?"西尔弗斯吼道。这时,希欧涵指着远处,那边用塑料奶箱和焦砟石临时搭了个台阶,一张用旧的垫子横跨在篱笆上。当他们到达时,西尔弗斯一看就知道这不适合他。他没说什么,只是一个劲儿地摇头。希欧涵则慢慢地踩着那阶梯爬过去,顺着陡峭的护坡往下滑,用脚后跟使劲去够松软的泥土,感到荨麻把她的脚踝刺得生疼,野蔷薇丛钩住了她的裤管。一具尸体伏卧在轨道上,几个人在那里围了一圈。她认出了其中有几张面孔,来自克雷格米拉警察局,还有病理学家科特医生。他看见了她,并微笑着打了个招呼。

"我们还挺走运,他们还没有重新开通这条线。"他说道,"至少这个可怜的家伙还留了个全尸。"

她看看那已经变形的身躯。他的连帽粗呢外衣被解开了,露出了裹在宽松的格子衬衫里面的躯干。棕色灯芯绒裤子、棕色便鞋。

"问了一些目击者,"一位来自克雷格米拉的警探告诉她,"他们说当时看见他在这条街上晃荡。"

"在这附近晃荡应该没什么奇怪的……"

"但他是想追踪什么人。他一只手放在口袋中,似乎拿了什么东西。"

"他拿了吗?"

那警探摇摇头。"可能当他被人追杀时丢掉了。当地的孩子这么认为。"

希欧涵的目光从尸体转移到了桥上,然后又落到了尸体上面。"那他们抓到他了吗?"

警探耸耸肩。"没有。"

"我们知道他是谁吗?"

"根据他口袋中的录像租借卡片,他姓卡利斯,名字的首字母是 A。我们已经派人查电话黄页了。如果没有,准备查一下那家音像店。"

"是卡利斯吗?"希欧涵扬起了眉毛,好像自己在哪里听说过这名字……突然,她想起来了。

"他叫安迪·卡利斯。"她说道,仿佛是喃喃自语。

警探听到了。"你认识他?"

她摇摇头。"但我知道有人认识。如果真的是他,他住在阿尼克希尔。"说着,她拿出手机,"啊,还有……如果是他,他是我们的人。"

"他是警察?"

希欧涵点点头。那个克雷格米拉的警察倒吸一口冷气,盯着桥上的旁观者,仿佛若有所思。

16

家里连个人影都没有。

雷布思盯着特丽小姐的房间看了将近一个小时。黑暗，黑暗，还是黑暗，就像他的记忆一样。他甚至想不起那天在公园里碰到的朋友都有谁。可是三十多年过去了，艾伦·伦肖却对那一幕场景念念不忘。不可磨灭。有意思，一些事情不由自主就会被想起，本想忘记却挥之不去。大脑总是会和你玩些小把戏，突然嗅到的气味或者感觉，会让你记起遗忘已久的事情。雷布思在想，或许艾伦生他的气是因为这种愤怒是实在的。说到底，他对李·赫德曼生气有什么用？赫德曼不能当面承受他的怒火，雷布思却显然可以，而且出现得恰到好处。

笔记本电脑进入了屏保模式，流星从漆黑的深处弹射出来，雷布思敲击了一下回车键，又返回特丽·科特的卧室。他在看什么呢？难道因为这样能满足他的窥私癖？他总是喜欢以同样的理由去监视犯罪嫌疑人，窥视别人的私生活。他想知道特丽为什么要那样做。她又不是为了挣钱。浏览网站的人没法和她联系,她也没法和她的观众交流。那又是为了什么呢?难道是她想要展示自己?就像在科克本大街闲荡,被人家盯着看,有时还会被人突然袭击。她曾经指责她的妈妈监视她,可是当失落男孩袭击他们的时候,她又会径直跑到她妈妈的门口。真是搞不懂她们那种微妙的关系。雷布思自己的女儿从十几岁起就和她的妈妈一起在伦敦生活,对他来说,女儿也是一个难解的谜。他的前妻打电话来,不是抱怨萨曼莎"态度不好",就是抱怨她"情绪太差",朝他发泄一通然后挂断电话。

电话。

他的电话铃响了,是他正插在墙上充电的手机。他接了起来。"你好。"

"我试着给你的家里打电话。"是希欧涵的声音,"不过老是占线。"

雷布思看着笔记本电脑,正连着电话线。"什么事?"

"你的那位朋友,那天晚上你拜访他时正好碰上我……"她用的是自己的手机,听起来是在室外。

"安迪?"他说道,"是安迪·卡利斯吗?"

"你说说他长什么样吧?"

雷布思僵住了。"怎么了?"

"嗯,也许不是他……"

"你在哪儿呢?"

"跟我说说他……这样你也不至于大老远过来之后发现白跑一趟。"

雷布思紧闭着双眼,仿佛看见安迪·卡利斯在客厅里,双腿跷起放在电视机前。"四十岁出头,深褐色的头发,五英尺十一英寸,体重可能是十二英石左右……"

希欧涵沉默了一会儿。"好吧!"她叹了口气,说道,"或许你终究还是得过来一趟。"

雷布思在找他的夹克衫。他想起了笔记本电脑,于是断了网。

"你在哪儿?"雷布思问道。

"你要怎么到这里来?"

"那是我的事情！"他一边告诉希欧涵，一边开始到处找他的车钥匙，"只要给我地址就行。"

希欧涵正在马路边等他，注视着他拉起手刹，从司机的座位上走了出来。

"手怎么样了？"她问道。

"开车没问题。"

"因为止痛药吗？"

雷布思摇了摇头。"我不用吃药也能对付。"他在四处张望。马路前方约摸几百码远的地方有一个公交汽车站牌，那就是当时他的出租车停下来和失落男孩交锋的地方。他们开始朝大桥那边走去。

"他潜伏在这个地方已经有好几个小时了，"希欧涵解释道，"有两三个人报告说看到了他。"

"没什么举措吗？"

"附近连一辆巡逻车也都没有。"她平静地说道。

"不然的话，他可能就不会死了。"雷布思生硬地说，希欧涵缓缓地点了点头。

"有一位邻居听到了喊声，她认为有几个孩子开始追着他跑。"

"她看到人了？"

希欧涵摇了摇头。他们现在在桥上，围观者开始撤离，尸体已经被毯子裹住放到了担架上，用一截绳子捆住，准备提到堤岸上。从太平间过来的一辆面包车停在台阶旁，西尔弗斯正站在那边和司机聊着，嘴里叼着烟。

"凡是叫卡利斯的人我们都已经在电话簿里查过了，"他告诉雷布思和希欧涵，"但没有他的记录。"

"他的号码不会列入电话簿，乔治，"雷布思说道，"像你我一样。"

"你确定是同一个卡利斯？"西尔弗斯询问道。下面有人喊了一嗓子，司机弹掉他的烟，好把精力集中在他那头的绳子上。西尔弗斯继续抽着烟,直到司机喊他帮忙才动弹起来。雷布思把手插在兜里,感觉到两只手火辣辣的。

"举起来!"有人喊道,不到一分钟,担架已经被抬过了围墙。雷布思走过去,掀起了裹在脸上的毯子,看到死去的安迪·卡利斯显得非常安详。

"是他。"他说道,又朝后站了站,让人们把尸体抬到车上去。科特医生在斜坡顶,克雷格米拉的警察们在旁边帮忙。医生的呼吸开始变得急促,气喘吁吁地爬上了台阶。当有人要上前拉他时,他急忙说:"不用。"嗓子都哑了,说起话来很吃力。

"就是他。"西尔弗斯告诉刚到的人,"雷布思警督一眼就认出了他。"

"安迪·卡利斯吗?"有人问道,"是枪械部的那个家伙吗?"

雷布思点点头。

"有目击证人吗?"克雷格米拉的警察问道。

一名警察答话了。"人们只听到有说话的声音,但是谁也没看见。"

"会是自杀吗?"另一个人问道。

"或者是企图逃跑。"希欧涵评论了一句,并注意到雷布思对谈话没有发表任何意见,尽管他最了解安迪·卡利斯。或许是因为……

他们注视着运尸的面包车在崎岖不平的地面一路颠簸着开回公路上。西尔弗斯问希欧涵她要不要回去,她朝雷布思看了一眼,然后摇了摇头。

"约翰会让我搭便车。"希欧涵说道。

"随便吧。看样子克雷格米拉的警察会处理此事。"

她点了点头,等着西尔弗斯离开。只剩她和雷布思的时候,她才冒出一句:"你还好吧?"

"我一直在想没过来的那辆巡逻车。"

"还有呢?"

他看着希欧涵。

"还有其他的原因,不是吗?"

他最后还是慢慢地点了几下头。

"介意说出来吗?"希欧涵问道。

他仍然在点着头。当他走开的时候,她紧随其后,又回到了桥上,穿过草地,走到萨博停放的地方。门没锁,他打开司机驾座的门,想了一下,还是把钥匙交给了希欧涵。"你来开。"雷布思说道,"我认为自己还不够格。"

"我们要去哪儿?"

"四处转转。也许我们运气好,能找到'永无乡'。"

希欧涵过了好一阵子才明白他的意思。"是失落男孩吗?"她说道。

雷布思点头同意,绕过车子来到副驾驶那一边。

"当我开车的时候,你会告诉我事情的原委?"

"我会告诉你的。"他同意了。

而且他说话算话。

他的话归纳起来是这样的:安迪·卡利斯和他的伙伴在开车巡逻,被叫到了马基特大街的一家夜总会,就在韦弗利火车站后面。那是一个很火爆的地方,人们要排队入场。他们当中有人打电话叫了警察,举报有人当众玩手枪。举报者说得很模糊,只说是一个青少年,穿着绿色风雪衣,有三个同伙。他没有排队,直接走上前去,扯开他的外套,于是人们看到了他腰带里别的东西。

"当安迪赶到那里的时候,"雷布思说道,"这个人早跑得没影儿了。他掉头去了新街,所以安迪和他的伙伴才会马不停蹄地赶过去。他们打电话过来,上级批准他们开火……他们把枪放进枪套,穿上防弹衣……后援人员跟在后面,以防万一。你知道铁道线从哪里穿过新街的尽头吗?"

"在卡尔顿路?"

雷布思点点头。"铺着石头路枕。那个地方很黑暗,有路灯的地方光线也不是很强。"

这回轮到希欧涵点头了:那的确是一个荒凉的场所。

"还有很多隐蔽的地方。"雷布思接着说道,"安迪的同伴看到有什么东西在黑暗中闪了一下。他们把车停下来,下了车,撞见了这四个家伙……可能就是之前那几个家伙。他们之间隔了一定的距离。他问他们是不是携带了武器,并命令他们把东西放到地上。按照安迪的说法,他感觉像有影子在晃动……"他把头靠在椅子的后背上,闭上眼睛,"不确定他看到的到底是影子还是人。当他看到有东西在移动时,他取下了夹在腰带上的手电筒,另一只拿枪的手伸出去指向前方,安全栓已经打开……"

"发生什么事了?"

"有东西掉到了地上,是一把手枪,一把仿真品。当他发现已经太迟了……"

"他开枪了?"

雷布思点了点头。"但没有击中任何人。他对地面开的枪,子弹有可能弹到任何地方……"

"但那样的事情没有发生。"

"是的。"雷布思停顿了一下,"一定会有一次调查。每次开火都必须接受调查。同伴倒挺支持他,但安迪心里面清楚,他也只是嘴上说说而已。他开始怀疑自己。"

"那么那个带枪的家伙呢?"

"四个人当中没有一个人承认枪是自己的,他们都穿着风雪衣,在那家夜总会排队的家伙也没认出到底谁是持枪者。"

"是失落男孩那一伙?"

雷布思点点头。"那是街坊邻居们取的名字。他们就是你在科克本大街上碰到的那些家伙。带头的那个叫拉布·费希尔,就是他被指控携带仿制枪械,但是案件最后不了了之……白白浪费律师的时间。同时,安迪·卡利斯的脑海里一遍又一遍地想这件事,试图从影子中找出些蛛丝马迹……"

"这里是失落男孩的地盘?"希欧涵问道,眼睛从挡风玻璃瞥向外头。

雷布思又一次点头。希欧涵若有所思,然后问道:"枪从哪儿来的?"

"我猜可能是孔雀约翰逊的。"

"这就是他被带到圣伦纳德那天你想和他谈话的原因？"

雷布思再次点头表示同意。

"现在你想和失落男孩谈谈吗？"

"看样子他们已经回家过夜去了。"雷布思承认，从副驾驶那边看着窗外。

"你认为卡利斯来这里有目的吗？"

"或许吧。"

"想和他们对质？"

"希欧涵，他们逍遥法外了。安迪对此不怎么高兴。"

她想了一下。"那么我们为什么不把这些告诉克雷格米拉？"

"我会让他们知道的。"他感觉希欧涵在盯着他，"我说的是真的。"

"那可能是一场意外，错把铁道线看成了一条逃生路线。"

"可能是吧。"

"谁也没看见有什么东西。"

雷布思转身对着她。"有什么话尽管说出来，不要憋在肚子里面。"

她叹了口气，说道："你总是这样，替别人上战场。"

"是这样吗？"

"是的，有时。"

"好吧，实在抱歉，如果我让你不高兴。"

"那不会让我不高兴，但有时……"她话到嘴边又咽了下去。

"有时？"雷布思鼓励她继续说下去。

希欧涵摇摇头，重重地吐着气，伸了伸背，捏了捏脖子。"感谢上帝，又是周末了。你有什么计划吗？"

"我可能会爬山……或者在健身房举哑铃……"

"只是一点点讽刺？"

"只是一点点。"他发现了什么东西，"把车开慢点儿。"他转头向后窗望去，"把车倒回去。"

希欧涵把车倒了回去。他们正置身于一条底层公寓区的街道上，一辆超市手推车被丢弃在人行道的一边，从超市到这边还有一段距离。

雷布思向两个街区外的小巷望过去，一个……不，是两个身影，两个黑色的轮廓，那么近，好像要融合在一起，然后雷布思意识到了会发生什么事。

"当街打一炮，古老的潮流。"希欧涵评论道，"谁说浪漫的艺术已经消逝？"

有一张脸转向他们的汽车，注意到发动机停了，一个粗犷的男子声音喊道："在欣赏美景吗，伙计？总比你在家里看到的要好吧？"

"开车。"雷布思命令道。

希欧涵开动了汽车。

他们在圣伦纳德停了下来，希欧涵解释说她的车在这儿，没有进一步解释。雷布思告诉她说他可以自己开车回家，雅顿大道距这里不过五分钟的路程。但是当他把车停在公寓外头时，双手又开始灼痛起来。在浴室里，他往手上涂了很多药膏，喝了两粒止痛药，希望趁机睡几个小时。或许一杯威士忌也很管用，所以他倒了一大杯在客厅坐下。笔记本电脑从屏保模式转入了睡眠状态。他没有打算激活它，而是走到了餐桌旁。有一些关于空军特勤队的资料放在那儿，旁边还有赫德曼的人事档案，他在桌子前坐了下来。

在欣赏美景吧，伙计？

总比你在家里看到的要好吧？

在欣赏美景吧……

第五天　星期一

17

景色棒极了。

希欧涵在前面挨飞行员坐着,雷布思坐在后面,旁边座位空着。螺旋桨发出的噪声震耳欲聋。

"我们本来可以搭乘供包团的飞机。"道格·布里姆森解释道,"但是飞机的燃油费用太高了,而且对于 LZ 来说飞机太大了!"

LZ:降落区域[①]。自从雷布思离开军队,再没听过这样的术语。

"包团?"希欧涵问道。

"我会驾驶有七个座位的飞机,公司雇佣我载他们开会——或者可以称做一次'游乐会'。机上提供冰镇的香槟,水晶玻璃杯……"

"听起来很有趣。"

"抱歉,我们今天提供的是茶……"他笑了一声,然后看了看雷布思,"我在都柏林度的周末。之前我领一帮银行家来这里观看橄榄球

---

① 原文为 Landing Zone。

赛，他们掏腰包让我度周末。"

"你真走运。"

"几周前，是在阿姆斯特丹参加一个商人的单身派对……"

雷布思想着他自己的周末。当希欧涵今天早上来接他时，她问他做了些什么。

"没干什么，"他说，"你呢？"

"彼此彼此。"

"真有意思，利斯的那帮家伙居然说你去拜访了他们。"

"真有意思，关于你他们也这么说。"

"到目前为止，风景不错吧？"布里姆森问。

"到目前为止。"雷布思说道。说实话，他有一点恐高。无论如何，他还是观赏着爱丁堡的空中美景，惊异于连城堡和卡尔顿山这样的地标物都和周围别无两样。亚瑟王座的火山锥倒不会认错，只是建筑物都是千篇一律的灰色。新城几何形街道的精美图案犹在眼前，他们已经飞过了福斯湾，穿过了南昆斯费里，以及公路和铁路桥。雷布思在搜寻埃德加港学校，首先映入眼帘的是霍普顿宫，然后是不到半英里之遥的学校建筑物。他甚至能分辨出移动房。现在他们正在朝西飞行，沿着 M8 路线飞往格拉斯哥。

希欧涵询问布里姆森是否做过不少包团的业务。

"得看经济情况。老实说，如果公司派三四个人去开会，用包机运送他们要比让他们乘坐商务舱便宜。"

"希欧涵告诉我，你曾经当过兵，布里姆森先生。"雷布思说道。在安全带允许的范围内，他尽可能地向前倾斜身子。

布里姆森笑了。"我是一名皇家空军飞行员。你呢，警督？你也有部队背景？"

雷布思点了点头。"甚至接受过空军特勤队的训练。"他承认道，"但是没有通过。"

"很少有人能做到。"

"而且当中的一些人走了歪门邪道。"

布里姆森又看了雷布思一眼。"你指的是李?"

"以及罗伯特·奈尔斯。你怎么认识他的?"

"通过李认识的。他告诉我他曾拜访过罗伯特,我问他哪天可不可以带我去。"

"从那以后,你开始自己单独拜访他了?"雷布思记起来在拜访者日志中有他的名字。

"是的。他是个风趣的家伙,我们似乎相处得不错。"他看着希欧涵,"当我和你同伴谈话时,想不想亲手掌控一下飞机?"

"你不怕……"

"也许下次吧。我想你会喜欢的。"他冲她眨了一下眼,然后又和雷布思说,"军队对待老兵好像不太公平,你说呢?"

"我不知道。现在你退伍的时候会得到一些帮助……但我那个时候不是这样的。"

"离婚率居高不下,人们濒临崩溃,更多福克兰群岛的退伍老兵没有在现实的冲突中被杀死,却选择了轻生。许多流浪汉都有过当兵的背景……"

"从另一方面讲。"雷布思说道,"空军特勤队现在可是笔大生意。你可以把你的故事告诉出版商,也可以给别人当保镖。我听说空军特勤队的四个中队都低于人数定额,太多的人离开,自杀率也比平均水平低。"

布里姆森看起来心不在焉。"几年前一个家伙从飞机上跳了下去……或许你也听说过那个人,被授予 QGM 的那个家伙。"

"女皇英勇奖章[①]。"雷布思向希欧涵解释道。

"他企图杀死他的前妻,认为她想要杀死自己。饱经抑郁症的滋扰,实在忍无可忍了,想成为自由落体。请原谅我的双关语。"

"这种事情有时会发生。"雷布思说道。他想起了赫德曼公寓里的那本书,特丽的照片从书中掉了出来。

---

① 原文为 Queen's Gallantry Medal。

"哦，事情的确发生了。"布里姆森继续说道。"参加伊朗大使馆围攻的空军特勤队的牧师最后也自杀了。还有一个前空军特勤队的士兵用他从海湾战争中带回来的枪杀死了他的女友。"

"同样的事情也发生在李·赫德曼身上了吗？"希欧涵问道。

"看起来是那样。"布里姆森说。

"可是为什么要选中那所学校呢？"雷布思继续问道，"布里姆森先生，你参加过他的聚会吗？"

"他的聚会办得很棒。"

"总是有许多青少年聚在一起。"

布里姆森又一次转过脸。"那是问题还是评论？"

"看到过毒品吗？"

布里姆森似乎把注意力集中在他前面的操控杆上。"或许会吸一点大麻。"他最后承认道。

"吸食后的药力有那么强吗？"

"我只见过这么多。"

"不是同一种东西。你听到传言说李·赫德曼可能贩卖毒品吗？"

"不，没听说。"

"或者是走私？"

布里姆森朝希欧涵望去。"我是不是该请个律师？"

她朝布里姆森莞尔一笑，好给他点安慰。"我想警督只是和你随便聊聊。"她转过身面向雷布思，"不是那样的吗？"她的眼睛告诉雷布思放松。

"没错。"雷布思说道，"只是随便聊聊。"他试着不去想接连几个小时的失眠，他隐隐作痛的手，还有安迪·卡利斯的死；试图把注意力放在窗外的风景上，注视着不断变幻的地平线。用不了多久，他们就要到格拉斯哥的上空了，然后越过克莱德河湾、比特和金泰尔半岛……

"那么你认为李·赫德曼和毒品无关？"他问道。

"我从来没见过他吸比大麻卷药力更强的毒品。"

"那不是我问的问题。如果我告诉你，我在他的一艘船里发现了毒品，你会怎么说？"

"我会说那不关我的事。李是我的一个朋友，警督。不要指望我参与你们的游戏——"

"我的一些同事认为他在国内走私可卡因和摇头丸。"雷布思说道。

"你的那些同事怎么认为不关我的事。"布里姆森低声说，口气中带着抱怨，然后是一阵沉默。

"我上周在科克本大街看到了你的车。"希欧涵试图转移话题，"就在我去特恩豪斯看你之后。"

"我可能是把车停在银行外头了。"

"那是在银行快关门的时间。"

布里姆森想了一下。"科克本大街？"然后自己点了点头，"我的几个朋友在那儿开了一家店，我想过去拜访一下。"

"是哪家店？"

他看着希欧涵。"其实也不算什么店铺，是一个类似于日晒沙龙的地方。"

"店主是夏洛特·科特吗？"布里姆森看上去很惊讶。"我们找她的女儿问过话。她还是一名在校生。"

"没错。"布里姆森点头认可，他是戴着头盔驾驶飞机的，其中一只耳罩从耳朵上挪开了，但现在他又罩了上去，并且把麦克风调整到嘴边。"说下去，控制塔……"他说道。然后听着格拉斯哥机场地面的控制塔给他的指示，告诉他哪条路线可行，以免和即将进场的航班冲突。雷布思盯着布里姆森的后脑勺，想到特丽从没提起过他是他们家的朋友……听起来她一点也不喜欢他……

赛斯纳飞机做了个高度倾斜飞行，雷布思紧紧抓住椅子的扶手。一分钟后，他们飞过了格里诺克的上空，然后是把格里诺克和达农分隔开的短短河流。下面的村庄变得辽阔起来。更多的森林、稀疏的居民。他们越过法恩湾，飞到了朱拉海峡。风速似乎在那一瞬间加快了，飞机被风吹得左右摇摆。

"我以前从没走过这条路。"布里姆森说道,"昨晚看了地图,只有这一条路,在岛屿的东边,还要穿过一大半森林和几座险峻的山峰。"

"降落跑道呢?"希欧涵问道。

"你会看到的。"他把脸又转向了雷布思,"警督,读过什么诗集吗?"

"我看上去像喜欢读诗集的那种类型吗?"

"老实说,不像。我是叶芝的超级崇拜者。这儿有我那天晚上读过的一首诗:'我知道我将要遭逢厄运,在头顶上的云间的某处;我对所抗击者并不仇恨,我对所保卫者也不爱慕。'①"他看着希欧涵,"那难道不是最痛苦的事吗?"

"你认为李是那样想的吗?"希欧涵问道。

他耸了耸肩。"那个从飞机上跳下去的可怜虫是那样想的。"他停了一下,"知道诗的名字叫什么吗?《一个爱尔兰飞行员的预知死亡》。"他又扫了一眼仪表盘,"我们在朱拉的上空了。"

希欧涵看着窗外的荒野。飞机转了一个很小的圈,她又一次看到了海岸线,还有一条公路在海岸线旁边延伸着。当飞机下降时,布里姆森似乎在公路上寻找着什么……也许是一些标记。

"我看不到哪里可以降落。"希欧涵说道。但她看到了一个人,似乎在向他们挥动着双臂。布里姆森把飞机掉头回去,又环绕了一圈。

"有什么车辆吗?"他说道,当他们再次在公路上方低空飞行的时候。希欧涵认为他一定是在和麦克风那头的人说话,什么地方的一个控制塔,但她后来意识到是在对她说的。他指的是飞机下面公路上的车辆。

"你一定在开玩笑。"她说道,然后转过身去看雷布思是否也同意他的看法,但他似乎正专心致志地凭意志力独自指导飞机降落。机轮在碰到柏油碎石地面时发出了隆隆的声响,飞机弹起来,好像要再次起飞。布里姆森紧紧咬着牙,但是嘴角却带着一丝笑意。他转向希欧

---

① 此处引用傅浩译本。

涵，好像打了胜仗一样。飞机沿着跑道朝前面等待的那个人滑去。那个家伙还是一直挥动着他的胳膊，原来是指挥这架小型飞机通过敞开的大门，闯入一片割过的麦地。他们在印有车辙痕的路面上下颠簸。布里姆森关掉发动机，把耳机从头上拿下来。

麦地旁边有一间房子，一位女士站在那里望着他们，看护着她肩上的婴儿。希欧涵打开舱门，解开她的护具，从机舱里跳了出来。她感觉地面好像在颤抖，但很快意识到是她的身体在颤抖，由于刚才飞机飞行时的振动。

"我以前从没在公路上降落过飞机。"布里姆森咧嘴笑着对那个男人说。

"要么在公路上，要么就得在田野里了。"那个男的用厚重的声音说道。他长得人高马大，肌肉很发达，留着棕色的鬓发，面颊红润。"我是罗里·莫里森。"他握着布里姆森的手，然后向希欧涵做了介绍。雷布思正点燃一支香烟，点了点头，但没主动握手。"你总算找到这个地方了。"莫里森说道，好像他们是开车抵达的。

"你也看到了。"希欧涵说道。

"我猜想这样可能行得通。"莫里森说道，"空军特勤队的那帮家伙们是乘直升机着陆的。是他们的飞行员告诉我这条公路可以充当一条挺不错的着陆跑道，正如你们所看到的，没有一点坑坑洼洼的地方。"

"他说得没错。"布里姆森说道。

莫里森是当时救援队在当地请的导游。当希欧涵拜托布里姆森开飞机去趟朱拉时，他问她心里有没有谱他们可以在哪里着陆。雷布思提供了莫里森的名字。

希欧涵向那个女的挥手打招呼，那个女人挥手回应，但一点都不热情。

"我的妻子玛丽……"莫里森说道，"和我们的小家伙——塞奥娜。进来喝杯茶吧。"

雷布思做了一个看手表的动作。"事实上，我们最好现在就开始工作吧。"他转身面对布里姆森，"你得一直待在这儿，直到我们回来。"

"你这话什么意思?"

"我们只去几个小时……"

"等一下,我也去。我想莫里森夫人不希望我在这儿走来走去,而且看在我风尘仆仆把你们送过来的分上,我相信你们是不会拒绝我的。"

雷布思看着希欧涵,然后耸了一下肩,表示同意。

"你们要进来换一下衣服。"莫里森说着。希欧涵拿起她的背包点点头。

"换衣服?"雷布思重复道。

"登山的行头!"莫里森上下打量着他,"这就是你带过来的全部家当?"

雷布思耸了耸肩。希欧涵已经打开她的双肩背包,拿出了远足靴、长雨衣和保温瓶。

"你可以跟我借。"莫里森安慰他说,然后带着三位不速之客朝房子走去。

"这么说你不是一名专业导游?"希欧涵问道。

莫里森摇了摇头。"但是我对这座岛屿可以说了如指掌。过去二十多年来,我敢说踏遍了小岛的每一寸土地。"他们乘着莫里森的陆虎,沿着泥泞的伐木路线尽可能地往前开,沿途的颠簸能把你嘴里镶的假牙给晃掉。莫里森不愧是位技术高超的司机;或者也可以说是个狂人。有时眼看就要无路可开了,可是他还能让车疯狂地上下颠簸着穿过苔藓覆盖的林地,扔掉一些装备,穿过嶙峋的岩石和小溪。但最终他们不得不承认失败——下车步行的时候到了。

雷布思穿着一双"德高望重"的爬山靴,它的皮革异常坚硬,使得雷布思走路时很难弯曲脚趾。他穿着防水裤,干泥巴溅得到处都是;上身穿着满是油渍的英国乡村风格的夹克衫。当汽车的发动机关掉后,森林又恢复了宁静。

"看过《第一滴血》吗?"希欧涵低声问道。雷布思认为她并不期望有人回答,反而转身面向布里姆森。

"是什么原因让你离开皇家空军?"

"我想我是待烦了。烦那些不受我尊重的人发号施令。"

"那么李呢?他曾说过他为什么离开空军特勤队吗?"

布里姆森耸耸肩。他的眼睛盯着地面,提防着树根和水坑。"我猜差不多也是那样的。"

"但他从来没有一五一十地说过吗?"

"没有。"

"那你们两个都聊些什么话题?"

布里姆森抬起头看了他一眼。"有许多事情可以聊。"

"他好相处吗?你们不会争吵吗?"

"我们可能为政治辩论过一两次……对时局的看法。没有什么事情让我认为他会越轨。他如果暗示了,我会帮他的。"

越轨:雷布思默念着这个词,眼前又浮现出人们把安迪·卡利斯的尸体从铁轨上面用力拖起来的场面。他怀疑他的拜访是否有过一丝半毫的帮助,或者仅仅勾起了那个男人对他所失去的一切的痛苦回忆。他又记起了希欧涵昨晚在车上想要说些什么。或许是想问问,为什么他觉得必须得卷入其他人的生活……又总是吃力不讨好。

"我们还要走多久?"布里姆森询问莫里森。

"大概一个小时的路程,回去也是一样的。"莫里森的肩上搭着一个背包。他看了看他的同伴们,眼睛在雷布思身上打转。"事实上,"他纠正自己,说道,"大概是一个半小时的路程。"

还在房子那边时,雷布思就已经向布里姆森摊牌,问他赫德曼是否曾向他提过任务的事情。布里姆森摇了摇头。

"可是我记得报纸上曾报道过,人们认为是爱尔兰共和军把直升机从天上炸掉的。"

现在,当他们开始爬山时,莫里森说:"他们告诉我的是:他们要找到导弹袭击的证据。"

"那么他们对寻找尸体无动于衷吗?"希欧涵问道。她已经换了一双厚袜子,把裤管别在里面。靴子看上去是新的,或者说即使算不上是新的,也没穿过几次。

"哦,我想也有这方面的意思。但是他们对飞机为什么失事更感兴趣。"

"他们有多少人?"雷布思问道。

"五六个。"

"而且他们直接过来找你。"

"我敢说他们和山地救援队的人打过招呼了,那儿有人告诉他们,我是他们能找到的最好的向导。"他停顿了一下,"倒不是说我有什么竞争对手。"他又停顿了一下,"他们让我在《正式保密法案》上签字。"

雷布思盯着他。"之前或之后?"

莫里森挠了挠耳朵。"刚开始的时候。他们说这是走标准程序。"他看着雷布思,"难道这意味着我不应该跟你讲话吗?"

"我不知道……你发现有什么需要保密的事情吗?"

莫里森考虑了一下他的答案,然后摇了摇头。

"那就对了。"雷布思告诉他,"或许只是例行程序而已。"莫里森又出发了,雷布思紧随其后,尽管脚下的靴子似乎有些不听使唤。"从那以后,有没有人来过这里?"雷布思问道。

"夏天有很多徒步旅行者。"

"我是说从部队过来。"

莫里森的手又去够耳朵。"有一位妇女,去年六七月份的时候,我想……也许还要晚一些。她佯装成游客。"

"但是装得不像?"雷布思提示道,接着描述怀特里德的模样。

"差不多,就是她。"莫里森表示肯定。雷布思和希欧涵交换了一下眼神。

"可能是我好奇,"布里姆森说道,停顿了一下,好让自己喘口气,"但是这和李干的好事有什么关系?"

"也许没有任何关系。"雷布思承认,"但是不管怎么说,锻炼对我们有百益无一害。"

他们继续行走,现在到了半山腰上。他们静静地躺倒在地上,养精蓄锐了一阵子。终于,他们从森林里钻出来了。正前方的陡坡上只长了几株发育不良的树。荒草、扫帚石楠和欧洲蕨从高高低低的岩石缝中冒出来。不用再走路了——如果他们还想继续前进的话,只能靠攀缘了。雷布思探起脖子,搜寻远处的峰顶。

"别担心。"莫里森说道,"我们不上去。"他指着上面说道,"直升机撞到了半山腰上,一路滚过来。"他朝四周挥了挥胳膊,"是一架大型直升机。在我看来,就像装了太多的螺旋桨。"

"是一架切努克。"雷布思解释道,"两套旋翼叶片,一套在前面,一套在后面。"他看着莫里森,"肯定有很多残骸。"

"是的,还有尸体……哦,他们都完蛋了。有一个人卡在上面一百米的岩架上,我自己和另外一个家伙把他取了下来。他们派了一个救援队来清理飞机的残骸。但是他们派来检查的那个人什么都没有找到。"

"也就是说,不是导弹?"

莫里森摇了摇头,表示同意。他转身指着一排排树说:"纸片飞得到处都是。他们把大多数时间花在林子里到处搜寻文件。有些纸片卡到了树上。你相信吗?他们居然费尽力气爬上去取。"

"有人透露过为什么吗?"

莫里森再次摇头。"没有正式说,但是当那帮家伙停下来煮茶的时候——他们时不时就要喝几杯——我听到了他们说的话。坠落的直升机正在去阿尔斯特的路上,机上坐着少校和上校。一定带了他们不想让恐怖分子看到的文件。可能这就足以解释他们为什么带着枪。"

"枪?"

"救援队都带着来复枪。我当时就觉得有些蹊跷。"

"你曾经恰巧经手过这些文件吗?"雷布思问他。

莫里森点了点头。"但我没看到内容。只是把它们揉成一团,扔给他们。"

"可惜。"雷布思说道,脸上挤出一丝不悦的微笑。

"这儿的风景很美。"希欧涵突然说,用手挡住太阳的光线。

"的确很美,不是吗?"莫里森表示同意,脸上笑容可掬。

"说到喝茶,"布里姆森打断他们,"你带着那瓶茶吗?"

希欧涵打开她的背包,把保温瓶递了过去。四个人互相传递着唯一的塑料杯,品尝着保温杯冲出的茶。和一切装进瓶子的茶一样,挺热,但不知怎么的不像真正的茶。雷布思在斜坡的脚下四处走了走。

"你觉得有什么不对劲的地方吗?"他问莫里森。

"不对劲?"

"关于那次任务……关于那些人或他们做的事……"莫里森摇着头。"你一点儿也不了解他们吗?"

"我们只一起待了两天。"

"你不认识李·赫德曼吗?"雷布思将随身携带的赫德曼的照片递了过去。

"他就是杀死在校生的罪魁祸首?"莫里森等雷布思点头示意,然后又盯着照片看,"我记得他,是的,是个挺不错的家伙……很朴素。不像所谓的集体行动者。"

"你是什么意思?"

"他对这里的树林情有独钟,寻找文件的碎片时,每一小片都不放过。人家都取笑他。茶倒好了他们得喊他两三次。"

"或许他知道那茶不值得急着去喝。"布里姆森闻了闻茶杯的表面。

"你是觉得我不会沏茶?"希欧涵抱怨道。布里姆森举起双手,表示投降。

"他们在这儿待了多久?"雷布思问莫里森。

"两天。救援小分队是在第二天到的。他们又用了一星期的时间把那些残骸海运出去。"

"你和他们经常说话吗?"

莫里森耸了耸肩。"小伙子们好像都挺不错的,只顾着忙他们的工作。"

雷布思点点头，开始向树林走去。真是奇怪，还没走多远，其他人的面孔还依稀可见，声音依然萦绕在耳边，他却觉得与世隔绝了。布莱恩·伊诺[①]的那张专辑叫什么来着？《另一个绿色的世界》。先是从空中重新审视的世界，现在是这里……同样的陌生而生气勃勃。李·赫德曼曾经走进树林，差一点没出去。他离开空军特勤队前夕的最后一次任务。他在这里了解了些什么？发现了些什么？

　　雷布思突然冒出一个念头：你从未真正离开空军特勤队。有一种不可磨灭的印记留传下来，高悬于每日的活动和感受之上。你会逐渐意识到还有另外的世界，其他的真实存在。你将拥有超越常规的经验；你会接受训练，把生活看成是另外一次任务，充斥着潜在的陷阱和暗杀。雷布思想知道，从他在空军部队和在空军特勤队受训的那些日子算起，他究竟走了多远。

　　从那时起，他就如同自由落体吗？

　　而李·赫德曼，难道也像诗里面提到的那名飞行员一样，预见了自己的死亡？

　　他蹲了下来，一只手在地上来回摸索着。一些小树枝和树叶，有弹性的苔藓和一些当地的花草，组成了一层遮蔽物铺在地上。在他的脑海里浮现出直升机撞在岩石上的情景。是飞机的故障，还是飞行员的失误？

　　飞机的故障，飞行员的失误，或者更恐怖的原因……

　　燃料失火，天空里发生了爆炸，水平旋翼慢了下来，慢慢变形。

　　它会像石头一样坠落，尸体从飞机里飞出来，受到了冲击，被扭曲成手风琴状，肉体在坚硬的地面上发出低沉的撞击声……同样的声音，当安迪·卡利斯的身体撞在铁轨上时发出的声音。在飞机爆炸的刹那，里面的一切都向外飞溅，文件的边缘烧灼卷曲，或变成缤纷的纸屑散落下来。机密文件，需要空军特勤队去收回。李·赫德曼比大多数人更忙碌，在树林里越陷越深。他回忆起特丽·科特说的关于赫

[①] 布莱恩·伊诺（Brian Eno, 1948—　），英国音乐人、作曲家、制作人和音乐理论家。

德曼的话：那就是他的事情……仿佛他有什么秘密似的。他想起了失踪的电脑，赫德曼为做生意而买的。它在哪儿呢？谁拥有了它？它会透露些什么秘密呢？

"你还好吗？"是希欧涵的声音。她手里拿着茶杯，刚刚斟满一杯茶。雷布思站了起来。

"很好。"他说道。

"我叫你呢。"

"我没听到。"他从她的手里接过茶杯。

"你刚才在想有关李·赫德曼的事？"她问。

"可以这样说。"他抿了一口茶。

"我们在这里能找到什么线索吗？"

他耸了耸肩。"或许看看这地方就足够了。"

"你认为他拿了什么东西，是吗？"她盯着他的眼睛，"你认为他拿了一些东西，而军队想要把它要回来。"不再是问题了，更像是一句陈述。雷布思慢慢地点头。

"这也关系到我们要查找的吗？"她问道。

"或许因为我们不喜欢他们。"雷布思回答道，"或许不管出于什么原因，他们还没有找到它，那意味着也许有其他人发现了它。可能有人上个星期找到了……"

"而且当赫德曼发现这个问题时，他变得气急败坏？"

雷布思再次耸耸肩，把空杯子递过去。"你喜欢布里姆森，是吗？"

她没有眨眼，但是也没有和他对视。

"这没什么。"他笑着说。她误解了他的语气，瞪了他一眼。

"哦，我得经你的批准，是吗？"

这回轮到他举手投降了。"我只是想说……"但他转而一想，无论他说什么都无济于事，于是干脆把剩下的半句话咽到了肚子里面，"顺便说一声，茶泡得太浓了。"他说完转过身朝岩石后面走去。

"至少我记得带了茶。"希欧涵小声说着，把剩下的喝完。

在往回飞的路上，虽然希欧涵主动提出要换座，但雷布思静静地坐在机舱的后座。他的脸朝着窗户，仿佛对着掠过的风景发呆，这正好给了希欧涵和布里姆森说话的机会。布里姆森给她看操作杆，并告诉她怎么操作，而且让她答应和他上一堂飞行课。他们似乎忘了李·赫德曼的存在，或许——雷布思不得不这么想——他们说得对。在南昆斯费里的大多数人，即使是受害者的家属，也只想继续他们的生活。过去的就过去了，没有谁想去扭转乾坤，或昭雪什么。有时候，人得学会放手。

如果你能的话。

雷布思闭上眼睛，抵挡突然射来的强烈阳光。他的脸沐浴着光和热，意识到自己累了，处在将要睡着的危险中，忽然又意识到睡着也没关系。睡着是多么美好的一件事情，他梦到自己独自在一座陌生的城市，身上只穿着老式的条纹睡衣，光着脚，身上也没钱，四处寻找着，一边留意看有谁可以帮他，一边还不想让别人看出自己是个外人。透过一家咖啡店的窗户望进去，他看见一个男的把枪滑到桌子下面，放在他的大腿上。雷布思知道他不能进去，他身上没带钱。所以他只能站在那儿看着，手掌贴在窗户的玻璃上，尽量不惹麻烦……

但几分钟后他又突然惊醒。他眨了眨眼睛，回过神来，看见他们又在福斯湾的上空了，眼看就要到达目的地。布里姆森先开口了："我常常在想，一个恐怖分子能制造多大的破坏——甚至就凭一架小小的赛斯纳飞机。下面有造船厂、渡船、公路和铁路桥……还有附近的机场。"

"他们会得选择恐惧症。"希欧涵附和道。

"这座城市里还是有一些地方让我更愿意看到它们井然有序的样子。"雷布思说道。

"啊，你又回到了我们的行列中，警督，我只能抱歉我们的陪伴不够妙趣横生。"布里姆森和希欧涵互相笑了笑，让雷布思知道他没有被彻底地忽视。

着陆很平稳，布里姆森驾驶着飞机朝希欧涵汽车所在的位置滑行。

雷布思从机舱爬了出来，握了握布里姆森的手。

"谢谢你让我和你们一块儿去。"布里姆森说。

"是我应该感谢你才是，你把燃油账单和时间表寄给我们。"

布里姆森只是耸了耸肩，转身去握希欧涵的手，比例行握手的时间长一点。另一只手的手指头朝希欧涵晃了几下。

"记着，我会想念你的。"

她笑了笑。"说话算话呀，道格。不过现在，我想如果我能冒昧地……"

"继续说呀。"

"我只是在想我能否看一下喷气式包机？了解一下这世界上的另一半人是怎么生活的。"

他盯着希欧涵看了一会儿，然后回了一个笑容。"没问题，就在飞机库。"布里姆森开始带路，"来吧，警督。"

"我还是在这里等一会儿吧。"雷布思说。当他们离开后，他试着点燃了一支香烟，躲在赛斯纳的一侧抽了起来。五分钟后他们出现了，布里姆森的幽默在他看到雷布思的烟蒂时消失了。

"这是严格禁止的，"他说，"你知道，明火危险。"

雷布思抱歉地耸耸肩，把烟蒂掐灭在脚下，碾了一下。在他跟着希欧涵走向小汽车时，布里姆森正爬上他的陆虎车，准备开到大门那儿去开锁。

"这家伙挺不错的。"雷布思说道。

"是的。"希欧涵表示同意，"这家伙挺不错的。"

"你真的这样想吗？"

她看着雷布思："难道你不这样认为吗？"

雷布思耸耸肩："我有种感觉，他是个收藏家。"

"收藏什么的？"

雷布思想了一会儿。"收藏一些有趣的标本……像赫德曼和奈尔斯那样的人。"

"别忘了，他也认识科特一家人。"希欧涵的脾气还没准备变坏。

"瞧,我不是在说……"

"你在警告我离他远点儿,是吗?"

雷布思没说话。

"是吗?"她重复道。

"我只是不想那些包机的光芒让你冲昏了头。"他停了一下,"它到底是什么样的?"

她狠狠盯着雷布思,然后又觉得于心不忍,说:"有点儿小……皮坐椅……他们在飞行途中提供香槟和热餐。"

"不要有其他想法。"

她的嘴抽动了一下,问雷布思想要去哪儿。雷布思告诉了她:克雷格米拉警察局。那边负责的警察叫布莱克。他是一名警员,脱下制服还不到一年时间[①]。雷布思倒不在意这些事情——这意味着布莱克渴望证明自己。所以雷布思告诉了布莱克他所知道的关于安迪·卡利斯和失落男孩的事情。布莱克自始至终满脸专注,时不时地停下来问雷布思一个问题,把听到的都记在一个A4的横格便笺簿上。希欧涵和他们坐在一个房间里,双臂交叉,大多数时候都在盯着前面的墙看。雷布思感觉她还在想着刚才的飞机旅行……

会面结束的时候,雷布思问事情有没有进展,布莱克摇了摇头。

"还是没有找到证人。"今天下午科特医生要进行尸检。他看了一下手表。"我可能会去那儿。欢迎你去……"

但雷布思在摇头,他不希望看到自己的朋友被解剖。"你会带拉布·费希尔去吗?"

布莱克点头。"不用担心那个,我会和他谈的。"

"别指望他会很合作。"雷布思提示道。

"我会和他谈的。"这个年轻人的语调告诉雷布思他有些逼人太甚。

"没有人喜欢让别人告诉他该怎么干。"雷布思带着理解的表情笑

[①] 带有侦探(detective)头衔的是便装警察(plain clothed),可以不穿制服,级别从警员到警司,即通常所说的DC、DS、DI和DSS。低于这一级别的是制服警,必须身着制服并佩戴警察编号牌。

了笑。

"至少在他们没把事情搞砸之前。"布莱克站了起来,雷布思也站了起来。两人握手。

"这人不错。"在他们走回汽车的路上,雷布思对希欧涵说。

"过于自负。"她回答道,"他认为他不会把事情弄糟……"

"等着吧,他会知道没那么简单。"

"我希望是那样。我的确希望是那样。"

18

他们的计划是直接返回希欧涵的公寓,她会做晚饭给他们吃,是她允诺的。他们保持着安静,一路开到达利斯大街和约克街的交会处。街灯正对着他们,雷布思转向她。

"先喝一杯吧?"他提议道。

"和我这个被你指定的司机?"

"你可以坐出租车回去,明天早上再来开车……"

她盯着红灯,试图作出决定。灯变绿时,她打开信号灯把车开到了对面的车道上,直奔女王大街。

"我猜我们的捧场会让牛津酒吧蓬荜生辉。"雷布思说道。

"还会有其他的地方能满足雷布思先生的苛刻要求吗?"

"这么说吧……我们去那儿喝一杯,然后去其他地方,由你选。"

"一言为定。"

于是他们来到牛津酒吧,在烟雾缭绕的前台喝了一杯。这地方从傍晚一直到深夜都因为人们下班后的聊天而十分喧闹。探索频道播放着古埃及的画面。希欧涵看着那些老主顾,比电视上播放的内容更有趣。她注意到了哈里,这位冷峻的酒吧男招待在微笑。

"他看上去开心得有些反常。"她向雷布思说道。

"我想小哈里一定是谈恋爱了。"雷布思慢慢地喝着他的一品脱啤酒。希欧涵还没有暗示是否继续再喝上一轮,她要的半杯苹果酒差不多已经见底了。"再来半杯吗?"雷布思问道,并点头示意她的玻璃杯。

"只喝一轮,你说的。"

"是让你陪我喝。"他举高他的杯子,给她看杯里还剩下多少,但她摇了摇头。

"我知道你想干什么。"她跟雷布思说。他试着装出一副惊讶无辜的表情,知道不能再骗她第二次了。又有更多的老顾客挤入了混杂的人群中。有三个女人坐在空荡荡的后厅的桌子旁,但是前方没一个人答理希欧涵。她对着拥挤的人群和缓缓升级的噪声皱起了鼻子,把杯子放到嘴边喝完剩下的苹果酒。

"该走了。"她说道。

"去哪儿?"雷布思假装皱了下眉。但她只是摇头,抿着嘴一言不发。"我的夹克衫还在那儿挂着呢!"他跟希欧涵说。脱下夹克是希望赢得心理上的优势,好像在说:看我在这儿多么惬意。

"去拿呀!"她命令道。于是他赶快把夹克拿了下来,一口喝完了剩下的酒,跟随她来到了外头。

"多么新鲜的空气!"她说着,深深地吸着气。汽车停在了北城堡大街,但他们一路走过去,直奔乔治大街。城堡在漆黑的天空下放射着光芒。他们左转弯,雷布思感觉双腿僵硬,在朱拉长途跋涉的后遗症。

"今晚要好好泡个澡。"他说道。

"我敢打赌那是你今年做得最多的运动。"希欧涵笑着回答。

"这十年。"雷布思毫不客气地纠正她。她在楼梯边停了下来,正要走下去。她选的酒吧坐落在人行道的下面,一家商店正好在它的头顶上。里面的装潢很别致,伴随着柔和的灯光和音乐。

"你还是头一次来这儿吧?"希欧涵问道。

"你说呢?"他朝吧台走去,但希欧涵拽着他的胳膊朝一个小隔间打了个手势。

"这里是在座位上点单的。"说着他们坐了下来。一名女招待已经站在他们面前。希欧涵点了一杯金汤力,雷布思点了一杯拉佛多哥。当他的酒送到时,他举起杯子瞟了一眼,好像不满意杯子里的分量。希欧涵搅了搅自己的酒,把柠檬片和冰块和在一起。

"等一会儿再结账吗?"女招待问道。

"好的。"希欧涵说道。等女招待走后,她问:"我们快要找到赫德曼枪杀那些孩子们的真相了吗?"

雷布思耸了耸肩。"我想我们只有到了接近真相的时候才知道。"

"在此之前的每个蛛丝马迹……"

"都可能派上用场。"雷布思说道,知道这不是她原本打算说的。他把杯子递到嘴边,但已经空空如也,招待也不知道跑哪儿去了。吧台后面,一个员工在调鸡尾酒。

"星期五晚上,在铁路线那一带,"希欧涵说道,"西尔弗斯告诉了我一些事。"她停了一下,"他说赫德曼的案子正要移交给 DMC。"

"有道理。"雷布思喃喃地说。但是如果克拉夫豪斯和奥米斯粉墨登场,那就没有他和希欧涵的份了。"是不是曾经有个乐队叫DMC,还是说我想到的是埃尔顿·约翰的唱片公司?"

希欧涵点点头。"Run DMC。我想他们是一支说唱乐队。"

"一塌糊涂的说唱乐队吧[①]。"

"当然没法和滚石乐队相提并论。"

"克拉克刑警,请不要贬低滚石乐队。没有他们的存在,就没有你现在听到的这些音乐。"

"关于这一点你可能要争得面红耳赤。"她又在搅杯中的酒。雷布

[①] 这里原文为 Rap with a capital C,系俗语Crap with a capital C(直译为"大写的糟糕")的化用。

思还没看到他们的女招待。

"我要再来一杯。"他说着，慢慢从隔间溜出来。他希望希欧涵刚才没有提起星期五晚上的事。整个周末，安迪·卡利斯在雷布思的脑海中挥之不去。他一直在想，如果稍微打乱一下事情的顺序——时间和空间上有一点小小的错位，都可能挽救他，也可能挽救李·赫德曼……可能阻止罗伯特·奈尔斯杀死他的妻子。

也可能阻止雷布思烫伤自己的手。

一切事件都是偶然，改变它们中的任何一件都会对未来产生难以估量的影响。他知道科学上对此有些争议，和蝴蝶在热带雨林中拍打它们的翅膀有多多少少的联系……或许如果他扇动自己的胳膊，招待早就跑过来给他倒酒了。酒吧的男招待正在往一杯盛满马丁尼酒的杯子里倒一种亮粉色的混合液体，转到雷布思相反的方向去招呼其他客人。酒吧一分为二，雷布斯朝另一半昏暗的空间看了一眼。没有太多的服务员。一些镜子样式的小隔间和一些软绵绵的椅子，同样的装潢和常客。雷布思知道他已经落伍差不多三十年。一个年轻人坐在一条长凳上，胳膊在背后伸展，跷起腿，看起来自信而放松，想要被人盯着看……

每个人都看着他，除了雷布思。男招待准备要为雷布思服务了，但雷布思摇了摇头，走到酒吧的边上，穿过一条通往酒吧另一半的短走廊，走到孔雀约翰逊的面前停了下来。

"雷布思先生……"约翰逊的胳膊收回身体两侧，左顾右盼，似乎期待雷布思会有援兵，"干净利落的侦探，从不犯错误。在找您的真心人吗？"

"没有特意在找。"雷布思坐进了约翰逊面前的空位。那个年轻人穿的夏威夷衬衫在灯光的映衬下倒显得不怎么花哨。又一位新的女招待出现了，这回雷布思点了双份。"记在我们朋友的账上。"他又加了一句，朝桌子的对面点了点头。

约翰逊只是爽快地耸耸肩，给自己又点了一杯。"那么这纯属巧合？"他问道。

"你那个狗腿子哪儿去啦？"雷布思四处看了看问道。

"那个卑微的坏家伙还不配到这种高级地方来。"

"你把他拴在外头了？"

约翰逊咧嘴笑了笑。"我只是时不时给它放放风。"

"他的主人可能会因为这种事情被罚款。"

"他只有听到孔雀给的命令才会咬人！"约翰逊喝完他剩下的酒，新一轮饮品正好端过来。女招待在两人的杯子中间放下一碗米饼。"干杯！"约翰逊说着举起了梅乐葡萄酒。

雷布思对此视而不见。"我刚才其实一直在想你。"他说道。

"最美好的念头，我不怀疑。"

"可笑的是，还真不是。"雷布思斜靠在桌子上，把声音压低，"事实上，如果你能读出我的心思，你这狗娘养的早该吓破胆了！"现在他引起了约翰逊的注意。"知道上周五谁死了吗？安迪·卡利斯。你还记得他，是吧？"

"不记得。"

"他就是抓你朋友拉布·费希尔的那个武装警察。"

"拉布算不上我的朋友，普通相识罢了。"

"熟得都可以让你卖枪给他了。"

"一把仿造品，如果你不介意，请让我提醒你一下。"约翰逊突然把手伸向碗里，握着米饼一点一点往嘴里送，以至于饼干屑在他说话时喷了出来，"我没什么可说的，而且我反对别人曲解我的话。"

"费希尔不但带枪四处恐吓人，而且最后差点要了自己的命。"

"我没什么可说的。"约翰逊重复道。

"那家伙把我的朋友搞得精神高度紧张。现在我的朋友死了。你卖了一支枪给某个人，结果别人死了。"

"一把仿造手枪，这无论在时间上还是空间上都是非常合法的！"约翰逊努力把雷布思的话当成耳旁风，又抓了一把脆饼。雷布思挥起手，把碗打翻，里面的东西撒得到处都是。然后他紧紧地抓住了这个年轻人的手腕，用力地握紧。

"你是和我遇到的其他浑蛋一样合法的败类。"

约翰逊试图挣脱他的手。

"你就那么完美无缺吗？人们都知道你想干什么，雷布思。"

"干什么？"

"想方设法将我逮捕！我知道你企图陷害我，说我改造已经丧失杀伤力的手枪。"

"谁说的？"雷布思放开了他紧握的手。

"人们都这么说！"约翰逊的下巴上有一些唾液的斑点，上面混合着饼干的残渣，"天哪，原来你还蒙在鼓里！"

那是事实：雷布思一直在试探；他想逮捕约翰逊。他想要一些东西——一些东西——作为卡利斯死亡的补偿。尽管人们都摇着头，嘴里咕哝着"仿造品"、"纪念品"和"无伤大碍"之类的话，雷布思还是要问。当然，约翰逊也难免听到了一点风声。

"你知道多久了？"雷布思问道。

"什么？"

"多长时间了？"

但约翰逊只是拿起杯子，眼睛睁得圆圆的，等着雷布思打翻他手里的杯子。雷布思却举起自己的杯子，一饮而尽，嘴里顿时火辣辣的。

"有一些事你应该知道！"他慢慢点着头说道，"我会记恨一辈子，你走着瞧！"

"即使我什么都没做？"

"哦，你一定会做些什么的，相信我。"雷布思站起来，"我只是还没有查个水落石出。就这样吧！"雷布思眨了下眼睛，然后转身离开，听到桌子被推到一边，回头看见约翰逊站了起来，攥着拳头。

"让我们现在就解决吧！"他嚷嚷着，雷布思把手插在口袋里。

"我宁愿等候法庭的审判，如果你同意的话。"他说道。

"没门儿，我已经对这个厌烦透顶了！"

"很好。"雷布思说道。他看见希欧涵出现在走廊里，用怀疑的眼神看着他。或许她本以为他去洗手间了。她的眼睛说明了一切：我简直不能让你一个人待该死的五分钟……

"这边出了什么事情吗?"问题不是出自希欧涵之口,而是一个门卫,脖子粗粗的,穿着紧身黑色套装,里面是件黑色套头衫。他戴着一副耳麦,剃光了的头在灯光下显得铮亮。

"只是吵了几句。"雷布思让他放心,"事实上,或许你可以解决这件事:告诉我埃尔顿·约翰的旧唱片公司。"

门卫看上去一头雾水。男招待举起手,雷布思朝他点点头。"DJM。"男招待说道。

雷布思打了个响指。"没错!给自己点一杯,想喝什么都可以!"他向走廊走过去,回头指了指孔雀约翰逊,"记在那个杂种的账上……"

"你从来都没谈过关于你当兵的那段日子。"希欧涵说着,从厨房里端出两个盘子。雷布思已经拿来了托盘、刀和叉。作料放在他脚边的地板上,他点头致谢,接过盘子,里面是一块烤猪排加了烤土豆和一截玉米。

"这个看上去很棒。"他说,举起了红酒杯,"向我们的大厨致谢。"

"我用微波炉烤的土豆,玉米是从冷冻柜里拿出来的。"

雷布思把一根手指放在嘴唇上。"不要把你的秘密说出来!"

"一个你刻骨铭心的教训。"她用叉子叉了块牛排,"要我再重复一遍问题吗?"

"事实上,希欧涵,那不是一个问题。"

她回想了一下,想到他是对的。"可是……"她说。

"你想让我回答吗?"他看到希欧涵点头,然后抿了口酒。智利红葡萄酒,她曾经告诉过雷布思。一瓶三镑。"介意我先吃吗?"

"你不能边吃边说吗?"

"那个习惯可不好,我妈妈总是这样教导我。"

"你总是很听你父母的话吗?"

"总是。"

"而且把他们的建议当做个人信条?"他点了点头,嘴里嚼着土豆皮。"那么我们为什么现在能边讲边吃呢?"

雷布思用更多的红酒把嘴里的东西送下去。"好吧,我妥协。先回答你没有问的问题:是的。"希欧涵想了解更多,但他已经把注意力放回到食物上。

"是的什么?"

"是的,我闭口不谈我当兵的那些日子是事实。"

希欧涵大声出了口气:"我从太平间的当事人那里听到的闲聊都比这多!"她停了一下,眼睛闭了一秒钟,"对不起,我不该这样说。"

"没关系!"但是雷布思对食物的咀嚼慢了下来。两个当事人:一个是家庭成员,一个是以前一起工作过的同事。想到他们俩并排躺在停尸房冷冻抽屉里的金属托盘上不禁有些怪异。"关于我在军队的那些日子……这些年来我一直在努力忘记它们。"

"为什么?"

"各种各样的原因。我就不应该在签名线上署名。一觉醒来,我已在阿尔斯特了,用来复枪对准一群手里拿着燃烧弹的孩子。最后想要加入空军特勤队,并且在这个过程中搞坏了脑子。"他耸了耸肩,"那就是关于我当兵那些日子的所有事情。"

"那么你为什么要加入警局?"

他把杯子举起放在嘴边。"除了警察局,谁还会接纳我呢?"他把盘子放在一边,倾斜身子倒了更多的红酒,向希欧涵扬了扬瓶子,但是她摇了摇头。"现在你知道他们为什么从来不用我去拍招募新兵的广告了吧。"

她看着他的盘子,大多数猪排还没有动过。"你准备在我面前充当素食者吗?"

他拍了拍自己的胃。"味道不错,不过我不太饿。"

她想了想。"是不是肉的缘故?当你使劲儿切肉的时候,你的手会痛。"

他摇了摇头。"我只是饱了。"但是他能看出来,她已经知道自己一语中的。当雷布思斯集中注意力喝酒时,她又开始吃了。

"我认为你非常像李·赫德曼。"她最后说道。

"我知道什么叫说反话的恭维。"

"人们以为自己了解赫德曼,其实他们并不了解他。他有那么多费尽心思去隐瞒的地方,不为人所知。"

"你说的是我,是吗?"

她点点头,望着雷布思。"你为什么又回到马丁·费尔斯通的住所?我有种感觉,那和我无关。"

"你有种感觉?"他低头盯着红酒看,看见了自己的倒影,红色的,颤抖着。"我知道他打了你。"

"那是他要你去和他谈话而编的一个借口……但你真正想要什么呢?"

"费尔斯通和约翰逊是朋友,我需要和约翰逊有关的一些证据。"他停了下来,意识到"证据"不是最精明的措辞[1]。

"你得到了吗?"

雷布思摇头。"费尔斯通和孔雀发生了争吵。他有一个星期没看到孔雀了。"

"他们为什么要吵呢?"

"不太清楚。我感觉可能和一个女的有关。"

"孔雀有女朋友吗?"

"一年中有三百六十五个女友。"

"所以那可能也是费尔斯通的女朋友?"

雷布思点头。"来自摆渡者的一位金发女郎。她的名字叫什么来着?"

"蕾切尔。"

"我们想不到更好的理由来解释她为什么星期五出现在南昆斯费

---

[1] 原文用的词是ammo,亦有"军火"之意。

325

里吗?"

希欧涵摇头。

"但孔雀也在镇上出现了,在值夜班的那一晚。"

"巧合吗?"

"还会有其他可能吗?"雷布思揶揄地问道。他起身,手里拿着酒瓶。"你最好帮我搞清楚这怎么回事。"他走上前给希欧涵的杯里倒了些红酒,然后把自己杯里剩下的喝完。他没有继续坐下来,而是走到窗户跟前。"你真的认为我像李·赫德曼吗?"

"我认为你们中的任何一个都不曾真的和过去一笔勾销。"

雷布思转过去看着她。她扬起一边眉毛,邀请他坐回来,但只是笑笑,然后转身看着窗外的夜色。

"或许你也有一点像道格·布里姆森。"希欧涵继续说着,"记得你曾说过什么吗?"

"什么?"

"你说他收藏人。"

"我会做那种事吗?"

"那可以解释你对安迪·卡利斯的兴趣……而且当你看到凯特和杰克·贝尔在一起时你非常生气。"

他慢慢地转身面对她,双臂交叉。"那么你会成为我的一个标本吗?"

"我不知道,你怎么认为呢?"

"我想你比这要强硬。"

"你最好这么认为。"她说话时仿佛带着一个微笑。

当他叫出租车的时候,说目的地是雅顿大街,但那是说给希欧涵听的。他告诉司机计划有一点变化;他们要直奔南昆斯费里路,并在利斯警察局停一下。在旅程快要结束时,雷布思要了一张收据,心想他可能要记在询问调查的账上。然而必须得快些:他不认为克拉夫豪斯会同意支付二十英镑的出租车费。

他沿着漆黑的楼道一路走下去，推开了主大门。门口已经没有警卫了，没有人监视李·赫德曼住处的人员进出。雷布思爬上楼梯，听到从另外两所公寓传来的嘈杂声。他认为他听到的是电视的声音。当然他也闻到了晚饭过后的气味。肚子里发出的咕噜声提醒他或许应该再多吃些猪排，可以延缓饥饿的苦闷。他掏出了一把赫德曼公寓的钥匙。他在利斯警局拿到的，还是新配的，发着亮光，在碰到门锁的制栓前颇费了一番周折。一进去，他就把身后的门关起来，打开走廊的灯。这地方很冷，供电还没有被停止，但有人已经想到了关掉中央暖气系统。他们已经问过赫德曼的遗孀，看她是否愿意北上搬走屋里的东西，但被她婉言拒绝了。那个杂种的东西有什么好稀罕的？

这个问题问得好，雷布思现在也在考虑同一个问题。李·赫德曼一定有什么东西，一些别人也想得到的东西。他研究了门的后面，上面和下面各有一道门闩，两把榫眼锁外加一把耶鲁锁。这两把榫眼锁可能是阻拦盗贼用的，但当他在家时门闩是干什么用的？什么东西让他这么害怕？雷布思交叉双臂，住回撤了几步。

这个问题的答案不言而喻。贩毒的赫德曼一直都害怕被逮捕。雷布思在他的职业生涯中遇到过很多毒贩，通常他们都住在政府建的高耸入云的公寓里，而且他们的门是钢板造的，比起赫德曼家的门，在很大程度上会提供更强有力的抵御。在雷布思看来，赫德曼的安全手段只能给他争取更多的时间，没别的作用。更多的时间——或许可以把证据从马桶中冲掉，但雷布思不这样认为。这所公寓从里到外，没有任何蛛丝马迹表明它曾经在某一时刻充当过毒品工厂。况且，赫德曼有那么多可以藏东西的地方：船库，还有那条船本身。他没有必要用这所公寓做仓库。那还有什么原因呢？雷布思转身向客厅走过去，摸索着开门。

然后呢？

他试着把自己想象成赫德曼，然后意识到他不需要这么做。希欧涵不是暗示了许多吗？我认为你和李·赫德曼很像。他闭上双眼，把他现在站的这个房间看做自己的屋子。这是他的地盘，他是这里的主人。但有人想要进来……一些不速之客。他能听到他们的声音。或许他们试图撬锁，但门闩破坏了他们的计划。所以接下来他们不得不用肩膀挤门。然后他有时间……有时间去拿他可能藏在什么地方的枪。Mac-10放在造船厂，以防有人去那儿找他。布罗科克就放在这儿，在橱柜里，被枪的照片包围着。赫德曼放枪的小神龛。手枪放在上手的部位，因为他不认为拜访者会带枪。他们可能想问一些问题，或者要带他走，但布罗科克会吓到他们。

雷布思知道赫德曼期待的人是谁；可能西姆斯和怀特里德还不能完全对号入座，但应该是类似他们的人，想要带他去接受询问……问一些关于朱拉的问题。直升机的坠毁、飘在树上的文件、一些赫德曼从坠机现场带回来的东西。可能是一个孩子偷走了它？也许是在他的一次聚会上？但那些死去的孩子并不认识他，也没来参加过他的派对。只有詹姆斯·贝尔，唯一的幸存者。雷布思坐在赫德曼的扶手椅上，手掌放在两边的扶手上。杀死另外那两个小孩的目的是想吓唬詹姆斯吗？那样詹姆斯会说出一切吗？不，不，不，如果是那样的话为什么赫德曼要把枪口对着自己呢？詹姆斯·贝尔……冷酷，明显不会被轻易左右……翻着兵器杂志研究打伤他的手枪型号。他也是一个有趣的标本。

雷布思用一只戴着手套的手轻轻地擦自己的前额。他感觉答案越来越近了，如此接近，他都能品尝到它的气息。他又站了起来，走进厨房打开冰箱。这儿还有食物，一包还没打开的奶酪、几片腌猪肉和一盒鸡蛋。死人的食物，他想，我不能吃。他又来到卧室，这次不用开灯，从开着的门溢进的光线足够了。

谁是李·赫德曼？一个放弃事业和家庭独身来到北方的男人。开始了一个人的事业，选择了一间一居室的公寓。靠着岸边居住，一旦什么时候需要，他的船提供了很好的逃脱方式。没有要好的朋友。同龄人当中，布里姆森可能算是他唯一的朋友。相反，他更喜欢那些青少年——因为他们不会向他隐瞒什么；因为他知道对付那帮孩子他游刃有余；因为他们对他印象深刻。但并不是随便什么小孩都行，他们必须是特立独行的孩子，必须与众不同……雷布思脑海中突然一闪，意识到布里姆森似乎也在上演一出独角戏,和别人很少有关联,甚至没有任何关联。脱离世界,随心所欲地花费自己的时间。而他也是个退伍兵。

雷布思突然听到一声轻叩。他站在那儿,试图分辨是什么位置传来的声音。是楼下的声音?不,是前门,有人在敲门。雷布思轻轻地走到门厅,把眼睛贴在窥视孔上面。

他认出这张面孔并开了门。

"晚上好,詹姆斯。"他说,"很高兴看到你又能站起来了。"

詹姆斯·贝尔花了好一阵工夫才认出雷布思。他慢慢地点头问候,目光越过雷布思的肩膀向大厅望去。

"我看见灯亮着,在想是不是有人在这儿。"

雷布思把门开大了一点。"进来吗?"

"那没问题吧?"

"这儿没别人。"

"我只是在想……或许你在做搜查什么的。"

"不是那样的。"雷布思摇头示意他进来。詹姆斯·贝尔走进门。他的左臂放在吊带里,右臂轻轻地抱着它。一条黑色的克龙比风格的长外套[①]披在肩上,来回拍打着,露出深红色的内衬。"是什么风把你吹到这儿的?"

"我只是在散步……"

"这儿离你家很远。"

詹姆斯看着雷布思。"你去过我家……或许你能明白。"

雷布思点点头,再一次把门关上。"和你的妈妈闹别扭了?"

"是的。"詹姆斯环顾一下大厅,好像是第一次看到,"还有我爸爸。"

"他很忙,是吗?"

"谁知道呢。"

"有个问题或许我不应该问……"雷布思说。

[①] 克龙比(Crombie)是英国时装品牌,一八〇五年成立于苏格兰阿伯丁,生产高端服装和奢侈品,以奢华长外套闻名。

"什么？"

"你来这儿几次了？"

詹姆斯耸了耸他的右肩。"没几次。"雷布思带路走在前面，他们来到了客厅。

"你还没说你为什么来这儿。"

"我想我说了。"

"说得不怎么清楚。"

"我认为南昆斯费里是个散步的好地方。"

"但是你没有从巴顿步行到这儿。"

詹姆斯摇摇头。"我在不停地换乘公车，只是为了找乐子。结果有一辆公车就把我带到这儿来了。这时我看到灯亮着……"

"你认为谁会在这儿？你预料你会发现谁在这儿？"

"我猜是警察。除了警察，还有谁会在这儿？"他打量着这间屋子，"事实上，有一件事情……"

"什么？"

"我有一本书，李借走的。我想我可以在这地方被搬空前拿回来。"

"好主意。"

詹姆斯的手向他受伤的肩膀摸去。"这该死的东西还会痒，你信吗？"

"我相信。"

詹姆斯突然笑了。"有些失礼了……我想我还不知道你的名字。"

"雷布思。警督。"

年轻人点点头。"我爸爸提起过你。"

"没错，我真是受宠若惊。"看到儿子的目光时，很难不感到父亲在背后偷窥的目光。

"恐怕他看到的任何东西都不能令他满意……亲戚朋友也不例外。"

雷布思坐在沙发的扶手上，点头示意那把椅子，但是詹姆斯·贝尔看起来更愿意站着。"你有没有找到那把枪？"雷布思问。詹姆斯被这个问题问得有些困惑。"在我看望你的那次，"雷布思解释道，"你在看一本兵器杂志，寻找布罗科克。"

"噢，是的。"詹姆斯自己点了点头，"报纸上登出了它的照片。我爸爸一直保留着那些报道，认为自己可以充当运动的先锋。"

"你听起来不是完全赞同。"

詹姆斯的眼神变得冷酷起来。"或许那是因为……"他停了下来。

"因为什么？"

"因为我对他变得有用了，不是因为我是谁，而是因为发生了什么事。"他的手又摸向了肩膀。

"你不应该相信一名政客。"雷布思表示同情。

"李曾告诉过我一些事情。他说：'如果你禁止合法持枪，能够接近它们的就只有那些犯法的人。'"詹姆斯笑着回忆说。

"似乎他自己就是名罪犯，至少有两把无持枪证的手枪。他曾经告诉你他为什么需要枪吗？"

"我认为只是他对枪感兴趣……因为他的背景和其他事情。"

"你从来没有预感到他会有麻烦？"

"什么麻烦？"

"我不知道。"雷布思承认道。

"你是说他有敌人？"

"我是说，为什么他的门上会有这么多的锁？"

詹姆斯走到门口向大厅望去。"我认为那也是他的个人经历。就像去酒吧的时候，他总是坐在角落里，面对着门。"

雷布思不得不笑了，因为自己做着一样的事情。"所以他能知道谁进来了。"

"他是这么告诉我的。"

"你们看起来好像非常亲近。"

"亲近到他最后朝我开枪。"詹姆斯的眼睛朝肩膀看去。

"你是不是偷了他什么东西，詹姆斯？"

年轻人的额头皱了起来。"我为什么要那么做？"

雷布思只是耸了耸肩。"但是你偷了吗？"

"从没有。"

"李曾提到他不见了什么东西吗?有没有在你的面前焦虑不安?"

年轻人摇摇头。"我不明白你想说什么。"

"他的偏执。我只是想知道它夸张到什么程度了。"

"我没有说他是偏执狂患者。"

"那些锁,酒吧角落的椅子……"

"那只是出于小心,不是你说的吗?"

"也许吧。"雷布思停顿了一下,"你喜欢他,对不对?"

"或许多过他喜欢我。"

雷布思记起了他和詹姆斯·贝尔的上次见面,和后来希欧涵说的一些话。"那你认识特丽·科特吗?"他问。

"她怎么了?"詹姆斯往后退了几步回到房间里,但看起来仍然有些不安。

"我们认为赫德曼和特丽之间有些暧昧。"

"那又怎么样?"

"你知道吗?"

詹姆斯耸了耸双肩,结果疼得畏缩了一下。

"暂时忘了你的伤口了,啊?"雷布思说道,"我记得你屋里有台电脑。你登录过特丽的网站吗?"

"我不知道她有个网站。"

雷布思缓缓点头。"看来德里克·伦肖没有提起它。"

"德里克?"

雷布思仍然点着头。"德里克似乎是特丽的崇拜者。你常常出现在休息室里,跟他,还有托尼·贾维斯相同的时间……我还以为他们谈论过它呢。"

詹姆斯摇着头,看起来若有所思。"我不记得了。"他说。

"不用害怕。"雷布思站了起来,"你的那本书,我可以帮你一起找吗?"

"书?"

"你要找的那一本呀!"

詹姆斯笑自己的愚蠢。"是的,当然……那当然很好。"

他看看杂乱的屋子,朝桌子走了过去。"等一下。"他说,"就是这本。"他拿起一本平装版的书给雷布思看。

"那本书是关于什么的?"

"一名精神失常的士兵。"

"企图杀死他的妻子,然后跳飞机自杀了?"

"你知道这个故事?"

雷布思点点头。詹姆斯轻翻着书,然后把它放在大腿上。"看来我找到自己要找的东西了。"他说。

"你还想拿走什么东西?"雷布思举起一张碟片,"说实话,这 CD 可能会被扔掉的。"

"会吗?"

"他妻子好像对这个不感兴趣。"

"真是浪费。"雷布思把唱片递过去,但詹姆斯摇摇头。"我不能拿,这好像不合适吧。"

雷布思点点头,记起自己在冰箱前面时的沉默无言。

"留给你了,警督。"詹姆斯把书夹在腋下,伸出右手要和雷布思握手。外套滑落了下来,掉到地上。雷布思绕过去捡了起来,给詹姆斯披上。

"谢谢,"詹姆斯·贝尔说,"我自己出去吧。"

"开心点,詹姆斯,祝你好运。"

雷布思在客厅等着,下巴倚在一只戴着手套的手上。听着前门打开后又关上。詹姆斯的家离这儿有一段距离……被一个死者房屋家的灯光吸引着。雷布思还在奇怪这个年轻人想要找什么……低沉的脚步声在石板楼梯上渐渐逝去了。雷布思绕过桌子,随意翻看着剩下的书。他们都是和军事主题有关的,但雷布思有十足的把握,年轻人拿走的那本书和希欧涵第一次来公寓时拿起的那本书一样。

就是从里面掉出特丽·科特相片的那本书……

第六天　星期二

19

星期二早上，雷布思离开他的公寓，步行来到马奇蒙特路的脚下，一口气穿过草坪公园——一片通往大学的草地。学生们从他的身边穿过，其中有几个人骑着咯吱作响的自行车，其他人拖着脚，睡眼惺忪地走着去上课。天阴沉沉的，天空的颜色和石板灰的屋顶交相辉映。雷布思径直朝乔治四世大桥走去。现在他已经对国家图书馆的程序了如指掌：门卫会让你通过，但是接下来，你必须爬楼梯，和值班的图书管理员磨嘴皮，说你十万火急，去其他图书馆都无济于事。雷布思亮出他的身份，解释了他想要什么，被领进缩微胶片室。这就是他们现如今保管旧文献的方式：做成一卷一卷的缩微胶卷。前几年，为了办一个案子，雷布思曾经在阅览室找一个位子，由服务员恭恭敬敬地把一小推车装订好的大张报纸倒在桌子上。现在，只需打开屏幕，把一卷录像带装进机器里面。

雷布思的脑海里没有具体的日期。他决定回到朱拉失事之前的整整一个月，让这些日子在他的视线里过一遍，看看当时都发生过哪些事情。当他找到失事的当天时,脑海中已经有了一个完整的概念。文章登上了《苏格兰人》的首页,还有两名受害者的照片:斯图尔特·菲利普斯准将和凯文·斯帕克少校。一天以后,报社为出生于苏格兰的菲利普斯刊登了一篇洋洋洒洒的讣告,里面关于这个人的成长经历和职业成就的介绍让雷布思眼花缭乱。他检查了一遍他匆匆记下的笔记,把胶卷拉到最后,又换了一卷两周前的胶卷,终于倒回他在笔记中记下的日期。故事是关于北爱尔兰的IRA停火,正在播放的那部分讲斯图尔特·菲利普斯准将在谈判之中的角色。前提条件正在讨论之中;双方的非法军事组织无法互相信任;有待安抚的小派别……雷布思本来在用钢笔轻轻敲打自己的牙齿,突然意识到旁边的另外一位用户在皱眉头。雷布思说了声"对不起",就把视线投向了报纸里面的另外几则故事:全球峰会、国外战事、足球报道……在一只石榴里面发现了耶稣的脸;一只猫迷了路,尽管它的主人其间搬了家,但它又找到了主人……

猫的照片让他想起了波伊提乌。他回到接待台前,问光盘版百科全书放在哪里。他查阅了波伊提乌。罗马哲学家、翻译家、政治家……被指控犯有叛国罪,在等待执行期间,写下了《哲学的慰藉》。他在书中辩称,万事万物变幻莫测……唯有美德是永恒的。雷布思想知道这本书能不能帮助他领悟德里克·伦肖的命运,以及它对那些和他最亲密的人的影响。不知为什么,他对此表示怀疑。在他的经验体系中,有罪的人往往逍遥法外,而受害者被抛之脑后。好人总是没有好报,反之亦然。如果这就是上帝的安排,那么这个老杂种一定有一种病态的幽默感。还不如说这里没有什么安排,是很偶然的机缘把李·赫德曼带进那间教室的,那还比较容易理解一些。

但是雷布思怀疑这也不正确……

他决定到乔治四世大桥喝杯咖啡,抽根烟。他已经给希欧涵打过电话,让她知道他要在城里忙点事,不能做她的搭档了。她听起来满不在乎,甚至没有一丝好奇。她似乎在和他疏远,倒不是因为他责备她。他总是惹麻烦,她的事业决不会因为接近他而飞黄腾达。尽管如此，他认为事情没这么简单。也许她真的把他看成一个收藏家，觉得他和某些人过于亲密，某些他关心或感兴趣的人……有时候亲密得让人感到不舒服。他想到了特丽小姐的网站，它让人们产生一种错觉：凡是观看网站的人都和她有一定的关系。一种单向关系：他们可以看到她，但是她看不到他们。她是另一个"标本"吗？

雷布思坐在大象屋咖啡店里，啜饮着一大杯加过牛奶的咖啡，掏出了手机。他在进屋前就在人行道上抽了一根烟：这年头你永远都无法知道室内允不允许抽烟。他用大拇指的指甲盖按键，接通了鲍比·霍根的手机。

"鲍比，打手队被接管了吗？"他问道。

"不完全是。"霍根知道雷布思指的是谁：克拉夫豪斯和奥米斯顿。

"但是他们在附近？"

"和你的女朋友成了朋友。"

雷布思稍加思索，才领会他的意思。"怀特里德？"他猜测道。

"正是。"

"克拉夫豪斯最喜欢听到的莫过于关于我的一些老掉牙的故事。"

"这倒是解释了他脸上的笑容可掬。"

"你到底认为我有多么不受欢迎？"

"没人知道。你到底在哪里？我能听到背景里有个嗞嗞的声音，是不是蒸馏咖啡机？"

"老板，半晌午了，休息休息，仅此而已。我在挖掘赫德曼在军队里度过的时光。"

"你知道我出师不利吗？"

"鲍比，不用担心。要是空军特勤队不费吹灰之力就把他的档案交出来，那才怪呢。"

"那你是怎么调查他的军队纪录的？"

"侧面。"

"能不能再给我一点惊喜？"

"等我找到一些有用的资料再说。"

"约翰……调查的重点在不断飘移。"

"鲍比,用平实的英语。"

"'为什么'似乎不那么重要了。"

"因为毒品的角度要有趣得多?"雷布思猜测道,"鲍比,你是打算让我闭嘴吗?"

"约翰,你知道的,这可不是我的一贯作风。我说的是,这件事情可能已不归我管了。"

"克拉夫豪斯没有经营我的崇拜者俱乐部吗?"

"他甚至都不在邮件名单上。"

雷布思陷入沉思。霍根打破了沉默。"事情再发展下去,我可能也得和你一起喝咖啡……"

"你被排挤了吗?"

"从裁判到第四把手。"

说到这里,雷布思忍不住笑了。克拉夫豪斯做裁判;奥米斯顿和怀特里德做他的边线裁判员……"还有什么新闻吗?"他问道。

"赫德曼的快艇,有毒品的那艘。看样子当他购进毒品的时候,是用现金支付的——更确切地说,是用美元。非法药物的国际货币。他去年不知道去了多少趟鹿特丹,其中很多次都试图隐藏自己的行踪。"

"看样子不错,对不对?"

"克拉夫豪斯正在琢磨是不是还有色情交易。"

"这个人满脑子都是些乌七八糟的东西。"

"他可能说对了。在鹿特丹那种地方有不少货真价实的违禁物品呢。问题是,我们的老伙计赫德曼似乎还是个花花公子。"

雷布思眯起了眼睛。"此话怎讲……"

"记不记得我们把他的电脑抱走了?"雷布思想起来了,当他第一次拜访赫德曼的公寓的时候,它就已经被人抱走了。"豪登霍尔的科学家们能准确定位他使用的网站。其中有很多是为偷窥者服务的。"

"你是说窥淫癖?"

"正是。赫德曼先生喜欢看。听听这一条看你有什么想法:一些网站是在荷兰登记的,赫德曼每个月都用信用卡付费。"

雷布思盯着窗外。外面开始下雨了,柔软的雨丝斜斜地落下。人们正低着头,加快步伐赶路。"鲍比,有没有听说过一位贩卖淫秽作品的巨头还要花钱看那些东西?"

"破天荒第一次。"

"相信我,这条线索是死路一条……"雷布思停顿了一下,眼睛眯成了一条缝,"你看过那些网站了?"

"约翰,公务在身,为了研究证据。"

"说说看。"

"难道你追求低级趣味?"

"要是我想追求低级趣味,我会找弗兰克·扎帕①。鲍比,听我的。"

"一个女孩坐在床上,穿着长筒袜、吊袜带……那一类东西。你想让她做什么,就用键盘敲进去。"

"知道赫德曼喜欢让她们干什么事情吗?"

"恐怕不知道。科学家们看来只能截取这么多信息。"

"鲍比,你有这些网站的清单吧?"雷布思不得不硬着头皮听电话那头低声的笑,"我只是冒昧地猜测一下,上面有没有一个叫'特丽小姐'或'黑色入口'的网站?"

对方一阵沉默,接着说道:"你怎么知道的?"

"我上辈子会读心术。"

"约翰,我是认真的:你怎么知道的?"

"看到了吧?我就知道你会问的。"雷布思决定消除鲍比的疑虑,"特丽小姐正是特丽·科特。她是埃德加港的学生。"

"顺便还从事色情业?"

"鲍比,她的网站不是色情网站……"雷布思打住了,但是为时已晚。

"你已经看过了?"

---

① 指扎帕与发明之母(Frank Zappa and the Mothers of Invention),美国的一支迷幻摇滚乐队。

"她的房间装了摄像头。"雷布思承认了,"似乎一天二十四小时都开着。"他皱了皱眉头,又一次意识到他的话太多了。

"你看了多长时间才能这么肯定?"

"我不觉得这和……"

霍根对他的话充耳不闻。"我得告诉克拉夫豪斯这件事。"

"不,不要。"

"约翰,如果赫德曼对这个女孩子痴迷的话……"

"如果你要对她进行侦讯的话,我想过去一趟。"

"我想你还是不要——"

"鲍比,这条线索是我给你的!"雷布思环顾四周,意识到他的声音已经抬高了八度。此刻他正坐在窗户旁边的一个公用柜台前面。他看到两个年轻女人,是趁休息时间溜出来的上班族。她们正要背过脸去,却被他逮个正着。她们偷听有多久了?雷布思压低了声音。"我必须在场。鲍比,答应我。"

霍根的声音缓和了一些。"既然说到这个份儿上了,我就答应你吧。但是这不表示克拉夫豪斯也会这么好说话。"

"你一定要告诉他这个吗?"

"你是说……"

"鲍比,就我们两个,我们可以找她谈一谈……"

"约翰,这可不是我的工作作风。"语气又生硬起来。

"我想也是,鲍比。"雷布思想了一下,"希欧涵在吗?"

"我还以为她和你在一起呢。"

"别管这个了。什么时候对她进行侦讯,你会告诉我吗?"

"会的。"这个字眼变成了一声叹息。

"鲍比,好样的。我欠你的。"雷布思挂断电话,撇下喝剩的咖啡走了。在外面,他又点了一支烟。上班族女孩子们正在交头接耳,还用手捂着嘴,生怕他会解析她们的唇语。她们尽量避开他的眼神。他把烟雾向着窗子吹去,然后径直走回图书馆。

* * *

希欧涵已经早早到了圣伦纳德,在健身房锻炼了一会儿,然后朝重案组的办公室走去。有一间小储藏室,里面放了一些旧卷宗,但是当她检查棕色的壁橱文件盒的书脊时,她意识到丢了一本,取而代之的是一张纸条。

马丁·费尔斯通。奉命撤除。吉尔·坦普勒的签字。

合情合理。费尔斯通的死决非偶然。一项谋杀调查正在落实,牵涉到一场内部调查。坦普勒拿走了文件,好把它传给需要的人。希欧涵又关上门,上了锁,然后进了走廊,在吉尔·坦普勒的门上倾听。里面鸦雀无声,只有电话在远处丁零零地响。她上下打量着大厅。重案组办公室里有几个身影:戴维·海因兹和"嗨-嗬"·西尔弗斯。海因兹还太嫩,不会质问她要做什么,但是如果让西尔弗斯看见她的话……

她做了一个深呼吸,敲了敲门,等了一会儿,然后转动把手,推门而入。

门没有锁。她随手关上门,蹑手蹑脚地走进她的上司的办公室。办公桌上空空如也,抽屉也不够大。她盯着绿色的四斗文件柜。

"一不做,二不休。"她告诉自己,拉开了最上面的抽屉。里面空空如也。其他三个抽屉里面倒是有很多文件,但是都不是她要找的。她喘着粗气,又四下张望。她想要瞒过谁?这里没有半点藏东西的地方,把实用主义发挥到了极致。有一段时间,坦普勒在窗台上养了几盆花草,但是现在甚至连那些花草也消失得无影无踪,要不是因为无人理睬而死掉了,就是在大扫除的时候丢进了垃圾桶里。坦普勒的前任在办公桌上面摆满了大家族的照片,但是现在却空荡荡的,甚至没有什么可以标志其主人是一位女性。希欧涵确信自己没有漏下什么东西,打开了门,却发现一个男人正站在那里,眉头紧锁。

"我正想找你。"他说道。

"我只是……"希欧涵回头扫了房间一眼,仿佛在给她已经开了头的句子寻找一个可信的结尾。

"坦普勒总警司在开会。"男人解释道。

"我已经找到了我要的东西。"希欧涵说道,她的声音又恢复了平静。她把门扣上。

"顺便说一下。"男人说道,"我叫……"

"马伦。"希欧涵挺直腰板,和他的身高差了几英寸。

"当然。"马伦说道,露出一丝不易觉察的笑容。"我遇见雷布思警督的那天,你在给他当司机。"

"现在你想向我打听马丁·费尔斯通的事情?"

"没错。"他停顿了一下,"我想你能为我腾出几分钟的时间。"

希欧涵耸耸肩,微微一笑,好像在说她再也想不出比这更令人愉快的事情了。

"那请你跟我来一下。"马伦说道。

当他们路过重案组办公室敞开的门时,希欧涵朝里面扫了一眼,看见西尔弗斯和海因兹正并排站着。两个人都把各自的领带举到了头的正上方,扭着脖子,仿佛他们被挂在绞刑架上。

他们眼中的受害者竖起中指,然后就从他们的视线中消失了。

她跟着投诉部的警官下了楼梯,就在快要到达接待区的时候,打开了第一审讯室的门。

"我想你进坦普勒总警司的办公室一定有好的理由。"他说道,脱下他的夹克衫外套。房间里有两把椅子,他把外套放在一把椅子的靠背上。希欧涵坐下来,看着他在对面就座,他们中间只隔了一张墨迹斑驳的豁口桌子。马伦弯下腰,从地板上拿起一个纸板盒。

"是的,我确实有。"她说道,看着他把盖子撬开。首先映入她的眼帘的是马丁·费尔斯通的一张照片,是在他被捕后不久拍摄的。马伦取出照片,摆在她的面前。她无意中注意到他的指甲特别整洁。

"你认为这个人死有余辜吗?"

"我没有什么想法。"她说道。

"这只是我们两个之间的事情,你明白吗?"马伦把照片放低一点,好让他的上半张脸露在外面。"没有录音,没有第三者……一切都很慎重、非正式。"

"这就是你把夹克衫脱掉的原因吗?想表现出非正式?"

他选择闭口不答。"克拉克警长,我再问你一次,这个人死有余辜吗?"

"如果你问我,我是不是想让他死,答案是'否'。我碰到过比马丁·费尔斯通还卑鄙的人。"

"那你把他归为哪一类?小烦恼?"

"我根本就不屑于给他归类。"

"他死得很惨,你知道的。在熊熊烈火和令人窒息的浓烟中醒来,拼命挣扎,想逃脱椅子的束缚……我不会选择这样的方式来结束自己的生命。"

"我想也不会。"

他们对视了一下,希欧涵知道现在他随时会站起来,开始四处走动,尽量让她心里发慌。她抢先一步站起来,起身的时候椅子在地板上蹭得嘎吱嘎吱响。她双臂交叉在胸前,走到最里面的墙壁前面,这样她的审问员必须扭过身才能看到她。

"克拉克警长,看样子你能够胜任自己的工作。"马伦说道,"不出五年就可以升上警督,也许在你四十岁之前就当上了总督察……也就是说再过整整十年你就能赶上坦普勒总警司。"他停顿了一下,察看她的反应,"如果你能让自己远离麻烦的话,所有这一切都等着你呢。"

"我认为我已经有了一个很不错的导航系统。"

"为了你好,我希望你是对的。至于雷布思警督嘛……嗯,不管他使用什么样的罗盘,似乎都无一例外地走向悲剧,你说呢?"

"我没有什么想法。"

"那你该想一想了。既然选择了这一事业,你应该谨慎择友才对。"

希欧涵踱到了房间的另一端,走到门口又折了回来。"想让费尔斯通死的人一定不在少数。"

"希望调查能把这些人通通找出来。"马伦耸耸肩说道,"但是眼下……"

"眼下你想对雷布思警督来一次彻底审查。"

马伦端详着她。"你为什么不坐下来？"

"我让你感到紧张了吗？"她居高临下地看着他，指关节摁在办公桌的边沿上。

"这就是你一直在努力做的事情吗？我刚才还开始纳闷……"

她迎接了他的目光，然后缓和了，坐下来。

"告诉我。"他静静地说道，"当你最初发现雷布思警督在马丁·费尔斯通死的当晚拜访他时，你是怎么想的？"

她耸了耸肩，没有说话。

"一个理论是，"声音变得缓慢、庄重，"有人想恐吓费尔斯通，可是事情出了差错，仅此而已。雷布思警督可能想回房去救人……"他的声音越来越小，"我们接到了一位医生的电话……一位心理学家，名叫艾琳·莱瑟。她最近和雷布思警督因为其他案子而有一点联系。实际上，她在考虑投诉，理由和违反病人的保密规定有关。在她的电话结束的时候，她给出的意见是约翰·雷布思是个'深受困扰'的人。"

马伦身体前倾，"克拉克警长，你认为他深受困扰吗？"

"有时候他沉浸在案子当中难以自拔。"希欧涵承认，"我不知道这是不是一回事。"

"我认为莱瑟医生的意思是说，他很难生活在当下……他的内心有一股怨气，一股尘封多年的怨气。"

"我看不出这和马丁·费尔斯通有什么关系。"

"是吗？"马伦苦笑道，"你拿雷布思警督当朋友看待吗？一个在工作之余一起消磨时光的人？"

"是的。"

"你会和他一起消磨多少时间？"

"偶尔。"

"他是那种可以帮你解决问题的朋友吗？"

"也许吧。"

"但是马丁·费尔斯通就不算个问题吗？"

"不算。"

"对你来说不成问题。"马伦任凭他们之间保持沉默，然后仰靠在椅子上。"克拉克警长，你是否觉得自己应该保护雷布思？"

"没有。"

"但是在他的双手恢复期间，你一直帮他开车四处跑。"

"不是一回事。"

"他是怎么把手烫着的？他有没有做出让人心悦诚服的解释？"

"他把手伸进了滚烫的水里。"

"我强调的是'让人心悦诚服'。"

"我相信。"

"你不认为按照他的脾气，看到你的黑眼圈，他会把事情和费尔斯通联系起来，出去找他算账吗？"

"他们一起在小酒馆里坐了一会儿……我没听到有谁说他们在打架。"

"或许不是在公共场合。但是雷布思警督一旦经不起诱惑，应邀来到费尔斯通家中……在那种私人场合……"

希欧涵一个劲儿地摇头。"事情不是这样的。"

"克拉克警长，我要有你这样的自信就好了。"

"用来交换你的沾沾自喜和傲慢吗？"

马伦似乎在考虑这番话的含义。接着他微微一笑，把照片放回了盒子里面。"我想到此为止吧。"希欧涵没有一点要离开的意思。"除非还有其他事情？"马伦的眼睛在闪烁。

"实际上，确实有。"她朝盒子点了点头，"我去坦普勒总警司办公室的原因。"

马伦也看了看盒子。"哦？"听起来饶有兴趣。

"真的和费尔斯通无关，是关于埃德加港的审问。"她决定告诉他也无妨，"费尔斯通的女朋友，有人在南昆斯费里见过她。"希欧涵先趁机咽了口唾沫，然后才说出她小小的善意的谎言，"霍根警督想审问

347

她，但是我记不起她的地址了。"

"难道这里有吗？"马伦轻轻拍了拍盒子，考虑了一会儿，然后又把盖子撬开了，"没什么大碍。"他说道，把盒子推了过去。

金发女郎名叫蕾切尔·福克斯，在利斯大道脚下的一家超市工作。希欧涵驱车赶到那里，路过毫不起眼的酒吧、二手商店和烟草店。在她的眼中，利斯总是濒临复兴的边缘。当库房改建成"跃层风格的公寓"，或者电影院建筑群开始对外开放，抑或女王陛下过时的游艇停泊在那里供游客参观时，总会有人沸沸扬扬地谈起海港的"青春焕发"。但是在她的脑海中，这个地方从来没有真正改变过：一成不变的老利斯，一成不变的老利斯人。在那里，她从来没有担心过，甚至在死一样寂静的深夜去敲响妓院和毒枭的门时也没有。但是在人们的眼中，它也可以是一个无精打采的地方，在这里，一个笑容可以把你标记成一个外来户。超市的停车场里没有位子，于是她开着车绕来绕去，最后注意到一个女人正在往她的后备箱里面塞食杂购物袋。希欧涵等了一会儿，发动机空转着。那个女人正朝一个五岁大的孩子大喊大叫，那个孩子在呜呜地哭。两条葱绿色的鼻涕顺着男孩的鼻孔流下来，沾到了他的上嘴唇上。他的肩膀耷拉着，每啜泣一声都会打嗝。他穿着鼓鼓囊囊的银白色法国公鸡牌运动夹克，足足大了两码，两只手都露不出来。当他开始在一条袖子上面擦鼻子的时候，他的母亲终于爆发了，不停地摇晃着他。希欧涵注视着这一切，突然意识到她的手指正紧紧握着门把手。但是她没有下车。她知道自己的干涉对孩子无济于事，那个女人不会仅仅因为一个陌生人自作主张对她一顿臭骂，就突然看到自己的教育方式有误。后备箱合上了，孩子被推进了车里。当那个女人绕过去，走到司机那一边时，她看了希欧涵一眼，耸了耸肩，心想希欧涵大概也分享了她的负担。"你看，事情就是这样的。"——这似乎是她耸肩的全部含义。希欧涵只是盯着她，这个耸肩的姿势一直萦绕在她的脑海中，直到她停了车，抓起一只手推车，推着进了商店。

她在这里干什么呢?她在这里是因为费尔斯通,还是那几张纸条,还是因为蕾切尔·福克斯在摆渡者的露面?也许三者兼而有之吧。福克斯是一位付款台收银员,于是希欧涵注视着一排排柜台,一眼就看到了她。她和其他女人一样穿着蓝色的制服,头发在头顶挽了个发髻,一束散落的卷发垂到了耳朵上面。她把一件件商品凑到条形码识读机跟前识读,脸上没有一丝表情。她头顶上的标志写道:"少于九件商品请排此队"。希欧涵沿着第一过道漫步,实在找不到她需要的。她不想在鱼和肉制品那边排队拿东西,如果运气不好,福克斯可能会中途休息或者早早溜出去。两条巧克力进了手推车,接着是厨房毛巾和一听苏格兰肉汤。四件商品。越过下一条付款通道,她确定福克斯仍然在收银。三个退休职工正等着付款。希欧涵在她的供给品中又加了一罐番茄泥。一个坐电动轮椅的女人呼啸而过,她的丈夫步履蹒跚地跟在后面。她一刻不停地向他发号施令:"牙膏!打气筒,记好了,不是内胎!还有,你记得买黄瓜了吗?"

他突然皱了皱眉头,希欧涵一看就知道事实上他早就把黄瓜抛到了九霄云外,需要再回去一趟。

其他购物者似乎不紧不慢地移动着,仿佛在完成购物计划的同时尽可能地拖延时间。他们很可能会光顾店内的咖啡馆来结束一天的行程——一杯茶和一块蛋糕,蛋糕要细嚼慢咽,茶要细细地啜饮,然后回家观看下午的烹饪节目。

一包意大利面食。六件商品。

现在只剩下一位退休职工等在快速通道的外面。希欧涵跟在他后面。他跟福克斯打了声招呼,福克斯勉勉强强说了声"你好",就打断了进一步的谈话,她的声音里带着明显的倦意。

"天气不错。"男人说道。他的嘴里似乎缺乏必要的牙托,舌头伸出来,唾沫星子四溅。福克斯只是点了个头,专心致志以最快的速度处理他的采购。希欧涵低头看了一眼传送带,突然想起两件事情。第一件事是这位老绅士有十二件商品;第二件事是,她应该像他一样买点鸡蛋。

"八镑八十便士。"福克斯说道。男人的手从口袋里慢慢地掏出来,数着一枚枚硬币。他皱了皱眉头,又数了一遍。福克斯伸出手来,从他那里接过钱。

"还差五十便士。"她告诉他。

"哦,是吗?"

"你还差五十便士。你必须把一些东西放回去。"

"我这里有。"希欧涵说道,往里面添了一枚硬币。男人看着她,裂开瘪瘪的嘴巴笑了,点头致谢。接着,他拎起购物袋,拖着脚朝出口走去。

蕾切尔·福克斯开始接待她的新顾客。"你以为他是个'穷困潦倒的老年人',"她头也不抬地说道,"其实他每个星期都要揩点油。"

"那我可真够傻的。"希欧涵说道,"能免去他再慢条斯理地数一遍钱倒也值得。"

福克斯抬起头扫了一眼,低下头看传送带,接着又抬起头来。"我在哪里见过你。"

"蕾切尔,你一直在给我送信。"

福克斯的手在意大利面食上凝固了。"你怎么知道我的名字?"

"你的胸牌上明明白白地写着呢。"

但是福克斯现在知道了。她的眼妆化得很浓,当她盯着希欧涵的时候,她眼睛眯缝起来。"你是那个警察,千方百计要把马丁送进监狱。"

"审判他的时候我提供了证据。"希欧涵承认。

"是吗?我记得你……还让你的一个哥们儿把他点着了。"

"蕾切尔,不要迷信那些八卦报纸上说的一切。"

"你一直在给他添麻烦,对不对?"

"不对。"

"他说起过你……说你跟他过不去。"

"我向你保证我没有。"

"那他是怎么死的?"

希欧涵的六件商品全部通过了,她拿出一张十英镑的钞票。下一组柜台的收银员已经停止服务,像她的顾客一样,正在偷听。

"蕾切尔，我能找个地方和你谈谈吗？"希欧涵环顾四周，"找个更隐蔽的地方。"没想到福克斯的眼泪夺眶而出。突然间，她让希欧涵想起了在外面遇到的小孩子。她心想，从某种意义上讲，我们只是些长不大的孩子。在感情上，我们永远都不会长大……

"蕾切尔……"她说道。

但是福克斯已经揭开柜台，给希欧涵找零钱。她在慢慢摇头。"和你们这帮人没什么好说的。"

"蕾切尔，我收到的那些字条作何解释？你能跟我讲讲字条的来龙去脉吗？"

"我不知道你在说什么。"

马达的声音告诉希欧涵坐轮椅的女人就在她的身后。毫无疑问，她丈夫的手推车里的商品数量正好是九件。希欧涵转过身去，看到那个女人怀里抱着一只购物筐，里面好像还有九件商品。那个女人咄咄逼人地盯着希欧涵，希望她赶紧让开。

"我在摆渡者见过你。"希欧涵告诉蕾切尔·福克斯，"你在那儿干什么？"

"哪儿？"

"摆渡者……南昆斯费里。"

福克斯把零钱和收据递给希欧涵，打了一个很响的喷嚏。"罗德在那里工作。"

"他是一个……朋友……对不对？"

"他是我哥哥。"蕾切尔·福克斯说道。当她抬起头看希欧涵的时候，她眼里的泪水早已被怒火代替。"难道这意味着你也想让他被人杀死吗？嗯？是不是啊？"

"戴维，也许我们应该再找一个柜台。"轮椅里的女人告诉她的丈夫。希欧涵一把抓起购物袋，朝出口走去，那个女人正在后退。一路上只听到蕾切尔·福克斯的声音："杀人的泼妇！他对你做过些什么？凶手！凶手！"

她把包摔在副驾驶座位上，一屁股坐在方向盘的后面。

"荡妇!"蕾切尔·福克斯朝汽车走过来。"你一辈子找不到男人!"

希欧涵转动点火装置,从车位里面退出,福克斯对准司机那边的头灯踹了一脚。她穿着运动鞋,一脚就把玻璃踹下去了。希欧涵正探着脖子张望,确定没有撞到后面的人。当她转身的时候,福克斯正在对付一排停着的手推车。希欧涵向前移动汽车,使劲踩油门,听到手推车碰得咣啷响,从她的车边擦过。朝后视镜一看,手推车把她身后的马路围得水泄不通,而打头的那辆撞到了一辆停着的甲壳虫车上面。

蕾切尔·福克斯仍然在破口大骂,先是晃动着两只拳头,然后朝着扬尘而去的汽车的方向伸出一根指头,最后用同一根指头划过自己的喉咙。她慢慢地点着头,好让希欧涵知道她说话算话。

"蕾切尔,咱们走着瞧。"希欧涵小声说着,一转弯出了停车场。

20

鲍比·霍根使出浑身解数才说服了克拉夫豪斯——这件事情他绝不允许雷布思转身就忘。他的表情就已经表明一切：第一，你欠我一份人情；第二，不要把这件事情搞砸了……

他们在"大房子"——位于费蒂斯大街的洛锡安和边境警察局总部——的一间办公室里。这里是毒品和重大犯罪的大本营，雷布思是经人勉强同意才留在这里的。至于霍根是怎样说服克拉夫豪斯让他在问话中列席，雷布思还蒙在鼓里，但是他们已经在这里了。奥米斯顿也在场，每眨一下眼睛都要抽一抽鼻子，同时把眼睛眯得紧紧的。特丽·科特已经在她父亲的陪同下到场了，一名女警察坐在旁边。

"你肯定要让你的父亲在场吗？"克拉夫豪斯用一种务实的口气问道。特丽看着他。她穿着全套哥特式衣服，齐膝高的靴子上面挂着亮闪闪的搭扣。

"听你说话的口气，"科特先生说道，"也许我应该把我的事务律师也带来。"

克拉夫豪斯只是耸耸肩。"我问这样的问题是因为我不想让特丽在你的面前感到尴尬……"他让他的声音渐渐低了下去,两只眼睛和特丽对视。

"尴尬?"科特先生重复道,朝他女儿的方向望去。因此当克拉夫豪斯用他的手指做了一个仿佛在敲键盘的手势时,他错过了这一幕。但是特丽看到了,并且知道是什么意思。

"爸爸,"她说道,"也许您在外面等一会儿更好些。"

"我拿不准我——"

"爸爸,"她把自己的手搭在他的手上,"没关系的。我回头再解释……我一定会的。"她紧紧盯着他的眼睛。

"嗯,我不知道……"科特环顾房间。

"先生,不会有事的。"克拉夫豪斯安慰他,仰靠在他的椅子上,跷着腿,"不用担心,只是询问一些我们认为特丽能提供帮助的背景情况。"他朝奥米斯顿点点头,"奥米斯顿警长会带您去餐厅,随便给自己点一杯饮料,不知不觉地我们这边就结束了……"

奥米斯顿看上去一副闷闷不乐的样子,朝雷布思和霍根那边瞟了一眼,仿佛在问他的搭档为什么不让他们当中的一个取代他的位置。科特又在端详他的女儿。

"我真不想把你丢在这里。"但是在他们听来,他的话未免有些牵强,雷布思纳闷这个人在特丽或他妻子面前是否能保持强硬。他更适合成天和数字打交道,对股票市场的动向了如指掌;他感到那样的事情是他自己能预测和控制得了的。也许车祸和他儿子的死剥夺了他的自信,在随机发生的事情面前,他的无力和孱弱一览无余。他已经起身,奥米斯顿在门口和他会合,两个人退出去了。雷布思突然想起了艾伦·伦肖,想到失去儿子对一个父亲的打击……

克拉夫豪斯朝特丽·科特微微一笑,她心存芥蒂地把双臂交叉在胸前,算是做出了回应。

"特丽,你知道为什么叫你过来吗?"

"我怎么知道。"

克拉夫豪斯用他的手指重复着打字的动作。"那你知道这是什么意思喽？"

"你为什么不直接告诉我？"

"特丽小姐，这就是说，你有一个网站；这就是说，人们不管白天还是黑夜，随时都可以观察你的卧室。雷布思警督似乎是你的崇拜者之一。"克拉夫豪斯朝雷布思的方向点了点头，"李·赫德曼是另一位。"克拉夫豪斯停顿了一下，端详着她的脸庞，"你似乎不太惊讶。"

她耸了耸肩。

"赫德曼先生有点窥淫癖。"克拉夫豪斯朝雷布思扫了一眼，仿佛心里面正盘算着他是否也可以归为这一类人，"他喜欢上的网站不在少数，大多数网站他必须用信用卡……"

"那又怎么样？"

"特丽，你这里却是免费的。"

"我才不像那些网站呢！"她怒叱道。

"那你算哪一类网站？"

她似乎想说点什么，但是话到嘴边又咽了回去。

"你喜欢被人注视？"克拉夫豪斯猜测道，"而赫德曼喜欢注视。看起来你们两个人倒是天生一对。"

"他上了我几次，如果你是想问这个的话。"她冷冰冰地说道。

"我没打算用这样的词汇。"

"特丽，"雷布思说道，"李买了一台电脑，我们找不到它的下落……是不是因为它就摆在你的卧室里？"

"也许吧。"

"他是专门为你买来，帮你设置好的吧？"

"是吗？"

"教你怎样设计网站，装上摄像头？"

"如果你早就知道了，为什么又来问我？"她的声音里有一股按捺不住的任性。

"你的父母怎么说？"

她看着他。"我花的都是自己的钱。"

"他们以为是你自己买的?他们不知道你和李的关系?"

她看了他一眼,进一步确认了他的问题有多么愚蠢。

"他喜欢观察你。"克拉夫豪斯声明,"想知道你在哪里,在干什么。这就是你为什么要建立网站?"

她的头摇得像拨浪鼓。"黑暗入口谁都能看。"

"那是他的主意还是你自己的主意?"霍根问道。

她发出一声刺耳的笑声。"你们以为我是小红帽,是不是啊?而李是大灰狼?"她吸了一口气,"李给了我电脑,说也许我们可以通过摄像头保持联系。黑暗入口是我的主意。不是别人的,仅仅是我的主意。"她朝自己竖起一根指头,指向袒露的胸口。她身上的黑色蕾丝胸罩开得很低。她的手指摸到了金项链下面吊着的钻石,漫不经心地把玩着它。

"这也是他给你的吗?"雷布思问道。

她低头端详着链子,点点头,又把双臂交叉在胸前。

"特丽,"雷布思静静地说道,"你知道还有谁在登录你的网站?"

她摇了摇头。"匿名也是乐趣的一部分。"

"你基本上没有匿名。有很多信息告诉人们你是谁。"

她考虑了一下,耸了耸肩。

"你们学校有谁知道这个网站?"雷布思问道。

又耸了耸肩。

"我要告诉你一个确实知道的人……德里克·伦肖。"

她的眼睛睁得大大的,嘴张成了"O"型。

"而且德里克可能告诉了他的好朋友——安东尼·贾维斯。"雷布思继续说道。

克拉夫豪斯在他的座位上挺直了腰板,抬起一只手。"等一下……"他朝霍根望去,霍根耸了耸肩,他的目光又回到了雷布思的身上,"这种事情我还是头一次听说。"

"特丽的网站在德里克电脑上的收藏夹里。"雷布思解释道。

"那另外一个孩子也知道喽？赫德曼杀死的那一个？"

雷布思耸耸肩。"我是说很有可能。"

克拉夫豪斯跳了起来，摸着他的下巴。"特丽，"他问道，"李·赫德曼属不属于善于嫉妒的类型？"

"我不知道。"

"他知道你的网站……我想是你告诉他的。"他站在她的面前，居高临下。

"是的。"她说道。

"他的感想如何？我的意思是说，关于这个事实：每个人——每个人——都能在夜里观察你在卧室里的一举一动？"

她的声音低得像耳语。"你认为这就是他为什么要开枪杀死他们？"

克拉夫豪斯朝她弯下腰去，他们俩的脸近在咫尺。"特丽，你是怎么看的？你认为这可能吗？"他没有等她回答就突然转过身去，双手一拍。雷布思知道他在想什么：他在想，全靠他——查理·克拉夫豪斯警督，走马上任第一天就把案子破了。用不了多久，他就可以到上司那里邀功论赏去了。他走到门口，打开门，上下打量着走廊，却失望地发现里面空空如也。雷布思趁机从他自己的椅子上站起来，坐到了克拉夫豪斯的椅子上。特丽正盯着自己的大腿，一根指头又在来回摆弄她的项链。

"特丽。"他静静地说道，好引起她的注意。她看着他，尽管有眼线和睫毛膏，还是看得出她的眼眶红红的。"你没事吧？"她慢慢点了点头。"真的没事吗？要我给你取点什么过来吗？"

"我没事。"

他点点头，仿佛在尽量说服自己。霍根也已经调换了位置，现在正挨着克拉夫豪斯站在门口，一只手搭在他的肩膀上，让他冷静下来。雷布思听不清他们在说什么，也并不真的感兴趣。

"我真不敢相信那个杂种居然在观察我。"

"谁？李？"

"德里克·伦肖。"她怒叱道，"我弟弟就是被他害死的。"她的声音抬高了八度。当雷布思开口说话的时候,他把声音压得更低了。

"就我所知,他和你弟弟在车上,但是这并不表示他要负责。"雷布思的脑海中不由自主地浮现出德里克父亲的模样:一个小不点儿被遗弃在人行道的边缘,怀里搂着一个新买回来的足球,憧憬着美好的生活,而令人眼花缭乱的世界却稍纵即逝。"你真的认为李会走进学校,出于嫉妒心杀死两个人?"

她想了想,然后摇了摇头。

"我也不这样认为。"雷布思说道。她看着他。"有一个问题。"他继续说道,"他怎么会知道?看样子,两名受害者他哪个都不认识。他是怎么把他们挑选出来的?"他注视着她领会这番话,"枪杀未免有些过分吧,你说呢?而且是在这样一个公共场所……他一定是让嫉妒心搞得丧心病狂了,或者说是失去理智了。"

"那……实际发生了什么事情?"她问道。

雷布思朝门口望去。奥米斯顿已经从咖啡馆回来了,克拉夫豪斯抱住了他,要不是力气不够,他可能已经把这个彪形大汉抱了起来。雷布思捕捉到一句低到不能再低的"我们成功了。"其后是霍根喃喃地提醒他们不要忘形。

"我还不敢肯定。"雷布思说道,回答了特丽的提问,"这是一个很好的动机。这就是为什么你能让克拉夫豪斯警督乐不可支。"

"你不喜欢他,对不对?"她的脸上露出一丝微笑。

"别担心,感觉完全是相互的。"

"当你点击黑暗入口的时候……"她再次垂下了双眸,"我在做什么事情吗?"

雷布思摇了摇头。"房间是空的。"他不想让她知道自己观察过她睡觉的样子。"我能向你打听点事情吗?"他又朝门口看了一眼,确信没有人在倾听,"道格·布里姆森说他是你们家的朋友,但是我有一种感觉,他不对你的胃口,对不对?"

她的脸一沉。"我妈妈和他有一腿。"她轻蔑地说道。

"你敢肯定?"她点点头,尽量回避他的眼神。"你爸爸知道吗?"

现在她总算抬起头来，一副惊慌失措的样子。"他没有必要知道，是不是？"

雷布思考虑了一下，做了决定。"我想是的。你是怎么发现的？"

"女人的直觉。"她说道，没有一丝讽刺的意味。雷布思靠回椅子里，陷入了沉思。他在考虑特丽、李·赫德曼和黑暗入口，心想这未必不是一种向母亲报复的方式。

"特丽，你确实不知道有谁在摄像头上观察你吗？学校里的其他孩子有没有暗示过……"

她摇了摇头。"我的留言册上倒是会有几条消息，只可惜从来没有我认识的人。"

"那些消息有没有……我也不知道该怎样表达才好……有些出格？"

"这一点我倒挺喜欢的。"她歪着头，摆出一副特丽小姐的模样，但是为时已晚。在雷布思的眼中，她已经成为本色的特丽·科特，而且会一直保持下去。他伸展了一下自己的脖子和后背。"告诉你昨天晚上我看到谁了。"他聊天式地说道。

"谁？"

"詹姆斯·贝尔。"

"那又怎么样？"她端详自己亮闪闪的黑指甲。

"我在想……你的那张照片……你还记得吗？我们在科克本大街的小酒馆的那天，你把它藏在手里面。"

"它属于我。"

"我没有说它不属于你。我似乎还记得当你藏起它的时候，你告诉我詹姆斯过去经常出现在李的聚会上。"

"他说他没有吗？"

"他没说。他们两个似乎很熟，你说呢？"

三位警察——克拉夫豪斯、霍根和奥米斯顿——正要回到房间里来。奥米斯顿正轻轻拍着克拉夫豪斯的背，后者因为自负而把背挺得很直。

"他喜欢李。"特丽说道，"这一点毫无疑问。"

"但这是相互的吗？"

她眯起眼睛。"詹姆斯·贝尔……他可能把伦肖和贾维斯指给李，会不会是这样的？"

"解释不通为什么李接着也朝他开了枪。问题是……"雷布思知道再有几秒钟，别人就又要从他这里把侦讯的资格抢走了，"你的那张照片……你说是在科克本大街抓拍的。我想知道是谁拍的？"

她似乎在寻找问题背后的目的所在。克拉夫豪斯正站在他们的面前，打着响指，让雷布思知道他应该从椅子上让位了。雷布思慢腾腾地站起来，两只眼睛还停留在特丽的身上。

"詹姆斯·贝尔？"他问她，"对吗？"

她实在想不出什么理由不告诉他，就点了点头。

"他来科克本大街就为了看你一眼？"

"他当时给我们都拍了照——一个学校项目……"

"这是怎么回事？"克拉夫豪斯说道，一屁股坐在椅子上，满脸堆笑。

"他在向我打听詹姆斯·贝尔。"特丽一本正经地告诉克拉夫豪斯。

"哦，是吗？他怎么了？"

"没什么。"她说道，朝正在撤退的雷布思眨了眨眼。克拉夫豪斯抽搐了一下，在他的座位上扭了扭身子，但是雷布思只是微微一笑，耸了耸肩。当克拉夫豪斯再次转过身的时候，雷布思用食指在空中画了一下，让特丽知道他欠她一份人情。他知道克拉夫豪斯会拿这条信息做什么文章：詹姆斯·贝尔借给李·赫德曼一本书，却没有意识到里面夹了一张特丽的照片，或许是做书签用的……赫德曼发现了照片，感到妒火中烧……这给了他一个伤害詹姆斯的理由，但还不至于严重到需要置他于死地。另外，詹姆斯是他的朋友……

克拉夫豪斯准备让今天的侦讯就这样收场，径直到助理局长的办公室邀功论赏。埃德加港学院的移动办公室会腾出来，官员们回到自己的岗位，各司其职。

雷布思又回到暂令停职的状态。

然而这一切似乎都不合乎情理。雷布思意识到了这一点，还意识到，真相就在他的面前盯着他。接着，他看了特丽·科特一眼，她又在玩弄她的链子，突然间他全明白了。色情和毒品绝非鹿特丹唯一的买卖……

雷布思接通了希欧涵的手机，她正在车上。

"你在哪儿？"

"A90，正在去南昆斯费里的路上。你呢？"

"在昆斯费里路上撞上了红灯。"

"一边开车，一边打电话？双手肯定开始愈合了吧？"

"是的。你去找谁了？"

"费尔斯通的女朋友。"

"欢欣鼓舞？"

"某种程度上吧。你呢？"

"列席特丽·科特的审问。克拉夫豪斯认为他已经找到了动机。"

"哦，是吗？"

"两个孩子在登录特丽的网站，赫德曼吃醋了。"

"詹姆斯·贝尔碰巧当了拦路虎？"

"我敢肯定克拉夫豪斯就是这么想的。"

"那现在怎么样了？"

"一切都水落石出了。"

"那怀特里德和西姆斯呢？"

"你是对的。他们不会善罢甘休的。"他注视着他前面的灯变绿。

"因为他们将两手空空地走开？"

"是的。"雷布思想了一会儿，一边把电话夹在下巴和肩膀中间，一边换挡，然后说，"你现在去昆斯费里有何贵干？"

"摆渡者的酒吧男招待，他是福克斯的哥哥。"

"福克斯？"

361

"费尔斯通的女朋友。"

"这就是她为什么在酒吧……"

"是的。"

"你和她谈过了?"

"我们互致美好的问候。"

"关于孔雀·约翰逊,她说过什么吗?孔雀和费尔斯通的过节跟她有什么关系吗?"

"我忘了问了。"

"你忘了……"

"当时情况的发展不太妙。我想也许我可以问她的哥哥。"

"你以为如果她和孔雀有什么联系的话,他会知道?"

"我问了以后才知道。"

"我们为什么不搭个伴儿?我正准备去趟小船坞。"

"你想先过去?"

"然后我们痛痛快快地喝上一杯,结束一天的工作?"

"那我就去船场找你。"

她挂断电话,出了第四公路大桥前面的最后一条双向车道的出口,沿着山路向下行驶,拐进南昆斯费里,左转弯,上了滨海路。她的手机又开始震动了。

"改变计划了?"她拿起电话问道。

"除非我们有另一个计划,这就是我打电话的原因。"

她听出了话筒里的声音:道格·布里姆森。"对不起,我以为你是别人呢。有什么需要我帮忙的吗?"

"我正在想你是否做好准备再次翱翔于蓝天了。"

她情不自禁地笑了。"也许吧。"

"太好了。明天怎么样?"

她考虑了一会儿。"或许我能抽出一个小时。"

"下午晚些时候?就在太阳下山前?"

"好的。"

"这次由你来控制?"

"我想我会被说服的。"

"太好了。一千六百,怎么样?"

"听起来是说下午四点钟。"

他笑了。"希欧涵,那我们不见不散。"

"再见,道格。"

她把手机放回旁边的座位上,透过挡风玻璃盯着天空,想象着自己开飞机的样子……想象着在半空中心慌意乱。但是她不认为自己有恐高症。再说她的身边还有道格·布里姆森呢,用不着她担心。

她把车停在小船坞咖啡厅的外面,进去一趟,又带着一根冯氏巧克力棒重新出现了。当雷布思的萨博到达的时候,她正在往垃圾桶里丢包装纸。他从她的身边经过,在停车场的最里头停下了,离赫德曼的船库又近了五十码。等到他出来锁好车门的时候,她已经跟了上来。

"我们在这里做些什么呢?"她一边问道,一边吞下最后一口甜得发腻的糖。

"除了损坏我们的牙齿以外?"他说道,"我想最后看一眼船库。"

"为什么?"

"没什么。"

进船库的几扇门都关着,但是都没有上锁。雷布思轻轻推开一扇扇门。西姆斯正蹲在停着的小艇的甲板上。他抬起头来,盯着眼前的两位不速之客。雷布思朝对方手里的铁撬棍点了点头。

"把这里撬开?"他猜测道。

"你无法预测会找到什么。"西姆斯说道,"毕竟,我们在那个部门的纪录比你的要好。"

听到动静,怀特里德已经从办公室里露面了。她手里拿了一沓文件。

"有些手忙脚乱了,对不对?"雷布思一边说道,一边朝她走去,"克拉夫豪斯正准备结束案件的调查,这在你们的耳朵里可算不上仙乐吧,对不对?"

怀特里德挤出一丝冷笑。雷布思纳闷怎样才能不让她遇事不惊,尽管他有一个很不错的主意。

"我想正是你们把那个记者推到我们身上的。"她说道,"他想打听在朱拉发生的一起直升机失事事件。这让我一直纳闷……"

"说下去。"雷布思说道。

"我今天早上聊得很投机。"她慢条斯理地说道,"和一个叫道格拉斯·布里姆森的男子。看样子你们三个一起做了趟小小的旅行。"她的两只眼睛朝希欧涵瞟去。

"是吗?"雷布思说道。他已经停下了步子,但是怀特里德没有,她一直向前走,直到脸和他的脸只有几英寸之遥。

"他带你们去了朱拉。你们在那里寻找失事现场。"她审视着他的脸庞,想从中找到一丝示弱的迹象。雷布思迅速瞟了希欧涵一眼。那个畜生没有必要告诉他们!她的两颊泛起了两朵红晕。

"是吗?"雷布思只能想出这句话。

怀特里德已经踮起脚尖,好让她的脸和他的脸平齐。"雷布思警督,问题是,你是怎么知道的?"

"知道什么?"

"你知道的唯一途径是察看机密文件。"

"是吗?"雷布思注视着西姆斯从快艇上爬下来,手里还握着铁撬棍。他耸了耸肩。"嗯,如果你说的这些文件是机密的,我就无从看起了,是不是啊?"

"除非破门而入……"怀特里德把她的注意力转向了希欧涵,"更不用提复印了。"她歪着脑袋,假装端详年轻女人的脸,"克拉克警长,被太阳晒到了?你的两颊似乎有些发烫。"

希欧涵没有挪动,一言不发。"你在胡说些什么?"

西姆斯正在自鸣得意地傻笑,欣赏着警察们浑身不自在的样子。

"我听人家说。"雷布思对他说,"你害怕黑暗。"

"哦?"西姆斯皱了皱眉头。

"足以解释你为什么喜欢让你的门半敞着。"雷布思眨了眨眼睛,然后又转向怀特里德,"我不认为你的怀疑能走多远,除非你想让侦讯处的每个人都知道你在这里的真正的原因。"

"就我所听到的,你早就被暂令停职了。用不了多久,随时都会面临一项谋杀指控。"怀特里德的两只眼睛炯炯有神,"这还不说,卡布兰的心理医生说你背着她擅自查阅记录。"她停顿了一下,"雷布思,在我的眼里,你早就声名狼藉了。我实在想不通,你已经有了这么多麻烦,何必再给自己惹更多的麻烦。可你还在这里,摩拳擦掌要和我干仗。让我说得更清楚些,好让你心知肚明。"她的身体朝前倾去,好让她的嘴唇贴近他的耳朵,"没有人会为你祈祷。"声音非常平静。她慢慢撤回身去,准备打量他的反应。雷布思举起一只戴手套的手。她拿不准这个手势是什么意思,紧蹙着眉头。接着,她看到了他的拇指和中指中间捏的是什么,看到它在阳光下闪闪发光。

一颗钻石。

"见鬼……"西姆斯嘟哝道。

雷布思握紧钻石。

"谁发现的,谁保管。"他说道,一边转身要走。希欧涵紧随其后,一直等到他们又出了门才说话。

"这是怎么回事啊?"

"只是一次钓鱼之行。"

"但这是什么意思?钻石是从哪里搞到的?"

雷布思微微一笑。"我的朋友,他在昆斯费里大街开了一家珠宝店。"

"然后呢?"

"我好说歹说让他借我一用。"雷布思把钻石装回口袋里,"问题是,他们对此一无所知。"

"但是你准备给我解释一番,对不对?"

雷布思慢慢点了点头。"等水落石出的时候,一定告诉你。"

"约翰……"一半是警告,一半是央求。

"我们现在去喝一杯?"雷布思问道。

她没有回答。在他们走回他的汽车的路上,她拼命盯着他看;当他打开车门上车的时候,她还目不转睛地盯着他。他发动引擎,挂上挡,然后摇下窗户。

"那我们不见不散。"他只说了这么一句,就启动了车子。希欧涵站在原地,但是他只朝她摆了摆手。她一边在心里诅咒,一边迈步朝她自己的车子走去。

21

雷布思坐在摆渡者的一张靠近窗户的餐桌旁边，查阅史蒂夫·霍利发来的一条短信。

你给我带来了什么？如果你不帮忙的话，还会有两个回炉的薯条炸锅故事。

雷布思盘算着要不要答复，然后开始按键。

朱拉失事赫德曼在那里拿走了军队想收回去的东西你可以再问问怀特里德

他不敢肯定霍利能不能领会，雷布思还没有学会怎样给他的短信加标点符号或大写。但是它肯定会让记者手忙脚乱，如果他确实和怀特里德和西姆斯对峙上的话，那就再好不过了。让他们以为全世界都在逼迫他们。雷布思端起他的半品脱啤酒，敬了自己一杯。正好在这个时候，希欧涵如期而至。他正盘算着该不该把特丽的消息传达给她，关于布里姆森和她母亲的。问题是，如果他告诉她的话，她可能不会憋在肚子里。当她下次和布里姆森见面的时候，布里姆森能从她的脸色和她逃避他目光的态度中看出来。雷布思可不想看到这些，看不出这会对谁有任何好处，尤其是在这个节骨眼上。希欧涵把包丢到桌子上面，朝吧台瞅了一眼，一个她过去从来没有见过面的女人正在打啤酒。

"不用担心，"雷布思说道，"我问过了，麦卡利斯特的班再有几分钟就轮到了。"

"那你有足够长的时间来给我讲讲。"她把外套脱掉。雷布思正要起身。

"首先让我给你端一杯饮料。你想喝点什么？"

"柠檬苏打。"

"不要带酒精的吗？"

她朝着他几乎见底的酒杯皱了皱眉头。"我们当中总得有人开车吧。"

"不用担心，我就喝了这么一杯。"他朝吧台走去，端回两份饮料：柠檬苏打水是给她准备的，可乐是给他自己准备的。"看到了吧？"他说道，"只要我愿意，我也能神气活现，自命不凡。"

"总比醉驾强吧。"她从杯子里面拔出吸管，丢在烟灰缸里，坐回去，把两只手放在大腿上，"好的……我已经准备好了，你呢？"

就在说话的工夫，门咯吱一声开了。

"一说到他，他就到了。"雷布思说道。罗德·麦卡利斯特走了进来，看到有人在盯着他。趁他张望的时候，雷布思招手示意他过来。麦卡利斯特正在拉磨损的皮夹克的拉链。他把黑色的围巾从脖子上面扯下来，塞进一只口袋里。

雷布思轻轻拍了拍一把空着的高脚凳。

"我要开始工作了。"他说道。

"只要一分钟。"雷布思笑容可掬，"苏西不会介意的。"他朝酒吧女招待点了点头。

麦卡利斯特犹豫了一下，然后坐下来，胳膊肘撑在他的两条细腿上，双手托着下巴。雷布思也模仿他的姿势。

"是关于李吧？"麦卡利斯特猜测道。

"从严格的意义上讲，不完全是。"雷布思说道。接着他朝希欧涵的方向扫了一眼。

"这个我们回头再说。"她告诉酒吧男招待，"但是现在，我们对你的妹妹更感兴趣。"

他的视线从希欧涵的身上转移到雷布思的身上，然后又回到希欧涵这边。"哪个妹妹？"

"蕾切尔·福克斯。你们的姓不一样，挺有意思的。"

"不是的。"麦卡利斯特的视线还在两位警探之间游移，一时间定不下来他该跟谁讲话。希欧涵用手指点了一下，算是回答。他把目光聚焦在她的身上，微微眯缝起眼睛。"不久前她改了姓，想打进模特圈。她和你们有什么关系？"

"你不知道？"

他耸耸肩。

"马丁·费尔斯通？"希欧涵提示道，"不要告诉我她从来没同你介绍过。"

"是的，我认识马丁。当我听到他的噩耗时，我非常难过。"

"那你认不认识一个叫约翰逊的家伙？"雷布思问道，"他的绰号是孔雀……是马丁的朋友……"

"是吗？"

"有没有碰到过他？"

麦卡利斯特似乎在思索。"不敢肯定。"他终于发话了。

"孔雀和蕾切尔。"希欧涵开口了，歪着头，想再次吸引他的注意力，"我们认为他们之间可能有暧昧关系。"

"哦，是吗？"麦卡利斯特扬起一道眉毛，"对我来说，这倒是个新闻。"

"她从来没有提到过他吗？"

"没有。"

"他们两个一直在城里面闲荡。"

"最近很多人都在闲荡。比如说你们两个。"他坐回去，伸了个懒腰，瞄了瞄吧台正上方的钟，"我可不想被苏西记恨……"

"现在外面传得沸沸扬扬，说费尔斯通和约翰逊有一点过节，好像是因为蕾切尔。"

"哦，是吗？"

"麦卡利斯特先生，如果你觉得这些问题太难以启齿的话。"雷布思说道，"请不要憋在心里面。"

希欧涵盯着麦卡利斯特的T恤衫，因为他不再窝着腰，现在一览无余。上面是一张音乐专辑的封面，一张她知道的音乐专辑。

"摩格维的歌迷，是不是啊，罗德？"

"只要是震耳欲聋的音乐，我都喜欢。"麦卡利斯特端详着他的T恤衫。

"是他们的《摇滚行动》专辑，对不对？"

"没错。"

麦卡利斯特朝吧台转过去，起身要走。希欧涵和雷布思交流了一下眼神，慢慢点点头。"罗德。"她说道，"我们第一次相遇的时候……你还记不记得我给了你我的名片？"

麦卡利斯特点点头，从她的身边走开。但是希欧涵站起来，紧随其后，她的声音抬高了八度。

"上面有圣伦纳德的地址，是不是啊，罗德？当你看到我的名字的时候，你就知道了我是谁，对不对？因为马丁提到过我……或者是蕾切尔。罗德，你一定记得摩格维的那张音乐专辑，在《摇滚行动》之前的那张吧？"

麦卡利斯特已经抬起吧门，好让自己移动到吧台后面。他随手把门砰地关上。酒吧女招待正盯着他。希欧涵也抬起吧门。

"喂，闲人止步。"苏西说道。但是希欧涵充耳不闻，也没有觉察到雷布思已经从椅子上起身,正向吧台靠拢。她揪住麦卡利斯特夹克衫的袖子。他使劲甩掉她,却被她一把揪过来,正对着她。

"罗德,记不记得它叫什么?它叫《年轻人你早点死吧》。罗德,C.O.D.Y.,和你第二张字条上的字母一模一样。"

"别他妈的拽我!"他大声喊道。

"不管你们之间有什么事情。"苏西说道,"到外面解决。"

"罗德,做出这样的威胁,是很严重的侵犯人权。"

"放开我,你这个泼妇!"他猛地一甩,胳膊挣脱了,然后一挥手打中了希欧涵的半张脸。她跌在架子上,一时间瓶子纷纷掉落。雷布思已经赶到吧台前面,抓住了麦卡利斯特的头发,死劲拽他的头,直到它狠狠磕在托盘上。麦卡利斯特的两条胳膊挣扎着扭来扭去,从嗓子里发出连不成句的怒吼,但是雷布思就是不肯松手。

"有没有手铐?"他问希欧涵。她从吧台后面跟跟跄跄地出来,玻璃碴在脚底下发出嘎吱嘎吱的响声。她跑到自己的包跟前,把里面的东西倒在桌子上面,直到找到手铐。麦卡利斯特用他牛仔靴的后跟使劲踹她的胫部,但是她把手铐铐得紧紧的,知道它们会立竿见影。她从他的身边移开,感到一阵头晕目眩,不知道是因为脑震荡,还是肾上腺素,或者是从好几个碎酒瓶里面散发出来的酒香。

"把他带走。"雷布思生气地低声说道,还是不肯松开他的囚犯,"在单间牢房待一个晚上根本伤不着这个杂种的半根毫毛。"

"喂,你们不能这样做。"苏西抱怨道,"谁来顶他的班?"

"宝贝儿,这不关我们的事。"雷布思告诉她,朝她微微一笑,算是道歉。

他们把麦卡利斯特带回圣伦纳德,关进剩下来的唯一空着的单间牢房里。雷布思问希欧涵他们对他的指控算不算正式,希欧涵耸了耸肩。

"恐怕他送不了别的字条了。"她的半边脸还因为被他打到而发红,但看起来不会变成青紫色。

在停车场,他们分道扬镳。临别时希欧涵问了一句:"那颗钻石是怎么回事?"雷布思向她挥了挥手,开车扬尘而去。

他朝雅顿大街驶去,手机响了也置之不理:是希欧涵,想追问他那个问题。他找不到停车的地方,又判断自己有些激动,不可能在家里静静地待一个晚上。于是他一直开下去,贴着市区的南边慢慢行驶,猛地发现自己已经置身格雷斯蒙特,又回到了与失落男孩交锋的公交车的候车亭,恍然间那似乎已经是半辈子之前的事情了。难道真的只是星期三的晚上吗?现在候车亭空空如也。雷布思把车随便停在马路边上,把车窗摇下一英寸,抽了根香烟。他不知道就算他找到拉布·费希尔又能怎样,但他知道关于安迪·卡利斯的死,他有若干个问题需要答案。酒吧里的小插曲让他的身上散发出一股味道。他看着自己的双手。和麦卡利斯特接触过的地方还在隐隐作痛,但是总的来说,倒还不算令人不悦。

公共汽车开过来了,但是没有停,因为没有人上下车。雷布思打着引擎,一头扎进迷宫般的住宅区里,不放过每一条可能的路线,有时候钻进了死胡同,不得不原路退回。一些孩子正在一块巴掌大的绿地上踢足球,另一些正踩着滑板朝地下通道滑去。这是他们的领地,他们的光阴。他可以找他们打听失落男孩的下落,但是知道这些孩子们打小就懂规矩。他们不会告发当地的地痞流氓,而且他们人生中最大的愿望或许正是成为其中的一员。雷布思再次把车停在一栋低层住宅楼的外面,又抽了一根烟。他需要马上找到一家商店,一个可以增加他香烟储备的地方;或者驶向一家小酒馆,在那群酒鬼里面,肯定会有一个家伙自告奋勇,向他兜售一些便宜货。他检查了一下收音机,看看里面有没有广播一些勉强还说得过去的东西,但是他只找到了一些说唱音乐和舞蹈节目。录音机里倒是有盘磁带,只可惜是罗里·加拉赫[①]的《不祥》,他没心情听。他记起里面似乎有首歌叫《是魔鬼让我

[①] 罗里·加拉赫(Rory Gallagher, 1948—1995),爱尔兰蓝调摇滚音乐人。

做的》。如今这算不上什么有力的辩护，但是不少其他人已经顶替了老尼克[①]的位子。现在没有所谓莫名其妙的犯罪了，因为到处都是科学家和心理学家，谈论着基因和虐待、大脑的伤害和同辈的压力。总是有理由……总是有借口。

那安迪·卡利斯又为什么应该去死呢？

李·赫德曼为什么要走进那间教室？

雷布思静静地抽着烟，把钻石掏出来看了看，听到外面的动静，又装回了口袋里。一个小孩坐在超市的手推车里，另外一个小孩推着他经过。他们同时盯着他，仿佛他是这里的怪人。也许他的确是。过了几分钟，他们又回来了。雷布思把车窗摇到底。

"先生，在找东西吗？"推手推车的小孩九岁，也许十岁，脑袋剃得光光的，颧骨突出。

"本来想和拉布·费希尔碰个头。"雷布思佯装看表，"那家伙还没有露面。"

男孩子们马上提高了警惕，但是还不到位，他们还得过一两年才能学会。

"曾经早先见过他。"坐在手推车里的小孩说道。雷布思决定跳过语法课[②]。

"我差他点儿钱。"他转而解释道，"还以为他会在这里呢。"现在他做出一副左顾右盼的样子，好像费希尔会突然出现。

"我们可以给他捎过去。"推手推车的小孩说道。

雷布思笑眯眯的。"难道我看起来像傻瓜吗？"

"这就看你了。"小孩耸了耸肩。

"朝那边过两条街道试试。"手推车里的乘客朝右前方指了指，"我们和你比赛。"

雷布思再次转动点火装置。他不想比赛。即使身边没有一辆购物车咔嗒作响，他也已经够惹人注目的了。"咱们打个赌，看看你能不能

[①] 指魔鬼。
[②] 原文中小孩说的是Seen him ealier，为完成时态和过去时态的混用，不合语法。

帮我找到卖香烟的地方。"他说道,从口袋里捏出一张五英镑的钞票,"捡便宜的买,零钱都是你们的。"

小孩从他的手里一把抢过钞票。"先生,你的手套是怎么回事?"

"这样就不会留下指纹。"雷布思眨着一只眼睛说道,踩了油门。

但是过了两条街道还是空空如也。他来到一个交叉路口,左顾右盼,看到马路边还停着一辆车,几个人探进车窗里。雷布思在让车道上停了一下,猜测这辆车被人打劫了。接着他意识到这些人正在和司机谈话,一共四个。只能看清车里的那个脑袋。围着车的人看上去像失落男孩,拉布·费希尔是谈判代表。汽车挂在空挡上,引擎还在低声咆哮。要么是通过改装增加了功率,要么是排气管丢掉了。雷布思怀疑是前者。这辆车明显被改装过:后车窗上有一盏硕大的刹车指示灯,后备箱装了扰流器。司机戴一顶棒球帽。雷布思希望他是受害者,被打劫或者受到威胁……只要能给雷布思一个借口去突袭就好。但是这里却是另外一番情形。他能听见笑声,凭感觉,里面正在分享什么奇闻逸事。

一个家伙朝他这边张望,他意识到自己在空荡荡的交叉路口待得太久了。他转上新马路,背对着另一辆车停下来,还有五十码的距离。他假装在打量公寓楼群……只是一名过客,来这里接朋友。接着他不耐烦地鸣了两声喇叭,更让他的表演天衣无缝。失落男孩稍微注意了一下,就把他抛在了脑后。雷布思把电话贴在耳朵上,好像在给他走散的朋友打电话……

同时在后视镜里观察。

拉布·费希尔打着手势,绘声绘色地讲故事,尽量让司机听得津津有味。雷布思可以听到音乐声,一连串低音,司机的收音机调到了雷布思曾经不屑一顾的电台。他在纳闷这出戏还能演多久。而且如果那一对推手推车的孩子真的给他送来了香烟怎么办?

但是现在费希尔正挺直腰板,让开车门,车门打开了,司机下了车。

雷布思一眼就认出来了:邪恶鲍勃。开着自己的车,鲍勃走路都变得大摇大摆,两只肩膀上下摆动着绕过车子后备箱。里面有点什么东西,他想让他们都见识见识,男孩们呼啦一声围了个水泄不通,挡住了雷布思的视线。

邪恶鲍勃……孔雀的左膀右臂。但是现在没有表演副手的角色,因为尽管他不是圣诞树上最耀眼的灯,但是比起像费希尔这样的圣诞树装饰球来,他还是高高在上。

没有表演……

雷布思想起了在圣伦纳德的侦讯室里发生的事情。就在那群社会渣滓被盘问的当天,鲍勃口口声声说从来没看过哑剧,听起来很失望。鲍勃,大孩子,根本还不算成年人。这就是孔雀为什么总是把他带在身边,几乎把他当成宠物对待,一只为他效犬马之劳的宠物。

现在雷布思的脑海中又浮现出一张脸孔,另外一幅场景。詹姆斯·贝尔的母亲,《柳林风声》……

永远都不晚……朝他晃着手指头。永远都不晚……

他表现出一副绝望的样子,从侧窗向外望了最后一眼,然后使劲发动汽车,仿佛为同伴的失约感到懊恼,一狠心扬尘而去。转到下一个交叉路口的时候他又慢下来,向路边停靠,拿出手机拨了个电话。他草草记下别人给他的号码,又拨了第二个电话。然后他兜了个圈子,看到手推车不翼而飞,他的钱也打了水漂,他倒也没有期待不同的结局。他在另外一条让车道上停下来,就在鲍勃的汽车的前面一百码处,等待着。后备箱砰的一声合上了,失落男孩们又回到了人行道上,鲍勃则坐到了方向盘后面。他的车上装了一只气动喇叭,当他放下手刹车的时候,里面在播放《迪克西》①。轮胎吱的一声,扬起一缕缕青烟。当他从雷布思的身边经过的时候打到了五十英里,车里又传出嘈杂的《迪克西》。雷布思追了上去。

他感到沉着冷静、胸有成竹,并决定盒子里的最后一支香烟该出马了。也许甚至还可以放几分钟的罗里·加拉赫。他记得在上世纪

---

① 《迪克西》,又名《我希望自己在迪克西》(*I Wish I Was in Dixie*),十九世纪最有特色的美国民谣之一。

七十年代见过罗里，厄舍大厅①挤满了花格图案的衬衫，还有退色的牛仔布。罗里在演奏《罪人男孩》和《我要离开了》……雷布思正在追一个罪人男孩，还希望再套住两个。

雷布思终于如愿以偿。侥幸闯了几次黄灯后，鲍勃迫不得已在红灯前停下了。雷布思紧随其后，然后超过去停下来，挡住了道。他打开司机一侧的车门，下了车，对方车里的《迪克西》还在大声发出警告。鲍勃满脸怒容，从车里面钻出来准备找碴儿。雷布思举起双手表示投降。

"波波，晚上好。"他说道，"还记得我吗？"

鲍勃现在认出来了。"我叫鲍勃。"他声明。

"你好。"灯已经变绿了。雷布思朝后面的车队摆手，示意他们绕行。

"这是怎么回事？"鲍勃问道。雷布思正在检查车，用未来买家的眼神匆匆扫了一遍。"我什么都没干。"

雷布思已经走到后备箱前面。他用指关节轻轻敲了敲。"能带我参观一下吗？"

鲍勃扬起下巴。"有搜查证吗？"

"你认为我这样的人会费心跟你说好话？"棒球帽遮住了鲍勃的脸盘。雷布思蹲下，仰起头看着他的脸。"再考虑一下。"他停顿了一下，"但是现在……"他挺直腰板，"我只想给我们两个找个地方坐坐。"

"我什么都没干。"年轻人重复道。

"不必苦恼……圣伦纳德的单人牢房现在客满。"

"那我们去哪儿？"

"我会招待你。"雷布思朝他的萨博点点头，"我去把车停在马路边上。你停到我后面，等我一下。听懂了吗？而且我不想看到你把手机攥在手里。"

---

① 厄舍音乐厅，位于爱丁堡洛锡安路上，建于一九一四年。

"我什么都没——"

"明白？"雷布思打断了他的话，"但是你即将做某件事情……你会喜欢的，我敢拍胸脯。"他竖起一根手指头，然后撤回到车上。邪恶鲍勃乖乖把车停在他的身后，一直等到雷布思一屁股坐到副驾驶座位上，告诉他由他来驾驶。

"把车开到哪儿？"

"蟾蜍大厅[①]。"雷布思指着前方的道路说道。

[①]《柳林风声》中，蟾蜍先生的住处。

22

　　他们错过了上半场演出，但是下半场的票正在特拉弗斯购票亭等着他们。观众的构成包括一些举家出动的人、一车皮领养老金的人，另外，看上去至少还有一个学校组织的团队，孩子们穿着一模一样的淡蓝色针织套衫。雷布思和鲍勃在观众席的后面坐下。

　　"这不是哑剧。"雷布思告诉他，"但它是仅次于哑剧的最好的东西。"灯光暗淡下来了，下半场演出即将开始。雷布思知道他在孩提时代读过《柳林风声》，却想不起故事的内容了。鲍勃倒一点都不在意。随着灯光照亮布景，演员们蹦蹦跳跳地上台，他的谨小慎微很快消散了。戏开场的时候，蟾蜍先生已经锒铛入狱。

　　"毫无疑问，被人诬陷了。"雷布思轻声说道，但是鲍勃充耳不闻。他和孩子们一道拍手喝彩，到高潮的时候——黄鼠狼被蟾蜍和他的盟友们打得落荒而逃——干脆站起来，大声呐喊助威。他低头看了看正襟危坐的雷布思，脸上挂满了笑容。

　　"我说过的，"当剧院灯光四起，孩子们开始拥出观众席的时候，雷布思说道,"不太像哑剧,但是你可以领会大概的意思。"

"难道这都是因为我那天说过的话吗?"演出刚一结束,鲍勃的不信任感就死灰复燃。

雷布思耸耸肩。"也许只是因为我不觉得你是个天生的跟班。"

在休息厅里,鲍勃驻足左顾右盼,好像不愿意离开。

"你随时都可以回来。"雷布思告诉她,"不一定需要有特殊的原因。"

鲍勃慢慢点了点头,任由雷布思把他领进川流不息的街道。他早就把车钥匙拿出来了,但是雷布思搓着他那双戴了手套的手。

"来一包炸薯条?"他提议道,"正好打发傍晚的时光……"

"我来买。"鲍勃立刻强调道,"票是让你掏的腰包。"

"好吧,既然如此,"雷布思说道,"我就连升两级,来一包鱼和薯条。"

炸薯条店里静悄悄的,因为附近的小酒馆还没有开始清场。他们把两包热腾腾的炸薯条带回车上,一头钻进车里。在他们坐下来吃的时候,玻璃上面蒙上了一层水汽。鲍勃突然张开嘴轻声笑了。

"蟾蜍是个蠢货,是不是啊?"

"实际上让我想起了你的老搭档——孔雀。"雷布思说道。他把手套脱下来了,免得把上面搞得油乎乎的;他知道在黑暗中鲍勃看不见他的手。他们买了罐装果汁。鲍勃喷喷作响地喝着他的那一份,一言不发。于是雷布思又开始试探了。

"我看见你早先和拉布·费希尔搅在一起。你对他有什么评价?"

鲍勃在细嚼慢咽。"拉布可以的。"

雷布思点点头。"孔雀也是这样认为的,对不对?"

"我怎么会知道?"

"你的意思是他没有说过?"

鲍勃只顾埋头吃东西,雷布思知道他已经找到了他正在苦苦寻觅的缺口。"啊,是的。"他继续说道,"据孔雀估计,拉布在扶摇直上。要我说的话,他一直很幸运。还记不记得那次我们因为仿制枪而把他揪出来？案子撤销了，使得拉布看起来比我们技高一筹。"雷布思摇了摇头，尽量不让眼前浮现出的安迪·卡利斯打乱他的思维，"其实不然，他只是很走运。当你那样走运的时候，人们会对你刮目相看……他们认为你比其他人更精明。"雷布思停顿了一下，好让鲍勃充分领会这番话，"但是，鲍勃，我要告诉你一些事情：这些枪是真是假倒不是问题所在，这些仿制品看起来太像真的了，我们无法辨别出它们是假的。这就意味着迟早有个小孩子会送命，而你的手上将沾满他的鲜血。"

鲍勃一直在吮手指上的番茄酱。听到这里，他的动作凝固了。雷布思做了一个深呼吸，仰在头枕上叹了口气。"事情的发展趋势是，"他轻轻补充了一句，"拉布和孔雀走得越来越近了。"

"拉布还可以。"鲍勃重复道，但是这些字眼变得空洞了。

"拉布很乖。"雷布思承认道，"不管你们卖什么，他都会买。"

鲍勃看了他一眼，雷布思的口气减弱了。"好，好，不关我的事。就当你没有把枪之类的东西包在你后备箱的毛毯里。"

鲍勃的脸色变得很难看。

"孩子，我说话算话。"雷布思特别强调"孩子"这个词，不禁想知道鲍勃的父亲是什么样的，"你没有必要向我敞开心扉。"他又捡起一根炸薯条，丢进自己的嘴里，脸上堆满满意的笑容，"有什么东西抵得上一顿美味的鱼加炸薯条呢？"

"美味炸薯条。"

"和家里面做得差不多。"

鲍勃点点头。"孔雀最会做炸薯条了，边上脆生生的。"

"孔雀也会下厨，是吗？"

"上次，还没等他炸完，我们就得走了……"

年轻人又往嘴里塞了几根炸薯条，而雷布思盯着前方。他拿起果汁罐，握在手里，只是为了找点事做。他的心脏怦怦直跳，像要硬挤进气管里。他清了清嗓子。"是马丁的厨房吧？"他问道，尽量让自己的声音平缓。鲍勃点点头，搜寻着包装盒底部的一点点面糊碎屑。"我还以为他们因为蕾切尔吵架了呢。"

"是啊,但是当孔雀接到电话的时候——"鲍勃停止咀嚼,他的眼睛里面充满了恐惧,突然意识到这不仅仅是和一位伙伴闲聊。

"什么电话?"雷布思问道,他的声音里面透着一丝寒意。

鲍勃一个劲儿地摇头。雷布思推开车门,从点火开关上拔下钥匙,跨到车子外面,把炸薯条甩在大马路上,绕到后面,打开行李箱。

鲍勃凑到跟前。"不行!你说过的……你这个浑蛋说过……"

雷布思把备用轮胎推到一边,露出枪。外面什么都没包,是一把瓦尔特警用手枪。

"是一把仿制品。"鲍勃结结巴巴地说道。雷布思掂了掂它的重量,从头到脚打量了一番。

"不,不是仿制品。"他生气地低声说道,"你知道,我也知道。鲍勃,这就意味着你要蹲大牢了。你下一夜坐在剧院要等五年以后了,希望你还能欣赏它。"他一只手放在枪上,另一只手放在鲍勃的肩膀上,"什么电话?"他重复道。

"我不知道。"鲍勃在抽鼻子和战栗,"只是小酒馆里的一个家伙……接下来我们就到了车上。"

"小酒馆里的家伙说什么?"

他拼命摇头。"孔雀从来没说过。"

"没说过?"

他的头晃来晃去,一时间眼泪汪汪。雷布思咬着下嘴唇,环顾四周。没有人留意他们。洛锡安路上的公共汽车和出租车川流不息,一个门卫站在一家夜总会的门口。雷布思对此视而不见,脑子转得飞快。

可能是那天晚上在酒馆喝酒的任何一个人,目睹他和费尔斯通洋洋洒洒地长谈,两个男人看上去关系很不错……这个人认为孔雀·约翰逊可能会感兴趣。孔雀也一度认识费尔斯通,并把他看做朋友,接着因为蕾切尔·福克斯而吵了一架。还有……还有什么?孔雀担心马丁·费尔斯通已经变卦?因为费尔斯通知道一些雷布思感兴趣的事情。

问题是,什么事情?

"鲍勃。"现在雷布思的声音尽量缓和、冷静,让人放松,"鲍勃,不要紧的。不必担心。没什么可担心的。我只是想知道孔雀想从马丁身上得到什么。"

又一阵摇头,现在不太剧烈了,无可奈何占了上风。"他会杀了我。"他静静地声明,"他会做出这样的事情。"鲍勃盯着雷布思,眼睛里带着谴责。

"鲍勃,那你需要我来帮助你。你需要我开始做你的朋友。因为如果你让我这么做的话,蹲大牢的将是孔雀,不是你。你会安然无恙。"

年轻人停顿了一下,仿佛在领会这番话的含义。雷布思真想知道在法庭上一个哪怕只有一半称职的辩护律师会拿他怎么样。他们会质问他的能力和他的智慧,为他是不是合格的目击证人而争得面红耳赤。

但他是雷布思仅有的证人。

他们默默地沿原路线驱车返回雷布思的汽车旁边。鲍勃把他自己的车子停在一条岔道上,然后上了雷布思的汽车。

"今晚你最好在我那里睡。"雷布思解释道,"这样我们两个都知道你安全。"安全:绝妙的委婉之词。"明天我们好好聊一聊,好不好?"聊一聊:又是委婉之词。鲍勃点点头,一言不发。雷布思在雅顿大街的尽头找到一个停车的地点,然后领着鲍勃沿着人行道朝经济公寓的主门走去。推开门时,他注意到楼梯井的灯不亮。等到发现这意味着什么,为时已晚……两只手抓住了他的领子,把他往墙上摔。一条膝盖顶向他的大腿根,但是雷布思灵活地躲开了,扭了扭下半身,拳头只擦到了他的大腿上。他用自己的前额撞袭击者的脸,碰到了颧骨上。一只手掐着他的喉咙,直捣他的颈动脉。手掐得越来越紧,雷布思开始失去知觉了。他攥紧拳头,直捣对方肾脏下方,大部分力量却被袭击者的皮夹克挡住了。

"还有别人。"一个女人的声音生气地低声说道。

"什么?"袭击者是男性,英格兰人。

"他身边还有人!"

雷布思喉咙上的力量减退了,袭击者向后退去。突然间手电筒照亮了半开着的门。鲍勃站在那里,目瞪口呆。

"他妈的!"西姆斯说道。

怀特里德拿着手电筒。她朝雷布思的脸上照去。"抱歉……加文有时候有点太火爆。"

"接受道歉。"雷布思说道,又恢复了正常呼吸。接着,他挥了一拳。但是西姆斯闪身躲开了,同时挥起了自己的拳头。

"孩子们,孩子们,"怀特里德在责备他们,"我们现在不是在运动场。"

"鲍勃,"雷布思命令道。"到这边来!"他开始爬楼梯。

"我们需要谈一谈。"怀特里德冷静地说,好像什么都没有发生过一样。鲍勃从她身边闪过,紧随雷布思。

"我们真的需要谈一谈!"她探着头喊道,好分辨出雷布思的轮廓,而他已经上了第一级楼梯平台。

"好的,"他最后说,"但要先把灯打开。"

他打开门,示意鲍勃走过门厅,领他看了看厨房和卫生间,然后是备用的卧室,那里有为稀客准备的单人床。他用手摸了摸散热器,冰凉。于是他蹲下身子打开了温度调节器。

"一会儿就热了。"

"刚才是怎么回事?"鲍勃听起来很好奇,但实际上漠不关心。他这一辈子都游离于别人的世界之外。

"你用不着担心。"当雷布思又站起来的时候,血一下子涌到了他的耳根。他让自己平静下来。"我和他们说几句话,你最好在这里等一会儿。你想看看书什么的吗?"

"书?"

"看会儿书。"

"我向来不是读书的料。"鲍勃坐在床沿上。雷布思听到前门关上了,这就意味着怀特里德和西姆斯在门厅里了。

"就在这里等一会儿,好不好?"他告诉鲍勃。年轻人点点头,打量着房间,仿佛这是一间单人牢房。是惩罚,而不是避难所。

"没有电视吗?"他问道。

雷布思没有回答就离开了房间,点头示意怀特里德和西姆斯跟他到客厅去。赫德曼的档案复印件放在餐桌上,但是雷布思不怕让他们看到。他给自己倒了一杯麦芽威士忌,也没有打算跟他们分享。他站在窗户旁边细细品尝,在这里他可以观察他们在玻璃上的映像。

"你是在哪儿找到钻石的?"怀特里德开始发问了,双手握在胸前。

"你们就是冲着这个来的,对不对?"雷布思自我解嘲地微微一笑,"赫德曼如此小心翼翼……他知道有一天你们会回来。"

"你是在朱拉找到的?"西姆斯猜测道。他看上去镇定自若。

雷布思摇了摇头。"我只是推断出来的,仅此而已。我知道如果我朝你挥一挥钻石,你就会直接跳到结论上。"他朝西姆斯扬了扬他的空杯子,"你的确这么做了……干杯。"

怀特里德的眼睛眯成了一条缝。"我们什么都没有确认。"

"你们大老远跑过来……对我来说这就足够确认了。再加上你们去年在朱拉,想装成游客没有成功。"雷布思又给自己倒了一杯,抿了一口。这一杯可以将他支撑到最后。"军队高层,协商结束北爱尔兰的战事……要花足够的代价。他们要打发准军事组织的成员,那些家伙贪婪成性,才不会让自己破产。政府在用钻石笼络他们,只不过贮藏的物资随直升机一道坠落,空军特勤队派出一个团来搜索这批物资。为了防备恐怖分子也过来寻找这批物资,他们简直武装到了牙齿。"雷布思停顿了一下,"到目前为止,我的战果如何?"

怀特里德一动不动。西姆斯早已在沙发的扶手上入座,捡起一份星期日增刊,把它卷成筒状。雷布思指着他。

"西姆斯,是不是打算把我的气管挤扁?记着,隔壁有一个目击证人。"

"也许只是一种愿望。"西姆斯回答道,眼睛在喷火,声音冷冰冰的。雷布思把他的注意力又转回怀特里德的身上,她正站在桌子旁边,一只手放在赫德曼的个人档案上面。"以为别人不知道你那点小聪明?"

"你在给我们杜撰一个关于钻石的故事。"她说道,不准备让她的注意力转移。

"我从来不认为赫德曼在贩卖毒品。"雷布思继续说道,"是你把那玩意儿栽赃到他的快艇上的吧?"她慢慢摇了摇头。"嗯,有人这么干了。"他想了一会儿,又抿了一口,"但是赫德曼一趟趟横渡北海……鹿特丹是个做钻石贸易的好地方。在我看来,赫德曼找到了钻石,但是并不准备完成他的任务。他或者在当时就把它们偷走了,或者把它们藏起来,日后再回去,在他突然申请退伍之后找个时机取回。现在,军队正在纳闷那批物资到底怎么样了,赫德曼就一下子出现在他们的视野里。他搞到一笔钱,给自己置办了快艇生意……但是你什么都证明不了。"雷布思停顿了一下,又抿了一口酒,"现在为止剩下不少,还是他已经挥霍殆尽了?"雷布思想到了快艇——用现金支付的……美元是钻石交易的国际货币。还有特丽·科特脖子上挂的钻石,已经证明了他一直在寻找的催化剂是什么。他留出时间让怀特里德回答,但是她缄默不语。"这么一来,"他说道,"你在这里的任务就是破坏现场,确保不露出一点蛛丝马迹,不要让真相大白。每个政府都会说:我们从不和恐怖分子讨价还价。也许是这样的,但是我们确实收买过他们……难道这不足以给报纸提供一篇有趣的故事吗?"他透过玻璃杯盯着怀特里德,"事情就是这样的,不是吗?"

"那颗钻石呢?"她问道。

"从一个朋友那里借的。"

她沉默了一会儿,雷布思乐于等候时机,想到如果他没有把鲍勃带回家……嗯,事情可能就不会这么顺利了。他还能感觉到西姆斯掐他脖子的手指……当他咽下威士忌的时候,喉咙还有点紧。

"史蒂夫·霍利又找过你吗?"雷布思问道,打破了沉默,"看,只要我身上发生什么事,他那边就会闻风而动。"

"你以为这就足以保护你了吗?"

"加文，闭嘴！"怀特里德厉声说道。慢慢地，她把双臂交叉在胸前。"你准备怎么办？"她问雷布思。

他耸耸肩。"在我看来，这与我无关。没有理由让我做什么事情，只要你能把那只猴子用链条拴住。"

西姆斯早已暴跳如雷，一只手伸进了夹克衫里面。怀特里德猛地回过身来，把他的胳膊打开。动作如此迅速，如果雷布思眨一下眼睛，就错过了这一幕。

"我想要的，"他静静地说道，"是你们两个到凌晨就滚蛋。否则我就要考虑跟我第四工业区的朋友通话了。"

"我们怎么知道我们信得过你？"

雷布思又耸了耸肩。"我想我们两个都不想签纸面上的协议。"他放下杯子，"现在，如果我们谈妥了的话，我还有个客人要料理。"

怀特里德朝门望去。"他是谁？"

"不用担心，他不是滔滔不绝的那种。"

她慢慢点了点头，然后做出一副要离开的样子。

"怀特里德，有一件事情。"她停顿了一下，扭过头面朝他。"你认为赫德曼为什么要这么干？"

"因为他贪婪。"

"我的意思是说，他为什么走进那间教室？"

她的眼睛似乎在说"我为什么要在乎？"，然后走出了房间。西姆斯还盯着雷布思。雷布思朝他肆无忌惮地挥了挥手，又把脸扭向了窗户。西姆斯从夹克衫里面拔出自动手枪，瞄准了雷布思的后脑勺，从牙缝里轻轻吹了声口哨，然后把枪放回皮套里。

"总有一天。"他说道，声音低得像在耳语，"不知道何时何地，但是我会是你见过的最后一张脸。"

"好极了。"雷布思哼了一下，头也没回，"我生命的最后一刻就要盯着一个蠢货度过了。"

他听着脚步声从门厅远去，门砰的一声关上。他去门口检查了一下，确定他们真的已经离开。鲍勃正站在厨房边上。

"我给自己冲了一杯茶。顺便说一下,你的牛奶喝完了。"

"用人们今天放假。赶紧睡一会儿,天还长着呢。"鲍勃点点头,进了自己的房间,随手关上门。雷布思给自己倒了第三杯威士忌,不折不扣的最后一杯。他重重地跌坐在扶手椅上,盯着对面沙发上被卷起来的杂志。不知不觉中,它慢慢展开了。他想到了李·赫德曼——经不起钻石的诱惑,把它们埋藏起来,然后耸耸肩走出树林。但是也许事后涌上一种罪恶感,还有恐惧。因为嫌疑挥之不去。他或许已经接受过审问、质询,甚至可能是被怀特里德。转眼多年过去,但是军队永远都不会忘记。他们最不希望看到的就是没有画上句号的事件,尤其是当这件事情会魔术般地变成一门失控的大炮。那种恐惧压迫着他,所以他尽量不和人往来……小孩子倒可以,小孩子不会是乔装改扮来追杀他的人。道格·布里姆森似乎也还能被接受……那些锁头,试图把整个世界拒之门外。他崩溃了一点都不奇怪。

但是以他的那种方式崩溃?雷布思还是不得要领,不能把它看做单纯的嫉妒。

詹姆斯·贝尔在科克本大街抓拍特丽小姐的照片……

德里克·伦肖和安东尼·贾维斯登录她的网址……

特丽·科特对死亡感到好奇,选择一个退伍军人做她的男朋友……

伦肖和贾维斯,亲密无间的朋友;和特丽不同,和詹姆斯·贝尔不同。爵士迷,而不是金属迷;穿着他们的制服在学校里游行,参加体育运动;不像特丽·科特。

一点都不像詹姆斯·贝尔。

说到这一点,除了他们的部队背景,赫德曼和道格·布里姆森又有什么相似之处?嗯,首先,两个人都认识特丽·科特。特丽和赫德曼在一起,她的母亲和布里姆森约会。雷布思把它想象成一种神秘的舞蹈,那种不断交换舞伴的舞蹈。他用手托着脸,遮住光线,闻着手套上的皮革味道,里面掺杂着从威士忌酒杯散发出来的香味,舞蹈家们在他的脑海中转来转去。

当他又睁开眼睛的时候，房间一片混沌。首先映入眼帘的是壁纸，但是他能看到他脑海中的斑驳血迹，教室里的血。

两发致命的子弹，还有一发致伤。

不，三发致命的子弹……

"不。"他意识到这个字眼居然脱口而出。两发致命的子弹，还有一发致伤。然后又是一发致命的子弹。

血溅到了墙壁和地板上。

到处都是血。

血，有它自己要讲述的故事……

他已经不假思索地倒了第四杯威士忌，把酒杯举到了唇边，然后突然清醒过来。小心翼翼地把杯中的酒从细细的瓶颈里倒回去，扣上盖，把瓶子放到壁炉上面。

血，有它自己要讲述的故事。

他拿起手机。晚上这个时候法医检验室应该没有人了，但他还是不顾一切地拨了电话。你永远都说不好是否有人留下：他们当中有些人有自己的小小的痴迷和困惑需要解决。倒不是出于案子，或者是出于职业荣誉感的需要，而是为他们自己，更私人的需要。

像雷布思一样，他们发现很难放下一件事不管。他现在已经无从判断这样是好还是坏，事情就是这个样子。电话一直在响，没有人接听。

"懒鬼们。"他自己嘀咕道。然后他注意到了鲍勃的头，正趴在门口偷看。

"对不起。"年轻人说道，拖着脚走进房间。他把外套脱掉了，里面是宽松的灰色T恤衫，两条光溜溜、肥嘟嘟的胳膊露在外面。"真的定不下心来。"

"如果你愿意的话就坐下来。"雷布思朝沙发点了点头。鲍勃入座了，但是看样子很别扭。"电视在那边，如果你想看的话。"

鲍勃点点头，但是他的眼睛在游移。他看到了一架架书，就走过去瞧了一眼。"也许我……"

"别客气，喜欢什么都可以拿。"

"我们看的那场演出……你说是根据一本书改编的？"

这回轮到雷布思点头了。"但是我没有这本书。"他又听了十五秒钟的盲音，然后放弃了。

"如果我打断了你的话，真是抱歉。"鲍勃说道。他还一本书都没有动过，似乎把它们看成是珍稀物种，只可远观而不敢去触碰。

"并没有。"雷布思站起来，"在这里等一分钟。"他走进门厅，打开一扇柜门。里面的纸板盒堆得高高的，他够到了上面的一个。里面是他女儿的一些旧家什……洋娃娃、颜料盒、明信片和在海边散步时捡回来的碎石子儿。他想到了艾伦·伦肖，想到了应该将他们两个维系在一起的纽带，只可惜这些纽带太容易松散了。艾伦和他那一盒盒的照片，他埋藏在阁楼里的记忆。雷布思把盒子放回去，取下了旁边的那只。是他女儿的一些旧书：小瓢虫丛书；一些封皮上面写写画画或扯掉一半的简装书；还有几本备受宠爱的精装书。是的，就在这里，绿色的护封，黄色的书脊，上面有一幅蟾蜍先生的图画。有人加了一个对话框，里面写着"狗屎——狗屎"的字眼。他不知道这是不是他女儿的笔迹。他又想到了他的外甥艾伦，煞费苦心地让名字和照片里早已故去的面孔对号入座。

雷布思把盒子放回原处，把壁橱锁好，带着书返回客厅。

"给你。"他告诉鲍勃，把书递了过去，"现在你可以找到我们在第一场演出中错过的内容了。"

鲍勃似乎很高兴，却小心翼翼地握着书，仿佛不知道怎么珍惜它才好。雷布思站在窗户旁边，凝视外面的夜色，心里想他是否也错过了些什么……不是演出，而是在案子开始的时候。

第七天　星期三 ───

23

当雷布思醒来的时候,已经日上三竿。他看了一下手表,然后转身下床穿衣服。他给茶壶灌满水,打开开关,洗了把脸,然后用电动剃须刀匆匆刮了一下。他把耳朵贴在鲍勃的卧室门上听了听,没有声音。他敲了敲,等了一会儿,然后耸了耸肩,进了客厅。接着他给法医检验室打了个电话,还是没有人接。

"懒鬼们。"这一次他用力去敲鲍勃的门,把门打开了一英寸。"起来面对新世界了!"窗帘是拉开的,床上空空如也。雷布思一边骂骂咧咧,一边走进了房间,但是没有任何可能的藏身之处。《柳林风声》躺在枕头上。雷布思用手掌按了按床垫,上面还温乎乎的。回到大厅后,他看到门没有关好。

"应该把我们两个锁在里面的。"他一边嘀咕,一边把门关上。他已经穿上夹克衫和鞋子,准备再次出门追他的猎物。毫无疑问,鲍勃的第一目标是他的汽车。其后,如果他有点理智的话,他会开上去往南面的大路。雷布思不知道他带了护照没有。他真希望自己当时多想一步,摘下鲍勃的车牌。追踪倒是可以的,只是费些工夫。

"等等。"他心里想道。他回到了卧室,捡起那本书。鲍勃把封套夹在书里当做书签。他为什么要这样做?除非……雷布思打开前门,走到楼梯平台上。一双脚正踏上台阶。

"我没有把你吵醒吧?"鲍勃说道。他举起一只购物袋给雷布思看。"面包和茶袋,外加四个面包卷和一包香肠。"

"好主意。"雷布思说道,希望他听起来比他自己感觉得要冷静。

吃过早饭后,他们开着雷布思的车朝圣伦纳德出发了。雷布思尽量装作没事一样。与此同时他们也并不掩饰这样一个事实:他们准备把大半天耗费在审讯室里,磁带装进了双声道录音机,还有另一盘是录像用的。

"我们开始前先喝一罐果汁什么的?"雷布思问道。鲍勃随身带了一份晨报,并且已经把它在办公桌上摊开读了起来,嘴里念念有词。他摇了摇头。"我去去就来。"雷布思一边嘱咐他,一边开门,随手在身后锁上。他爬楼梯上重案组办公室去。希欧涵在自己的办公桌边上。

"今天很忙吧?"他问她。

"我今天下午上第一节飞行课。"她说道,从电脑跟前抬起头。

"沾道格·布里姆森的光?"在她点头的同时,雷布思审视着她的脸庞,"你感觉如何?"

"肉眼看不出受伤的迹象。"

"麦卡利斯特出狱了吗?"

希欧涵抬头看了看门正上方的表。"我想我最好还是这样做。"

"那你不指控他了?"

"你认为我应该吗?"

雷布思摇了摇头。"但是在你放他回去之前,也许应该问他几个问题。"

她靠在椅子的靠背上,抬头盯着他看。"什么问题?"

"我在楼下碰到了邪恶鲍勃。他说是孔雀约翰逊纵的火，点着了炸锅后就不管了。"

她微微睁大了眼睛。"他说为什么了吗？"

"我的想法是，约翰逊以为费尔斯通当上了警方的线人。他们之间早就没有情意了，然后有人给约翰逊打电话，说我正在和费尔斯通情意绵绵地喝酒。"

"他就为了这个谋杀他？"

雷布思耸耸肩。"他肯定有担心的原因。"

"但是你不知道为什么？"

"还不知道。也许他本来只是想把费尔斯通吓跑。"

"你判断鲍勃这个角色是薄弱的环节？"

"我想我们能说服他。"

"罗德·麦卡利斯特是怎么进入这条食物链的？"

"在你在他身上动用自己超强的侦探技巧之前，我们还不得而知。"

希欧涵开始在鼠标垫上滑动鼠标，保存她的工作内容。"我会尽力而为的。你也过来吗？"

他摇了摇头。"我得回审讯室。"

"你将要和约翰逊的助手进行的这番谈话……是正式的吗？"

"可以说是非正式的正式。"

"那你应该让其他人在场。"她看着他，"在你的一生当中，遵守一次规则手册吧。"

他知道她是对的。"我等你结束和酒吧男招待的对话。"他建议。

"你真好。"她环顾了一下房间。戴维·海因兹正在接电话，一边听一边记东西。"戴维就很合适。"她说道，"比乔治·西尔弗斯灵活些。"

雷布思朝海因兹的办公桌望去。他已经接完了电话，一边放下手里的听筒，另一只手还在写写画画。他看到有人正在盯着他看，就抬起头，满脸狐疑地扬起一道眉毛。雷布思钩起一只手指，示意他过来。他和海因兹不太熟，没有真正和他一起共事过。但是他相信希欧涵的判断。

"戴维,"他一边说,一边友善地把一条胳膊搭在年轻人的肩膀上,"跟我走一趟,好吗?我们准备审问一个家伙,我需要你加入。"他停顿了一下,"最好把那个笔记本带上……"

二十分钟过去了,然而鲍勃仍然只是就一些背景情况泛泛而谈。这时有人敲了敲门。雷布思打开了门,看到一位穿制服的女警官站在那里。

"什么事?"他问道。

"有人打电话找你。"她回头朝接待处指了指。

"我这里很忙。"

"是霍根警督。他说很急,就是在做心脏三处搭桥手术,也要让你过去一趟。"

尽管说的是自己,雷布思还是微微一笑。"他的原话?"他猜测道。

"原封不动。"女警官回复道。雷布思转身回房,告诉海因兹他去去就来。海因兹关掉了机器。

"鲍勃,你要点什么?"雷布思问道。

"雷布思先生,我在考虑也许你应该把我的律师找来。"

雷布思死死盯着他。"也是孔雀的律师吧。"

鲍勃考虑了一下这番话的含义。"也许还不是现在。"他说道。

"还不是现在。"雷布思同意他的说法,离开了审讯室。他告诉警官他不用带路就能找到接待处,说话间他踏过地板,穿过公共休息室,进了开着的门厅,拿起办公桌上放着的电话听筒。

"喂?"

"约翰,天哪,你是恪守穆斯林深闺制度还是怎么的?"

鲍比·霍根听起来很不高兴。雷布思注视着他前面的一排屏幕。它们显示出圣伦纳德各处的影像,内部外部兼而有之,每隔三十秒钟左右就闪现一次，从一部摄像机切换到另一部。

"鲍比，我能为你做点什么？"

"关于枪杀案，法医终于肯给我们回复了。"

"啊，是吗？"雷布思皱了皱眉头。他本打算再给他们打一次电话的。

"我正开车往那边去，突然想起我必须路过圣伦纳德。"

"鲍比，他们发现了新大陆，对不对？"

"他们说找到了一些疑点。"霍根表示同意，接着他突然打住了，"你知道的，不是吗？"

"并不详细。和确切地点有关，我说得对不对？"雷布思盯着一个屏幕，里面显示出总警司吉尔·坦普勒正走进大楼。她提了一只公文包，一只肩膀上挂了一只沉甸甸的皮包。

"没错。几个……反常现象。"

"好词：反常现象。把形形色色的罪恶都掩盖了。"

"我只是想知道你想不想跟我一起过来。"

"克拉夫豪斯怎么说？"

线路那头停顿了一会儿。"克拉夫豪斯还蒙在鼓里。"霍根静静地说道，"电话是直接打给我的。"

"鲍比，你为什么没有告诉他？"

又停顿了一会儿。"我不知道。"

"也许是某位警官潜移默化的有害影响。"

"也许吧。"

雷布思微微一笑。"鲍比，等你准备好的时候，过来接我一下。还要看法医怎么说，我自己可能还有几个问题要问他们。"

他打开审讯室的门，招手示意海因兹去一趟走廊。"鲍勃，我们马上回来。"他解释道。随后他关上门，面朝海因兹，双臂交叉在胸前。

"我得去趟豪登霍尔。上面有令。"

"那把他送回单间牢房，直到……"

但是雷布思的头早就摇得像个拨浪鼓。"我想让你继续。我不会去太久的。如果情况胶着,就打我手机。"

"但是……"

"戴维,"雷布思把一只手放在海因兹的肩膀上,"你在那儿进展不错。没有我,你也能应付。"

"但是必须有另外一位警官在场。"海因兹提出了异议。

雷布思看着他。"戴维,希欧涵一直在带你吧?"海因兹撅起了嘴唇,想了一会儿,然后点点头。"你是对的。"他说道。

"问一下坦普勒总警司会不会列席。"

两道眉毛同时竖了起来,和海因兹的刘海连在了一起。"老板不会……"

"不,她会的。告诉她是关于费尔斯通。相信我,她巴不得过来列席呢。"

"你得先向她介绍一下情况。"

那只放在海因兹的肩膀上的手现在轻轻拍了拍他的肩膀。"照我说的做吧。"

"但是,长官……"

雷布思慢慢摇了摇头。"戴维,这是你展示自己才能的机会。展示你从希欧涵身上学到的东西。"雷布思把他的手放了下去,握成一个拳头,"该开始使用它了。"

海因兹稍微挺直腰板,点点头,表示同意。

"好样的。"雷布思说道。他刚要转身离开,又折了回来。"嗯,戴维。"

"什么事?"

"告诉坦普勒总警司她得温柔些。"

"温柔?"

雷布思点点头。"告诉她。"他一边说,一边朝出口走去。

"把 XJK 忘了吧。保时捷随便出一款车都能把捷豹晾在一边。"

"不过我认为捷豹的车更漂亮一些。"霍根争辩道,惹得雷·达夫放下手头的工作,抬头张望。"款式更经典。"

"你的意思是说,过时了?"达夫正在整理一大堆犯罪现场的照片,把它们张贴在每一寸可以找到的墙面上。他们的房间正中心放了四张独立式工作台,看起来就像一所废弃的学校实验室。照片从各个角度展示了埃德加港的教室,集中在血迹斑斑的墙和地板,以及尸体的位置上。

"叫我传统主义者好了。"霍根一边说,一边交叉双臂在胸前,希望这样会给雷·达夫的另外一番长篇大论画上句号。

"那告诉我:顶级英国汽车的前五名。"

"雷,我可不那么在行。"

"我喜欢我的萨博。"雷布思一边补充,一边眨了眨眼睛,算是对霍根的满脸怒容作出反应。

达夫清了清嗓子。"不要让我对瑞典人①发表……"

"好的,我们把话题集中到埃德加港上,好不好?"雷布思想到了道格·布里姆森——另外一个捷豹迷。

达夫正在四处张望,找地方放他的笔记本电脑。他把插头插进一张工作台上面的插座,一边开机,一边招手示意两位侦探加入他的行列中。

"在我们等待的同时,"他说道,"也不知道希欧涵怎么样了。"

"还不错。"雷布思安慰他,"她那点小小的困难……"

"怎么?"

"解决了。"

"什么困难?"霍根问道。雷布思对这个问题置之不理。

"她今天下午有一节飞行课。"

"真的吗?"达夫扬起一道眉毛,"那可不便宜。"

"我想是免费的,有个家伙有一座飞机场和一辆捷豹,就是沾他

---

① 萨博(Saab)是瑞典汽车公司。

的光。"

"布里姆森?"霍根猜测道。雷布思点点头。

"我请她坐我的名爵兜风做个比较。"达夫嘟囔道。

"你斗不过这家伙。他手上有公司里的喷气式飞机。"

达夫吹了声口哨。"一定很有钱,这些能让你望尘莫及。"

"哈,是的。"雷布思轻蔑地说道。

"我是认真的。"达夫说道,"即使二手的也一样。"

"你的意思是说几百万英镑?"这句话从鲍比·霍根的嘴里冒了出来。达夫点点头。"他的生意肯定不错吧?"

是的,雷布思心想,所以布里姆森能抽出一天工夫去趟朱拉。

"好了。"达夫一边说道,一边把他们的注意力转移到笔记本电脑上面,"我需要的东西基本上都在这里面了。"他的手指沿着屏幕的边缘绕了一圈,得意扬扬,"我们可以做个模拟……枪从任何距离、任何角度朝头部或身体开火时的模式都能显示出来。"他又点了几个按键,雷布思听到笔记本电脑的光驱在嗡嗡作响。图像出现了,一副人体骨架靠墙站着。"看到了吧?"达夫说道,"主体离墙二十厘米,子弹从两米的距离开火……进来、出去……砰!"他们看到一条线似乎穿过了头颅,再次出现的时候又变成了一条虚线。达夫的手指在触摸板上移动,将墙面标记部分高亮,然后在屏幕上放大。

"我们得到了一幅相当漂亮的图像。"他微笑着说道。

"雷,"霍根静静地说道,"你知道吗?雷布思警督在那个房间里失去了一位亲人。"

达夫的笑容凝固了。"我不是有意轻视……"

"也许我们应该切换到画面上。"雷布思冷淡地回答。他没有谴责达夫。他怎么能谴责他?达夫对此一无所知。只要能快点回到正题上就好。

达夫把双手插进他的白大褂的口袋里,转向了照片。

"现在我们该看这些照片了。"他说道,眼睛停留在雷布思的身上。

"好的。"雷布思点头表示同意,"我们赶快弄完,好不好?"

现在达夫说话的时候已经失去了早先的活力。"第一位受害者离门最近,是安东尼·贾维斯。赫德曼走进来,瞄准了离他最近的人——合情合理。从证据来看,两个人的距离不到两米。没有真正意义上的角度……赫德曼和他的受害者差不多一般高,所以子弹平行穿过了头颅。血迹图和我们的判断不谋而合。然后赫德曼转身了。第二位受害者的距离稍远一些,也许是三米吧。赫德曼可能在开火前缩短了这个距离,但幅度不大。这回子弹从头盖骨斜穿过去,说明德里克·伦肖可能想躲开。"他看着他的观众,"还跟得上吧?"雷布思和霍根点点头,三个人沿着墙壁移动。"地板上的血迹是合理的,没有什么不妥的地方。"达夫停顿了一下。

"直到现在?"雷布思猜测。科学家点点头。

"我们已经就便携式小型枪支掌握了大量的资料,它们对人体会造成哪些伤害,它们和哪些事有联系……"

"而詹姆斯·贝尔制造了一个谜团?"

达夫点点头。"是的,是一个谜团。"

霍根的视线从达夫身上转移到雷布思身上,又返回来。"怎么说?"

"据贝尔声明,他在运动中遭到袭击。也就是说,他扑倒在了地板上。他似乎认为这足以解释他为什么幸免于难。他还说当赫德曼开火的时候,大约隔了三米半的距离。"他又走到电脑跟前,在屏幕上点出一幅三维模拟画面,显示出教室,指向枪手和男学生的位置。"这一次,受害者也和赫德曼差不多高,但开枪的角度是向上的。"达夫停顿了一下,好让大家充分领会他的意思,"似乎开火的人是蹲下去的那个。"他屈膝下蹲,指着一支模拟手枪,然后站起身来,走到另外一张工作台边。上面有一个灯箱,他把它打开,照亮了一套X光片,显示出子弹从詹姆斯·贝尔的肩膀穿过时所走的路线。"前面是进去时的伤口,从背部出来。你们可以很清楚地看到弹道。"他用手指给他们画了个轨迹。

"所以赫德曼是蹲着的。"鲍比·霍根说道,同时还耸耸肩。

"我有一种感觉,雷有一番长篇大论要说,这只是个热身。"雷布思静静地说道,知道自己不用向这位科学家提出太多的问题。

达夫回视了雷布思一眼,又回到照片跟前。"没有血迹图。"他一边说,一边把墙壁的区域圈了起来。接着,他举起一只手。"实际上,从严格的意义上讲,那不正确。现场有血迹,但是已经完全扩散,你们做不出来。"

"这又说明什么问题?"霍根问道,毫不掩饰自己的不耐烦。

"说明枪击时詹姆斯·贝尔站的地方和他所说的地方不一致。他还在房间的最里面,也就是说离赫德曼更近一些。"

"还有那个偏上的弹道?"雷布思提示道。

达夫点点头,然后拉开一个抽屉,取出一个袋子。是透明聚乙烯,用牛皮纸封边。一个证据袋。里面有一件叠好的白色衬衫,上面血迹斑斑,肩膀上的子弹洞赫然在目。

"詹姆斯·贝尔的衬衫。"达夫声明,"我们在上面找到了其他东西……"

"火药的焦痕。"雷布思静静地说道。霍根朝他转过来。

"这些事情你怎么早就都知道了?"他生气地低声说道。

雷布思耸耸肩。"鲍比,我没有社交生活,每天无所事事,只是坐在那里埋头思考。"霍根咄咄逼人地盯着他,让雷布思知道这还远远不足以构成一个让人满意的答案。

"雷布思警督说得完全正确。"达夫说道,又把他们的注意力吸引回来,"前两位受害者的身体上不会有火药的焦痕。他们是从远处被击毙的。只有当枪离皮肤——或者说受害者的衣服很近的时候才会有火药的焦痕。"

"赫德曼自己身上有火药的焦痕吗?"雷布思问道。

达夫点点头。"和把手枪对准太阳穴开火的行为吻合。"

雷布思不紧不慢地返回陈列照片的地方。它们并不能真的讲出一个故事,这就是问题所在。你必须透过现象看本质。霍根正在挠脖子。

"我有点弄不明白。"他说道。

"这是个谜团。"达夫同意道,"证人的陈述和证据对不上号。"

"这取决于你怎么看待它,雷,我说得对不对?"

达夫和雷布思对视了一下,然后点点头。"总有解释的办法。"

"那你们慢慢来,"霍根用手掌拍了拍工作台,"反正我今天没有别的事情。"

"鲍比,只是用一种不同的方式看待它。"雷布思告诉他,"詹姆斯·贝尔的那一枪是从近距离开火的。"

"被一个和花园守护神雕像一般大小的家伙射中的。"霍根轻蔑地说道。

雷布思摇了摇头。"问题是,赫德曼不可能这样做。"

霍根的眼睛睁大了。"等一下……"

"雷,我说得对不对?"

"没错,这是一种结论。"达夫正在揉他的下巴。

"没有这样做?"霍根重复了一遍,"你是说那里还有别人?一个帮凶?"

雷布思摇了摇头。"我是说可能——也许甚至很有可能——李·赫德曼只杀死了那个房间里的一个人。"

霍根的眼睛眯成了一条缝。"那会是谁呢?"

雷布思把注意力转移到雷·达夫的身上,由他来提供答案。

"他自己。"达夫声明道,仿佛这是世界上最简单不过的解释。

24

雷布思和霍根坐在霍根闲置的车上。他们保持沉默已经有几分钟了。副驾驶边上的窗户开着,雷布思在抽烟,霍根的手指头敲打着方向盘。

"我们怎么玩这场游戏?"霍根问道。这一次,雷布思有了答案。

"鲍比,你知道我最喜欢的技巧。"他说道。

"像瓷器店里的野牛一样横冲直撞?"霍根猜测道。

雷布思慢慢点点头,抽完了手上的香烟,把烟头轻轻弹到车行道上。"过去它已经为我立下赫赫战功。"

"约翰,但是这次不同。杰克·贝尔是苏格兰议员。"

"杰克·贝尔是个小丑。"

"不要低估他。"

雷布思扭头面对他的同事。"鲍比,你还有第二种招数吗?"

"我只是想知道我们是不是不应该……"

"求得自保?"

"约翰,不像你。我对瓷器店从来没有好感。"

雷布思透过挡风玻璃盯着外面。"鲍比,无论如何我都要这么做,你知道的。你跟不跟我去随你的便。你可以随时给克拉夫豪斯和奥米斯顿打电话,让他们知道比赛结果。但是我自己也要听到。"他再次转过身盯着霍根,两只眼睛炯炯有神,"你肯定我诱惑不了你?"

鲍比·霍根用舌头舔了舔嘴唇,先是顺时针,然后是逆时针。他的手指紧紧握住方向盘。

"见鬼。"他说道,"朋友之间打碎几件瓷器算什么。"

凯特·伦肖打开了巴恩顿宅邸的门。

"凯特,你好。"雷布思一脸漠然地说道,"你爸爸怎么样了?"

"他挺好的。"

"你不觉得你最好请一段时间的假,多陪陪他?"

她已经把门敞开让他们进来,霍根提前打电话说过他们要来。

"我正在做有用的事情。"凯特辩论道。

"帮助一个路边召妓者在事业上飞黄腾达。"

她的眼睛闪现出火一样的光芒,但雷布思对此置之不理。透过右手边的玻璃门,他可以看到餐厅,餐桌上铺满了从杰克·贝尔的战役中拿回来的文件资料。贝尔本人正从楼梯上下来,摩擦着双手,好像刚刚洗过手一样。

"警官们,"他说道,并没有费力去佯装热情,"我希望这一切能尽快结束。"

"彼此彼此。"霍根回敬道。

雷布思环顾四周。"贝尔夫人在家吗?"

"她出去串门了。有什么要紧的事情?"

"只想告诉她昨天晚上我去看《柳林风声》了。演出棒极了。"

苏格兰议员扬起一道眉毛。"我会捎口信给她的。"

"你告诉过你儿子我们要来?"霍根问道。

405

贝尔点点头。"他正在看电视。"他朝客厅打了个手势。霍根问也不问就走过去把门打开。詹姆斯·贝尔正躺在奶油色的皮沙发上,脱了鞋,他那条好胳膊枕在身后,脑袋压在手上。

"詹姆斯,"他的父亲说道,"警察来了。"

"我知道。"詹姆斯的两只脚滑到了地毯上。

"詹姆斯,我们又见面了。"霍根说道,"我想你一定认识雷布思警督吧……"

詹姆斯点点头。

"我们能坐下来吗?"霍根问道,把这个问题的矛头对准了儿子,而不是父亲。他倒也没打算等主人批准,便在一把扶手椅里面舒舒服服地坐下,而雷布思则心满意足地站在壁炉旁边。杰克·贝尔靠着他的儿子坐下,把一只手放在詹姆斯的膝盖上,却被年轻人像躲苍蝇一样推开。詹姆斯弯下腰从地板上端起一杯水,举到自己的唇边啜饮。

"我还是想知道事情办得怎么样了。"杰克·贝尔不耐烦地说道。表现得像一个大忙人,一个有要事在身的人。雷布思的手机响了,他趁着从口袋里掏手机的工夫说了声抱歉。看了一眼屏幕,看到是谁打来的电话后,他又说了声抱歉,起身离开了房间。

"吉尔吗?"他凑近听筒说道,"鲍勃怎么样了?"

"既然你问到这个——他讲了一连串好听的故事。"

雷布思朝餐厅望去。凯特早已消失得无影无踪。"他不知道炸锅是用来点火的?"

"没错。"

"那他又说别的了吗?"

"他似乎对拉布·费希尔很有意见,却没想到把他的朋友孔雀也拉下了水。"

雷布思的眼睛眯成了一条缝。"怎么会这样?"

"他说了费希尔在夜总会的队伍中间窜来窜去,让人们瞥见他手里拿了一把枪的原因。"

"是吗?"

"他想卖毒品。"

"毒品?"

"为你的老朋友约翰逊效劳。"

"孔雀过去卖过大麻,但还不值得配一名助手。"

"鲍勃不肯和盘托出,但是我认为是强效可卡因。"

"天哪……那他的源头是谁?"

"我还以为这是明摆着的事呢。"她笑出声来,又戛然而止,"你的另一位朋友,玩快艇的那位。"

"我认为不是的。"雷布思声明道。

"那你告诉我,在他的船上是不是找到了可卡因?"

"尽管如此……"

"好吧,那就是其他人。"她做了一个深呼吸,"不管怎么说,这是好的开端,你说呢?"

"一定是女人的柔情让他开口的。"

"他就需要有人给他母性的温柔,约翰,谢谢你的提醒。"

"这就是说我化险为夷了?"

"这就是说,我得把马伦扯进来,让他听听我们的进展。"

"但是你不认为我杀死了马丁·费尔斯通?"

"就当做我在举棋不定,好不好?"

"老板,谢谢你给我撑腰。如果你问出了其他事情,告诉我,好不好?"

"我会试一试。你那边的进展怎么样了?又有什么事情冒出来让我担惊受怕吗?"

"也许……等着看巴恩顿上空的烟花吧。"他挂断了电话,确定他的手机关机后,返回了房间。

"我向你们保证,我们会尽快处理这件事情。"霍根说道。接着他抬头看着雷布思。"现在我要移交给我的同事了。"雷布思假装在慢条斯理地酝酿他的第一个问题,然后狠狠盯着詹姆斯·贝尔。

"詹姆斯,你为什么要这样做?"

"什么?"

杰克·贝尔朝前迈了一步。"我想我必须对你的口气提出抗议……"

"先生,对不起。有时候当别人向我撒谎的时候,我会有点激动。他不仅仅是向我撒谎,而是向每个人:整个侦讯处、他的父母、媒体……每个人。"詹姆斯迎上他的视线,雷布思双臂交叉在胸前,"看,詹姆斯,我们已经开始把那间教室里发生的真相拼凑在一起。现在我有个新闻要告诉你。当你开枪的时候,你的皮肤上会留下痕迹。它们可以持续几周,即使洗涮十二遍也挥之不去。你衬衫的袖口也一样。记住,你当时穿的那件衬衫还在我们手上。"

"你他妈的在说些什么?"杰克·贝尔气急败坏地说道,血一下子涌到了脸上,"你想认为我会允许你踏进我家的门槛,指控一个十八岁的男孩……这就是你们警察的工作方法吗?"

"爸爸……"

"是因为我,是不是?你想通过我的儿子来对付我。就因为你犯了一个骇人听闻的错误,我几乎搭上自己的工作,自己的婚姻……"

"爸爸……"詹姆斯的声音抬高了八度。

"现在这场可怕的悲剧发生了,你能做的就是……"

"先生,这不是复仇。"霍根抗议道。

"尽管利斯的缉拿警官宣誓他当场抓到了你的把柄。"雷布思忍不住加了一句。

"约翰。"霍根发出警告。

"看到了吧?"杰克·贝尔气得声音都在颤抖,"你都看到是怎么回事了吧?你们一直这样对待我,因为你们太目中无人……"

詹姆斯暴跳如雷。"你他妈的能不能闭嘴?这辈子你他妈的有没有一次能闭上那张臭嘴?"

房间里鸦雀无声,这些话似乎在空气中凝固了,旋转着,余音不绝。詹姆斯又慢慢坐下来。

"也许,"霍根静静地说道,"我们应该让詹姆斯说说心里话。"他是对着苏格兰议员说的,后者似乎目瞪口呆,眼睛盯着儿子,好像从来不知道他的存在,是突然有人把他暴露在他面前的。

"你不能这样跟我讲话。"他看着詹姆斯,声音小得可怜。

"我确实做了。"詹姆斯告诉他的父亲,然后把目光聚焦在雷布思的身上,"我们打开天窗说亮话。"

雷布思舔了舔嘴唇。"詹姆斯,现在,或许我们唯一能证明的一点是,你是从近距离被枪打中的——和你到目前为止一直坚持的说法刚好相反。但是你也承认过你至少认识李·赫德曼的一把枪,所以我认为是你拿了布罗科克,企图开枪杀死安东尼·贾维斯和德里克·伦肖。"

"他们是下流坯子,一对下流坯子。"

"难道那就构成了足够好的理由吗?"

"詹姆斯,"杰克·贝尔发出警告,"我不想让你和这些人说任何事情。"

他的儿子对他置之不理。"他们必须死。"

贝尔张开嘴,但什么也说不出来。詹姆斯一门心思玩着水杯,把它转来转去。

"他们为什么必须死?"雷布思静静地问道。

詹姆斯耸耸肩。"我早就说过了。"

"你不喜欢他们?"雷布思试探道,"就这么简单?"

"我的同龄人当中有好多人都杀人如麻。你不看新闻吗?美国、德国、也门……有时候你不喜欢星期一就足够当成动机了。"

"詹姆斯,帮助我理解一下。我知道你的音乐品位与众不同……"

"不仅仅是音乐,是每件事!"

"对人生的看法不同?"霍根试探道。

"也许,"雷布思说道,"但你同样想打动特丽·科特。"

詹姆斯瞪着他。"不要把她也牵连进来。"

"没那么容易,詹姆斯。特丽曾经告诉过你,她对死亡很痴迷,是不是啊?"詹姆斯无言以对。"我认为你对她很痴情。"

"你怎么知道?"少年不屑地说。

"嗯，比如说，你特意跑到科克本大街去给她拍照片。"

"我拍过很多照片。"

"但是你把她的照片夹到了你借给李的那本书里。她和他上过床，你很讨厌这一点，对不对？贾维斯和伦肖告诉你他们已经找到了她的网站，注视她在卧室里的一举一动，你也不喜欢。"雷布思停顿了一下，"我干得怎么样？"

"你知道得可真多，警督。"

雷布思摇了摇头。"詹姆斯，其实有很多事情我并不知道。我一直希望由你来填补这些空白。"

"詹姆斯，你不必多说。"他的父亲用低哑的声音说道，"你是未成年人……有法律保护你。你的精神受过创伤，这个世界上没有法庭会……"他的目光直逼警察们，"他确实应该请律师。"

"我才不要请律师。"詹姆斯不耐烦地说道。

"但是你必须请！"父亲听起来惊恐万分。

儿子不屑地说："爸爸，这不再是你的事情了，你明白吗？这是我的事情。是我将再次把你送上报纸，只不过是不光彩的一面。另外你没有注意到，我已经不是未成年人了——我十八岁了。完全可以选举，可以做很多事情。"他似乎在等待反驳，但是反驳迟迟不来，便把注意力转回雷布思的身上，"你需要知道哪些事情？"

"我讲的特丽的事情对不对？"

"我知道她和李上床。"

"你给他那本书的时候……你是故意把她的照片落在里面的？"

"我想是的。"

"希望他能看到它，那又怎么样呢？"雷布思看着詹姆斯耸耸肩，"也许让他知道你也喜欢她就够了。"雷布思停顿了一下，"为什么偏偏是那本书？"

詹姆斯看着他。"因为李想读那本书。他知道故事情节，那个家伙如何坠机身亡。他不是……"詹姆斯似乎一时找不到合适的字眼。他做了一个深呼吸，"他是个非常不开心的人，你一定意识到了这一点。"

"为什么不开心?"

詹姆斯的灵感来了。"深受困扰。"他说道,"我总是有这种感觉。他深受困扰。"

房间里沉默了一会儿,雷布思打破了沉默:"你从李的公寓拿了枪?"

"对。"

"他不知道?"

摇了摇头。

"你了解布罗科克吗?"鲍比·霍根克制着自己的声音问道。詹姆斯点点头。

"那他是怎么找到学校里的?"雷布思问道。

"我给他留了个字条。没想到他这么快就找到了。"

"詹姆斯,当时你是怎么打算的?"

"径直走进公共休息室——通常只有他们两个在那里——杀死他们。"

"冷酷无情?"

"对。"

"两个跟你无冤无仇的孩子。"

"星球上少了两个人。"少年耸耸肩,"我没见过台风飓风,还有地震饥荒。"

"这就是你为什么要这样做,因为一切都无所谓。"

詹姆斯陷入了沉思。"也许吧。"

雷布思低头看着地毯,努力克制内心涌起的愤怒。我的家庭……我的骨肉……

"一切来得太快。"詹姆斯告诉他们,"真奇怪,我居然感到如此冷静。砰砰两声,两具尸体……当我朝第二个人开枪的时候,李正站在门口。他就站在那里,就我们两个人,有些不知所措。"他因为这段回忆而微微一笑,"然后,他伸出手要枪,我顺手把枪递了过去。"笑容蒸发了,"我完全没想到这个蠢货会把枪对准自己的脑袋。"

"你认为他为什么会那样做?"

詹姆斯慢慢摇了摇头。"从那以后，我一直在努力思考这个问题……你知道吗？"问题的要害就在眼前，需要一个答案。雷布思的脑海里浮现出好几个理论：因为枪是他的，他感到有责任……因为这件事会让整个专业队伍提高紧惕，到处打探，包括部队里的人……因为这是一种解脱……

因为他再也不用深受困扰了。

"你从他的手里拿过枪，朝自己的肩膀开了一枪。"雷布思静静地说道，"然后把它放回了他的手中？"

"是的。我给他留的字条在他的另一只手中。我也把它拿走了。"

"那指纹呢？"

"我学电影里的样子，用我的衬衫擦了擦枪。"

"但是当你刚走进那里的时候……你一定准备让大家都知道是你干的。为什么又改变主意了？"

少年耸耸肩。"因为也许是机会找上门来了。我们真的知道自己为什么要做某件事情吗……一时冲动？"他转向他的父亲，"有时候我们会受本能的支配。那些小小的阴险的想法……"

说到这里，他的父亲朝他猛扑过去，掐住他的脖子，他们两个翻过沙发，撞到了地上。

"你这个小畜生！"杰克·贝尔喊道，"你知道你都做了些什么吗？我现在全完了。名誉扫地！他妈的从头到脚名誉扫地！"

雷布思和霍根把他们分开，父亲仍然在气急败坏地咆哮和诅咒，相比之下，儿子基本上平静了下来，端详着他父亲的语无伦次和愤怒，仿佛在不久的将来，这将成为一段值得他珍藏于心的记忆。门开了，凯特站在那里。雷布思真想让詹姆斯·贝尔跪在她的脚下，祈求原谅。她在领会眼前的一幕，努力理出些头绪。

"杰克？"她温柔地问道。

杰克·贝尔看着她，就好像在他的眼里她是一个陌生人。雷布思仍然从后面紧紧地抱着这位苏格兰议员。

"凯特，离开这里。"他恳求道，"快回家去。"

"我不明白。"

詹姆斯·贝尔被霍根死死按着,先是朝门口望去,又朝他的父亲和雷布思站的地方望去。他的脸上慢慢漾起了笑容。

"是由你来告诉她,还是我?"

25

"我真不敢相信。"希欧涵不止一次地说道。在她驱车从圣伦纳德前往飞机场的途中一直在和雷布思通话。

"我自己也很难以置信。"

她在 A8 公路上向西朝城外驶去。她看了一眼后视镜，然后打灯，超过一辆出租车。一个生意人坐在出租车后座上，在去飞机场的路上心平气和地读一份报纸。希欧涵感到她需要靠边停下，解开安全带，大声尖叫，只是为了发泄一下内心的感受。难道这是案子有了结果后的冲动吗？实际上两个案子都有了结果：赫德曼的案子和费尔斯通的谋杀。还是说这是她为自己结案时不在场而沮丧？

"他不会把赫德曼也打死了吧，会吗？"她问道。

"谁？贝尔少爷？"她都能听到雷布思从电话跟前转过头，把她的问题像接力棒一样传给鲍比·霍根。

"他留了个字条，知道赫德曼会尾随而至。"希欧涵说道，脑子转得飞快，"把三个人通通干掉，然后把枪对准自己。"

"这是一种理论。"雷布思的声音断断续续,听起来一点都不信服,"那是什么噪声?"

"我的电话。它在告诉我它需要充电了。"她开进机场岔道,后视镜里还能看见那辆出租车。"你知道的,我可以取消。"她指的是飞行课。

"有这个必要吗?反正这边没什么事情。"

"你要去昆斯费里?"

"已经在这边了。我说话的时候鲍比正驶过校门。"他又拿开电话,跟霍根说了些什么。听起来他好像在说,当霍根向克拉夫豪斯和奥米斯顿一五一十解释的时候,他希望自己在场。希欧涵听到一句"尤其是告诉他们贩卖毒品的理论走不通"。

"是谁把毒品放到他的快艇上的?"她问道。

"你说什么,希欧涵?"

她把问题重复了一遍。"你认为是怀特里德为了让调查活跃起来才干出了这种好事?"

"我甚至都不敢肯定她有权设下那样的圈套。我们在围剿那些不起眼的家伙。警车已经出动寻找拉布·费希尔和孔雀约翰逊。鲍比正准备去向克拉夫豪斯汇报消息。"

"我希望我在那边。"

"过后再来找我们吧。我们要在酒吧喝一杯。"

"不去摆渡者吗?"

"我想也许我们还是换到隔壁那家……换换口味。"

"我只需要一个小时左右。"

"别着急,我们哪儿都不去。如果你愿意的话,可以把布里姆森也带上。"

"我可以把詹姆斯·贝尔的事情告诉他吗?"

"随你的便……等游戏结束的时候,报社又要大做文章了。"

"你是说史蒂夫·霍利?"

"想想我确实欠那家伙不少人情。至少克拉夫豪斯体会不到把消息通知给报纸的乐趣了。"他停顿了一下,"你有没有想办法胁迫罗德·麦卡利斯特?"

"他还是不承认写了那些信。"

"你知道就够了……并且让他知道你知道。去上飞行课感觉不错吧?"

"我会感觉良好的。"

"也许我应该向空中交通管制报警。"她可以听到霍根在背景里说话,雷布思在低声轻笑。

"他怎么说?"她问道。

"鲍比认为我们最好还是向海岸警卫队报警。"

"把他从我的请客名单上一笔勾销。"

当雷布思把她的信息传递给霍根的时候,她也在一旁侧耳倾听。然后雷布思说:"好的,希欧涵,我们在车库里,正准备给克拉夫豪斯报信去。"

"你能不能保持冷静?"

"不必担心,我会沉着冷静,处之泰然的。"

"真的吗?"

"看我怎么把他的鼻子按进烂泥里。"

她微微一笑,挂断了电话。她决定关机。总不能在五千英尺的高度打电话吧……她扫了一眼仪表盘上的时钟,看到自己到早了。道格·布里姆森一定不会介意。她拼命摇头,想把她听到的一切抛到九霄云外。

李·赫德曼没有杀死那帮孩子。

约翰·雷布思没有在马丁·费尔斯通的住宅纵火。

她怀疑过雷布思,现在她对此感到很难过,但是这都是他自己的错……总是这么神秘兮兮的。还有赫德曼,他的秘密生活,他每天的恐惧。媒体迫不得已,要自咎其责,把他们的满腔怒火转移到唾手可得的目标——杰克·贝尔身上。

这几乎可以说是一个皆大欢喜的结局……

当她到达机场大门的时候，一辆小汽车正要离开。布里姆森从乘客那一侧下车，一边打开挂锁，把大门拉开，一边谨慎地微微一笑，等在那里，让小汽车开过。汽车从希欧涵的身边扬长而去，前面的座位上是一张阴沉的脸。布里姆森招手示意希欧涵把车开进去。她一切照办，然后等着大门重新上锁。布里姆森打开副驾驶那边的车门，上了车。

"没想到你会过来。"他说道。

希欧涵把脚从离合器踏板上放下来。"实在抱歉。"她静静地说道，目不转睛地盯着挡风玻璃，"你的来访者是谁？"

布里姆森扮了个怪相。"有人对飞行课感兴趣而已。"

"怎么看都不像。"

"你是说衬衫？"布里姆森笑了，"有点花哨，是不是？"

"有点。"他们已经到了办公室。希欧涵拉了一下手刹，布里姆森下了车。她待在原地不动，注视着他。他走到她坐的那一侧，打开车门，仿佛这一切正是她所等待的。他避开了她的眼睛。

"先要做点书面记录。"他说道，"免责声明……诸如此类。"他朝敞开的门口走去。

"你的顾客叫什么名字？"她一边问，一边尾随而入。

"杰克逊……乔布森……诸如此类。"他已经走进办公室，跌坐在椅子上，两只手在一堆文件中间翻个不停。希欧涵还是站着。

"文件里面肯定有。"她说道。

"什么？"

"如果他在这里上课，我想你一定有他的详细情况。"

"哦……是的……就在这里的某个地方。"他胡乱翻动纸张，"我该请一位秘书了。"他说道，勉强笑了笑。

"他的名字是孔雀约翰逊。"希欧涵静静地说道。

"是吗？"

"而且他来这里不是为了上飞行课。他有没有让你带他飞到国外去？"

"这么说你认识他?"

"我知道他是个通缉犯,为一名微不足道的罪犯——马丁·费尔斯通的死负责。现在孔雀惊慌失措,因为他找不到自己的心腹,或许知道我们已经将他缉拿归案了。"

"这些在我的耳朵里都是新闻。"

"但是你知道约翰逊是谁……还有他是干什么的。"

"不,我告诉过你了……他只想上飞行课。"布里姆森的两只手更忙乱了,在文件当中翻个不停。

"我告诉你一个秘密。"希欧涵说道,"我们已经破了埃德加港的案子。李·赫德曼没有杀死那几个孩子;是苏格兰议员的儿子干的。"

"什么?"布里姆森似乎没有听进去。

"是詹姆斯·贝尔干的。李自杀后,他把枪对准了自己。"

"真的吗?"

"道格,你在找什么东西吗?还是要从办公桌上挖条通道钻出去?"

他抬头看着她,咧嘴笑了。

"我在告诉你,"她继续说道,"李没有杀死那两个男孩。"

"是啊。"

"这就是说,唯一的疑团是在他的快艇上找到的毒品。我猜你知道他拴在岸边的游艇。"

他再也忍受不了她的凝视。"为什么我应该知道?"

"你为什么不?"

"希欧涵……"布里姆森做出一副看表的样子,"也许我们可以抛开文件。可别误了我们的时间。"

她对此充耳不闻。"拥有一艘游艇很正常,因为李经常到欧洲航行。但是现在我们知道他是在贩卖钻石。"

"同时还购进毒品?"

她摇了摇头。"你知道他的快艇,或许还知道他去了欧洲大陆。"她朝办公桌迈了一步,"道格,是那些公司包机的飞行,是不是?飞往欧洲的小旅行,带那些商人参加会议,举办联欢……你就是这样把毒品带进来的。"

"都见鬼去吧。"他说道,冷静得几乎让人难以置信。他身体后仰,靠在椅子上,两只手捋着头发,眼睛盯着天花板。"我告诉过那个浑蛋不要过来的。"

"你是说孔雀?"

他慢慢点了点头。

"为什么要拿毒品来栽赃?"

"为什么不?"他又爆发出一阵大笑,"李死了。就我看来,人们会把注意力集中到他的身上。"

"好转移对你的注意力?"她决定坐下来,"问题是,没有人注意到你。"

"夏洛特认为有。你们这帮人无孔不入,和特丽谈话,和我谈话……"

"夏洛特·科特也卷进来了?"

布里姆森看着她,好像她提了一个愚蠢的问题。"这是现金交易……所有的生意都需要洗钱。"

"通过日晒沙龙?"希欧涵点点头,好让他知道她领会了。布里姆森和特丽的母亲:商业合作伙伴。

"你知道吗,李也难逃干系。"布里姆森说道,"最初就是他把我介绍给孔雀约翰逊的。"

"李认识孔雀约翰逊?枪就是从他那里搞到的?"

"我本来打算把这件事告诉你,只是我不知道如何……"

"什么事情?"

"约翰逊的手上有一批废枪,需要有人把撞针放进去,诸如此类的事情。"

"李·赫德曼把活儿接过来了?"她想到了船场一应俱全的工作室。是的,一项再简单不过的工作,需要工具和专门知识。赫德曼两者兼有。

布里姆森沉默了一会儿。"我们还可以去飞行。误了时间,真是不好意思。"

"我没有带护照。"她伸手去够他的电话,"道格,我现在得挂个电话。"

"我已经把航线清理好了,你也知道的……通过飞行发射塔。有那么多风景我原本想要展示给你……"她已经站起来,拿起了听筒。

"等下一次吧,好吗?"

他们两个都知道不会再有下一次。布里姆森的手掌按在桌面上。希欧涵正把听筒贴在耳朵上,数字刚输了一半。"道格,对不起。"她说道。

"我也一样,希欧涵。相信我,我难过得要死。"

他从办公桌后面一推,隔着桌子猛扑过来,桌子上面的文件又像他刚进来的时候一样,飞得到处都是。她丢下手中的电话,往后退了一步,撞到了她身后的椅子,绊倒了,摔在了地板上,伸出两只手去应付。

道格·布里姆森的全部重量都压在她的身上,让她动弹不得,喘不过气来。

"去飞吧,希欧涵。"他吼道,抓着她的手腕,"去飞吧……"

26

"鲍比,高兴了?"雷布思问道。

"欣喜若狂。"鲍比·霍根回答。他们正要迈进南昆斯费里滨水区的酒吧。学校的会面安排得正是时候。他们设法打断了克拉夫豪斯和局长助理科林·卡斯韦尔的会晤,霍根做了一次深呼吸,声明克拉夫豪斯所说的一切纯属无稽之谈,然后才进一步解释为什么。

当会议结束的时候,克拉夫豪斯一句话都没说就走出来,留下他的同事奥米斯顿一边和霍根握手,一边称赞他。

"鲍比,这并不表示你会得到表彰。"雷布思说道。但是他拍了拍奥米斯顿的胳膊,让他知道他们感谢他表现出的热情。他甚至还请他加入他们的行列,一块儿出去喝一杯,但是奥米斯顿摇了摇头。

"我想你刚刚分配给了我安慰某人的任务。"他说道。

所以酒吧里只有雷布思和霍根。当他们等着侍者来招呼他们的时候,霍根似乎有些泄气。通常当一个案子接近尾声,整个小组都会聚集在谋杀调查办公室,啤酒一整箱一整箱地拖进来,大家开瓶畅饮。

也许来一瓶布拉斯香槟；威士忌则是为思想更传统的人准备的。这里看上去却截然不同，只有他们两个，最初的小组早已分崩离析……

"点什么？"霍根问道，尽量让他的声音显得欢快活泼。

"也许来一瓶拉佛多哥。"

"这里的计量好像不够慷慨。"霍根用专家的眼光审视了一下架子，"最好要双份。"

"现在还要决定谁是指定司机。"

霍根的嘴角抽搐了一下。"我还以为你说希欧涵也要加入我们的行列中。"

"鲍比，那简直太残忍了。"雷布思停顿了一下，"残忍，但是公平。"

酒吧男招待已经在等候他们。霍根点了雷布思的威士忌，又为他自己点了一品脱啤酒。"还要两支雪茄。"他补充道，转向了雷布思，似乎在端详他。他把胳膊撑在吧台的边缘。"约翰，案子得到这样的结果，会让我觉得我应该见好就收。"

"天哪，鲍比，你正年富力强。"

霍根扑哧一声笑了。"五年前我会同意你的说法。"他从口袋里掏出一沓钞票，从里面抽出一张十英镑的，"但是这个案子改变了我。"

"是什么改变了？"

霍根耸了耸肩。"一个小孩子可以去枪杀两个同班同学，没有正式的动机。我的意思是说，在我看来，这一切是多么不可思议……约翰，这和我所了解的世界截然不同。"

"只能说明我们比以往任何时候都更有用。"

霍根又扑哧一声笑了。"你真的这么认为？你认为自己很受欢迎，对不对？"

"我没有说'受欢迎'；我说的是'有用'。"

"那谁在用我们呢？像卡斯韦尔那样的人，因为我们给他的脸上贴了金？或者是克拉夫豪斯，所以他不至于一错再错了。"

"这两点可以算上。"雷布思微笑着说道。他的玻璃杯放在自己面前，他往里面加了点水，刚好让味道淡一点。两只细细的雪茄上来了，霍根正在打开他自己的那一只。

"我们还没有真正搞清楚，对不对？"

"搞清楚什么？"

"赫德曼为什么要那样做……自杀。"

"你以为我们会搞清楚吗？我有一种感觉，你把我扯进来是因为你身边的年轻人都怕你。你的身边需要另外一只恐龙。"

"约翰，你不是一只恐龙。"霍根举起了自己的玻璃杯，和雷布思的玻璃杯碰了一下。"这是敬我们两个。"

"别忘了杰克·贝尔，要不是他在场，詹姆斯可能会意识到他可以保持沉默，然后不了了之。"

"对极了。"霍根说道，笑得合不拢嘴，"这就是家庭，对吗，约翰？"他开始摇头。

"家庭。"雷布思同意他的说法，把杯子举到了嘴边。

他的电话响了，霍根告诉他别理它，但是雷布思还是查看了一下屏幕显示，心想会不会是希欧涵。不是。雷布思示意霍根他要出去转一圈，外面安静些。前面有一处露天酒吧，其实只是一片柱油碎石铺的场地，胡乱摆了几张桌子。风太冷，没有人在那边喝酒。雷布思把电话贴到耳朵上。

"吉尔吗？"。

"你让我和你保持联系的。"

"这么说年轻的鲍勃还在唱歌？"

"我都有点听腻了。"吉尔·坦普勒叹着气说道，"我们听他讲了自己的童年，如何在学校里横行霸道，还有他尿裤子的时候……他一会儿说这个一会儿说那个，我真不知道事情发生在上个星期还是十年前。他说他想借《柳林风声》……"

雷布思微微一笑。"在我的公寓里。我会给他捎过去。"雷布思听到远处一架轻型飞机的嗡嗡声。抬起头来，用那只没拿杯子的手挡在眼睛上面去看。飞机正在福斯公路桥的上空，因为距离太远，不清楚是不是他们去朱拉旅行时乘坐的那一架。同样的机型，懒洋洋地划过天空。

"关于日晒沙龙你了解多少？"吉尔·坦普勒问道。

"怎么了？"

"这个词不断冒出来，跟约翰逊和毒品有关……"

雷布思目不转睛地看着飞机。突然，飞机下降了，引擎的声音改变了。接着它拉了起来，但机翼一上一下。如果那是希欧涵在学开飞机，她无疑学得很艰难。

"特丽·科特的母亲有好几家。"雷布思对着手机说道，"我知道的就这些了。"

"它们会不会是幌子？"

"这个我没有想过。我的意思是说，她从哪里取得……"雷布思住了口。布里姆森的汽车，停在科克本大街，特丽的妈妈就在那里开了一家店。特丽向他承认过，她的母亲是布里姆森的情人……

道格·布里姆森，李·赫德曼的朋友。布里姆森和他的飞机。他哪儿来的那么多钱？雷·达夫说过，要几百万。正中靶心，但当时雷布思的思路却被詹姆斯·贝尔带跑了。几百万……要挣到这么多钱，你可以通过几家正规企业，或者几十种非法的……

雷布思想起了在从朱拉回来的路上，布里姆森对着下面的福斯湾和罗塞斯说过的话：我常常在想……能制造多大的破坏——甚至就凭一架小小的赛斯纳飞机……造船厂……公路和铁路桥…………机场。雷布思的手垂了下来。他在灯光下眯起了眼睛。

"天哪。"他嘟哝道。

"约翰，你还在吗？"

等她的话说出口的时候，他已经不在了。

雷布思跑回酒吧，把霍根拉出来。"我们得去趟飞机场。"

"干什么？"

"没时间了！"

霍根打开车锁，雷布思一屁股坐到方向盘的后面。"我来开车！"

霍根不准备争辩。雷布思把车风驰电掣般开出了停车场，却又猛地停住了，从司机一侧的窗户使劲盯着外面。

"天哪，不……"他从车里跌跌撞撞地出来，站在马路中央，抬头望去。飞机已经俯冲完毕，正在爬升。

"发生了什么事情？"霍根从副驾驶座位上吼道。

雷布思回到方向盘后面，再次出发了。跟随飞机的线路，看着它越过铁路桥的上空。当它靠近法夫海岸线的时候，划了一道陡峭的弧线，又开始朝两座大桥飞回来。

"飞机出问题了。"霍根说道。

雷布思又把车停下来观察。"是布里姆森。"他低声说道，"他和希欧涵在一起。"

"眼看就要撞到桥上了！"两个男人都下了车。不光是他们，其他司机也纷纷停下来观看。过往行人在指指点点，窃窃私语。引擎的声音变大了，更加刺耳。

"天哪。"霍根气喘吁吁地说道，这时飞机已经飞到铁路桥的下面，离水面只有几英尺之遥。它猛地蹿起来，几乎是垂直的，拉平之后又开始俯冲。这回它跑到了公路桥中央的桥面下方。

"他是在故意炫耀，还是想把她吓得魂不附体？"霍根说道。

雷布思摇了摇头。他想到了李·赫德曼，他吓唬那群青少年滑水者们的习惯……考验他们。

"那些毒品是布里姆森栽的赃，鲍比。他用飞机把毒品带回国。我有一种感觉，希欧涵知道这件事情。"

"那他现在在干什么？"

"也许在吓唬她。如果事情真的只是这样的话，那我谢天谢地……"他想到了李·赫德曼，把枪举到了自己的太阳穴上；还有那个从飞机上跳下来自杀的空军特勤队的退伍军人。

"他们有降落伞吗？"霍根问道，"她能跑出来吗？"

雷布思没有回答。他的下巴绷得紧紧的。

飞机现在翻着跟头飞行，但是离桥还是太近了。一只机翼碰到了一条斜拉索，飞机干脆来了个盘旋俯冲。

雷布思不由自主地向前迈了一步，刚喊了一句"不"，飞机就撞到了水面上。

"见鬼！"霍根喊道。雷布思正盯着失事地点……飞机早已肢解成残骸，一绺绺青烟腾空而起，碎片开始从水面上消失。

"我们得过去一趟。"雷布思喊道。

"怎么过去？"

"我不知道……找一条船！埃德加港……他们有船！"他们回到车上，来了个刺耳的一百八十度大转弯，开到船场。那里有一只警报器正在叫个不停，值班的水手早已匆匆赶赴现场。雷布思把车停好，他们一路跑到栈桥，路过赫德曼的船库，雷布思眼角的余光中有东西动了一下，掠过一道颜色。情急之下他也没有注意就到了水边。雷布思和霍根向一个正在解快艇的男人亮出他们的身份。

"我们需要搭一下便船。"

男人快六十了，头剃得光光的，长着银色的胡子。他上下打量着他们。"你们需要救生衣。"他声明。

"不，我们不需要。现在只要把我们带到那边。"雷布思停顿了一下，"拜托了。"

男人又看了他一眼，点点头，表示同意。雷布思和霍根吃力地爬上船，主人风驰电掣般驶出港口，他们紧紧地握住船舷。其他小船早就聚集到浮着油膜的水域附近，南昆斯费里的救生艇正在靠拢。雷布思扫视了一下水面，知道一切都是徒然。

"也许不是他们。"霍根说道，"也许她没有去。"

雷布思点点头，希望他的朋友闭嘴。残骸早已扩散，各式各样的小船令水面泛起层层波澜，使碎片四处散开。"鲍比，我们需要潜水员，蛙人……随便什么人都行。"

"约翰，有人会管的。这是别人的工作，不是我们的。"雷布思意识到霍根的手正紧紧抓着他的胳膊。"天哪，我还拿海岸警卫队开了那个愚蠢的玩笑。"

"鲍比,不是你的错。"

霍根陷入了沉思。"我们在这里毫无用武之地,嗯?"

雷布思不得不承认失败:他们毫无用武之地。他们让船长带他们回去,他照做了。

"可怕的事故。"他的吼声盖过了舷外引擎的噪声。

"是的,太可怕了。"霍根同意他的说法。雷布思死死盯着波浪起伏的水面。

"我们还去飞机场吗?"他们刚一爬上干燥的陆地,霍根就问道。雷布思点点头,撒开腿朝霍根的帕萨特大步流星地走去。但是接下来,他在赫德曼的船库外面停了一下,回头去看隔壁小得多的棚屋,那儿前面停了一辆车。是一辆旧车,宝马七系,黑色,很脏。他认不出来。刚才那道颜色是从哪里冒出来的?他看了看棚屋,门关着。当他们到达的时候,门是不是开着的?那道颜色是不是从门口一闪而过?雷布思走到门口,推了一把。门又弹了回来。后面有人,把门顶得死死的。雷布思往后退了一步,在门上使劲一踹,然后用肩膀一扛。门一下子开了,后面的男人摔了个四脚朝天。

红色的短袖衬衫,上面绘满了棕榈树。

这人转过脸,正好和雷布思撞个对面。

"狗屎。"鲍比·霍根嘟哝道,端详着地毯,一大堆武器躺在上面。两只存物柜立在那里,敞着门,里面的秘密都被清空了。手枪、左轮枪、冲锋枪……

"孔雀,要发动战争吗?"雷布思说道。孔雀约翰逊正要爬上前去够最近的枪,雷布思一步迈过去,飞起一只脚,正好踢在他的脸正中,又把他打趴在地板上。

约翰逊摊开四肢躺在那里,失去了知觉。霍根一个劲地摇头。

"我们怎么把这里漏掉了?"他问自己。

"鲍比,也许因为它就在我们的眼皮底下,就像这个案子当中的其他任何事情一样。"

"但是这又意味着什么?"

"我建议你还是问问我们的朋友。"雷布思说道,"等他一醒来就问。"他转身走了。

"你要去哪儿?"

"飞机场。你和他待在这里,就这样。"

"约翰……有什么意义?"

雷布思停了下来。他知道霍根的意思:去飞机场有什么意义?但是接着他又拔腿走了,想不出自己还能做什么其他的事情。他把希欧涵的号码输进他的手机,但是一段录音告诉他无法接通,请随后再试。他又按了一遍,还是同样的反应。他把那个小巧玲珑的银匣子摔在地上,用力在上面踩,用他的脚后跟。

当雷布思赶到大门口的时候,已是黄昏时分,而且门锁着。

他下了车,试了试应门对讲机,但是没有人应答。透过篱笆,他可以看到希欧涵的车就停在办公室隔壁。办公室的门敞着,仿佛有人刚从里面急匆匆地出来。

也许是一场搏斗……没顾上随手关门。

雷布思推了推大门,用肩膀去顶。链条咔嗒咔嗒作响,但就是不屈服。他向后退了一步,使劲一踹。再踹,再踹;用肩膀扛,用拳头砸;闭住眼睛用头顶。

"希欧涵……"他的声音嘶哑了。

他知道他需要的是什么:断线钳。一辆巡逻车倒是可以带几把过来,如果雷布思能想办法给他们打电话的话。

布里姆森……他现在知道了。知道布里姆森在经营毒品,把它们栽赃到他的死鬼朋友的船上。他不知道为什么,但是他已经查出来了。希欧涵多多少少发现了一部分真相,现在她死了。或许她曾经和他扭打过,这足以解释扭曲的飞行路线。他睁大眼睛,强忍住泪水。

死死盯着大门,想要把它看穿。

重新收回视线,聚焦在某一点上。

因为那边有人……门口有个人影，一只手搂着头，一只手搂着肚子。雷布思又眨了眨眼，进一步确认。

"希欧涵！"他大声喊道。她抬起一只手，挥了挥。雷布思紧紧抓住篱笆，使劲贴在上面，又喊了一遍她的名字。她又消失在建筑物里面。

他的声音沙哑了。那是幻觉吗？不，她又从建筑物里面出来了，上了她的汽车，越过短暂的距离，一路开到大门口。当她靠近的时候，雷布思看到果真是她，而且她安然无恙。

她停住车子，走出来。"布里姆森。"她说道，"正是他的手上有毒品……跟约翰逊和特丽的母亲勾结……"她拿来了布里姆森的钥匙，正找出正确的那一把插入挂锁。

"我们知道。"雷布思告诉她，但是她充耳不闻。

"肯定畏罪潜逃了……把我撂在外面冻着。当电话嗡嗡响的时候，我才苏醒过来。"她猛地一拽，挂锁开了，链条跟着掉下来。她把门推开。

雷布思一把将她抱起，紧紧搂在怀中。

"哎哟，哎哟，哎哟。"她说道，让他松开胳膊。"受了点伤。"她解释道，目光和他的对接。他情不自禁地将嘴唇贴到了她的上面。在这个吻持续的过程中，他的眼睛紧闭，她的则睁得大大的。她挣脱了，向后退了一步，有点上气不接下气。

"倒不是我没有受宠若惊或怎么的，只是这到底是怎么回事？"

27

现在轮到雷布思到医院探望希欧涵了。她因脑震荡住进了医院,要在那里过夜。

"真是好笑。"她抗议道,"我没事,真的没事。"

"小姑娘,不要乱动。"

"哦,是吗?你的意思是说像你一样?"

仿佛要强调她的观点,曾经给雷布思换过敷料的同一位护士推着一辆空手推车走过。

雷布思拉过一把椅子,坐下来。

"你什么都没带吗?"她问道。

雷布思耸耸肩。"有点仓促。你知道情况是怎样的。"

"孔雀那边怎么样了?"

"他就像蛤蜊一样紧闭着嘴。倒不是说他这个样子就能占到半点便宜。在吉尔·坦普勒看来,赫德曼不想把枪放在他自己的船棚里,于是孔雀租了隔壁的那间。赫德曼就在那里折腾那些枪,修复它们,然后把它们存放在船棚里。当他对准自己的脑门开枪的时候，马蜂窝一下捅开了，孔雀没办法转移……"

"但是随后他吓得手足无措。"

"或者是这样的，或者他只想让自己全副武装，迎接即将来临的一切。"

希欧涵闭上了眼睛。"谢天谢地，这件事情没有发生。"

他们缄默了几分钟。"布里姆森呢？"她问道。

"他怎么了？"

"他选择结束的那种方式……"

"我想他放弃了，就在最后一刻。"

她又睁开眼睛。"或者恢复了理智，不想牵连别人。"

雷布思耸耸肩。"不管怎么说……他是武装部队需要想办法掩盖过去的另一项统计数字。"

"也许他们会尽量说是一场事故。"

"也许事实如此。他可能正打算翻个筋斗，接着就撞到了单行车道上，逃出来的时候遇上了一片熊熊大火。"

"我还是倾向于我的观点。"

"那你坚持好了。"

"詹姆斯·贝尔呢？"

"他怎么了？"

"有一天我们能理解他所做的一切吗？"

雷布思又耸耸肩。"据我所知，报社正准备拿他的老爸大做文章。"

"这正合你意？"

"肯定够他受的。"

"詹姆斯和李·赫德曼……我有点摸不着头脑。"

雷布思想了一会儿。"也许詹姆斯以为自己找到了一个英雄，一个和他爸爸不一样的人。他恨不得对赫德曼顶礼膜拜。"

"或者巴不得把他干掉？"希欧涵猜测道。

雷布思微微一笑，站起来，轻轻拍了拍她的胳膊。

"你要走了?"

他耸耸肩。"有很多事情等着我呢,警察局里现在有一名警官缺勤。"

"就不能等明天再办?"

"希欧涵,正义从来不会睡大觉。但并不表示你不应该。在我走之前,有什么要我帮你买的?"

"也许……成就感?"

"我不敢肯定投币式自动售货机有没有现货,但是我会尽力的。"

他又重蹈覆辙。

喝得酩酊大醉……回到公寓后,夹克衫往大厅的地板上一扔,一屁股坐在厕所的抽水马桶上,身体前倾,两手抱着头。

上次……上次是在马丁·费尔斯通死的那天晚上。雷布思一路追踪他的猎物,在太多的小酒馆里消磨了太久,又回到费尔斯通的住所多喝了几杯威士忌,打了一辆出租车回家。当他们到达雅顿大街的时候,司机不得不把他叫醒。雷布思想把满嘴的烟臭味一扫而光。他打开浴缸的热水龙头,以为自己已经加了冷水。坐在抽水马桶上,衣冠不整,头埋在两只手里,闭着眼睛。

世界在黑暗中倾斜,在它的轴线上旋转,把他抛向前方,于是他的头重重地磕在浴缸的边沿上……跪着醒来,两只手火辣辣的。

双手垂在浴缸的一侧,被不断上升的水烫伤。

烫伤。

没什么神秘的。

每个人身上都可能发生这样的事情。

不是吗?

但今晚不同。他又起身,站稳了,吃力地回到客厅,一屁股坐在椅子上,用双脚把它拖曳到窗户跟前。沉寂的夜色中,马路对面经济公寓的窗户上灯还亮着。一对对男女在休息,在端详自己的小孩子;

单身贵族们在等待外卖的比萨饼,或者坐下来津津有味地看他们租来的碟片;学生们在为还没有开头的论文发愁,在酒馆里彻夜不眠,争得面红耳赤。

他们当中很少有人是神秘的。他们有恐惧,是的;疑虑,在所难免。也许甚至为小小的错误和不检点的行为而触发罪恶感。

但是没有什么能动摇雷布思的喜好。不是今晚。他的手指轻轻敲打着地板,摸索着找电话。他坐下来,把电话放在膝盖上,考虑给艾伦·伦肖挂电话。有些事情他必须告诉他。

他一直在考虑家庭:不仅仅是他自己的家庭,还有所有和本案有关联的家庭。李·赫德曼,离家出走;詹姆斯和杰克·贝尔,似乎维系他们的只有血缘;特丽·科特和她的母亲……还有雷布思本人,让希欧涵和安迪·卡利斯等同事取代了自己的家庭,这纽带似乎常常比血缘还牢固。

他盯着膝盖上的电话,心想现在给他的表弟挂电话为时已晚,于是耸了耸肩,说了声"明天吧"。把希欧涵抱起来的记忆划过脑海,他不禁微微一笑。

他决心看看自己能不能入睡。笔记本电脑在休眠状态。他没有自作主张地唤醒它,而是拔掉了插头。明天它可以回到警察局了。

他在门厅停了一下,走进客房,拿起《柳林风声》。他一直把它放在身边,这样他就不会忘记。明天他要把它作为礼物送给鲍勃。

明天,上帝与魔鬼同在。

尾　声

杰克·贝尔不惜一切代价为他的儿子组织初步辩护。詹姆斯似乎有所察觉，一直坚定不移地声明他不准备抗争。他有罪，这就是他要在法庭上说的。

尽管如此，杰克·贝尔还是为他请来了全苏格兰最好的律师。他的办公地点在格拉斯哥，每次来爱丁堡都要按照他的标准价格收取费用。白色条纹西服，深红色的蝶形领结，一身装束干净利落，不是嘴里叼一根烟斗，就是把烟斗握在左手。

现在他坐在杰克·贝尔的对面，跷起腿。他盯着苏格兰议员头顶正上方的墙壁。贝尔已经习惯了他的作风，知道这无论如何都不会表明律师的注意力有丝毫转移；相反，他对手头的事情全神贯注。

"我们有一个论点。"律师说道，"我可以说，是非常好的基础。"

"真的吗？"

"是的。"律师仔细端详着烟斗柄，仿佛在寻找上面的瑕疵，"你看，问题的症结在这里——雷布思警督是德里克·伦肖的亲属……更确切地说，是他父亲的表兄。因此，本来就不应该让他跟这个案子沾边。"

"利益冲突?"杰克·贝尔猜测道。

"显而易见。你不能让一位受害者涉足,质问可能的嫌疑犯。还有他的暂令停职问题。这一点你可能有所不知,但是在埃德加港事件期间,雷布思警督正在接受警方的调查。"律师的注意力转移到了烟锅上面,仔细打量里面的内容,"警方有可能就一起谋杀案向他提起法律诉讼。"

"太好了。"

"案子最后证明和他无关,但是不管怎么说,洛锡安和边境警察局肯定有人要嘀咕。我从来没听说过一位被暂令停职的警官能这样四处活动,参加另外一起正在进行的调查。"

"那这样是违反常规的?"

"闻所未闻。这样人们会就刑事案件的有效性提出非常严肃的质疑。"律师停顿了一下,用牙齿咬了一下烟斗,他的嘴型就好像在龇牙咧嘴地笑,"有这么多潜在的异议和技术性细节,刑事法庭甚至可能会迫于无奈,只经过初步辩护就结案。"

"换句话说,案子可能会推翻?"

"这是完全可行的。我想说我们的案子非常有利。"律师停顿了一下,看看产生的效果,"只要詹姆斯不肯认罪。"

杰克·贝尔点点头,两个人的眼睛第一次交锋了。接着两颗脑袋转向詹姆斯,他正坐在桌子对面。

"你好,詹姆斯。"律师说道,"你认为怎么样?"

少年似乎在考虑这个提议。他回敬了父亲的目光,仿佛那里面有他所需要的全部食粮,而他的饥饿感永远不能平息。

A QUESTION OF BLOOD by IAN RANKIN
Copyright: © 2003 BY JOHN REBUS LIMITED
This edition arranged with CURTIS BROWN-U.K.
Through BIG APPLE TUTTLE-MORI AGENCY, LABUAN, MALAYSIA.
Simplified Chinese edition copyright: ©2013 NEW STAR PUBLISHERS
All rights reserved.

著作权登记图字：01-2008-8260

图书在版编目（CIP）数据

血疑／（英）兰金著；段丽华译．—北京：新星出版社，2013.3
ISBN 978-7-5133-1118-2
Ⅰ．①血… Ⅱ．①兰…②段… Ⅲ．①长篇小说-英国-现代 Ⅳ．①I561.45
中国版本图书馆 CIP 数据核字（2013）第 038951 号

午夜文库
谢刚 主持

血疑

（英）伊恩·兰金 著；段丽华 译

责任编辑：邹 璿
责任印制：韦 舰
装帧设计：邹 璿

出版发行：新星出版社
出 版 人：谢 刚
社　　址：北京市西城区车公庄大街丙3号楼　100044
网　　址：www.newstarpress.com
电　　话：010-88310888
传　　真：010-65270449
法律顾问：北京市大成律师事务所

读者服务：010-88310800　service@newstarpress.com
邮购地址：北京市西城区车公庄大街丙 3 号楼　100044

印　　刷：北京合众协力印刷有限公司
开　　本：910mm×1230mm　1/32
印　　张：14.125
字　　数：247千字
版　　次：2013年3月第一版　2013年3月第一次印刷
书　　号：ISBN 978-7-5133-1118-2
定　　价：38.00元

版权专有，侵权必究，如有质量问题，请与出版社联系调换。